동아시아
지식네트워크와
근대 지식인

글쓴이(게재순)

장칭(章淸, Zhang Qing) 중국 푸단대학교 사학과 교수

김병진(金炳辰, Kim, Byeongjin) 이화여자대학교 이화인문과학원 HK연구교수

김수자(金壽子, Kim, Sooja) 이화여자대학교 이화인문과학원 HK교수

채준형(蔡俊亨, Chae, Jun Hyung) 이화여자대학교 이화인문과학원 HK연구교수

박경(朴景, Park, Kyoung)연세대학교 법학연구원 연구교수.

정선경(鄭宣景, Jung, Sunkyung) 이화여자대학교 이화인문과학원 HK교수

김진희(金眞禧, Kim, Jinhee) 이화여자대학교 이화인문과학원 HK교수

홍석표(洪昔杓, Hong, Soekpyo) 이화여자대학교 중어중문학과 교수

최진석(崔眞碩, Choi, Jinseok) 이화여자대학교 이화인문과학원 HK연구교수, 수유너머N 연구원

오윤호(吳潤鎬, Oh, YounHo) 이화여자대학교 이화인문과학원 HK교수

서동주(徐東周, Seo, Dongju) 서울대학교 일본연구소 HK교수

한인혜(韓仁慧, Han, Inhye) 이화여자대학교 이화인문과학원 HK연구교수

나미카타 츠요시(波潟剛, Namigate Tsuyoshi) 일본 큐슈대학원 비교사회문화연구원 교수

동아시아 지식네트워크와 근대 지식인

초판 인쇄 2017년 5월 22일 **초판 발행** 2017년 5월 30일

엮은이 이화인문과학원 **펴낸이** 박성모 **펴낸곳** 소명출판

출판등록 제13-522호 **주소** 서울시 서초구 서초중앙로6길 15, 1층

전화 02-585-7840 **팩스** 02-585-7848 **전자우편** somyungbooks@daum.net **홈페이지** www.somyong.co.kr

값 26,000원

ISBN 979-11-5905-178-4 93800

ⓒ 이화인문과학원, 2017

이 저서는 2007년 정부(교육과학기술부)의 재원으로 한국연구재단의 지원을 받아 수행된 연구임 (NRF-2007-361-AL0015)

이화인문과학원 인문지식총서 05

동아시아 지식네트워크와 근대 지식인

EAST ASIA KNOWLEDGE NETWORK AND MODERN INTELLECTUALS

이화인문과학원 엮음

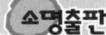

　20세기 전후 한국을 포함한 동아시아에서의 서구문화 수용 과정은 주체적인 재창조의 과정이었다. 따라서 동아시아의 인문지식 생산은 서구에서 아시아 및 한국으로의 일방적인 영향 관계가 아니라 서구를 포함하여 동아시아 국가들의 상호 영향 속에서 이루어진 다면적이고 복합적인 것이었다. 그리고 무엇보다 이런 과정의 중심에는 지식 생산의 역동적인 주체들이 존재했다. 예를 들어 근대 이전 한국에서는 중국으로 간 사신, 일본으로 간 통신사, 이들을 수행한 역관들을 중심으로 새로운 지식들이 이동하고 새로 수용되고 재창조될 수 있었다면 근대 이후에는 일본 및 서구 유학파를 중심으로 지적 교류와 지식인 간의 네트워크가 형성되었다. 이들 지식 교류의 주체는 잡지, 번역서, 근대 신문 등의 다양한 매체를 통해 동아시아의 지적 네트워크를 창출했고 지식 생산의 방식과 유통의 방식 등을 새롭게 재편했다.

　이 책은 '지식인'을 중심에 놓고, 동아시아 지식장을 연결시키고, 새로운 담론을 생산한 지식인 간의 지역적, 물리적 교류는 물론 매체를 기반으로 한 문화적, 사상적, 학문적 교류와 그 영향력 등에 주목하고 있다. 각 연구들은 동아시아 근대 지식의 생산 및 이동에서 근대 지식인의 사상과 철학, 문학 등의 상호 교류가 서구와는 다른 방식과 특성으로, 동아시아 지식장을 움직이는 중요한 동력이 되었음을 분명히 보여주고 있다.

　이 책의 목차는 지적 교류의 특성과 그 성과의 방향을 중심으로 각 연구들을 두 개의 주제로 구분하면서, 연대순으로 구성해 보았다. 첫 번째 '**지적 교**

류의 탈경계성과 근대지식의 탄생'이라는 장은 동아시아 지식인들의 동아시아 혹은 서구와의 물리적 / 비물리적 이동을 통한 지적 교류와 이런 과정을 통해 조선 및 일본, 중국 등에 새로운 근대지식이 수용 및 형성될 수 있었다는 의미에 주목하고 있다.

우선 장칭, 김병진, 김수자, 채준형의 연구는 사상과 역사의 차원에서 지식 교류 및 생산을 고찰한 글들이다. 동아시아 근대의 지식 형성을 논의할 때 문제의식 중의 하나는 서구로부터의 일반적인 수용이다. 이에 대해 장칭은 동아시아 인문지식의 생산이 한중일 각국에 대한 서구의 일방적인 영향으로 탄생한 것이 아니라 상호 관계 속에서 종합적으로 형성된 것임을 밝히고 있다. 그의 연구 「후스와 동아시아 문화교류권의 성장」은 20세기 중국의 대표적인 지식인 후스가 동아시아 학계의 지식인들과 빈번하게 교류하면서 새로운 지식 생산 매커니즘을 만들어 가는 과정을 논구하고 있다. 미국유학생이던 후스는 '문학혁명'의 기치를 내걸고 일본의 아오키 마사루와 한국의 양백화와 빈번하게 글을 주고 받으며 동아시아 지식계에 새로운 반향을 일으켰다. 선학연구에 있어서는 한국학자 김구경의 주도로 스즈키 다이세츠와 교류하면서 한중일 연구자들과의 연대 속에서 근대지식을 생산하는데 구심적인 역할을 했다. 중국전통이 부단한 혁신을 통해 발전해왔고 동서 문명에 대한 이분법적 사유를 지양해야 함을 서구학계에 영문으로 활발히 발표함으로서 동아시아 지식교류의 장이 어떻게 형성되고 변천되었는지 종합적인 시야에서 재고하고 있는 글이다.

다음 글 김병진의 「오스기 사카에, 자유의 각성과 생명의식」은 동아시아에 있어서 서구사조의 하나였던 사회주의가 소개되고 확산되는 과정에서 중요한 역할을 한 오스기 사카에에 주목하고 그의 생애를 따라가며 사상형성,

사회운동의 전개과정, 동아시아 지식장 내에서 이루어진 교류에 관해 살피고 있다. 오스기의 사상은 단순한 서구아나키즘의 이식이 아니었다. 오스기가 저술한 텍스트에는 '생'이나 '본능'과 같은 단어가 빈번히 보인다. 오스기의 논조의 특징은 생물학적인 특징을 갖는 '생'이나 '본능'을 통해 이를 억압하는 사회제도 일반을 비판한다는 데 있다. 이러한 접근은 일본의 다른 사회주의 자들에게서는 좀처럼 보이지 않는 특징이라 할 수 있다. 그는 사회주의운동의 근거를 생물학적인 '생'이나 '본능'에 두면서 당대의 철학사조, 문예이론에서 '생명'을 근본원리에 두는 논의들을 조합하여 아나키즘을 보편적 주의주장으로 치환시켜갔다. 이는 동시대의 '다이쇼大正생명주의'의 흐름과 밀접한 접점을 갖고 있다. 그의 '생명중심'적 사회주의 비전은 언설의 영역에서 국한되지 않고 인적 교류와 사회운동의 속에서도 실천되면서 당대 동아시아 지적 네트워크 속에서 다양한 변주를 이끌어 냈다고 연구자는 평가하고 있다.

김수자의 「신채호, 한국의 근대적 역사를 쓰다」는 한국에 서구 및 중국과 일본을 통해 근대문물이 빠르게 확산되던 시기이자 제국주의화 된 일본이 주권을 위협하던 시기를 살았던 신채호의 '역사 쓰기'의 성격을 고찰한 글이다. 근대문물의 수용과 맞물려 진행된 제국주의적 시대상황에 대한 인식과 극복 방안 등은 중국과 한국의 지식인들 사이에서 공유되고 있었다. 대표적으로 중국의 양계초의 세계정세에 대한 인식, 사회진화론적 세계관 그리고 근대지식에 대한 이해, 자강론 등은 신채호를 비롯한 한국 지식인들에게 많은 영향을 미쳤다. 한국의 신채호는 중국의 양계초와 마찬가지로 당시의 세계정세를 제국주의와 민족주의의 대결로 파악하고, 한국이 제국주의에 맞서 국가적 위기를 극복하기 위해서는 민족주의를 고취시켜야 한다고 주장하였다. 그리고 '역사를 읽는 새로운 이론', 『독사신론』을 썼다. 이 글에서 신채호는 역사의 주체를 민족으로 설정하고, 국민의 애국심을 고취시키며 국권을 수호하고자 하는 강한 의지를 보여주었을 뿐 아니라 한국의 근대적 역사학의 방향을 제공한 지식인으로 강조되고 있다.

중국은 문명 제국에서 국민국가로의 전환기 때 종족 간의 화합을 도모하면서 중국의 영토적 통일을 유지하는 사안이 중요한 사안으로 부상했다. 채준형의 「양 두, 군주제인가 공화제인가」는 이 문제를 양 두의 정치사상을 통해 접근하고 있다. 당시 사회진화론의 영향을 강하게 받은 수많은 중국 지식인들은 종족간의 화합과 영토적 통일을 근대적인 국가와 시민을 동시에 주조해내어 세계적인 규모로 벌어지고 있는 경쟁에서 살아남기 위한 필수적인 조건으로 인식하였다. 양 두는 당시의 한족 중심의 민족주의자들과는 달리 영토의 과분을 방지할 수 있는 만주족 황제의 존재를 인정하면서 헌정을 실현하고자 하였다. 이러한 입장은 수많은 한족 중심주의를 지향했던 혁명파 지식인들의 비판의 대상이 되었다. 연구자는 양 두의 사상이 중국이 통일을 유지하기 위해서는 민족적, 문화적 이질성을 뛰어넘는 보편적, 초월적 권위의 존재가 필요하다는 사실을 당대 사회에 상기시켜 주었다고 평가한다.

한편 새로운 지식을 수용하고 생산하는데 번역은 중요한 역할을 해왔다. 박경, 정선경, 김진희의 연구는 번역을 중심에 둔 지식인들의 창조적 활동에 주목하고 있다. 박경의 연구 「조선의 역관 현채, 근대 지식인으로 거듭나다」에서는 조선의 역관(譯官)이었던 현채가 번역을 통해 근대 지식인으로 변모하는 과정을 살펴보았다. 현채는 중국어, 일본어 번역의 전문성을 바탕으로 갑오개혁 이후 학부에서 교과서 저술 작업에 참여했다. 그런데 그는 학부에서 부여한 업무를 수행하는데 그치지 않고 당시 대중 계몽에 진력하던 인사들과 교류하며 근대 지식 도입에 대한 스스로의 관점을 정립하고 이를 실천하는 근대 번역 주체로 성장해갔다. 학부 퇴직 후에 아동과 근대 교육에 입문하는 대중의 실력 양성을 위해 집필한 『유년필독(幼年必讀)』에는 그동안 번역, 편역 작업을 통해 형성한 근대 지식인으로서의 자의식을 바탕으로 선도적으로 근대 지식을 도입·가공·유통하는 근대 지식인으로서의 역할을 적극적으로 실천하는 모습이 드러나 있음을 연구자는 밝히고 있다.

정선경의 「양건식, 중국 전통소설의 번역과 신문학의 모색」은 근대전환기에 간과되어온 중국문학과의 교류 관계를 고찰하고 중국문학 수용에 대해 평가절하 해 왔었던 20세기 초 한중문학의 성과를 재고한 글이다. 번역과 한중문학의 관계, 지식인의 문학적 활동과 번역의 과제에 대해 탐색했다. 이 시기는 진보적 지식인들을 중심으로 전통의 가치를 평가 절하시키려던 의식이 팽배했고 학계의 연구도 일본 및 서구의 작품 번역에 편향되었다. 대다수의 지식인이 새 것에 대한 개혁을 부르짖을 때 양건식이 홀로 중국문학을 적극적으로 번역하고 소개하고자 했던 것은 전통문학에 대한 객관적인 평가 위에 새로운 것을 조화시켜 조선의 상황에 맞는 신문학의 출로를 찾고자 함이었다. 이런 점에서 양건식의 중국 고전문학 수용에 대한 성찰은 동아시아 문학장 연구에 새로운 시각을 제공해 줄 수 있으며, 근대전환기 지식체계의 변동과 한중문학의 교류 관계에 대한 다층적인 조망을 가능케 해준다고 연구자는 평가하고 있다.

김진희의 연구 「김억, 서구-일본 문학의 수용과 주체적 번역」은 20세기 초 서구 상징주의 시론과 시를 번역 및 수용, 창작함으로써 근대시 형성에 중요한 역할을 한 한국의 지식인 김억에 주목한 글이다. 연구자는 김억의 상징주의 이론이 근대시에 관한 전문적인 이해를 가능케 했으며 번역시를 통해 한국 근대시의 형식에 대한 정초를 가능하게 했다고 평가한다. 특히 김억이 보여준 서구-일본의 상징주의 작품 수용과 번역 실천은 문화 간의 교류에 대한 인식을 담고 있다는 점에서 특별한 의미가 있다. 번역이 문화 간의 교류와 교차를 의미하는 행위라는 점에서 번역자의 역할은 문화적 매개와 생성에 중요하다. 김억의 번역론은 근대문학사에서 번역이 갖는 문화 생성과 창조로서의 의의를 확인할 수 있게 한다. 이에 연구자는 김억의 번역 및 번역론 등의 창조적 작업이 20세기 초 동아시아 문학의 장 안에서 서구-근대-일본 문학을 의식하고 매개했던 조선 지식인의 실천적 고민과 그 성과를 분명히 드러내주고 있다고 평가한다.

다음 두 번째 장 '**지식인의 연대의식과 동아시아 문학장의 전환**'은 동아시아의 지식인의 사상적, 철학적, 실천적인 연대의식과 활동이 동아시아-한중일 전체 지식장을 움직였고 그 안에서의 새로운 지식을 생산했다는 의미에 주목하고 있다. 이 장에 실린 홍석표, 최진석, 서동주, 나미카타 츠요시, 한인혜, 오윤호의 연구는 지식인의 사회활동과 역사적 실천성을 통해 동아시아 문학장의 변화에 기여하고 있음을 뚜렷이 보여주고 있다.

첫 번째 연구 홍석표의 「이육사(李陸史)와 루쉰(魯迅)이 도달한 문학정신」에서는 이육사가 문학과 정치의 관계 및 창작 '모랄'에 대한 루쉰의 입장을 정확하게 정리함으로써 그에 대한 공명과 자각을 통해 시의 강렬한 사상성을 구축해나간 점, 이육사 문학과 루쉰 문학을 비교 고찰하여 '투철한 자기인식'과 '강인한 정신의 소유자 형상'이라는 측면에서 그 둘이 동일한 높이의 문학정신의 경지에 이르고 있음을 논증하였다. 주지하듯이 루쉰의 중국 국민성 비판은 철저한 자기해부에 기반을 두고 있는데, 자기해부가 철저하면 철저할수록 인간의 근원적인 문제와 마주치기에 그것은 중국인을 겨냥한 데에만 머물지 않고 인류를 겨냥한 데로 확대되어 보편성을 띨 수 있다. 이육사도

'용은커녕 미꼬리 한 마리도 안 나오는' 현실에 대한 투철한 자기인식에서 출발하고 있어 루쉰과 상당히 닮아 있다. 이육사는 루쉰 문학을 탐독함으로써 그에 대한 공명과 자각을 통해 점차 시 창작과 행동을 일체화시키고 시의 사상성을 강화해나간 것으로 보인다. 더욱이 루쉰 문학이 표현하고 있는 전진을 지속하는 강인한 정신의 소유자 형상과 자기소멸을 감내하는 자기희생적인 정신의 경지는 이육사 문학에서도 동일하게 나타난다. 이육사는 민족저항시인으로서 가장 높은 수준의 문학적 완성도를 이룩하였으니, 이육사가 도달한 문학정신의 경지는 루쉰의 그것과 같은 높이에서 논해도 전혀 손색이 없다고 연구자는 강조하고 있다.

최진석의 「신동엽과 크로포트킨, (탈)주권의 시와 사상」은 크로포트킨과 신동엽을 아나키즘이라는 사상적 차원에서 재조명한 글이다. 러시아 출신의 혁명가이자 사회운동가였던 크로포트킨은 아나키즘 사상의 근대적 혁신가였다. 그를 통해 아나키는 정치적 이데올로기 뿐만 아니라 자연과 사회를 일관하는 근본 원리로 부각되었기 때문이다. 20세기 한국의 시인 신동엽 역시 유사한 관점에서 재조명할 수 있는데, '민족시인'이라는 거대담론적 언표로 둘러싸인 그의 시적 사유와 실천은 아나키적 탈주의 한 사례로 보기에 충분하다. 흥미롭게도, 크로포트킨과 신동엽이 아나키를 통해 구성과 형성의 과정에 충분한 주의를 기울였으며, 이는 아나키를 파괴나 무질서가 아니라 더 높은 차원에서의 공동체적 역량으로 바라볼 가능성을 열었다는 점에서 비교연구의 가치가 있음을 연구자는 강조하고 있다.

오윤호의 「조명희, 디아스포라 지식인의 횡단과 근대시의 기원」은 근대문학의 여러 장르를 아우르며 선구적인 문학 활동을 펼쳐 보였던 조선 지식인 포석 조명희의 디아스포라 삶에 주목하고 이와 함께 변모하는 시들을 분석하고 있다. 식민지 조선에서 문학 청년기를 보내고, 도쿄 유학 시절에 서구 근대문학을 본격적으로 접하면서 썼던 관념적 자연을 노래한 시들, 식민지 조선으로 돌아와 KAPF 문학 활동을 하다가 현실 속에서 경험하게 되는 경성의 가난한 삶을 형상화한 시들, 소련으로 망명해 소비에트 조선문학을 일으켜 세우면서 조선의 프롤레타리아 혁명을 꿈꾸며 노래하는 시들은 작가가 경험하는 탈경계적 삶의 궤적을 관통하며 울려 퍼지고 있다. 조명희의 경계에 선 디아스포라 경험이야말로 한국 근대시의 근본적인 토대가 되고 있다고 연구자는 평가한다.

서동주의 「나가노 시게하루의 조선인식과 탈취된 타자성」에서 연구자는 나카노 시게하루가 본의 근대사상사에서 이른바 '조선문제'에 관한 가장 급진적인 발언자로 기억된다고 밝힌다. 나가노 시게하루는 식민지 조선의 '민족해방'을 지지했고, '프롤레타리아 국제주의'의 입장에서 조선과 일본을 천황제국가에 저항하는 정치적 주체로 호명했던 '연대'의 사상가였다. 또한 식민지 문제에 대한 언급이 회피되는 패전 직후의 사상계에서 그는 조선에 대한 식민지지배의 기억과 대면하기를 결코 주저하지 않았다. 조선문제에 대한 깊은 관심에도 불구하고, 그는 조선체험을 갖지 못했다. 그런 그에게 조선에 관한 지식을 제공한 것은 식민지시기 일본으로 건너가 그곳에서 활동하던 '재일조선인'들이었다. 그들은 조선인이라는 점에서 나카노에게 '타자'였지만, 한편으로 그들 사이에 놓인 민족적 차이란 프롤레타리아 국제주의에 의해 극복되어야만 하는 타자성에 불과했다. 이런 의미에서 연구자는 나가노 시게하루가 조선인과 나누었던 연대의 공감대는 '대화'라기보다 이념에 의해 주조된 타자와의 '독백(monologue)'에 가까운 것이었다고 평가한다.

대만 작가 장 선치에는 식민시기 일본에서 교육을 받고, 중국과 대만을 오가며 반제 운동 및 신문학운동을 전개한 지식인이다. 중국에서는 반제 전략으로서 전통문화 부흥운동에 주력하는 한편, 대만에서는 신문학운동의 구심점이 되어, 식민지 대만과 반식민지 중국을 아우르며 양안에서 독자층을 형성하였다. 한인혜는 「장 선치에와 식민지 내셔널리즘의 극복」을 통해 장 선치에가 첫째, 당대 큰 반향을 일으킨 그 어떤 근대 이데올로기와도 비평적 거리를 유지하되 둘째, 급격히 변화하는 현실에 민감하게 반응하고 셋째, 대중들의 삶에 깊숙이 침투하는 전략으로써 도가 철학을 활용한 방식을 분석하고 있다. 연구자는 장 선치에가 식민통치와 일제의 이간 정책으로 인해 공통분모를 잃어가고 있던 대만과 중국의 문화를 양자택일의 범주로 규정하지 않고 동시에 개입하여 트랜스내셔널 문화의 새로운 지평을 열었고 그와 동시에 혁명적 잠재성을 가진 민족문화를 발굴하고 공전의 문학적 서사로 형상화하였음을 밝히고 있다.

아베 도모지는 일본의 영미문학 번역가이며 비평가이며, '진보적인 지식인'의 입장에 서서 적극적인 활동을 한 것으로도 유명한 문학인이다. 나미카타 츠요시는 「아베 도모지, 휴머니즘과 원폭문학」에서 지금까지 연구되어 오지 않았던 1955년 『원자력과 문학』에 수록된 아베 도모지의 서문과 『문학(文學)』(1955년 8월호)에 실린 권두논문 「원폭과 문학」 그리고 히로시마에서 발행된 교육 잡지 『은방울(銀の鈴)』에 게재된 「암흑에 빛을」을 통해 히로시마와 원폭문제를 바라보는 아베의 휴머니즘을 고찰하고 있다. 연구자는 아베에게 있어 '휴머니즘'은 '인간성' 전체를 가리키는 것으로 아베 도모지 문학 활동 초기 지성과 주지주의에 입각해 있는 개념이라고 설명한다. 즉 아베 도모지가 1950년대 제기한 휴머니즘의 문제는 그의 문학 활동 전반에 걸쳐 추구되었다는 점에서 아베가 가진 작가적 실천성을 보다 강조하고 있다. 한편

연구자는 아베가 제시한 휴머니즘의 문제가 제1차 세계대전만이 아닌 제2차 세계대전 후에도 반복되고 있고 게다가 오늘에까지 이르고 있다고 전제하면서, 아베가 제시한 휴머니즘 문제에 대해 다시 살펴본다는 것은 근대 동아시아의 역사는 물론 21세기 미래를 이해하는데도 의미 있는 일임을 강조한다.

이화인문과학원의 근대 인문지식 연구자들은 역사적, 지역적, 학문적 탈경계라는 관점에서 그간 동아시아 근대지식 형성의 문제에 천착해왔다. 서구 근대지식의 매개체가 되었던 번역, 근대 지식의 수용과 확산, 활용을 선도한 저널리즘과 아카데미즘, 또 근대지식의 주요 방향이었던 과학 등의 주제는 19세기 이후 한국 인문지식을 이해하는 주요한 키워드들이었다. 이번에 기획한 '지식인'이라는 핵심어 역시 지식을 수용하고, 생산하고, 확장하고, 변용하는 모든 실천적 활동의 주체에 주목하고 있다는 점에서 그 간 연구의 방향 위에 서 있다. 앞으로도 한국과 동아시아 인문지식 연구의 주요한 주제를 지속적으로 개발하고, 연구함으로써 한국인문지식의 21세기 지형을 이해하는데 큰 틀을 제시하고자 하며 나아가 이화인문과학원 역시 동아시아와 세계를 잇는 연구 네트워크의 주체로 자리매김 되길 희망한다. 끝으로 본 연구서의 주제에 힘을 실어주신 외부 연구자들께 특별히 감사의 인사를 드린다.

2017년 5월
저자들을 대표하여 김진희

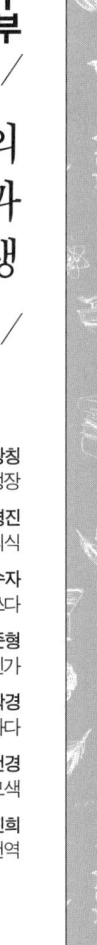

제1부

지적 교류의
탈경계성과
근대지식의 탄생

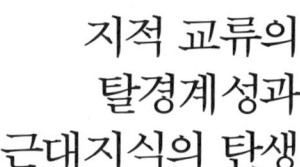

후스[胡適]와 동아시아 문화교류권의 성장

장칭[章淸]

후스(1891~1962)는 자(字)가 적지(適之)이 고 안후이[安徽] 적계(績溪) 사람이다. 어릴 때 가정에서 9년 동안 전통교육을 받았고, 13살 때 상하이[上海]로 건너 가 매계학당(梅溪學 堂), 징충학당(澄衷學堂), 중국공학(中國公學) 에서 수학했다. 1910년에 경관(庚款) 유학 장 학금을 받고 미국으로 건너가 코넬대학 (Cornell University)에서 농학을 전공하다가

후스[胡適, 1891~1962]

나중에 문과대에서 철학을 전공했다. 1915년에는 콜롬비아대학(Columbia University) 대학원에서 존 듀이(John Dewey)로부터 철학을 사사했다. 미국 유학기 간은 총 7년이다. 귀국 후에는 베이징대학[北京大學]에서 교편을 잡았다. 20세기

중국학술 분야에서 후스는 이론의 여지가 없는, 가장 영향력 있는 인물 중 한 명이다. 1917년부터 문학개조와 관련된 주장들을 내놓음으로써 중국 학술사상계에서 명성이 높았으며, 1962년 타이완[臺灣]에서 발표한 「과학발전에 필요한 사회개혁[科學發展所需要的社會改革]」으로 엄청난 반향을 일으켰다. 이후 격렬한 '반공(反共)'의 여론 속에 숨을 거뒀다. 40여 년 동안 후스는 근대 중국 학술계에 상당한 격랑을 몰고 왔다. 특히 여러 전통 학술분야 및 새로운 학술 분야에서 주목할 만한 기념비적 성과들을 거뒀다. 지금까지도 문학, 철학, 역사학, 도덕, 교육, 문화 등 여러 사상·학술분야에서 그는 압도적 존재감을 드러내고 있다. 근대 중국 학술사상사에서 그는 탁월한 업적을 거둔 학자로, 그가 일생 동안 이룩한 학술 분야에서의 업적뿐만 아니라 문제점들은 근대 중국 학술발전 및 정치변혁의 축소판이라고 할 수 있다.

동아시아 지식네트워크의 형성과 지식인의 역할에 초점을 맞춰 20세기 중국 문인의 대표주자인 후스를 제대로 살펴봐야 한다. 1917년 1월 후스는 『신청년(新青年)』에 「문학개조논의[文學改良芻議]」를 발표하였다. 그에게 큰 명성을 안겨다 준 이 문장은 중국 신문학운동의 중요한 시발점이기도 하다. 뿐만 아니라 이후 문학개혁 관련 논저들을 연이어 발표하면서 후스는 한일(韓日) 양국 학계와 인연을 맺었다. 한일 양국 신문들은 후스의 문학개조 주장들을 번역하거나 이에 대한 평설을 싣고, 중국 신문화운동의 핵심이라고 소개했다.

즉 신문이나 잡지, 번역서를 통해 동아시아 지식 생산 및 유통방식을 재구성한 것이다. 동아시아에 특정 공간이 생겼을 뿐만 아니라 '문화종합체(文化綜合體)'가 형성되었다. 근대에 접어들어 동아시아 각국 간 연계가 강화되면서 교통수단이 변화했고, 이 지역에 서적 간행물 유통망이 형성되었다. 이런 전파 매체들 덕분에 동아시아 지역 문제가 미치는 영향력이 커진 것은 물론이고 동아시아 역시 범지역적인 주목을 받았다. 이런 당시 상황 때문에 지식인 한 사람이 동아시아 문화권에 미치는 영향력 또한 과거와는 크게 달라졌다. 문학을 매개로 후스는 한일 양국의 학계 인사들과 빈번하게 교류했다. 이런 교류를 통해 후스는 동아시아 여타 국가들에서 진행되던 관련 연구들을 파악했다. 일부 핵심 연구 분야에서는 서로 중요한 사료(史料)들을 공유하면서 공통점과 차이점들에 대해 토론하고 새로운 지식생산 메커니즘을 만들었다.

동양 문화는 후스 같은 막강한 영향력을 지닌 학자들 덕분에 국제 학술계에서 발언권을 확보했고 서구 문화와 대화를 확대할 수 있었다. 이는 곧 동아시아의 인문 지식이 동양에 대한 서구의 일방적 영향으로 탄생한 것이 아니라 쌍방 간에 상호 영향 속에 태어났음을 의미했다. 이 과정에서 후스는 핵심 인물이었던 만큼 주목해서 살펴봐야 한다.

1. '문학혁명', 동아시아에 반향을 일으키다

1917년 1월, 미국에서 유학 중이던 후스는 『신청년』에 「문학개조논의」라는 글 한편을 기고했다. 아마 미국에서 주변 지인들의 한결같은 반대 때문에 후스는 '문학혁명'의 기치는 접어두고, 여덟 가지 주장들을 '문학개조논의'라는 이름으로 발표한 듯하다. 하지만 이 문장은 천두슈[陳獨秀]의 문제작 「문학

혁명론(文學革命論)」과 함께 엄청난 반향을 일으켰다. 후스는 비록 이역만리 땅에 있었지만 '문학혁명'이라는 불씨는 찬반 논쟁의 열기와 함께 타오르기 시작했다. 덩달아 후스라는 이름은 『신청년』 독자들에게 깊게 각인되었다. 후스는 귀국 후 자신이 던진 논제가 뜻밖에도 긍정적인 반응 속에서 본격적으로 토론되고 있으며, 관련 글들이 나오고 있음을 목도했다. 중국 국내의 열렬한 반응은 후스의 예상을 훨씬 웃도는 수준이었다. 특히 이 문장이 한일 양국에서 상당한 반향을 일으킨 점은 생각지도 못한 것이었다.

1920년 9월 출간된 『지나학(支那學)』 제1권 1호에 아오키 마사루[青木正兒]의 「후스 중심의 격랑이 몰고 온 문학혁명 (1)[胡適を中心に渦いてゐる的文學革命(一)]」이 등재되었다(이 글의 2편과 3편은 해당 간행지 제2호와 제3호에 나뉘어 실렸다). 아오키가 이 잡지를 후스에게 송부한 것을 계기로 두 사람은 1920년 9월 25일부터 1922년 2월 17일까지 서신을 교환하였다. 지금까지 보존된 서신은 총 27통(후스 9통, 아오키 마사루 18통)으로 '문학혁명'이나 중국고전소설 고증 및 『장실재연보(章實齋年譜)』 등에 관한 내용들이 기록되어 있다. 이 같은 교류를 통해 아오키 마사루는 후스의 중국소설 고증작업들을 『지나학』에 지속적으로 소개했다. 1권 7호에 실린 「신식 표점된 『유림외사』 읽기[新式標『儒林外史』を讀む]」라는 문장에서는 아동판(亞東版) 신식 표점 『유림외사』를 소개했다. 1권 9호에 발표된 「일본문학사에서 『수호전』의 전파 및 영향[『水滸傳』が日本文學史上に布いてゐる影]」에서는 후스가 발표한 「『수호전』고증(『水滸傳』考證)」에 사용된 정밀한 고증방법을 높게 평가했다. 1권 11호에 실린 「후스의 「홍루몽고증」 독법[胡適著 「紅樓夢考證」 を讀む]」을 통해 아동판 신식 표점본 『홍루몽』과 앞부분에 있는 후스의 「홍루몽고증」을 극찬했다. 이밖에도 아오키 마사루는 1920년 8월 출간된 『책부(冊府)』 제5권 제3호에 「후스의 중국

철학사 훑어보기[胡適氏の中國哲學史覗き見の事]」를 실어 후스의 철학분야 연구 성과들을 소개했다.

아오키 마사루는 일본 쿄토제국대학[京都帝國大學]에서 중국문학사 방면 일본 내 선구자 중 한 명인 가노 나오키[狩野直喜]를 사사했다. 졸업 후 도시샤대학[同志社大學]에서 학생들을 가르쳤고, 1919년에는 쿄토대학 동문인 오지마 스케마[小島祐馬], 혼다 시게유키[本田成之] 등과 함께 '여택사(麗澤社)'를 설립했다. 그리고 이듬해에는 『지나학』을 창간했다. 이 잡지에는 나이토 코지로[內藤虎次郎](나이토 고난[內藤湖南]을 가리킴), 쿠와바라 지츠죠[桑原騭藏], 오카자키 후미오[岡崎文夫], 가노 나오키 등 '교토지나학'의 핵심인물들이 망라되어 있었다. 후스는 이 잡지를 통해 일본학자들의 중국문학 및 중국역사 관련 연구 성과들을 다수 접할 수 있었고, 자신의 연구에 참고하기도 했다. 후스는 1921년에 『장실재선생연보(章實齋先生年譜)』를 집필했는데 서문에서 "나는 민국 9년 겨울 일본의 나이토 고지로가 쓴 『장실재선생연보』(『지나학』 권1 제3, 4호)를 읽고 나서 『장실재연보』를 집필하게 되었다"고 했다. 특히 아오키 마사루가 가지고 있던 일본 소재 주요자료 및 나이토 코지로의 이전 연구성과들을 통해 아이디어를 얻었다고 설명했다. 후스의 『장실재선생연보』가 출판된 후, 나이토 코지로는 『지나학』 제2권 제9호에서 「후스 선생의 신작 『장실재연보』를 읽고(讀胡適之君新著 『章實齋年譜』)」(「胡適之君の新著 『章實齋年譜』 を讀む」)를 기고해 후스의 『장실재선생연보』를 소개했다.[1]

일본 만이 아니었다. 한국의 신문지상에도 후스의 문장들이 소개되었다. 1920년 6월 25일 창간된 『개벽(開闢)』은 양백화(梁白華)(본명 양건식(梁建植))의

---

1   이에 대한 체계적 정리는 어우양저성[歐陽哲生]의 「신문화의 타지 반응－일본에서의 후스 및 그 저작물[新文化的異域回響－胡適及其著作在日本]」, 『중국문화(中國文化)』, 2015 제2호, 60~82쪽.

「후스 중심의 중국문학혁명[以胡適爲中心的中國文學革命]」을 네 차례 연속으로 싣고 후스의 「문학개조논의」의 핵심 논의사항 및 중국에서 일어나고 있는 신문화운동을 소개했다. 이 문장은 아오키 마사루의 문장을 번역한 것으로, 양백화는 『개벽』을 대표해 후스에게 기념사를 부탁하는 서신을 보냈다. 후스는 1920년 12월 19일에 「축 『개벽』발전(祝 『開闢』 發展)」이라는 서신에서 "삼가 아룁니다. 제가 귀사 잡지를 읽어보니 이야말로 동양 문학계의 빛나는 별이라는 생각이 들었습니다. 이에 몇 자 적어 귀사 간행물 축사로 갈음하니 써주시면 감사하겠습니다. 각별히 이 자리를 빌려 삼가 귀사의 발전을 축원합니다. 그리고 제 동료인 베이징 대학 가오이한[高一涵] 교수의 축사도 동봉하니 받아주시면 감사하겠습니다. 후스 올림, 민국 5년 12월 19일"이라고 했다. 『개벽』은 1921년 1월 1일 신년 특별호에 후스의 축사와 회신을 실었다. 후스는 이에 상당히 고무되었다. 그래서 아오키 마사루와의 서신 중에도 이일을 특별히 언급하면서 동아시아 3국이 '국경을 초월'한 교류를 하게 되었다고 의미를 부여했다. "『지나학』은 '국경을 초월'한 잡지가 될 겁니다. 상당히 고무적인 소식이예요! (앞서 한국의 젊은이들이 출간한 『개벽』이라는 잡지에 「후스 중심의 중국문학혁명」이라는 글이 실렸는데, 그대의 글을 번역한 겁니다. 국경이 무색해졌음을 보여주는 현상입니다.)"[2] 이후 양백화는 후스에게 서신을 보내 감사의 뜻을 전하면서 후스를 "중국 문단의 권위자로 문학 혁명을 일으켜 중국 문학에 새로운 생명을 불어넣었으며, 동양을 위해 문단에 횃불을 드는 위대한 과업을 해냈다"[3]고 극찬했다. 이후 후스와 『개벽』은 관계를 지속해 나갔다.

---

2   후스, 「아오키 마사루 귀하致靑木正兒」, 1920.12.24, 지셴린[季羨林] 주편(主編) 『후스전집[胡適全集]』 제23권, 안후이교육출판사[安徽教育出版社], 2003, p.331.

3   양건식, 『후스 귀하致胡適』, 1921.1.17, 경윈즈[耿雲志] 주편 『후스 유고 및 비밀서신[胡適遺稿及秘藏書信]』 제42권, 안후이황산서사[安徽黃山書社], 1994, pp.601~605.

1923년 5월 베이징에 잠입한 조선 독립운동가 이민창(李民昌)은 『개벽』의 업무를 도왔는데, 후스에게 서신을 보내 『개벽』의 창간 4주년을 기념해 격려사를 부탁했다. 서신을 보면 후스를 향한 찬사가 여러 번 등장하는데, 이는 조선 젊은이들 사이에서 후스의 영향력이 상당했음을 보여준다. "현재 중국의 상황과 선생님께서 주창하신 중국 신문학운동은 이미 여러 차례 잡지에 소개되었습니다. 조선의 많은 젊은이들은 선생님의 사상과 문장에 열광하고 있고, 선생님의 인격에 깊이 감명 받았습니다. 허니 조선의 새로운 과업에 대해 선생님의 의견을 구합니다."[4]

이후 조선의 신문지상에 후스의 문학 관련 주장들과 신작 시(詩)들이 번역 등을 통해 다수 소개 되었고, 일부는 중문 그대로 실렸다. 문학 관련 내용뿐만 아니라 존 듀이의 사상과 실험주의에 관한 후스의 생각과 「서구 문명에 대한 우리의 태도[我們對於西洋文明的態度]」나 「나 자신의 사상 소개[介紹我自己的思想]」 등 주요 논문들이 1920·30년대에 한국의 『동명(東明)』, 『해외문학(海外文學)』, 『현대평론(現代評論)』, 『조선지광[朝鮮之光]』, 『조선일보(朝鮮日報)』 등 신문지상에 번역되어 소개되었다. 이뿐 아니라 1925년 1월 1일에는 후스 자신이 『조선일보』에 「당대 중국의 사상계[當代中國的思想界]」라는 문장을 직접 싣고 "새로운 조선으로 진보하길 경축한다[敬祝新朝鮮的進步]"는 축사를 덧붙이기도 했다. 이 글은 중국 사상계에서 일어났던 신구(新舊) 충돌을 다뤘는데, 구체적으로 량수밍[梁漱溟]의 『동서문화 및 철학[東西文化及其哲學]』과 이후 벌어진 '과학과 인생관[科學與人生觀]' 논쟁들을 예로 들 수 있다. 『조선일보』는 안어(按語)에서 "후스는 중국 안후이 사람으로 올해 34세에 불과하지만 사상계의 태두이

---

4   이민창, 『후스 귀하[致胡適]』, 1923.5.19, 경원즈 주편, 『후스 유고 및 비밀서신』 제42권, pp.599~600.

자 젊은 세대의 지도자라고 불릴 뿐 아니라 정계에서도 상당한 명성을 얻고 있다. 일부에서는 여러 차례 정계에 들어와 관료가 되라고 부추겼지만 일체 거절하고 베이징대학에서 후학 양성에 몰두 중이다. 이밖에 후스 박사는 서적 가득한 저택에 머물며 세인들의 관심을 뒤로 한 채 유유자적한 삶을 영위 중이다. 본 글은 후스 박사가 신문지상에 기고한 중문 원고로 번역본은 다음과 같다."[5] 같은 날 『동아일보』는 후스의 한국 방문 보도와 함께 그의 축사도 함께 실었다. "조선의 장래가 해마다 새롭길 바랍니다. 『동아일보』 신년호 촉서(囑書). 후스, 1925년." 이런 사실들을 보면 한국에서 후스를 높이 평가했음을 알 수 있다. 물론 교류가 정확히 어떤 경위를 거쳐 이뤄졌는지는 추가 연구가 필요하다.[6]

지금까지는 후스와 한일 양국 학계 사이의 교류가 어떻게 시작되었는지 다뤘다. 물론 이후에도 이런 소통은 더 빈번하게 이뤄졌다. 분명한 것은 새로운 전파 매체들, 특히 인쇄 간행물을 통해 동아시아 각국 학계는 이전과 비교할 수 없을 정도로 빈번한 교류를 했다. 심도 있는 교류가 이뤄지면서 새로운 지식생산 메커니즘들이 탄생했는데 이를 좀 더 살펴볼 필요가 있다.

---

5 후스, 「당대 중국의 사상계[當代中國的思想界]」. 이 문장은 한글로 번역되어 1925년 1월 1일자 『조선일보』에 실렸다. (『후스전집』 제20권 546~555쪽에서 인용)
6 한국 언론에 소개된 후스는 주로 다음을 참고함. 진저[金哲], 「후스와 20세기 상반기 조선 현대 문단[胡適與20世紀上半期的朝鮮現代文壇]」, 『당대한국(當代韓國)』 제4호, 2012, p.99~114; 진루이언[金瑞恩], 「후스, 한국에서의 90년[胡適在韓國九十年]」, 『현대중문학간(現代中文學刊)』 제6호, 2011, pp.110~117.

2. 선학(禪學), 동아시아에서 지식 생산을 담당하다.

이 글에서는 후스와 한일 양국 학자들 간의 교류 및 한일 양국에서 후스 저작물들이 번역·소개된 동향을 다루지 않을 것이다. 이에 관해서는 동아시아 3국의 여러 학자들이 내놓은 연구 성과들이 있는 만큼 이를 참고하기 바란다. 이번 장에서는 선학에 대한 후스의 연구를 살펴보고, 후스와 한일 양국 학자들 간에 형성된 지식생산 메커니즘을 살펴보도록 하자.

1923년부터 1924년 사이에 후스는 선학을 연구하기 시작했다. 선종의 역사에 대한 초고를 작성할 때부터 그는 '서천(西天) 28조(祖)'나 '동토(東土) 6조(祖)'라는 선종 내 전법(傳法) 세계(世系)에 대해 의문을 제기했고, 선승(禪僧) 신회(神會)에 관심을 보이면서 그 스승인 육조(六祖) 혜능(慧能)의 영향력에 대해서는 이견을 내놓았다. 다만 현존하는 사료들 중에서는 초기 선종의 정확한 사실(史實)을 찾을 수 없었다. 1926년 8월 초, 후스는 런던에 도착해 '중영 경관 자문위원회(中英庚款顧問委員會)' 회의에 참석했다. 그는 원래 유럽에 방문하게 되면 런던과 파리 두 곳에 소장된 둔황[敦煌] 서적들을 열람해 보고 당나라 전적 중에 선종 역사에 관한 원시 사료들이 있는지 확인해 보고자 했다. 다행히 두 곳에서 신회의 어록 3종, 『현종기(顯宗記)』 1권, 『능가사자기(楞伽師資記)』 2종 사본, 여타 중요한 선종 사료 등을 확보할 수 있었다. 이 자료들 덕분에 후스는 중국 선학 역사에 대한 새로운 시각을 가지게 되었고, 이를 바탕으로 당시 초기 선학 연구에서 대체 불가능한 핵심적 위치를 차지했다.

1925년에 발표한 「번역본에 기반한 불교 선법 연구[從譯本裏硏究佛敎的禪法]」를 시작으로 후스는 선학에 관한 논문들을 다수 집필했다. 「백거이 시대의 선종 세계[白居易時代的禪宗世系]」, 「선학 고사고(禪學古史考)」, 「선종 역사의 강령을 논하며[論禪宗史的綱領]」, 「보리 달마고[菩提達摩考]」, 「하택대사 신회전(荷澤大師神會傳)」, 「『단경』고1, 조계대사 별전[『壇經』考之一, 跋曹溪大師別傳]」 등은 1930년에 『신회화상유집(神會和尚遺集)』으로 출판되었다. 후스의 선학 연구 출발점은 다음과 같다. 선학은 중국에 유입될 당시부터 이미 황당무계한 이야기들이 뒤섞여버렸고 이후 이런 이야기들과 역사적 사실들이 무분별하게 혼재되었다. 따라서 만약 선종의 진의를 정확하게 해석하려면 반드시 역사에 근거해서 정확히 이해해야 하고 여타 중국철학들과 마찬가지로 역사 발전의 맥락에서 살펴봐야 한다.

이 기간 동안 후스는 한일 양국의 선학 연구자인 김구경(金九經), 스즈키 다이세츠[鈴木大拙]와 교류했다. 후스의 선학 연구 덕분에 한일 양국의 불학(佛學) 연구자들 사이에 끈끈한 연대감이 생기기 시작한 것이다.

이들 간의 교류는 한국학자 김구경이 주도했다. 김구경은 한중일 3국과 인연을 맺은 학자로, 1921년 일본으로 건너가 오타니대학[大谷大學] 문학부(文學部)에서 당시 일본 선학연구의 태두이던 스즈키 다이세츠에게서 선종 등 불교학을 사사했다. 1926년 귀국해 조선 경성제국대학(京城帝國大學, 지금의 서울대학)에서 학생들을 가르쳤다. 1927년 베이징대학 문학과를 졸업한 웨이젠궁[魏建功]이 경성제국대학에서 중국어 강사를 하게 되면서 김구경과 교분을 쌓게 되었다. 이런 연고로 김구경은 1927년 9월 경성제국대학 도서관 내 일자리를 그만두고 베이징으로 건너갔다. 웨이젠궁의 도움으로 김구경은 베이징에서 정착해 후스, 루쉰[魯迅], 저우쭤런[周作人] 등 베이징대 교수들과 교류했다. 1928년 베이징대학 중국문학과 교수로 복귀한 웨이젠궁은 김구경에게 베이징대학에서 한국어와 일어를 가르칠 수 있는 자리를 소개해주었다.

김구경은 1932년 4월까지 베이징대학에 재직했는데 『베이징대학교사[北京大學校史]』에도 1931~1932년도에 김구경이 베이징대학에서 강의했다는 내용이 기록되어 있다. 김구경은 중국문학과에서 「한중일 자음 연혁 비교연구(中日韓字音沿革比較研究)」를 강의했고, 외국문학과 일문조(日文組)에서 「회화와 작문[會話與作文]」 과정을 담당했다.[7] 김구경이 중국에 온 이유는 불교를 더 심도 있게 이해하려는 의도도 있었다. 일본으로 건너가 일본 문화예술계 및 종교계 저명인사 다수와 교류했던 20세기 중국의 걸출한 불교학자이자 정토종 거사인 샤롄쥐[夏蓮居]의 말에 따르면, 나이토 고난의 소개로 김구경은 샤롄쥐의 문하에도 있었다.[8] 선종사 연구에 있어서 훌륭한 교육환경에서 성장한 김구경은 중국 둔황석굴 문헌정리 사업에 참여했고 후스의 도움을 받기도 했다.

김구경과 후스의 인연은 후스가 파리국가도서관과 대영박물관에서 두 종류의 『능가사자기』 판본을 발견한 데까지 거슬러 올라간다. 김구경은 이 소식을 스승인 스즈키 다이세츠에게 알렸다. 그는 스즈키 다이세츠의 부탁을 받고 후스에게서 『능가사자기』 필사본을 얻어서 대영박물관 판본 및 파리국가도서관 판본과 대조작업을 진행했다. 김구경 덕분에 후스는 스즈키 다이세츠의 영문판 『능가경연구(楞伽經研究, Studies in the Lankavatara Sutra)』를 접할 수 있었다. 김구경에게 보낸 회신을 보면 후스는 "스즈키 다이세츠 선생의 능가경 연구를 조금 읽어 보았습니다. 정말 대단한 연구를 하셨더군요. 일부 견해는 저하고 일치하지만, 완전히 동의하기 어려운 부분도 있었습니다. 스

---

7   샤오차오란[蕭超然] 등, 『베이징대학교사[北京大學校史] 1898~1949』, 베이징대학출판사[北京大學出版社], 1988, pp. 286~287.
8   샤롄쥐, 「조선 정인보에게[贈朝鮮鄭寅普]」(7수), 『샤롄쥐저술집[夏蓮居著述集]』, 동방출판사 (東方出版社), 2014, p. 287.

즈키 선생은 선종의 구사(舊史)를 과신하신 탓에 능가(楞伽)의 후대 역사들을 이해하지 못하시는 듯 했습니다. (…중략…) 둔황석굴에 보존되어 있던 정각(淨覺)이 저술한『능가사자기』파리국가도서관 판본과 대영박물관 판본을 접할 수 없었을 겁니다. 하지만 전 두 판본의 영인본을 가지고 있습니다. (…중략…) 저는『능가종고(楞伽宗考)』를 저술하려고 했으나 아직까지 완성하지 못했습니다. 자리를 잡았으니 이 책을 계속 완성하려고 합니다. 스즈키 선생의 조언 부탁드립니다"라고 했다. 서신을 보면 또 "제가 소장한 영문판『선종소사(禪宗小史)』를 영국인 사운서(Sauncers)를 통해 스즈키 선생께 보여드렸는데 어떤 견해가 있으신지 모르겠습니다. 이번에 저의『신회화상(神會和尚)』을 동봉하오니 스즈키 선생의 지도 부탁드립니다"라고 했다.[9]

후스와 스즈키 다이세츠의 도움으로 김구경은 1931년『교간 당 필사본『능가사자기』(校刊唐寫本『楞伽師資記』)』를 완성했다. 김구경은 특별히 후스에게『대조교감본(校對版)』의「서문」을 요청했고, 후스도 흔쾌히 이를 받아들였다.「서문」을 보면 좀 더 자세한 내용을 알 수 있다. "민국15년(1926) 9월 8일, 나는 파리국립도서관에서『능가사자기』의 둔황 필사본을 접했다. 당시 나는 이 필사본이 매우 중요한 사료임을 알 수 있었다. 얼마 뒤 런던 대영박물관에서 또 다른 판본을 발견했다. 나는 이 두 판본을 지인에게 부탁해 영인한 후 돌아왔다. 그리고 5년 동안 나는 이 서적들을 정리하려고 틈날 때마다 생각했으나 뜻을 이루지 못했었다. 올해 조선의 김구경 선생이 나에게서 파리국립도서관 판본과 대영박물관 판본 필사본을 빌린 후 이를 교감해 정본(定本)을 만들어 출판했다. 인쇄가 끝난 후 김 선생은 나에게 교감과 서문을 부

---

9   胡適,『複金九經』, 1931.1.2;『胡適全集』第24卷, 第71頁.

탁했다. 내가 오래토록 하고자 했던 작업을 해준 데 대해 김 선생께 감사한 마음이 들어 서문을 써 달라는 요청을 거절할 수 없었다."

다시 후스와 스즈키 다이세츠의 교류를 살펴보자. 두 사람 간의 교류는 매우 오래토록 지속되었다. 1927년 스즈키 다이세츠의 영문 선학 저서인 『선불교논집(Essays in Zen Buddhism)』 제1권이 출간된 지 얼마 되지 않았을 때였다. 후스는 서평에서 스즈키 다이세츠의 연구가 "학술적 성격과 포교의 성격이 반반씩 섞였다"면서, 가장 큰 문제는 둔황 문헌을 간과하는 등 선종의 역사에 대한 고찰이 미진하다는 점을 지적했다. 이후 김구경 덕분에 스즈키 다이세츠와 후스는 서로 더 잘 이해할 수 있게 되었다. 스즈키 다이세츠는 김구경이 보내 준 『교간 당 필사본 『능가사자기』』를 연구해서 「『능가사자기』 및 내용 개괄『楞伽師資記』及其內容槪觀」이라는 문장을 발표했다.

1933년 10월 후스와 스즈키 다이세츠는 일본에서 처음 만났다. 그해 후스는 캐나다에서 열린 제5차 태평양국제학술회의에 참석했다가 10월에 중국으로 돌아오는 길에 일본 요코하마에 들렀다. 그 때 스즈키 다이세츠가 직접 요코하마까지 가서 후스를 맞이했던 것이다. 당시 만남에 대해 스즈키 다이세츠는 훗날 이렇게 회상했다. "후스 선생은 그가 쓴 『신회화상유집』에 대해 중국학자들은 아무런 반응이 없었지만, 주변국의 누군가 알아보고 찾아왔다는 사실에 놀라면서도 감격해했다. 후스 선생은 자국 학자들의 부족한 국제감각을 언급하며 안타까움을 내비쳤다." 1934년 5월 스즈키 다이세츠는 중국에 '불교탐방'을 왔다. 그는 당시 중국 불교의 상황을 파악하고자 했기 때문에 중국 내 유명 사찰 등을 찾아가 중국 불교계 및 학술계의 주요 인물들을 만났다. 이해 6월 9일에 스즈키 다이세츠를 만난 상황을 기록한 후스의 일기를 보자. "스즈키 다이세츠 선생이 방문해 둔황본 『신회어록(神會語錄)』, 둔황본 『단경(壇經)』, 홍성사(興聖寺) 『단경』, 불광국사(佛光國師) 연표탑명(年表塔銘)을 나에게 줬다. 이 자료들은 『선불교논집』에 3부작으로 실렸다. 일본에 유입된 둔황본 『신회어록』은 이시이 미츠오[石井光雄]가 영인했고, 스즈키 다이세츠 선생이 표점해서 인쇄, 출판했다. 이 판본은 내가 교감해서 인쇄한 신회장권(神會長卷)과 대동소이하다. 차이점이라면 앞부분은 내 것이 좀 더 짧고, 뒷부분은 스즈키 선생의 것이 좀 더 길다는 것이다. 이 부분은 추가 연구가 필요하다. (⋯중략⋯) 스즈키 선생의 판본은 '후스본'으로 교감하는 등 상당한 노력을 했다는 점이 돋보인다. 하지만 여전히 오탈자가 눈에 띄는 만큼 교정할 필요가 있다. 나도 교감을 좀 해야겠다."[10] 스즈키 다이세츠의 주도 덕분에 1936년 9월에 일본학자 이마제키 텐포[今關天彭]는 후스가 내놓은 선종 연구논문 6편을 일어로 번역해 『중국 선학의 변천[中國禪學之變遷]』이라는 이름으로 동방학예서원(東方學藝書院)에서 출판했다.

야나기다 세이잔[柳田聖山]이 강조했듯이 후스의 선학 연구는 일본 불학연구자들 사이에 강한 유대관계를 형성했다. 후스가 『신회화상유집』을 출판한 이후 일본에서는 옛 선학 전적들을 끊임없이 발굴해 출판했다. 후스는 스즈키 다이세츠와 야나기다 세이잔, 이리야 요시타카[入矢義高] 등과 서신 왕래를 통해 선학을 토론하고 함께 자료들을 정리해 출판했다. 일본학자들은 능가종(楞伽宗) 고증 분야에서 후스가 이룬 업적을 높게 평가했다. 야나기다 세이잔은 "『능가종고』는 후스의 초기 선종 역사 연구논문의 핵심이다. 그의 주장에는 일관성과 자신감이 넘쳐난다. 그만큼 선학 논증에 있어서 최고 경지에 이르렀다는 것이다. 근대 선종 역사 연구의 새로운 시대를 열었다"고 했

---

10 후스, 「일기(日記)-1934년 6월 9일」, 『후스전집』 제32권, pp.380~381.

다. 실제로 1935년 이후 중일 양국의 초기 선사 연구 작업, 즉 우이 하쿠쥬宇井伯壽의 『선종사연구(禪宗史硏究)』, 스즈키 다이세츠의 『선종사상사연구(禪宗思想史硏究)』2 및 세키구치 신다이[関口眞大]의 『달마대사 연구[達摩大師之硏究]』에는 모두 『능가종고』의 영향을 받았다. 이 외에도 후스는 선종사에서의 신회의 영향력을 연구해 그에 걸맞은 평가를 내렸다. 이에 대해 일본 학자들은 "후스는 일개 개인의 힘으로 근대 중국 선종사 연구에 큰 공헌을 했다"고 칭송하고 "『신회화상유집』 덕분에 세계 각국에서 선종사 연구가 태동했다"고 평가했다.[11]

여기에는 다른 이야기들도 있다. 1935년 『능가종고』를 발표한 후, 후스는 17년 동안 선종사 연구를 중단했었다. 그러다가 1950년대 초에 다시 선종사 연구의 열정을 되살려 일본학계와 교류를 이어갔다. 그 과정에서 후스와 스즈키 다이세츠, 두 사람 사이에 발생한 사건은 큰 관심을 불러 일으켰다. 1953년 4월 후스는 「중국에서의 선종―그 역사 및 방법[禪宗在中國―它的歷史與方法, "Ch'an Buddhism in China―its History and Method"]」을 『동서방철학(東西方哲學, Philosophy East and West, Vol.3, No.1)에 발표했다. "학자로서의 벗인 일본 교토 오타니대학 교수 스즈키 다이세츠 박사는 최근 30년 동안 서구 학자들에게 선(禪)을 소개하고 설명하는 작업을 계속해 왔다. 그는 이런 노력과 함께 선에 대한 담론을 다룬 저작을 상당수 내놓음으로써 영국 등에서 많은 관심과 주목을 받았다. 나는 그의 벗이자 중국사상을 연구하는 역사학자로서 스즈키 선생의 저서들을 매우 흥미롭게 읽었다. 하지만 그의 연구방법에 대해서는 항상 실망감을 감출 수가 없다. 선이 비논리적이고 비이성적이기 때문

---

11 야나기다 세이잔, 「후스 박사와 중국 초기 선종사 연구[胡適博士與中國初期禪宗史之硏究]」, 『후스선학안[胡適禪學案]』, 타이베이[臺北] 정중서국(正中書局), 1975, pp.5~22.

에 우리의 지성으로는 이해할 수 없다는 스즈키 선생 자신과 그 제자들의 견해는 상당히 실망스럽다." 비슷한 시기에 스즈키 다이세츠는 「선을 논하다, 후스 박사에 대한 답변[論禪―對於胡適博士的答辯, "Zen―A Reply to Hu Shih"]」을 발표했는데 "후스는 역사에 대해서는 상세히 잘 알지만 역사 배후의 주요 인물은 전혀 모른다"고 평가했다. 서로에 대한 이런 평가에는 폭풍전야의 느낌이 물씬 풍겼다.

두 사람은 공통 관심사 덕분에 학술적 우의를 다져왔다. 하지만 선종의 진의에 대한 해석에 있어서는 견해를 달리하며 한 치의 양보도 없는 격렬한 논쟁을 벌였다. 선학이 '비이성'적이고 '비논리'적이며 '반역사'적이라는 스즈키 다이세츠의 관점에 대해 후스는 통렬한 비판을 했고, 스즈키 다이세츠 역시 선의 생명력을 객관적인 역사의 틀에 억지로 끼워 맞추려고 한다면서 선학을 역사로 접근하는 방법이 가진 한계를 전혀 생각하지 않는다고 신랄하게 논평했다. 이러한 이견은 선종 신도와 학습자로서의 연구자라는 입장 차이 때문에 생기는 것이다. 후스가 야나기다 세이잔에게 보낸 서신에 보면 "선생께서는 선종의 신도 같습니다. 하지만 저는 중국사상사를 연구하는 학생이지 종교로서 믿지 않습니다. 그래서 저하고 선생님하고는 어떤 부분에 있어서 전혀 견해가 다를 수 있습니다. (…중략…) 일본의 학인(學人)들 (…중략…) 지금껏 제가 30년 동안 지적한 신회(神會)의 중요성을 받아들이지 않아서 상당히 놀랐습니다. 근본적인 차이를 생각해 봤습니다. 제 생각에 여러분들은 불교 신자지만 저는 그저 역사학자더군요."[12] 이런 차이는 대체적으로 다들 공감한다. 근본적으로 후스는 선학을 중국 철학사의 한 부분이라는 시

---

12 후스, 「야나기다 세이잔에게[致柳田聖山]」, 『후스선학안』, 1961.1.15, pp.615~617.

각에서 연구했다. 학술적인 관점에서 사료를 담담하게 처리하고 어떠한 종교적 감정을 개입시키지 않는 등 연구 방향이 일본학자들과 크게 차이가 났다. 또 근대 중국의 계몽학자로서 후스는 권위와 미신을 배격하는 것을 신조로 삼았기에 신학 연구도 '고전정리' 작업의 일환으로만 여겼고 따라서 연구 입장이나 태도도 분명했다. 후스는 중국의 '인도화 시대(Indianization Period)'야말로 중국의 문화발전과 민중의 삶에 불행이라고 여겼고, 이는 그가 선종 불교를 연구하는 기본 입장이었다.

3. 세계 무대에서 '동양 문화'의 목소리를 내다

신문화운동에서 후스의 영향력을 봤을 때, 그는 문학에서뿐만 아니라 사상문화 분야에서도 광범위하게 영향을 미쳤다. 특히 전통문화와 동양문화 고찰에 있어서 그는 계몽학자로서 중요한 작업들을 했다. 「나 자신의 사상 소개[介紹我自己的思想]」라는 글에서 「서구 근대문명에 대한 우리의 태도[我們對於西洋近代文明的態度]」(1926), 「만유의 감상[漫遊的感想]」(1927), 「모두 거울을 보라[請大家來照照鏡子]」(1928)를 언급하면서 "동양문명을 철저히 비판하고, 서구 근대문명을 열렬히 추켜세워야 한다"고 했다. 그렇다면 동양 문화를 격렬하게 비판했던 후스가 어떻게 '동양문화'를 대신해 목소리를 냈던 것일까? 근대 중국의 지식인들 중 문화적 입장이 이처럼 극단적인 이는 후스 밖에 없다. 5·4 사상계에서 후스는 신도덕을 주창하고 구도덕을 반대해 명성을 얻었지만 평생 중국식의 전통적인 혼인을 수호했고, 우위[吳虞]를 '쓰촨성[四川省]에서 공자점(孔子店)을 한 손으로 무너뜨린' 노영웅(老英雄)이라고 추켜세웠지만 미국으로부터 '현대 중국의 공부자(孔夫子)'라는 칭송을 얻었다. 후스 사후 장제스[蔣介石]는 "신문화 중에서 구도덕의 모범이요, 구윤리에서 신사상의 본보기이다[新文化中舊道德的楷模 舊倫理中新思想的師表]"라는 만련(挽聯)을 보냈는데, 이에 대해 여러 이견들이 있었다. 후스는 동양 문화에 대해 서로 다른 두 가지 목소리를 냈다. 하나는 중국을 향해, 다른 하나는 서구를 향해 낸 것이다(중문, 영문으로 각각 구분해서 발표했다). 이는 동양 문화에 대한 진단을 각기 달리 내놓은 것으로 근대 중국 사사상가들 중에서도 매우 드문 경우였다. 이를 통해 20세기 중국 사상가들이 어떻게 자신들의 가치를 지켜냈는지 잘 알 수 있다.

대표적인 글인 「서구 근대문명에 대한 우리의 태도」는 후스가 일본잡지 『가이조[改造]』 중국 특별호에 기고한 것으로 『현대평론』과 『동방잡지(東方雜志)』에도 동시에 발표했다. 이 문장은 주로 동서 문화 논쟁의 과정에서 서양 문명은 유물주의적이라고 멸시하는 반면, 동양문명은 유심주의적이라고 우대하는 당시 관점에 대한 후스의 생각을 담고 있다. "동서 문명 모두 물질과 정신을 강조한다. 동양인들은 남루한 삶에 자족하며 물질 향유에 대한 요구치가 높지 않았지만 우매하고 무지한 스스로에게 만족했다. 그래서 진리 발견과 기계·기술의 발명에 소홀했던 것이다. 그리고 이미 가진 환경과 운명에 만족했기에 자연을 정복할 생각을 하지 못했으며 천명에 순응하고 만족하려 했기에 제도를 개혁할 생각을 못했던 것이다. 또 안분지족하려 했기 때문에 혁명을 생각하지 못하고 복종하는 민중이 되려고만 했다. 반면 서구 근대문명은 '인생의 행복추구'라는 기반 위에 구축되었기에 인류의 물질문명을 크게 발전시켰고 정신적 욕구도 만족시켜주었다." 이를 효과적으로 설명하기 위해 후스는 정신적으로 중요한 도덕 및 종교를 예로 들었다. 고대 종교들은 개인을 구제하는데 주목했고 고대 도덕관념들은 개인의 수양을 중시하긴 했지만 중생을 구제하고 천하를 보살피는 도덕관념들도 존재했다. 하지만 더 이상 손 쓸 수 없는 지경에 이르렀을 때는 결국 개인의 심신 수양에 다시 눈을 돌리게 되고 정확히 파악도 안 되는 심성에 관한 연구와 수양이 이뤄졌다. '공경하고 공손하게 상제를 섬기는[小心翼翼 昭事上帝]' 것은 인류가 자신의 능력을 믿지 않고 초자연적인 힘을 믿기 때문으로 감정적인 위로를 얻기 위해 신이나 귀신, 상제, 천당, 정토, 열반을 믿는다는 것이다. 하지만 서구 근대문명은 과학발전을 통해 인간의 지식을 넓혀 환경이 가진 속박을 벗어나게 해줌으로써 새로운 종교와 도덕, 즉 '하늘을 믿느니 사람을 믿고, 상제에 의지하느니 현대적 종교를 믿는다'는 관념을 탄생시켰다. 여기에는 '이지화(理智化)', '인화(人化)', '사회화된 도덕[社會化的道德]'이라는 세 가지 특징이 내포되어 있다. 과학의 발전으로 인류의 지식이 늘어나면서 인류의 지식 중대방법이 더욱 정밀해졌고 비판능력도 발전했다. 근대 문명은 과학이라는 무기의 힘을 빌려 새로운 세계를 더 많이 개척했고 새로운 진리들을 무수히 발견했으며 자연계의 많은 세력들을 정복했다. 동시에 지식의 발전은 인류의 능력을 높여주었을 뿐만 아니라 사람들의 시야와 포용력을 넓혀주었다. 포용력에 지식 증가까지 더해지면서 사회화된 신도덕이 등장하게 되었다.

후스의 이러한 관점은 5·4 신문화운동 시기에 등장한 '진보이념'을 당시의 '동방문화파'로부터 지키기 위한 것이었다. 동방문화파에는 당시 파급력이 컸던 량치차오[梁啓超]의 『구유심영록(歐遊心影錄)』, 량수밍의 『동서문화 및 철학』, 장쥔마이[張君勱]의 『인생관(人生觀)』 등이 포함된다. 후스로 대표되는

'신파(新派)'는 여기에 대해 상당히 비판적인 입장을 보였다. 량수밍의 『동서 문화 및 철학』에 대해 후스는 각 민족문화가 나타내는 것은 '환경과 시간의 관계에 불과'하다고 했다. 예를 들어 역사적 관점에서 문화를 관찰해 보면 "각 민족은 삶의 본래 노선대로 가야하지만 환경의 차이, 문제의 시급함에 따라 노선 행보에 속도의 차이가 나게 되고 종착지에 도착하는데 있어서도 선후의 차이가 생기게 된다"고 했다. 후스는 역사 발전의 속도에 따라 차이가 생길 뿐 동서 문화에 독특한 가치가 있음을 부인했다.

하지만 영문으로는 다른 관점을 발표했다. 구미 유학파 지식인들에게 영문 작성은 그리 드문 일은 아니었지만 자신의 견해를 발표할 기회를 얻는 것은 쉽지 않았다. 후스는 그만큼 독특한 경우였다. 영어로 견해를 발표하는 것은 언어를 달리 해서 세상에 중국을 표현하는 것이다. 전달대상이 바뀌는 만큼 전달자의 입장도 상당 부분 바뀔 수밖에 없었다. 후스가 대표적인 예라고 할 수 있다. 중국에서 말할 때는 자국민들이 서구문명을 열렬히 받아들여야 하며 '중국본위'와 '중국특징'을 지킬 필요가 없다고 했다. 하지만 서구 청중들을 향해서는 어떻게 했을까?

1926년 11월 11일 후스는 영국 케임브리지대학교(University of Cambridge)에서 "중국은 지난 일천 년 동안 발전 없이 정체되었는가?"라는 제목의 강연을 했다. 강연 제목에서 알 수 있듯이 이는 서구를 대상으로 한 강연이었다. 이 강연을 통해 가장 풀기 어려운, 중국은 정체되었을 뿐 발전이 없었다는 의문을 풀어보고자 했다. 하지만 그는 "'중국이 일천 년 넘게 정체된 채 발전이 없었지 않냐'는 질문을 인정할 수 없다. 사실 당나라 때도 중국 문명이 최고조로 발전했던 시대가 아니었다"라고 했다. 이 말에서 후스가 중국 문명을 방어하는데 내세운 기본적인 사유방식을 엿볼 수 있다. 그는 "이러한 차이는 정도의 차이일 뿐 결코 '종류[類]'의 차이가 아니다"라고 강조했다. 중국과 서구 사이에는 '정도'의 차이만 있을 뿐 '종류'의 차이는 없다고 했는데 이는 매우 중요하다. 만약 '종류' 차이 때문이라고 한다면 중국의 미래는 더욱 암담해질 뿐이기 때문이다. 그래서 중국과 서구 사이에는 '정도'의 차이만 있으므로 동일한 시간순서를 적용하면 미래에는 앞설 수 있다는 희망을 중국에 안겨주었다. 1933년 7월 후스는 미국을 방문했을 때 시카고대학교(University of Chicago)의 요청으로 하스켈 강좌(Haskell Lectures)를 열었다. 이는 후스가 서구세계를 향해 중국문화의 미래를 가장 체계적으로 설명한 강연으로 근대 이후 중서 문화의 관계와 5·4 신문화운동, 특히 중국문화의 향후 발전 추세에 대한 체계적인 견해를 피력했다. 이를 통해 중국의 전통을 수호하는 데에 있어서 후스는 한 걸음 더 나아갔음을 알 수 있다. 즉 중국 역사를 서구 역사 계보에 최대한 포함시켜야 중국이 향후 성장을 실현할 수 있다고 보았다. 즉 서구사회의 발전은 곧 인류의 '보편'적인 발전 모델이고 역사가 변천하는 동안 서구 사회에서 탄생한 모든 것들에는 '정당성'이 있음은 의심할 여지가 없다는 것이다. 후스는 후진국인 중국을 '보편역사(Universal History)'에 포함시켰는데 실제로 그는 서구사회의 발전에서 중국 역사 발전의 미래를 엿볼 수 있다는 점을 실질적으로 인정했다. 즉 '오래된 민족의 부흥[一個古老民族的複興]'이야말로 후스가 평생 추구했던 목표였다. 따라서 서구 독자들을 대면했을 때 중국의 미래에 대한 서구의 절망적인 평가에 반박하기 위해 힘썼고 중국 전통문화가 가진 긍정적 요소를 최대한 이끌어냈다.

후스의 해외 강연들을 여기서 전부 거론할 수는 없다. 다만 1950~60년대 강연 내용을 보면 후스 스스로 의도적으로 세계학술무대에서 '동양문화'를 대변했다는 점은 언급할 필요가 있다.

1953년 초 미국에서 타이완으로 귀국하는 길에 일본을 경유하게 된 후스는 도쿄 히토쓰바시대학[一橋大學] 역사학과 우에하라[上原] 교수와 대담할 기회가 있었다. 우에하라 교수의 질문에 후스는 이렇게 대답했다. "근대의 진보는 중국 고대사상과 괴리될 수 없을 뿐만 아니라 고대의 순수한 중국 전통 사유와 완전히 일치한다는 것이 제 개인적인 견해입니다." 후스의 풀이에 따르면 소위 '순수한 중국 전통'이라는 것은 불교 이전의 중국 사상전통, 특히 유가의 '정덕(正德)'·'이용(利用)'·'후생(厚生)'의 이상을 가리킨다. 후스는 고대 중국의 이 세 가지 사상에는 '인성 중의 선(善)'을 함양'하고 '인민의 행복과 유용(有用)을 증진'하며 '인민들의 부유한 생활 촉진'이라는 의미가 내포되어 있기 때문에 근대 과학·기술이 가진 진보 이념과 일치되고 상통하는 면이 있다고 믿었다.[13] 이런 견해는 후스가 만년에 중국문화에 대해 가졌던 기본적인 태도로 어떻게 중국의 전통을 봐야 하고 어떻게 전통의 가치와 지혜를 발굴해야 하는지를 중점적으로 다뤘다. 이는 일시적인 관점이 아니다. 후스가 발표한 다른 두 편의 중요한 글과 종합해보면 중국 고대의 전통을 계승하는 기반 위에서 어떻게 중국의 신문화를 구축할지를 더 분명히 알 수 있다.

우선 후스는 1959년 7월에 미국에서 열린 동서 철학 심포지엄에서 「중국 철학 내 과학정신과 방법[中國哲學裏的科學精神與方法, "The Right to Doubt in Ancient ChineseThought"]」이라는 장편의 논문을 발표했다. 이 논문은 다음 두 가지 물음에 대한 답변을 서술했는데 하나는 "동양에는 이전에 과학이 정말 없었나?"이고, 다른 하나는 "동양에서는 과학이 왜 발달하지 못했는지? 혹은 과학이 전혀

---

13 본문의 원래 제목은 「살아있는 아시아 문화(活著的亞洲文化)」, 일본 월간지 『가이죠』 1953년 3월호이다. 리쟈(李嘉)의 중문 번역본은 「후스, 일본인에게 아시아 문명 말하다(胡適對日本人談亞洲文明)」, 『연합월간(聯合月刊)』 제3호, 타이베이, 1981.10.

존재하지 않았는지?"이다. 이 두 물음은 이전에 열린 두 차례의 동서철학회의에서 이미 제기되어 어느 정도 결론이 도출된 것들이었다. 첫 번째 물음에 대한 당시 보편적인 답변은 서구에서는 자연과학이 탄생했지만 동양에는 존재하지 않았다 또는 동양에는 가장 초보적이고 얕은 수준의 자연사(自然史) 관련 지식을 다룬 과학이 거의 존재하지 않았다는 것이다. 두 번째 물음에 대한 대답은 각양각색이지만 가장 논란이 될 만한 결론은 한 외국학자가 내놓은 것이다. 그는 "한 문화가 만약 직감으로 얻은 개념만 용납한다면, 가장 초보적이고 귀납적이며 자연사 단계의 서구식 과학을 발전시키는 것은 자동적으로 봉쇄된다"고 했다. 그의 해석에 따르면 직감으로 얻은 개념은 '당장 이해할 수 있는 사물을 나타내며 내포된 의미들은 전부 당장 이해할 수 있는 사물에서 도출한 것'일 뿐이다. 따라서 과학발전에 있어서 동서 양자 간에 천양지차가 나는 이유는 '동양인들이 가설로 도출한 개념에 근거해서 학설을 내놓기 때문이라는 것이다. 후스는 「중국 철학 내 과학정신과 방법」에서 바로 여기에 반박했다. 그는 동양 지식사의 입장에서 동서 이분법적인 이론은 역사적 근거가 없고 '단지 직감으로 얻은 개념만 수용'하는 특정 종족이나 문화도 없으며 '서구식 과학으로의 발전을 자동적으로 봉쇄'하는 특정 문화는 없다는 점을 증명해야 했다. 동양과 서양을 이해할 때 '비교철학의 전문용어'들만 이용해서는 충분하지 않다. 반드시 역사적 시각과 태도에 근거해 동양인과 서양인들이 지식·철학·종교 행위에서 과거 보여준 모든 차이들을 파악해야 한다. 그런 관점에서 접근할 경우 역사 및 지리·기후·경제·사회·정치·개인경험들이 그 차이들을 만들어내는 것임을 명확히 알 수 있다. 후스는 이러한 역사적 관점을 동원할 경우 동서 철학에는 차이점보다 유사점이 더 많으며 분명해 보이는 차이점들조차 역사 요소들 간 결합 정도와 어디에 무게중심을 뒀는지 수준의 차이에 불과하다고 믿었다. 그는 또 중국 고대의 지적 유산들에도 '소크라테스의 전통', 즉 자유로운 문답이나 자유토론 또는 독립적인 사상과 의심, 열정적이면서도 냉정한 앎에 대한 추구 등이 포함되어 있는데 모두 유가 학설의 전통이기도 하다는 점을 분명히 밝혔다.

중국의 지적 유산들 속에 '소크라테스의 전통', 즉 위대한 과학정신과 방법의 전통이 내포되어 있다는 후스의 극찬은 즉흥적인 것이 아니라 그가 평생 주장한 것이다. 후스는 고대 중국의 지적 유산 속에서 서구 철학과 과학을 이식할 수 있는 토양을 찾을 수 있다고 확신했다. 그의 중국철학사 및 사상사 연구는 중국사상과 서구사상을 관통하는, 현대 과학사상에서 중국의 뿌리를 찾아내는데 집중되었다. 또한 '인본주의'와 '이지주의(理智主義)'를 빛내는 중국전통은 후스 자신과 같은 중국학자들의 반성과 실천을 통해 찬란한 미래를 맞게 될 것이라고 믿었다. 후스가 만년에 내놓은 또 다른 글, 「중국전통과 장래[中國傳統與將來, "The Chinese Tradition and the Further"]」에서는 이 문제를 집중적으로 다뤘다. 이 논문은 1960년 7월 10일 미국 시애틀의 워싱턴대학(University of Washington)에서 열린 '중미 학술협력회의[中美學術合作會議, Sino-American Conference On International-Cooperation]' 개막식에서 발표된 것이다. 이 논문에서 후스는 우선 "중국전통은 영원불변이 아니며 중요한 역사 발전과 진화에 따른 최고의 결과물로 봐야 한다"고 했다. 그리고 중국전통을 하나씩 열거하고 중국전통이 부단한 혁신을 통해 발전해 왔다면서 찬사를 보냈다. 후스는 중국의 '인본주의'와 '이지주의'의 전통은 사라지지 않을 것이며 없앨 수도 없는 것이라고 믿었다.

4. 후스와 동아시아의 지식장

　동아시아를 '역사 연구 단위'로 보는 시각은 최근 동아시아 각국 학자들의 많은 관심을 받았다. 사실 학자들 사이에서는 상투적이기까지 하다. 아놀드 토인비(Arnold Joseph Toynbee)가 『역사연구(A Study of History)』에서 제시한 이러한 생각은 문명 중심의 비교연구를 추진하는 출발점이 되었다. 토인비가 '역사 연구 단위'를 제시한 것은 민족국가를 역사 연구의 일반적인 범주로 설정할 경우 역사학자들의 시각을 크게 제한하기 때문이다. 사실상 "유럽에서는 특정 민족이나 민족국가로 그 자체의 문제들을 설명할 수 없다." 그렇기 때문에 토인비 역시 역사 현상들을 더 큰 범주에 포함시켜 비교하고 고찰해야 한다고 주장했는데 그가 말한 더 큰 범주가 바로 문명이다. 이는 역사 연구 단위를 확장해 역사학자들이 특정 전문분야의 연구에만 매몰되어 방향을 잃지 말고 거시적인 시각으로 인류 역사를 조망하는데 힘쓰도록 주안점을 둔 것이다.

　물론 역사 연구 단위 역시 더 축소할 수 있다. 동아시아는 공간의 존재로 이뤄져 있다. 동아시아에 초점을 맞춘다는 것은 과거에 국가나 민족을 분석 단위로 했던 것에서 벗어나 동아시아라는 종합적 특징을 띄는 문화종합체를 설정하고 그 내부에서 일어나는 문화의 형성과 전파·접촉·변천 등에 주목하는 한편, 종합적이고 다각적인 시야에서 문화교류 전반을 설명하는 것을 의미한다. 이런 의미에서 분석틀이자 관찰 시각으로서 피에르 부르디외(Pierre Bourdieu)의 '장(field)' 이론에 주목해야 한다. 부르디외의 복잡한 이론체계 중 '장'은 처음과 끝을 관통하는 핵심개념이다. 그가 말한 것처럼 "분석의 시각에서 하나의 장은 각 위치 사이에 존재하는 객관적 관계의 네트워크 또는 편성형태(configuration)"이다. "'장' 개념에 근거한 사고는 관계의 관점에 기반한 사고이다." 만약 부르디외의 '장' 개념에 비유하면 동아시아는 하나의 '장'으로 이뤄져 있다. 대신 단일한 '장'이 아니라 경제 · 정치 · 문화 등이 복합적으로 결합된 것이라고 할 수 있다. 한편으로 '동아시아 장'이 어떻게 구성되어 있는지, 동아시아라는 공간이 어떻게 연결되어 있는지에 주목하고 연구해 봐야 한다. 이러한 연계성을 정확히 파악할 때 비로소 이 공간에서 벌어지는 문화교류에 대한 우리의 '상상'에 근거가 생길 수 있다. 다른 한편으로 동아시아의 연계만 파악하지 말고 한 걸음 더 나아가 '동아시아 장'을 연계하는 매개를 이해해야 한다. 위르겐 하버마스(Jürgen Habermas)의 '공론장(public sphere)' 이론과 베네딕트 앤더슨(Benedict Anderson)의 '인쇄 자본주의(print-capitalism)'는 현재 자주 인용되는 예시이다. 이 뿐 아니라 신문화사(新文化史) 연구 때문에 전파매체와 사상 · 정치 · 사회 간의 상호관계 연구는 역사연구의 핵심 과제로 부상했다. 관건은 물질과 기술의 진보가 근대 역사판도 형성에 중요한 역할을 미쳤다는 사실이다. 따라서 동아시아를 파악할 때 반드시 세계사와 지역사를 융합해 접근해야 한다. 서구 학문의 동쪽으로의 유입을 살펴보면 신교(新教)의 각 차회(差會)는 본래 국가나 민족을 초월한 단체였다. 중문세계신문처럼 처음부터 국가 단위를 초월해 신교 선교사들의 선교 공간을 확장시켜주는 단초가 되었다. 더 중요한 사실은 뉴스를 생산하는 메커니즘을 갖추게 된 신문에 지역 또는 세계 정보가 집결되는 '장'이 형성되었고, 지방이 심지어 국가를 초월해 정보를 집산하는 구심점이 되었으며, 전제군주시대의 정보를 전파하는 메커니즘과 내용이 바뀌게 되었다는 것이다. 따라서 정보 전파의 매개끼리 연결된 지역과 세계가 어떤 방식으로 등장할지, 특히 지식의 생산과 유통이 보여주는 서로 다른 구도를 그려볼 필요가 있다.

후스라는 대표적이고 전형적인 예를 통해 동아시아 지식생산의 새로운 형태를 알 수 있다. 미국 유학생을 대표했던 후스는 수적으로 훨씬 더 많은 일본 유학생들이 동아시에 대해 언급했던 것보다 비교적 적게 다룬 편이다. 하지만 그는 한국·일본에까지 영향을 미쳤고, 동아시아 각국 학자들과의 밀접하게 교류하는 한편, '동아시아'·'동양'과 관련된 문제에 대한 논의를 주도했다. 부적절한 예이긴 하지만 후스는 자서전에서 그의 부친인 후쳰[胡傳]을 '동아시아 최초 민주국가의 희생자'라고 칭하기도 했다. 중요한 점은 이러한 교류 방식을 통해 후스는 동아시아 여타 국가들이 추진 중인 관련 연구를 파악하는 한편, 일부 중요한 연구의 경우 서로 핵심 사료들을 공유하고 의견을 교환하는 등 새로운 지식생산의 메커니즘을 형성했다. 이와 함께 동양 문화는 후스라는 막강한 영향력을 지닌 학자를 통해 국제학술무대에 등장했고 동서 문화의 상호 영향력을 확대했다. 즉 동아시아 인문지식의 생산은 결코 동아시아 각국에 대한 서구의 일방적인 영향력을 발휘한 결과물이 아니라 서구와 동아시아 각국의 상호 영향 속에서 종합적으로 형성된 것이라는 점이다. 다시 말해서 동아시아 지식생산은 통시적으로 보면 근대 지식발전의 축소판이지만, 공시적으로 보면 문화나 지역, 학과의 범주를 넘어서는 관점에서 동아시아가 세계사에서 차지하는 위상과 의미를 고찰할 수 있다.

---

* 번역 : 하병준, 중국 고전문학 전공, 현재 안양대학교 중국어과 강사, 번역서로는 『진시황의 비밀』(2010, 시공사), 『공자의 인생강의』(2011, 시공사) 등을 출간했다.

참고문헌

지셴린[季羨林] 편, 『후스전집[胡適全集]』, 안후이교육출판사[安徽教育出版社], 2003.

겅윈즈[耿雲志] 편, 『후스 유고 및 비밀서신[胡適遺稿及秘藏書信]』 제42권, 안후이황산서사
    [安徽黃山書社], 1994.

야나기다 세이잔[柳田聖山] 편, 『후스선학안(胡適禪學案)』, 타이베이[臺北] 정중서국(正中
    書局), 1975.

어우양저성[歐陽哲生], 「신문화의 타지 반응—일본에서의 후스 및 그 저작물[新文化的異域
    回響—胡適及其著作在日本]」, 『중국문화(中國文化)』 제2호, 2015.

진저[金哲], 「후스와 20세기 상반기 조선 현대문단[胡適與20世紀上半期的朝鮮現代文壇]」,
    『당대한국(當代韓國)』 제4호, 2012.

진루이언[金瑞恩], 「후스, 한국에서의 90년[胡適在韓國九十年]」, 『현대중문학간(現代中文
    學刊)』 제6호, 2011.

오스기 사카에[大杉栄], 자유의 각성과 생명의식

김병진

오스기 사카에[大杉栄]는 1885년 1월 17일 가가와[香川]현 마루가메[丸龜]에서 일본 육군의 장교였던 아버지 오스기 아즈마[大杉東]와 도요[豊] 사이의 장남으로 태어났다. 생후 얼마 지나지 않아 군인인 아버지의 부임지를 따라 도쿄를 거쳐 4살이 되던 1889년부터 니아가타[新潟]현 시바타[新発田]에서 소년시절을 보낸다. 14살에 나고야[名古屋]의 육군유년학교에 입학하게 되나, 3학년 무렵 동급생과의 격투 중 중상을 입고

오스기 사카에(맨 오른쪽), [大杉栄, 1885~1923]

퇴학처분을 받는다.

1902년에 상경해 순천중학교 5학년에 편입한다. 이 무렵 어머니가 급서한다. 아시오광독[足尾鑛毒]문제로 인해 사회문제에 관심을 갖게 된다. 1903년에 도쿄외국어대학에 입학한다.

1904년부터 평민사 활동에 참여한다. 1906년에 전차요금인상반대 시위에 참가하다 투옥된다. 보석된 후에 호리 야스코[堀保子]와 결혼하고 에스페란토어학교를 설립하여 강사가 된다.

1907년 크로포트킨 「청년에 고한다」를 번역하여 필화사건으로 5개월여동안의 투옥을 시작으로 옥상연설사건과 연이은 적기사건으로 도합 약 3년 4개월간 옥중 생활을 하게 된다.

1909년 옥중에서 아버지의 부고를 듣게 되고 11월에 출옥하고서 매문사(売文社)에 참가한다.

1911년 '대역사건'의 사형수들의 시신을 수습한다. 1912년 10월 아라하타 간손[荒幡寒村]과 함께 월간지 『근대사상(近代思想)』을 창간하면서 동지들과 연락을 꾀한다. 『근대사상』 소모임을 통해 문인들과 교류를 갖는 한편으로 생디칼리즘연구회를 시작한다.

1914년 『근대사상』을 중단하고 월간 『평민신문(平民新聞)』을 창간하지만 4호를 제외하고 모두 발매금지처분을 받게 된다. 이듬해 재차 『근대사상』을 복간하지만 1호를 제외하고 계속된 발매금지로 폐간된다.

1916년 무렵부터 이토 노에[伊藤野枝]와 동거하기 시작하나 11월에 하야마[葉山]의 히카게차야[日陰茶屋]에서 또 다른 연인이었던 가미치카 이치코[神近市子]로부터 중태에 이르는 자상을 입고 중태에 빠진다. 이 사건으로 사회적 비난의 표적이 된다. 호리 야스코와는 이혼한다.

동지들로부터도 고립되었고 이토 노에와 곤궁한 생활을 이어가는 와중에 첫딸 마코[魔子]가 탄생한다. 이후 슬하에 1남4녀의 자식들을 둔다.

1918년 『문명비판』을 창간하면서 재기를 알리고 노동운동연구회를 시작한다. 와다 규타로[和田久太郎], 히사이타 우노스케[久板卯之助]와 함께 『노동신문(勞働新聞)』을 발행하지만 이것도 당국에 의해 연속발행 금지를 당한다. 오사카에서 쌀소동[米騷動]을 시찰하고 부분적으로 가담한다.

1919년에 동지들과 꾸려가던 연구회를 '북풍회(北風會)'와 통합하면서 노동운동의 중심활동가들에게 영향을 미친다. 치안당국의 감시와 간섭으로 대중활동을 할 수 없던 오스기는 다른 연사의 연설회에서 질문공세와 자기주장을 통해 선전의 장으로 접수해버리는 '연설회접수(演説会もらい)' 투쟁을 활발히 펼쳤고, 당국의 눈을 피해 각지의 동지들의 집회에 참석한다. 제1차 『노동운동(勞働運動)』을 간행하고 인쇄공조합 등 노동운동을 지원하기도 하고 학생들과의 담화회도 갖는다. 활발한 활동에 제약을 가하기 위해서인지 미행형사와의 승강이를 빌미로 3개월간 구금된다.

1920년 일본사회주의동맹의 창립준비에 참가하고 발기인의 한 사람이 된다. 상하이로 밀항해서 코민테른의 극동사회주의회의에 출석한다. 귀국 후에 일본 공산당계열과 제2차 『노동운동』을 공동 간행한다. 폐질환이 심해져 병원입원과 요양생활을 보낸다. 공산당과의 연합전선에 종지부를 내고 제3차 『노동운동』을 발행한다.

1922년 관영 야하타[八幡]제철소 총파업 2주년기념회에서 연설을 행하고 일본노동조합총연합 창립대회에 출석한다. 하지만 총연합은 이전부터 이어지던 공산당계열과 아나키스트계열의 알력으로 분열되면서 결성에 이르지 못한다. 연말에 국제무정부주의대회 출석을 위해 다시 한번 상하이로 밀항한 다음 중국동지와 회합하고 그들의 도움으로 프랑스로 향한다.

　1923년 베를린에서 열릴 예정이었던 국제무정부주의대회가 연속된 연기와 제1차세계대전 이후 강화된 국경심사로 인해 약 5개월 간 프랑스에 머물게 된다. 파리근교의 생드니에서 노동절 대회에서 연설하다가 프랑스경찰에 체포되어 국외 추방되어 7월에 귀국한다. 관동대지진 이후의 혼란한 틈에 이토 노에, 6살의 조카 다치바나 소이치[橘宗一]와 함께 도쿄헌병대에 구인된 후 학살당한다.

1. 오스기 사카에와 동아시아 지식장

　오스기 사카에는 일본의 대표적인 아나키스트로 알려진 인물로, 다이쇼시대의 민중운동이 고양되던 시기에 사회주의이론을 실제 노동운동에 본격적으로 연결시킨 최초의 인물로도 소개되고 있다[1]. 근대 일본에서 아나키즘, 혹은 비공산당계열의 사회주의가 가장 영향력을 발휘했던 시기는 다이쇼시기(1910~1920년대 중반)이다. 그리고 오스기 사카에가 아내인 이토 노에와 함께 관동대지진의 혼란 속에서 살해당하면서 일본의 아나키즘은 쇠퇴하게 되었다고 평가된다. 그는 『근대사상(近代思想)』과 같이 문단의 주목을 받던 잡지의 편집자이자 평론가, 그리고 번역자로도 크게 명성을 떨쳤을 뿐만 아니

1　秋山淸, 『日本の反逆思想』, 現代思潮社, 1960, p.76.

라 크로포트킨과 같은 서구아나키즘의 번역을 통해 '지도적인 아나키즘 사상가'로서 그리고 당시의 노동운동에서 크게 영향력을 발휘한 아나르코 생디칼리즘 진영의 '카리스마적' 이론가로도 알려져 있다. 오스기의 사상은 공동전선, 프롤레타리아문학, 노동운동과 정치운동의 중앙집권주의 대 분권주의, 노동자에 대한 지식인의 역할, 혁명 이후 사회의 성질, 그리고 당파에 관계없이 사용될만한 전술 등과 같이 사회변혁을 지향하는 사람들에게 있어 매력적인 관심사를 여전히 발산하고 있다.

한국 학계에서도 크로포트킨이나 바쿠닌과 같은 서구아나키즘의 식민지 조선으로의 수용경로에 관한 연구나 사회주의, 혹은 아나키즘운동사 연구에서 그의 이름이 거론되어 왔다[2]. 또한 유치진의 민중연극이나 염상섭의 문학이라는 조금은 낯선 곳에서 오스기의 사상과의 연계가 드러나기도 한다. 그것은 오스기의 아나키즘이 바쿠닌이나 크로포트킨 등의 서구 아나키즘의 순수한 계승이 아니라 그것과 더불어 다양한 사상적 요소가 포함되어 있어 순수한 의미의 아나키즘이라고 말하기 어려운 측면이 존재하기 때문이다.

오스기가 저술한 텍스트에는 '생'이나 '본능'과 같은 단어가 빈번히 보인다. 오스기의 논조의 특징은 생물학적인 특징을 갖는 '생'이나 '본능'을 통해 이를 억압하는 사회제도 일반을 비판한다는 데 있다. 이러한 접근은 일본의 다른 사회주의자들에게서는 좀처럼 보이지 않는 특징이라 할 수 있다. 그는 사회주의운동의 근거를 생물학적인 '생'이나 '본능'에 두면서 동시대의 '다이쇼(大正)생명주의'의 흐름과 밀접한 접점을 갖고 있다.

한국어로도 출간된 오스기의 『자서전』에는 오카 아사지로[丘浅次郎]의 『진

---

2 오스기 사카에의 영향에 관한 논문으로는 박종린(2008)이 있지만 오스기의 독창성에 주목하기보다는 서구 아나키즘의 단순한 전달자라는 등식을 답습하고 있다.

화론강화(進化論講話)』를 처음 읽고 새로운 세계를 발견한 듯 깊은 인상을 받았다고 전하고 있다. 그의 자연과학 혹은 진화론에 대한 관심은 이후 다윈은 물론 바이즈만, 헥켈과 같은 다위니즘계열의 진화론과 함께 물론 이에 비판적인 크로포트킨 『상호부조론』이나 드브리스의 돌연변이설, 베르그송의 『창조적 진화』에도 관심을 넓혀가며 자신의 아나르코 생디칼리즘을 정당화시켜 갔던 것이다. 오스기는 일견 상호 충돌하는 듯이 보이는 서구의 철학과 과학사조를 보편적인 '생명'을 매개로 독특하게 재편시켜 사회운동의 이론으로 만들어 갔던 것이다.

이렇게 형성된 그의 사상은 일본으로 유학을 간 식민조선의 지식인들을 통해 1920년대 이후 수용되면서 사회주의운동, 노동운동 영역뿐만이 아니라 문예의 다방면으로 확산된다. 또한 오스기는 다른 아시아 혁명가들과 인적인 교류도 활발히 펼친 것으로 유명하다. 리 스청[李石曾]이나 리우 스페이[류스페이[劉師培]], 창 기[張繼]와 같은 중국아나키스트들은 물론 대한민국임시정부 요인들과도 네트워크를 형성하였다.

그러면 오스기의 생애를 따라 그의 사상형성과 사회운동의 전개, 그리고 동아시아 지식장에서 어떠한 교류가 있었는지를 구체적으로 살펴보도록 하자.

2. '생의 확충'으로서의 예술

오스기 사카에는 고지식한 군인 아버지와 아름다우면서도 억척스러운 어머니 사이에서 개구쟁이 장남으로 태어났다. 당시 일본은 청일전쟁이후 청으로부터 할양받았던 요동반도를 프랑스, 독일, 러시아의 외압으로 청에게 돌려주게 되면서 국민들 사이에서 내셔널리즘이 팽창하던 시기였다. 군인집안이었던 만큼 군인을 지망하고서 육군유년학교에 입학하게 된다. 입학당시 인기가 높았던 독일어과를 희망했지만 입학 석차 순에 따라 프랑스어과에 배속된다. 우연찮은 이 결정은 오스기가 이후에 아나키즘과 베르그송 등의 생명사상에 쉽게 접근하는데 도움이 된다.

메이지정부에 대항해 세이난전쟁[西南戰爭][3]을 일으켰던 반역자 사이고 다카모리[西鄕隆盛]를 존경하면서 무술에 열중했던 오스기는 이윽고 반역을 동경하고 낭만주의 문학에 심취하게 된다. 상관에 대한 맹목적 복종을 강요하는 학교 분위기에 질려 교관에게 반항하는 불량생도가 된 그는 결국 동기생과의 결투가 원인이 되어 학교에서 퇴학당하고 만다. 재학 2년 동안 성적은 '실과'에서 수석, '학과'에서 차석이지만 '소행'은 최하위로 극단적이었다.

그 후 오스기는 문학가를 희망하며 상경하지만 부친의 반대로 어학연구를 빙자해 도쿄외국어학교(현 도쿄외국어대학) 불문과에 입학한다. 어학열이 높아있던 당시 일본 육군의 분위기가 반영된 타협이었다. 하숙생활 도중에 동

---

3   1877년에 일어난 내란으로 메이지유신 지사 중의 한 사람이었던 사이고 다카모리가 메이지정부의 급격한 근대화노선에 대한 불만으로 가지고 사쓰마번[薩摩藩]의 무사들을 이끌고 일으킨 반란으로 정부군의 승리로 끝을 맺는다.

료의 권유로 오카 아사지로의 『진화론강화』를 통해 진화론을 접하게 된다. 또한 아시오광독[足尾鉱毒]문제[4]에 대한 학생들의 시위를 보면서 사회문제에도 관심을 갖기 시작한다.

러일전쟁의 전운이 감돌던 무렵 고토쿠 슈스이[幸德秋水]와 사카이 도시히코[堺利彦] 등이 반전론과 경제적 평등을 주장하는 사회주의를 전면에 내세우며 『평민신문(平民新聞, 週刊)』을 창간하자 오스기도 평민사의 문을 두드린다. 평민사의 강연회와 '사회주의연구회'에 참석하면서 차츰 사회주의에 감화되어 갔지만, 졸업한 다음에 육군대학의 프랑스어 교관이 되는 길을 생각한다. 취업활동과 함께 평민사의 활동을 이어가던 중 도쿄시의 전차요금인상을 반대하는 시위의 선두에 서서 체포된다. 당시 시위지도부의 온건화 방침에도 불구하고 수천명의 시위인원들은 투석, 선로점거, 경관들과의 난투 등으로 과격해져 갔고 오스기 또한 이들과 함께했다. 지도적 사회주의자로 체포, 투옥될 정도로 '눈부신' 활약을 하게 되는데 오스기는 이것으로 취업활동을 중단하고 사회주의운동에 투신하게 된다.

1900년을 전후해서 초기일본사회주의는 고토쿠나 사카이와 같이 마르크스주의를 기반으로 독일의 사회민주당을 모델로 하는 그룹과 아베 이소오[安部磯雄]나 기노시타 니오에[木下尚江]와 같이 기독교에 입각해서 사회개량을 추구하던 기독교사회주의 그룹으로 크게 나뉘었지만 두 그룹 모두 사회주의 실현에 있어서 의회주의적인 노선을 지향하면서 상호 협력하고 있었다. 그러나 러일전쟁기간 동안의 반전운동을 빌미삼아 당국이 강경한 탄압으로 응대하자 고토쿠 슈스이를 중심으로 하는 그룹은 의회노선을 철회하고 시위나

---

4   메이지시기 초기부터 도치기[栃木]현과 군마(群馬)현의 와타라세[渡良瀬]천 주변에서 벌어진 아시오 구리광산의 매연과 광독수 등에 의해 일어난 공해 사건.

공장점거 등의 직접행동을 통해 사회주의를 실현하는 방향으로 급선회하게 된다. 오스기는 타고난 행동력과 어학능력을 출중히 활용해서 이들 직접행동파의 투사로서 두각을 나타낸다. 위험문서를 번역, 출간하고 집회에서는 도발적이고도 대담한 행동으로 체포, 투옥을 반복하며 도합 3년 4개월간을 옥중에서 보낸다. 감옥 생활을 하는 동안 에스페란토, 이탈리아어, 스페인어, 독일어, 러시아를 공부하면서 헉슬리, 헥켈, 다윈 등의 진화론을 비롯한 자연과학에서 사회학, 경제학, 인류학, 철학, 문학에 이르기까지 방대한 서적을 독파한다.

오스기가 옥중에서 스스로를 단련해 가고 있던 1910년, 고토쿠 슈스이를 포함한 24명의 사회주의자들이 천황암살을 모의했다는 혐의로 체포되어 이듬해 사형을 선고받고 그중 절반이 처형되는 '대역사건'이 일어난다. 오스기는 감옥에 있던 탓에 화를 면했지만 살아남은 자의 슬픔은 이듬해 남긴 「춘삼월 교수형에서 남겨져 꽃잎에 흩날린다[春三月縊り残され花に舞ふ]」는 시에서도 역력히 담겨져 있다.

'대역사건'이란 대탄압 이후는 사회주의자들에게 '겨울시대'라 불리는 운동의 후퇴하였다. 사카이 도시히코 등 메이지기 이래 사회주의 잔당들은 매문사(売文社)을 설립하고서 사회주의운동이 재기할 기회를 보고 있었다. 오스기도 출옥 후에는 매문사에 몸을 의탁하지만 강요된 침묵을 견디지 못하고 1912년 10월에 아라하타 간손[荒幡寒村]과 더불어 『근대사상』을 창간한다.

『근대사상』은 '사회주의운동의 부활을 노래하는 나팔'을 추구했지만 탄압을 피하기 위해 철학과 문예의 영역에서 논전을 전개해 갔다. 방편으로 문예잡지라는 외양을 썼다고는 하지만 문단에서의 평판은 무척이나 호의적이었다. 옥중에서 '예전에 탐닉하듯이 긁어모았던 (사회)주의 지식을 거의 대부분 내던

저 버리고 그 자신의 머리를 처음부터 개조하고자 기획'했다고 말하고 있듯이 자립을 지향한 분연한 첫 기획이 바로『근대사상』이었다. 오스기는 그가 섭렵한 서구 사조들을 순수한 철학이나 문예영역에 한정시켜 사고하지는 않았다. 『근대사상』제1권 제1호에 게재된「본능과 창조」에서 쓰보우치 쇼요[坪内逍遙]의 입센에 대한 논의를 비판하면서 다음과 같이 쓰고 있다.

> 나는 이 충동적 행위 혹은 본능적 행위가 근대의 너무나 총명해서 너무나 우유부단한 청년들에 대한 일종의 해독제가 되어 그리고 베르그송의 이른바 창조적 진화의 한 원동력이 되어 현대의 너무 침체되어 버린 퇴폐적 기분을 구원할 중요한 한 요소일 것이라고 생각한다. 그리고 민중의 정신이 역사적 상태에서 부활해 모든 것이 본능적이 되고 창조적이 되고 또한 시적으로 될 때, 거기에 역사의 반복이 일어난다고 한 비코(Giambattista Vico)의 이른바 리코르시(ricorsi) 이론 등도 이런 점에서 보면 다소 의미가 있다고 생각한다.[5]

잠바티스타 비코와 베르그송을 인용하면서 원시시대부터 축적되어 온 지식을 지니고 있는 근대인이기 때문에 스스로를 속박시키고 있는 관습과 제도를 혁파하고 재래의 환경을 벗어나 스스로의 경험과 본능에 의해 새로운 세계를 열어가라고 주문한다. 이 글에서 오스기는 문단의 지식인들에게 문제제기를 던지고 있다. 그리고 '근대사상 소모임'을 통해 도키 아이카[土岐哀果], 소마 교후[相馬御風], 바바 고쵸[馬場孤蝶], 가미쓰카 쇼켄[上司小劍], 이바 다카시[伊庭孝]와 같은 당대의 문학자들과 교류도 확대해 간다. 그와 문학자들

---

5   「本能と創造」,『大杉榮全集』第5卷, 現代思潮社, 1963, p.105.

이 공유했던 연결고리는 당시 문학의 주요 관심사였던 '자아의 확립'이었다. 오스기에게는 '자아의 확립'이란 필연적으로 이를 가로막고 있는 현존 사회에 대한 '반역'으로 귀결될 수밖에 없는 것이고 문학자, 지식인들이 당연히 그 결론에 도달할 것이라 여겼다.

그래서 오스기가 요구한 것은 혁명정당이나 혁명정부의 정책에 종속되는 프로파간다 문학이 아니라 '자아의 확립'에 의해 필연적으로 '반역'이라는 길로 들어설 문학, 현존 사회에 대한 '확실한 사회적 지식의 바탕 위에 세워진 철저한 증오미와 반역미'를 갖춘 문학의 창조였다. 혁명의 문학이면서 동시에 문학혁명이 될 것을, 그리고 개인혁명과 사회혁명의 동시수행으로 이를 뒷받침할 것을 요구했다.

그러나 오스기는 『근대사상』을 통해 그러한 혁명의 방식을 왜 문단의 지식인을 대상으로 서술하였던 것일까? 당시 같은 사회혁명의 길을 걸어왔던 동료 사회주의자들을 대상으로 하지 않았던 것은 단순히 치안당국의 탄압이라는 이유만은 아니었던 듯하다.

사회주의는 믿는다. 평민의 해방은 우리들의 의지 이외에 어떤 종류의 사정, 특히 공업의 발달로부터 발생하는 사정과 관계한다. 노동계급의 정신적 진보는 단지 이런 해방을 용이하게 만드는 것에 불과하다. 새로운 경제가 새로운 도덕을 만든다고.

사회주의는 이른바 물질적사관설에 입각해서 사회진화의 요소로서 경제적 과정, 기술적 과정을 과대시한 결과 필연에서 자유로의 비약을, 외적 강압에서 내적발의로의 창조를 단순히 도착점으로만 강조해버리고 동등하게 이것을 출발점으로 두는 것을 잊어버렸다.[6]

사카이 도시히코와 같은 메이지사회주의자들은 '제2인터내셔널 정통파 마르크스주의'를 따른다고 자임했다. 그들은 당시 통속적인 마르크스 해석에 따라 경제적 상황 등 물적 토대가 무르익어야만 사회주의운동도 가능하다는 입장이었다. 오스기는 그들 사상의 한계성을 지적하고 이에 대한 극복을 역설한다. 그는 당시 일본의 마르크스주의자가 사회를 '과중시'한 결과 '인간', 구체적으로는 '개인'과 그와 관련된 일체의 문제를 배제시켰다고 봤다. 그 결과 숙명론적인 기계적결정론으로 빠지게 된 것이라 비판한다. 이것은 당시 일본 사회주의운동이 침체된 상황을 타개하려는 의도와 함께, 제2인터내셔널의 이른바 '혁명적 대기론', 즉 경제적 위기가 발생하여 분위기가 성숙될 때까지 대기하여야 한다는 전략에 대한 비판이기도 했다.

오스기가 이러한 견해를 나타낸 것은 '대역사건' 이후 일본의 폐쇄적 상황, 즉 관헌의 탄압뿐만이 아니라 무산계급조차 사회주의운동에 비호의적인 태도를 보였기 때문이다. 무산계급은 힘든 일상 속에서 기존의 자본주의적 제도와 생활양식에 충실해야만 그나마 기초적인 생존이 가능했기에, 당연히 이에 순종적이 될 수밖에 없었다. 이렇듯 무산계급이 자본주의 경제체제뿐만이 아니라 지배계급의 헤게모니 안에 포섭되어 있는 상황에서, 사회 변혁의 가능성과 사회의 새로운 구성을 고민하게 된 것이다.

주인이 기뻐하고 주인에게 맹종하고 주인을 숭배한다. 이것이 전사회조직의 폭력과 공포 위에 세워진 원시시대로부터 근대에 이르기까지 거의 유일한 커다란 도덕률이었던 것이다.

---

6   「生の創造」, 『大杉榮全集』 第2卷, pp. 55~56.

그리고 이 도덕률이 인류의 뇌수 속에 쉽게 잊혀질 수 없는 깊은 골을 만들어 버렸다. 복종을 기초로 하는 오늘날의 모던 도덕은 요컨대 이 노예근성의 흔적이다.[7]

오스기는 「노예근성론」에서 지배권력의 원천은 무력이 아닌 것은 물론이요 금력도 아니라고 말한다. 또 지배의 가장 굳건한 토대는 지배계급에게 스스로 복종하려는 민중들의 마음이라는 것이다. 복종이 있기에 지배가 있는 것이지 그 반대는 아닌 것이다. 따라서 민중이 마음을 돌이키는 순간 어떤 독재 권력도 사상누각이 될 수밖에 없다. 혁명은 민중 편에서 감행되는 정신의 각성에서 비롯되는 것이다. 혁명은 물론 기존 정권이나 체제를 타도하는 일이다. 그러나 그것은 절반의 진실일 뿐이다. 혁명은 또한 새로운 정신이 탄생하고 이 정신이 대중에 깊이 스며드는 과정이기도 하다. 혁명의 과정에 새롭게 형성되어 가는 정신은 기존 질서를 와해시키고 새로운 질서의 토대 구실을 할 것이라고 한다. 그의 이러한 언설이 17세기 프랑스사상가 에티엔느 드 라 보에티 『자발적 복종』을 참조한 것인지는 확인되지 않았다. 딕슨 덴헴(Dixon Denham)의 『북부 중부 아프리카 여행과 발견에 대한 이야기(*Narrative of Travels and Discoveries in Northern and Central Africa, in the Years 1822, 1823, and 1824*)』에서 나오는 다양한 사례들을 소개한 후에 오스기가 내린 결론은 라 보에티가 제시한 문제제기와 유사한 결론에 도달하고 있다.

당대 마르크스주의의 속류화된 유물론적 사유가 전체 사회의 동학으로 자본주의 발전단계론을 설정했다면, 오스기는 대항적인 노동의 새로운 구성을

---

7 「奴隷根性論」, 『大杉榮全集』第2卷, p. 20.

통해 사회 변혁을 창출하고자 한다. 물론 그도 자본주의사회의 역사적인 발전이, 체제 자체를 위기에 몰아넣고 또한 그것을 파괴할 수 있는 주체, 즉 적대적인 주체로서 노동자계급을 형성시킨다는 것을 인정하고 있다. 그렇지만 진정한 위기는 노동자계급의 대항적인 자율성이 자본의 질서에 압박을 가할 때에만 나타날 것이라고 보았다.[8]

그리고 생의 확충에서 생의 최상의 미를 보는 나는 반역과 파괴 속에만 오늘날의 최상의 미를 본다. 정복의 사실이 그 정상에 다다른 오늘날에 이르러서는 조화는 더 이상 아름다움이 아니다. 아름다움은 단지 난조(亂調)에 있다.

지금 삶의 확충은 단지 반역에 의해서만 달성될 수 있다. 신생활의 창조, 신사회의 창조는 단지 반역에 의할 뿐이다.[9]

근대생물학, 특히 진화론과 베르그송의 '생철학'에 영향을 받은 그는 사회주의를 사물과는 다른 생명 고유의 성질을 지닌 인간의 활동이라고 규정한다. '생'은 그 본성상 부동적이지도 고정적이지도 않으며 '확충'을 전제로 하는 동력이라고 전제하면서, 사회주의로의 이행은 자율적인 주체가 구체적으로 자기를 구성해가는 과정 자체라고 말한다. 이는 외부의 압박에 의해 수동적으로, 그리고 파국 이후의 예정적인 방식으로 주체가 만들어지는 것이 아니라, '생의 직접 활동'인 '실행'을 통한 능동적인 방식으로 이루어져야 한다는 견해이다. 오스기는 이러한 주체형성 과정의 '실행'을 혁명으로 생각하였

---

8   김병진, 「大杉榮の「政治的な理想」論—戰略としての「自己獲得運動」の意味」, 『일본학보』 97집, 2013.11 참조.
9   「生の擴充」, 『大杉榮全集』 第2卷, p.34.

으며, 이는 역사적 객관과 주체화가 합치되는 '예술적 영역'에 해당한다고 말한다. 이와 같은 논의는 '다이쇼생명주의[大正生命主義]'의 구체적 표현의 하나라고 생각할 수 있다. 즉, 신도 물질도 아닌 그와 동등한 가치를 지닌 '생명'이라는 원리의 전개로서 세계를 사고하는 세계관으로, 진화론 등의 자연과학을 매개로 전개되었기 때문에 합리주의와도 조응하였다. 여기에는 서구 진화론의 전개과정과 '생철학'의 다양한 사조, 그리고 프래그머티즘, 로망 롤랑과 엘렌 케이 등의 민중예술론 등이 동아시아적인 문화와 만나면서 다각적으로 개입하고 있다.

오스기는 같은 해 9월에 『근대사상』을 '지적 마스터베이션'이라고 자조하고 폐간하고서 10월에 『평민신문』(월간)을 창간해 「제정신의 광인」임을 자부하면서 시사잡지를 통해 본격적으로 사회참여에 나선다. 노동계급 속에서 그가 주장하는 문학이 창조되어야 하며 반듯이 그렇게 될 것이란 견해를 강하게 드러낸다. 그것은 민중예술론으로 구체화 된다.

오스기의 민중예술론은 자신이 번역한 로망 롤랑의 『민중예술론』에 대부분을 의지하고 있지만 당대의 다른 민중예술론과 다른 점은 그가 민중을, 특히 지배와 착취로부터 반역하고 일어서는 '평민노동자'로 파악했던 것이다. 이와 같이 파악함으로써 그는 '증오미와 반역미'의 문학의 창조의 주체를 부르주아 진보사상가가 아닌 노동자계급에게 찾을 수 있었다. 그리고 소설이나 연극과 같은 문예작품만을 예술로 여기지 않고 노동운동 자체를 예술로 삼는다는 점이 오스기의 민중예술론의 또 다른 특징이다. 오스기에게 노동문학과 노동운동은 일체불가분의 것이었다. 현존 질서에 대한 반역인 노동운동 없이는 노동문학은 성립할 수 없고 노동문학은 노동운동 속에서 필연적으로 만들어지는 문학이기 때문이다.

다년간의 관찰과 사색으로부터 생의 가장 유효한 활동이라고 믿게 된 실행이다. 실행의 전후는 물론, 바로 실행하는 동안이라 하더라도 당면한 사건의 배경이 더욱 또렷이 머리에 떠올라 있는 실행이다. 실행에 동반하는 관조가 있다. 관조에 동반하는 황홀이 있다. 황홀에 동반하는 열정이 있다. 그리고 그 열정은 거듭 실행을 부른다. 거기에는 더 이상 단일한 주관도 단일한 객관도 없다. 주관과 객관이 합치되는, 그것이 혁명으로서 나의 법열의 경지이다. 예술의 경지이다.[10]

그리고 궤를 같이 하여 정례적인 노동연구회를 열어 노동자운동 속으로 다가가려 노력한다. 이렇게 오스기는 노동운동의 실제에 다가가고자 했지만 거기에는 또 하나의 모진 시련이 기다리고 있었다. 시대는 여전히 엄혹한 계절이었다. 시사비평과 노동운동 관련 기사를 게재한 『평민신문』은 계속해서 발행금지 처분을 받게 된다. 『평민신문』의 유지가 어려워지자 다시 『근대사상』을 복간시켰으나 당국의 발행금지 처분은 집요하게 오스기 일행의 발목을 잡는다. 자신의 뜻대로 나아가지 않는 운동의 전망과 경제적 궁핍에 더불어 세계대전이 임박한 유럽에서는 사회주의운동이 퇴보하고 있다는 소식이 들려온다. 크로포트킨조차도 연합국 지지성명을 발표하는 등 대다수 사회주의자들이 애국주의라는 소용돌이에 휩쓸리며 전쟁은 제지할 수 없는 상황에 다다른 것이었다. 내외적으로 운동이 벽에 부딪히자 그의 울분은 다른 분출구를 찾게 된다.

---

10 *Ibid.*, p.35.

3. 밑바닥에서부터 새로운 출발

오스기는 아내인 호리 야스코와의 결혼을 계속 이어가던 상황에서도 신문기자인 가미치카 이치코[神近市子], 개인주의적 아나키스트 시인 쓰지 준[辻潤]의 아내이자 『청답(靑踏)』의 신인이었던 이토 노에[伊藤野枝]와도 연애관계를 맺는다. 오스기는 평소에 그가 주장했던 자유연애이론의 실천에 나선 것이지만 현실의 애증관계에서는 여지없이 무너지고 말았다. 하야마[葉山]의 히카게차야[日陰茶屋]라는 요리점에서 가미치카가 오스기의 목을 찔러 생사의 경계를 넘어설 정도의 중상을 냈던 것이다. 이 사각연애스캔들은 여론의 대대적인 비난을 받았고 동지들의 대부분도 그의 곁을 떠나게 된다. 오스기는 그의 곁을 지킨 이토 노에와 생의 마지막 날까지 함께하게 된다.

하야마사건 약 1년 후, 심신을 회복한 오스기와 이토 노에는 새로운 출발을 꾀하며 도쿄의 노동자마을인 가메이도[龜戶]로 들어간다. 그들과 함께 부대끼며 노동자들의 감정을 실감하고자 했기 때문이다. 1917년에 일어난 러시아혁명의 영향도 점차 나타나 일본에서 노동운동이 왕성하게 전개되던 시기였다. 제1차 세계대전 동안 연합군의 병참기지 역할을 하며 중공업중심으로의 급속한 산업재편으로 인해 공장단위로 조직된 남성노동자층이 급증하게 된 것이 주요 원인이었다. 1918년 1월 창간된 『문명비평』은 오스기의 재생을 알리는 사상문예 잡지였으나 계속된 당국의 탄압으로 인해 겨우 3호를 내고 폐간된다. 하지만 오스기의 주도하에 2월부터 정례적으로 열린 '노동운동연구회'는 멀어졌던 동지들과의 관계회복을 꾀함과 동시에 생디칼리즘적 방식을 일본의 노동운동에 널리 알리는 역할을 한다.

한편 1920년대부터 전후 불황이 점차 가시화되면서 노동쟁의도 증가하자 오스기의 활동 또한 활발해진다. 크로포트킨 저작의 번역 등을 비롯한 출판 활동과 더불어 '연설회접수'[11]를 통해 노동대중들로부터 공감을 확대시켜 간다. 도쿄인쇄동업조합의 총파업 때, 오스기는 동지와 사회주의자들을 움직여 쟁의지원에 힘을 쏟았고,[12] 아시오동산의 광부들이 조직한 대일본광산노동동맹회(1920년)의 지원에도 분주했다.[13] 1920년 2월에 용광로 5기를 정지시키며 일어난 관영 야하타(八幡)제철소[14]의 대투쟁에서도 오스기의 영향이 드러난다. 쟁의를 지도한 아사하라 겐조(淺原健三)는 1919년 7월부터 노동운동사에 드나들면서 오스기에게 감화를 받았으며[15] 쟁의발발 2년 뒤인 1922년 2월에 파업2주년연설회 때 오스기에게 부탁을 한 것도 이러한 연유에서였다.

이와 같이 활발한 활동을 벌이고 있던 오스기에게 중국으로부터 밀사가 도착한다. 상하이에서 열리는 극동사회주의자회의에 참석을 요청하기 위해서였다. 1919년 러시아혁명을 좌지우지한 볼셰비키 정부는 세계혁명의 사령탑으로 제3인터내셔널(코민테른)을 창설한다. 각국 사회주의운동을 지원하고 러시아혁명 정부의 동맹군을 획득하기 위해서이다. 그런 맥락에서 1920년 10월에 상하이에서 코민테른이 주최한 극동사회주의자회의가 열린다.

---

11 '연설회접수演說會もらい'란 연사의 연설회에서 질문공세와 자기주장을 통해 선전의 장으로 접수해버리는 선전활동이다. '대역사건'이후 고토쿠 슈스이의 후계자로 지목되어 당국의 압력으로 오스기는 연설회와 같은 대중활동을 좀처럼 못하고 있었기 때문에 이와 같은 방법을 사용하였다.
12 水沼辰夫,「大杉と日本の勞働運動」,『勞働運動』第4次第2号, 1924年3月.
13 和田久太郎,「騷擾中の足尾」(二),『勞働運動』, 第1次第3号 1920年1月.
14 1901년에 일본 정부가 직접 세운 관영 제철소. 이와테(岩手)현의 다나카(田中)제철소에 이은 일본에서 세워진 두 번째 제철소로 제2차 세계대전 때까지 일본 내 철강생산량의 절반 이상을 책임지고 있었다.
15 淺原健三,『溶鑛爐の火は消えたり』, 新建社, 1930, pp.159~164.

코민테른이 애초에 초청하고자 한 이는 사카이 도시히코나 야마카와 히토시와 같이 이후 일본공산당을 건설한 인물들이었으나, 코민테른으로부터 온 밀사[16]를 일본정부의 첩자인지 의심했고, 설령 당국의 첩자가 아니더라도 사실이 발각될 경우 내란죄 등에 저촉될 것을 두려워하여 상하이행을 거절했다. 이들의 거절로 인해 오스기에게도 참석에 관한 요청이 도달하자 주저 없이 승락하면서 상하이행이 이루어지게 된 것이다. 이러한 그의 상하이 행은 모험가적인 그의 성격 탓으로 이야기되곤 하지만 실은 이미 이전부터 중국행을 계획하고 있었던 차에 좋은 기회가 생긴 것이다. 이야기를 조금 앞으로 돌려 오스기와 중국혁명가들과의 네트워크에 대해 살펴보자.

오스기와 중국인 혁명가들과의 교류는 1907년 가을 무렵으로 거슬러 올라간다. 중국인혁명가 창 기, 리우 스페이와 인도인 펄한, 바오스 등이 중심이 되어 반제국주의를 목표로 1907년 여름에 결성된 아주화친회(亞洲和親會)에 고토쿠 슈스이를 비롯해 오스기 등의 직접행동파 멤버들도 참여를 하였다. 베트남 유학생과 필리핀인들도 참가하였지만 당시 800여명 있던 한국인 유학생들은 일제에 의한 국권 침탈상황에서 일본인들이 참여하는 것에 대한 거부감에 조소앙을 제외하고는 거의 참여하지 않았다. 오스기는 이곳에서 알게 된 중국인혁명가들이 시작한 사회주의강습회에서 강연을 요청받고 '바쿠닌의 연방주의'에 관해 이야기한다. 호평을 받았던 탓일까 3차례에 걸쳐 이루어진 강연에서 국경이 없는 '동양연방'을 만들 필요성에 대해 언급하였다. 그리고 에스페란토 강의를 통해서도 이들과의 관계를 긴밀히 하였다.

---

16 당시 밀사는 대한민국임시정부의 재무부장 이춘숙(李春熟)이라는 설(宮本正男(1985.3.6)「大杉, 上海に行く」, 『社會評論』)과 추오대학(中央大學) 학생이었던 이증림(李增林)이라는 설(山泉進(2002.12)「大杉榮, コミンテルンに遭遇す」, 『初期社會主義硏究』15)이 존재한다.

그러나 일본이 러일전쟁이후 서구열강들과 긴밀한 협조관계를 맺으면서 아주화친회에도 탄압의 그림자가 드리워진다. 핵심인사들이 체포되거나 국외 추방되면서 아주화친회는 와해된다. 오스기도 감옥생활과 대역사건이후 치안당국의 간섭으로 좀처럼 아시아의 동지들과 교류를 가질 수 없었다. 다시 교류의 소식이 들려온 것은 오스기가 『평민신문』 창간호에 「지나무정부당(支那無政府党)」이란 글을 실으면서부터였다. 상하이에서 '무정부공산주의동지회'가 그리고 프랑스 파리에서 『신세기(新世紀)』가 창간, 신해혁명 당시의 '지나사회당'에 대한 소개와 『민성(民聲)』이 창간된 소식 등을 전한다. 중국으로 건너간 야마가 다이지[山鹿泰治] 등의 동지를 통해 서로간의 연락이 닿게 되면서 중국을 방문할 결심을 하고 있었다. 극동사회주의자대회 출석요청이 있기 2년 전부터 이미 상하이로 향할 계획이 있었던 것이다.

이때 코민테른의 계획을 따라 임시정부의 군무총장을 역임하고 있던 이동휘(李東輝)가 밀사를 보낸 것이다. 오스기는 치안당국의 미행을 따돌리고 밀항을 통해 상하이에 도착한다. 상하이에서는 이중림의 안내로 이동휘와 만나 회담을 갖게 된다. 그리고 다음날 코민테른의 극동사회주의자대회에 참석한다. 회의는 사회주의잡지 『신청년(新靑年)』을 발행하고 있던 중국인 혁명가 천두슈[陳獨秀]의 거처에서 열렸다. 참석자는 오스기와 천듀슈, 코민테른 극동지부의 책임자 보이친스키(Григорий Наумович Войтинский), 그리고 임시정부 외무부장을 맡고 있던 여운형(呂運亨)이 함께 했다.

회의에서는 보이친스키의 주장과 오스기의 주장이 대립하게 된다. 오스기는 '무정부주의자와 공산주의자의 제휴' 가능성과 필요성을 이야기하면서도 '각국의 모든 혁명당 운동의 자유'가 필요하다고 주장하며 코민테른의 산하에 들어가는 것에 반대하였다. 이러한 그의 주장에 천두슈와 여운형도 동조했다고 한다.[17] 보이친스키도 어쩔 수 없이 운동방식의 자율성을 보장하고서 운동자금을 오스기에게 전달하게 된다. 이 운동자금을 바탕으로 그는 『노동운동』(제2차)을 발행하면서 공산당계열의 인사들과 공동전선을 펼치게 된다. 그런데 그가 상하이에 체류한 1개월 동안, 일본에서는 그의 '행방불명'에 관해 다양한 억측이 돌았다. 원고 작성을 위해 기타신슈[北信州] 혹은 조슈[上州] 온천으로 갔다는 이야기를 비롯해, 시베리아로 갔다거나 러시아에서 플래티너를 손에 넣어 돌아왔다거나 하는 소문이 나돌았다.

『노동운동』(제2차) 1호에서는 '시베리아에서, 조선에서, 중국에서부터 시시각각 분열(혁명)이 다가오고 있다'고 쓰고서, 혁명의 가능성을 믿고 자본주의와 군국주의가 막다른 곳에 이르렀다는 것을 알아채기 시작한 일본인들의 자각을 위해 발행한다고 그 의지를 표명하였다. 그렇지만 다가오는 혁명의 기운은 노동자 스스로가 성장해서 스스로의 힘을 확신하지 못하면 성공할 수 없으며, 노동자들이 구체적인 위력을 갖추려면 노동조합이라는 조직적인 힘을 가지고 스스로 확신을 얻어야할 필요가 있음을 밝혔다.

노동자는 모든 사회적 사건에 대해 노동자 스스로의 판단, 노동자 스스로의 상식을 갖춰야 한다. 그 상식을 구체화할 수 있는 위력을 얻기에 충분한 단체적 조직을 가져야 한다. 노동자의 장래는 단지 노동자 자신의, 그 힘의 정도에 달려있다.[18]

그러나 이러한 공동투쟁의 기운은 1921년으로 넘어오자 빠르게 분열의

---

17 「日本脱出記」, 『大杉榮全集』 第13卷, p.27.
18 「日本の運命」, 『大杉榮全集』 第6卷, p.104.

위험에 처하게 된다. 1921년 4월에는 코민테른 극동부위원회가 대표파견을 요청했을 때, 공산당계열은 오스기를 배제시키고 일본공산당 결성을 단행코자 곤도 에죠[近藤榮藏]를 파견시킨다.[19] 그런데 코민테른의 자금을 받은 곤도가 귀국도중에 시모노세키[下關]의 고급요리점에서 사치를 벌리는 것을 수상히 여긴 당국에 의해 연행되면서 지금까지 코민테른과 접촉해 온 과정이 고스란히 밝혀지게 된다. 이 사건이 촉매가 되어 『노동운동』(제2차)은 폐간되게 되지만 러시아혁명의 전개과정과 일본에서의 노동자, 지식인, 노동조합의 역할을 둘러싼 상호간의 이해의 차이가 차츰 벌어지고 있던 차였다.

오스기는 개별적으로 구성된 혁명적 주체가 집단적인 활동과 연결망을 통해 사회가 새롭게 건설되는 구상을 펼치면서, 중앙집권적인 '근대적 주권'에서 생산자조합의 연합체, 즉 '네트워크적인 권력'으로의 변혁을 꾀하고자 했다. 이렇듯 주체형성에 대한 그의 강조는 자연스럽게 자본주의의 국가권력은 물론이거니와 인민대중을 지배하는 당에 대해서도 반대하면서, 노동대중의 아래로부터 솟아나는 힘들에 의해 분산적인 권력을 구상해 나아가는 방향으로 그를 이끌었다. 이러한 논의에는 20세기 초반 프랑스 등을 중심으로 펼쳐진 생디칼리즘의 영향이 강하게 드러나고 있다. 하지만 그가 주목한 것은 노동조합 조직체의 구성 및 총파업 등 유럽 생디칼리즘의 외양적인 면이 아니라 노동자들의 자발성에 관한 함의에 있었다.

메이지기 이래로 사회주의운동에서 직접행동파 동료였던 아라하타 간손, 야마카와 히토시[山川均] 등도 역시 생디칼리즘에 경도되어 있었다. 그들은 제2인터내셔널 중앙파의 의회주의에 불만을 갖고 그것에 대한 수정안으로

19　近藤榮藏,「コミンテルンの密使」,『世界評論』 4(4), 世界評論社, 1949年4月.

생디칼리즘에 관심을 갖게 된다. 하지만 1917년 러시아혁명이후 생디칼리즘의 수정으로 볼셰비즘이 등장했다고 보고 볼셰비즘으로 급속히 이동했다. 그들에게 생디칼리즘은 어디까지나 사회주의사회 건설을 위한 전략전술의 일환이었던 것이다. 1921년을 전후로 급격한 변화 가운데에서 오스기는 그들과는 다른 길을 걷게 된다.[20]

오스기는 '프롤레타리아독재'를 공산당의 독재로 전락시킨 러시아공산당에 대해 시종 비판적 입장을 견지했으며, 폭력혁명이 아닌 운동주체의 자기변혁에 기반한 사회의 재구성을 혁명으로 사유하였다. 이와 같은 견해로 오스기는 당시의 러시아공산당 내의 노동자반대파나 안톤 판네쿡 등의 평의회운동에 지지를 표명했으며 그들과의 유사성을 보였다.

일본국내에서 이른바 아나키스트계열과 공산당계열의 대립이 극렬해지고 있던 무렵 프랑스에서 한 통의 편지가 도착한다. 1922년 12월 베를린에서 개최예정인 국제아나키스트대회에 참석을 요청하는 내용이었다. 1922년 늦가을에 그는 일본을 탈출해 다시 상하이로 밀항을 감행한다. 긴박하게 전개되는 일본 사회주의운동 내의 세력관계에 등을 돌려서라도 그가 유럽으로 향하고자 했던 것은 국제아나키스트대회에 참석이라는 이외에 다른 목적이 있었다.

그는 아나키스트인 알렉산드르 베르크만(Alexander Berkman)과 엠마 골드만(Emma Goldman)을 통해 러시아혁명에 관한 정보를 얻고서 『노동운동』(제3차)을 지상에 번역·전개해 왔다. 크론슈타트 봉기의 배경이 된 페트로그라드의 노동자 동맹파업의 진압에 대한 소식, 신경제정책(NEP), 노동조합을 둘

---

20 김병진, 「오스기 사카에의 「혁명적 생디칼리즘」」, 『일본역사연구』 39집, 2014.6 참조.

러싼 논쟁과 노동조합반대파에 대한 내용, 우크라이나의 아나키즘적 농민운동인 마흐노운동 등 당시 러시아혁명에 대해 러시아공산당이나 보수언론과는 차별화된 내용을 전달하고 있었다. 마흐노운동의 중심인물인 네스톨 마흐노와의 만남도 계획하는 등 러시아혁명의 실상을 유럽에서 보다 소상히 조사할 목적도 있었던 것이다.

그리고 아시아에서 아나키스트들의 연합에 대해 회합을 가져야할 필요성도 제기되고 있었다. 리 쓰쩌엉[李石曾], 우 즈후이[吳稚暉]와 같은 신해혁명정부에 가담한 중국인 옛 동지들과도 연대를 꾀하면서 『노동운동』의 다른 동료들의 '반의회주의' 선언을 자제시킨다. 이를 통해 극동아나키스트와의 연대를 구축하고자 한다. 그렇게 상하이에 도착한 다음 왕 시웽[王思翁, 王樹] 등의 중국의 무정부주의자동맹(AF)의 사람들과 접촉하게 되고 그들의 협력으로 중국인 여권을 위조해 프랑스로 향한다.

2월 13일 마르세유에 도착하지만 계속해서 대회가 연기되는 것에 더해 세계대전 이후 국경 검문 강화로 독일로 쉽게 넘어갈 수도 없었다. 그는 결국 국경을 넘지 못한 채 프랑스에서의 노동운동의 퇴조를 목도하며 5개월간을 보내게 된다. 이윽고 5월 1일 파리근교의 생드니에서 노동절 행사의 연단에 서서 프랑스 노동자들을 고무시키며 노동운동의 나아갈 길과 국제연대 관한 연설을 하던 도중에 경찰에 의해 체포된다. 그의 연설이 통했던 탓일까, 생드니에서는 그후 경관과 노동자들의 격렬한 난투가 있었다고 한다.[21] 그는 라상테 교도소에서 수감되는데, 오스기 사카에임이 판명되면서 재판 후 강제송환이 결정되어 7월 11일에 고베에 도착한다. 오스기가 다시 '행방불명'

---

21 鎌田慧, 『大杉榮 自由への疾走』, 岩波現代文庫, 2003, pp.338~352.

되었을 때도 여러 가지 억측들이 신문지상을 난무하였다.

　　돌연, 오스기 씨 상하이에서 모습을 감추다. 교묘하게도 엄중한 감시의 눈을 뚫고 고베에서 비밀리에 승선. 공산당과 적화 연락을 위해. 경시청의 대 낭패[22]

　　(시베리아의 도시)치타에 나타났다. 오스기 사카에 씨. 앞으로 모스크바를 향해 출발[23]

　　물론 '러시아공산당과 전혀 양립할 수 없기 때문에' 러시아 잠입을 부정하는 기사도 보이지만(『読売新聞』, 1923.1.29), 러시아 행을 사실화로 보는 추측성 기사가 횡횡했다. 일본에 돌아온 오스기는 1920년 상하이 밀항과 이번의 프랑스 밀항에 대해 『개조(改造)』 7월호와 9월호에 글을 싣는다. 코민테른에게 일본혁명의 자율성을 요구한 점, 러시아혁명과 공산당에 대한 우려의 뜻을 읽어낼 수 있는 내용이었다. 그러나 코민테른과의 회합에 관한 내용은 항간의 러시아 잠입설을 배경으로 해외로의 잠입을 능수능란하게 하는 음모가, 러시아의 밀정[露探]을 암시하기에 충분했다. 오히려 항간에 떠도는 오스기의 표상이 각 신문지상에서 러시아 잠입설을 재생산하게 한 원인이라 생각된다.

　　오스기는 귀국 후 얼마 지나지 않은 1923년 9월 16일 관동대지진의 혼란이 아직 수습되기 전에 이토 노에와 6살의 조카 다치바나 소이치[橘宗一]와 함

---

22 『國民日報』, 1923.1.20.
23 『東京日日新聞』, 1923.2.22.

께 헌병들에게 연행된 이후 학살당한다. 살해의 실행용의자로는 헌병대위인 아마카스 마사히코[甘粕正彦]와 그의 부하들이 군법회의에 회부되어 유죄판결을 받는다. 육군 혹은 치안당국의 조직적 개입이 의심스러운 대목이었으나 재판에서는 어디까지나 아마카스의 독단적 판단에 따른 우발적 사건으로 결론지어졌다. 하지만 10년형을 언도받았던 아마카스는 3년의 형기를 겨우 채웠을 때 가석방된 후 프랑스로 유학, 귀국 후에는 다시 만주로 건너가 만주영화협회 2대 이사장에 오르는 등 승승장구해 간다. 만주국 건국 당시 황제 푸이를 포섭하는데 공을 세운 그는 일본정부의 의도대로 만주국을 뒤에서 조정했다고 평가받는다.

관동대지진 당시 군부가 '러시아의 과격파와 본국의 사회주의자가 연락'한다는 도식을 통해 여론을 호도하기 위해 오스기를 선택했다는 의심을 지울 수 없다. 희생양메커니즘이 작동한 것이다. 실제 오스기의 사유는 군부의 예상과는 전혀 다른 혁명관을 지니고 있었다고 하더라도 말이다. 그렇지만, 일본 내의 혁명운동의 분쇄라는 본래의 목적은 달성되었다고 할 수 있다. 왜나하면 오스기 사후에 일본사회주의 사상에서 혁명이 '자율적 주체성'의 문제를 떠나 '역사적 필연'의 차원에서 체제적 혁명이라는 구조에 매몰되게 되기 때문이다.

4. '생명'을 기조로 한 사회주의, 혁명

오스기의 생애를 따라가며 그의 사상과 활동을 대략 조망해보았다. 타고난 그의 기질에 더해 다양한 진화론 이론들과 베르그송『창조적 진화』, 로망 롤랑『민중예술론』, 엘렌 케이의 페미니즘, 윌리엄 제임스의 프래그머티즘 등 '생명'을 근본원리에 두는 서구 논의들을 조합하여 오스기는 '생'과 '본능'을 기조로 하는 그만의 독특한 아나키즘, 아나르코 생디칼리즘을 만들어냈다. 이것은 20세기 전기에 우주의 생명에너지를 최고 원리로 삼아 국제적으로 대두된 생명주의가 일본의 다양한 전통적 사조들과 결합하여 물질이나 신이 아닌 '생명'을 보편원리로 삼는 사고가 유행하는 속에서 나타난 것이다. 러일전쟁 등 근대적 전쟁과 물질문명의 급속한 전개에 따른 민중들 각 개인이 생명의 위기감을 심각하게 느끼고 있는 배경 속에서 나온 것이기도 하다.

물질문명으로서 위협으로 다가온 근대를 넘어서기 위한 노력은 제도적인 면에서도 변화의 요구가 나타나게 된다. 하지만 대안으로 제시된 '사회주의'도 자본주의의 모순에 의해서 언젠가 필연적으로 도래할 미래라는 인간의 의지가 배제된 물적 토대의 변화로 설명되면서 '생명'의 발현으로서의 인간과는 무관한 역사법칙의 발전으로만 제시되고 있었다. 이런 속에서 오스기는 사회주의의 기초를 생산력의 발전이 아니라 무엇보다도 인간의 사회적 관계로 바라보며 인간의 자기발현으로, 그리고 이것을 '생명'의 보편적 요구로 정당화를 꾀한다. 그렇기에 그가 생각한 '사회주의'는 생산수단의 국유화가 아니라 철저히 자발적인 상호부조와 협동적 공동체들의 연합이었다. 그가 사용하는 '혁명'은 기존 국가권력의 전복이나 새로운 사회공동체에 의한

국가권력의 장악을 통해서 실현될 수 있을 것으로 믿지 않았다. 그에게 '혁명'은 지금과는 다른 종류의 인간관계의 형성, 제도나 관습, 도덕 등에 대해 다른 방식의 관계 맺음을 함으로써 이루어지는 것이었다. 또한 이러한 그의 사고는 텍스트에 활자화된 내용으로 끝나는 것이 아니었다.

극동사회주의자대회에서든 아니면 노동운동를 돕는 현장에서든 실천의 방식 속에서 실현하고자 하였다. 그러한 그의 노력은 일본 국내는 물론 동아시아의 지적 네트워크 속에서 어느 정도의 파급력을 보였던 것도 사실이다. 하지만 어디까지 오스기 사상의 특징을 태생적인 그의 기질로 수렴해 버리고 말면서, 그리고 사회주의사상에서 또 한 번 유물론에 바탕을 둔 공산당계통의 이론이 석권하면서 그의 사상이 다시 평가받는 데에는 많은 시간이 흐른 뒤에서였다.

참고문헌

김병진, 「관동대지진과 오스기사건—포비아와 쇼비니즘에 왜곡된 표상」, 『日語日文學硏究』 95집2호, 2015.

_____, 「오스기 사카에의 「혁명적 생디칼리즘」」, 『일본역사연구』 39집, 2014.

_____, 「大杉栄の「政治的な理想」論—戰略としての「自己獲得運動」の意味」, 『일본학보』 97 집, 2013.

권정희, 「인형의 집 수용과 1920년대 '생명' 담론」, 『한국학연구』 42집, 2012.

박양신, 「근대 일본의 아나키즘 수용과 식민지 조선으로의 접속—크로포트킨 사상을 중심으로」, 『일본역사연구』 35집, 2012.

박종린, 「바쿠닌과 슈티르너의 아나키즘과 식민지 조선」, 『동양정치사상사』 7권1호, 2008.

김흥식, 「이기영의 문학과 아나키즘 체험」, 『한국현대문학연구』 17, 2005.

鎌田慧, 『大杉栄 自由への疾走』, 岩波現代文庫, 2003.

山泉進, 「大杉栄, コミンテルンに遭遇す」, 『初期社会主義研究』 15号, 2002.

川上哲正, 「大杉栄のみた中国」, 『初期社会主義研究』 15号, 2002.

이호룡, 『한국의 아나키즘』, 지식산업사, 2001.

宮本正男, 「大杉, 上海に行く」, 『社会評論』 3月, 1985.

大杉栄, 「日本脱出記」, 『大杉栄全集』 第13卷, 現代思潮社, 1965.

_____, (1964a)「本能と創造」, 『大杉栄全集』 第5卷, 現代思潮社, 1963.

_____, (1964b)「生の創造」, 『大杉栄全集』 第2卷, 現代思潮社.

_____, (1964c)「奴隷根性論」, 『大杉栄全集』 第2卷, 現代思潮社.

_____, (1964d)「生の拡充」, 『大杉栄全集』 第2卷, 現代思潮社.

_____, (1964e)「日本の運命」, 『大杉栄全集』 第6卷, 現代思潮社.

秋山清, 『日本の反逆思想』, 現代思潮社, 1960.

近藤栄蔵, 「コミンテルンの密使」, 『世界評論』 4(4), 世界評論社, 1945.

浅原健三, 『溶鉱炉の火は消えたり』, 新建社, 1930.

和田久太郎, 「騷擾中の足尾(二)」, 『労働運動』 第1次第3号, 1920.

水沼辰夫, 「大杉と日本の労働運動」, 『労働運動』 第4次第2号, 1924.

신채호, 한국의 근대적 역사를 쓰다

김수자

신채호(申采浩, 1880~1936)

신채호가 활동했던 시기는 동아시아 국가들이 근대 서구와 접하면서 각자의 방식으로 근대화를 모색하던 때이다. 한국의 경우 서구 및 중국과 일본을 통해 근대지식이 빠르게 수용되던 시기이자 제국주의 국가가 된 일본에 의해 국권이 급속도로 침탈, 식민지로 전락할 위기에 처해 있던 때이다. 당시 신채호는 신문과 각종 잡지 등 근대매체들에 중국과 일본을 통해 들어온 근대지식, 근대어들, 민족, 공화정, 혁명, 자유 등을 번역, 확산시키는 한편 민족의식을 고취시켜 국가의 위기를 극복하고자 하였다. '민족주의'로 '제국주의'와 맞서기 위해 '단일민족' 담론을 생산한 지식인이며, 서양의 근대 지식체계에 입각하여 한국의 민족주의 역사학의 기초를 확립, 근대적 역사 쓰기를 한 역사가였다.

신채호는 1880년 11월 충남 대덕에서 신광식의 차남으로 출생하였으며 호는 단재, 필명으로 일편단생, 무애생 등이 있다. 어린 시절 할아버지로부터 한학을 배웠으며, 『삼국사』, 『자치통감』 등의 역사서를 즐겨 읽었다.

1898년 학부대신 신기선의 추천으로 성균관에 입교하였으며, 이 시기 독립협회 활동을 하며 근대지식 및 서구 근대학문을 받아들였다.

1905년 을사조약이 체결되던 해 성균관 박사가 되었고, 장지연의 초청으로 『황성신문』 논설위원으로 계몽 및 자강을 강조하는 많은 논설을 썼다.

1906년 『대한매일신보』 주필이 되었다. 이 시기 양계초의 글들을 섭렵하였으며, 애국적 논설을 많이 발표하는 등 민족주의 고취에 주력하였다.

1907년 중국의 『이태리 건국 삼걸전』을 한국어로 번역, 발행하였으며, 이 번역서를 통해 이탈리아 건국 및 통일 영웅들의 이야기 뿐 아니라 '자유', '공화정' 등의 근대어들을 적극적으로 소개하였다.

1908년 『이순신전』, 『을지문덕전』 한국 영웅들의 이야기를 집필하였다. 그리고 「독사신론」을 발표 민족주의 역사학의 기초를 놓았다.

1910년 신민회 동지들과 중국으로 망명하였다.

1914년 『조선사』 집필에 착수하였다. 남북만주 일대의 고구려 구토(舊土), 광개토왕릉 등을 답사하며 한국 고대사에 대한 강한 자부심을 보였다.

1919년 대한민국 임시정부에 참여하였다.

1923년 「조선혁명선언문」을 작성, 무정부주의 활동을 전개하였다.

1928년 일본 경찰에 체포되어 대련 감옥에 수감되었다.

1930년 『조선사연구초』를 간행하였다.

1931년 『조선일보』에 「조선상고사」, 「조선상고문화사」를 연재하였다.

1936년 2월 여순감옥에서 순국하였다. 향년 57세였다.

1. 신채호, '민족'을 역사주체로 설정한 이유

동아시아의 근대는 시기적으로 서구 열강에게 문호를 개방하면서 시작되었으며, 강약의 차이가 있지만 서구 제국주의 국가들의 침탈에 몸살을 앓던 때였다. 당시 한중일은 다양한 방식으로 근대화를 추진하고, 제국주의를 극복하려는 방안 등이 모색되었다. 일본은 동아시아 국가 중 제일 먼저 근대화의 길을 걸으며 제국주의 국가가 되어 이웃 나라인 대만, 한국, 중국 등을 식민지로 삼기 위한 작업을 펼쳐 나갔다. 이 시기에 중국과 한국의 지식인들은 제국주의적 시대상황에 대한 인식을 공유하며, 계몽운동 및 자강론을 펼치는 등 자신의 국가에 맞는 해결책을 모색하였다. 특히 중국의 대표적 근대 지식인인 양계초의 세계정세에 대한 인식, 사회진화론적 세계관 그리고 근대 지식에 대한 이해 등은 신채호를 비롯한 한국의 지식인들에게 많은 영향을 미쳤다. 신채호는 양계초의 글들을 신문과 잡지 등을 통해 섭렵하며 한국적 상황에 맞게 '재창조'하였으며 대표적인 것이 '민족주의'와 '근대 역사 쓰기'이다.

신채호는 당시의 세계정세를 제국주의와 민족주의의 대결로 파악하고 한국이 제국주의에 맞서 위기 상황을 극복하기 위해서는 민족주의를 고취시켜야 한다고 생각했다. 그리고 한국 민족을 중심에 두고 서술한 역사는 동아시아의 지식장의 특징 중 하나인 사회진화론적 세계관을 잘 반영하는 것이라 할 수 있다.

근대적 의미의 민족이란 용어가 한국에서 처음 보이기 시작하는 것은 1906년 『황성신문』을 통해서였으며, 1908년 신채호에게 민족이라는 단어는 식민지로 전락할 위기에 처한 한국의 문제를 해결해 줄 수 있는 '희망어'였다.

신채호의 역사 관련 글들은 한국 민족주의 역사학의 효시로 간주된다. 1908년 『대한매일신보』에 실었던 「독사신론」이 그 문을 열었다고 할 수 있다. 「독사신론」 이후로 한국에서는 근대 분과학문적 성격의 역사학이 시작되었다고 할 수 있다.[1] 「독사신론」은 1908년 8월 27일부터 12월 13까지 50회에 걸쳐 연재된 역사 이론으로 1900년대 한국 고대사 연구를 기존의 관점과는 다르게 민족을 중심에 두고 서술한 글이라 할 수 있다. 그리고 「독사신론」은 봉건적 역사서술과 근대적 역사서술의 분기를 나누는 사론의 성격이 강한 글이라 할 수 있다.

신채호의 역사학의 특징은 역사를 '아(我)와 비아(非我)의 투쟁과정'으로 이해하고, 역사의 주체를 민족으로 그리고 역사를 이끌어 가는 원동력으로 '정신'을 중시한다는 점이다. 신채호의 근대적 역사 쓰기는 민족을 강조하고 애

---

1 「독사신론」은 유교적 명분론과 17세기 이후의 기자-마한 중심의 정통론적 역사 서술체계를 탈피했다는 점에서, 그리고 당시 일부 역사학자들과 개화기 교과서류에서 나타난 임나일본부설에 대한 무비판적인 추종을 강하게 비판하면서 일제의 침략주의에 맞서려 했다는 점에서 한국 근대 민족주의 사학의 효시로 본다. 조동걸, 『한국민족주의의 성립과 독립운동사 연구』, 지식산업사, 1989; 신일철, 『신채호의 역사사상연구』, 고려대 출판부, 1993; 최홍규, 『신채호의 역사학과 민족운동』, 일지사, 2005, 이만열, 『단재 신채호의 역사학 연구』, 문지사, 1990; 신용하는 「독사신론」에 의하여 한국에서 중세사학이 극복되고 시민적 근대민족주의 사학이 성립되었다고 보고 있다. 신용하, 『신채호의 사회사상연구』, 나남, 2004. 그러나 탈민족 담론이 대두하면서 신채호의 「독사신론」 및 신채호의 역사서술을 새롭게 보려는 연구들이 나오기 시작하였다. 대체로 이들은 「독사신론」 및 신채호가 주장하고 있는 민족의 탈신화화를 주장하며 한국 민족주의가 갖고 있는 폐쇄성, 배타성, 국수적 성격을 비판하고 있다. 강종훈, 「탈민족주의 경향에 대한 비판적 검토」, 『한국고대사연구』 53, 2008.

국심을 고취시킴으로써 국가적 위기상황을 극복하고자 했던 동시대의 동아시아 지식인들이 가지고 있었던 근대인식을 기반으로 하면서 동시에 한국적 상황에 맞도록 재창조한 한국의 근대 지식인의 고뇌를 잘 보여주는 것이라 할 수 있다.

2. 역사를 읽는 새로운 이론, 「독사신론」의 저술

신채호가 근대적 역사 이론을 밝힌 「독사신론」의 구성은 서론과 제1편 상세(上世)의 두 부분으로 나뉘며, 미완성된 글이다. 이 글은 1908년 구한말 민족을 '기억'해내고 민족의 활동무대인 영토를 '재발견'함으로써 국가존망의 위기를 극복하려 했던 당시 자강운동가 신채호를 역사가로 위치 짓게 하였다. 그리고 다른 한편으로는 역사가 '힘'을 발휘하여 국가위기 상황을 극복해보고자 한 '독립운동가'의 실천가적인 면모를 엿볼 수 있기도 한 저술이다.

신채호가 중국으로의 망명을 준비하느라 미완이 된 「독사신론」의 구성은 다음과 같다.

서론

1. 인종

2. 지리

제1편 상세(上世)

서론은 「독사신론」의 총론 격에 해당되며 상세는 각론에 속한다. 각론에
해당되는 부분은 구성에서도 알 수 있듯이 단군시대로부터 발해시기까지이
다. 신채호의 역사에 대한 기본적인 태도와 「독사신론」의 서술 동기는 서론
에 잘 나타나있다.

국가의 역사는 민족 소장성쇠(消長盛衰)의 상태를 가려서 기록한 것이
다. 민족을 버리면 역사가 없을 것이며 역사를 버리면 민족의 그 국가에
대한 관념이 크지 않을 것이니 역사가의 책임이 그 또한 무거운 것이다.
비록 그러나, 고대의 역사는 동서를 물론하고 일반적으로 유치하여, 중국
의 사마천 반고의 저술이 모두 한 성(姓)의 전가보(傳家譜)요, (…중략…)
그런즉 우리나라 고대사도 어찌 오늘날 새로운 안목으로 까다롭게 논의
하는 것이 옳겠는가마는, 다만 현재 한편의 새로운 역사를 편찬해냄이 지

지부진하니, 내가 두려워함을 깨닫지 못하겠구나.

—「독사신론」, 『단재신채호 전집』 3권 , 독립기념관 한국독립운동사 연구소, 2007(이하 전집), 309쪽

위의 글은 민족주의 사학의 기본 명제를 잘 보여주는 글이라 할 수 있다. 역사 서술의 기본 단위를 민족으로 설정하고 민족의 역사를 서술함으로써 국민의 애국심을 고취시켜, 국권을 수호하고자 하는 강한 시대정신을 엿볼 수 있다는 점에서 그렇다. 신채호는 민족의 역사를 새로운 안목으로 편찬하 겠다며 '신역사' 방법을 이야기하고 있다.[2] 이것이 신채호의 「독사신론」 서 술이 가지고 있는 기존의 '국사'와 다른 점이다.

신채호가 국사서술의 중심에 둔 '민족'은 근대국가의 흥망성쇠를 초월한 살아있는 실체였다. 이것을 강조한 것은 '민족정신'으로 이루어진 국가는 형 식적으로 사라질 수는 있지만 실제로는 정신만 살아있으면 영원이 존재할 수 있다는 신념과 관련된 것이다. 그리고 이런 과정에서 그는 국민과 민족을 구분하여 '민족'이라는 용어를 특별하게 다루고 있다.

　국민이라ㅎ는 명목이 민족 두글자와는 구별이 잇거늘 이제 사름들이 흔히 이것를 혼합ㅎ여 말ㅎ니 이는 올치 아니홈이 심ㅎ도다. 고로 이제 이 것를 약간 변론ㅎ노라 민족이란 것은 다만 같은 조샹의 자손에 메인 쟈며 같은 지방에 사는 쟈며 같은 력스를 가진 쟈면 같은 종교를 밧드는 쟈며

2　신용하는 「독사신론」에 나타난 새로운 학설을 14가지로 분류하였다. 부여-고구려 주족론, 단 군 추장시대론 기자조선설 부정, 기자 일읍수위설, 만주영토설, 임나일본부설 부정, 초기 대일 관계신론, 삼국문화의 일본유입설, 초기 대북방 민족관계신론, 초기 대중민족관계 신론, 삼국 흥망원인신론, 삼국통일 및 김춘추 비판론, 발해 신라 양국시대론, 김부식 비판론이 그것이다. 신용하, 『신채호의 사회사상연구』, 나남, 2004, 31쪽.

같은 말을 쓰는쟈 곳이 민족이라 칭ᄒᄂᆞᆫ바이니와 국민이라는 거슬 이와 ᄀᆞᆺ치 해석ᄒᆞ면 불가ᄒᆞᆯ지라. 대뎌 흔 조상과 력ᄉᆞ와 거디와 종교와 언어의 같은거시 국민의 근본은 아닌거시 아니언마는 다만 이것이 둣다하야 믄득 국민이라 ᄒᆞᆯ수업ᄂᆞ니…….

— 「민족과 국민의 구별」, 『대한매일신보』, 1908.7.30

민족이란 공동 조상의 자손, 공동의 역사, 종교, 언어를 가지고 있는 것으로 민족의 범위를 짓고 있다. 그리고 점차 국민에게서 강조되던 정신적인 측면을 민족이라는 개념으로 강화시켰다. 나아가 민족주의야 말로 제국주의 시대를 극복해 낼 수 있는 것으로 파악하였다. 민족주의의 강성함만이 맹렬하고 포악한 제국주의를 막아낼 수 있는 유일한 '무기'로 생각하였던 것이다. 그러므로 민족주의를 분발하여 민족을 보존해야 하는 것이 당면과제였던 것이다. 이 과정에서 국어, 국사 등이 민족문화를 대변해 줄 수 있는 민족의 자존심을 일깨워줄 수 있는 것으로 '발견' 된 것이다.

한편 신채호는 역사서술의 단위, 주체를 민족으로 설정하여 종래의 왕조 중심으로 내려오던 유교사관을 극복하고자 하였다. 역사 중에서도 신채호는 고대사를 '재구성'할 필요성을 느꼈으며 그것이 「독사신론」의 서술로 이어졌다. 신채호는 「독사신론」을 서술하기에 앞서 기존 역사서, 특히 기존의 고대사 연구에 대한 비판적 태도를 견지하고 있다.

내가 현재 각 학교의 교과용 역사책을 살펴보니 가치가 있는 역사책은 거의 없다. 제1장을 읽어보면 우리 민족이 중국 민족의 한 부분인 듯하며, 제2장을 읽어보면 우리 민족이 선비족의 한 부분인 듯하며, 전편을 모두 읽어보면 때로는 말갈족의 한 부분 인듯하다가 때로는 몽고족의 한 부분 인 듯하며, 때로는 여진족의 한 부분인 듯하다가 때로는 일본족의 한 부분 인 듯하다. 아, 정말 이와 같다면 우리의 사방 몇 만리 토지가 남만북적 의 수라장이며, 우리 4천여 년의 산업이 아침에는 양(梁)나라 것이 되었다 가 저녁에는 초(楚)나라 물건이 될 것이니, 과연 그런가. 어찌 그럴 수 있으 리요.

—「독사신론」,『전집』, 309쪽

신채호는 당시 학부(學部) 주도로 현채, 김택영 등이 저술한 국가 및 지리 교과서의 불철저한 역사인식을 비판하였다. 그리고 그는 한민족의 기원과 정통성 문제에 있어 분명히 중국의 한족(漢族)에 대립되는 단군과 부여족이 한민족(韓民族) 주체의 국가를 이끌어 온 중심 세력이 동국(東國)에 있었음을 부각시키려 하였다.

신채호는 여기에서 잘못 서술된 역사책은 '없음만 못하다'고 비판하였다. 그리고 민족자강론에 입각한 '신역사'의 입장에서 「독사신론」을 서술하는 자신의 의도를 밝히고 있다. 이에 부여족 중심의 한국고대사를 체계화하였 다. 나아가 일본인 하야시 다이스케의 『조선사』를 번역, 저술한 현채의 『동 국사략』에 담긴 일본 식민주의 사관과 김부식의 『삼국사기』이래 『동국사 략』, 『동국통감』 등 춘추강목체 사서에 답습되어 온 존화주의, 사대주의적 사관이 담긴 사서를 '무정신의 역사'로 규정하였다. 그리고 '무정신의 역사는 무정신의 민족을 낳는다'고 하여 정신이 담긴 민족주의 사관에 의한 한국사 의 정립을 강조하였다. 그는 '민족을 버리면 역사가 없다'는 역사자강주의의 입장에서 역사의 과정은 '민족'의 흥망 과정과 같다고 피력하였다.

「독사신론」서술의 기초로 삼았던 사상은 사회진화론, 지리영향설, 계몽사상, 민족주의 등이었으며, 이 중 사회진화론과 민족주의가 동양적 정통론의 명분을 넘어서는 사회와 국가의 발전논리를 세우는 일관된 논조였다.

오늘날에 있어서 민족주의로써 전국민의 어리석음을 깨우치며, 국가관념으로서 청년들의 머리를 도야(陶冶)하여 우세한 자는 살아남고 열등한 자는 멸망한다는 기로에 처하여 한 가닥 아직 남아 있는 나라의 명맥을 지키고자 하려면 역사를 버리고는 다른 방책이 없다고 할 것이나, 이런 역사를 역사라고 할진대 역사가 없는 것만 같지 못하다.[3]

신채호는 '우세한 자는 살아남고 열등한 자는 멸망한다'는 당시 자강론자들에게 유행하고 있던 사회진화론적 시각에 입각하여 사회와 역사를 바라보고 있다. 신채호는 한국의 약소국화, 식민지화의 위기에 처하게된 근본 원인은 국가 진화, 문명화의 후진성에서 기인한 것이라 인식하고 있다. 신채호는 사회진화론을 흡수하여 역사를 왕조사에서 민족사로 변환시킴과 동시에 유기체로서의 민족의 진화 과정을 주종족(主種族)의 이웃 종족에 대한 통합과 분리와 재통합의 끊임없는 과정으로 설명하고 있다. 나아가 신채호는 국가정신의 발달을 위해 국가의 이해를 우선하는 국가주의를 제창하고 있다.

독사신론의 구성과 서술에서 또 주요하게 지적할 수 있는 것은 역사자료에 대한 신채호의 태도다.

---

3   당시 신채호에게 영향을 가장 많이 끼친 사회과학은 ① 스펜서, 키드의 사회진화론 ② 브룬칠리 등의 사회·민족유기체설 ③ 루소의 계몽사상 등이었으나 가장 크게 흡수하여 원용한 이론은 사회진화론과 그 자신이 발전시킨 지리영향설 계통의 사상과 학설이었다. 신용하, 『신채호의 사회사상연구』, 나남, 2004, 266쪽.

우리나라의 옛 역사들이 대부분 없어지고 대부분이 황당하고 망령되게 되었으니 이것을 모두 깎아 없애고 새로운 역사를 지어내려면, 첫째로 우리나라 문헌에 속하는 정사와 야사를 다 모아 조각조각의 재료를 가려 뽑아야 할 것이며, 둘째로 횃불 같은 눈빛으로 고금의 정치 풍속의 각 분야를 정밀하고 자세하게 관찰한 다음에야 붓을 잡아 쓸 수가 있을 것이니, 이것은 역사학을 전공한 재주가 많고 널리 배운 사람이라도 10여 년 긴 세월이 필요할 것이다. 아아, 진실로 어려운 일이다.

—「독사신론」, 『전집』, 319쪽

신채호는 「독사신론」을 서술하는 과정에서 어려웠던 점에 대해 자료를 수집하고 분석할 시간의 부족이라고 말하였다. 이것은 역으로 그의 자료를 중시하는 태도를 보여주는 것이다. 이에 사료 수집과 분석 시간의 부족을 극복하는 방편으로 제시한 것이 역사를 바라보는 일관된 정신이었다. 그것은 '민족의 흥망성쇠를 기록하는 것이 역사이며, 조국 역사의 파묻혀버렸던 광명을 다시 빛나게 하겠다'는 「독사신론」 저술의도와 상통하는 것이었다. 그리고 이것이 국민의 자긍심 고양을 위한 방법으로 '역사'를 서술하는 그의 민족주의 사관을 보여주는 것이다.

3. 단군·부여·고구려 주종족론과 발해의 '재발견'

신채호는 한국의 역사를 '강자' 중심으로 기술하고 있다. 이것은 그의 사회 진화론과 민족주의적 역사관을 보여주는 것이다. 그에게 있어 최초의 국가 발생은 인간의 생존경쟁의 과정을 통해 이루어진 것이다. 최초의 원초적인 집단인 '가족'에서 '부락'으로 '부락'에서 최초의 국가에 이르기까지의 일관된 변화는 진화의 과정에서 발생한 것으로 인식하였다.

신채호는 이러한 관점에 입각하여 「독사신론」에서 강자인 부여족을 주종족으로 하여 한국고대사를 재구성하고 있다. 그가 한국의 역사에서 부여족을 한국 고대의 주종족으로 선택한 것은 부여족이 동국(東國)의 땅에서 다른 5종족인 선비족, 지나족, 말갈족, 여진족, 토족을 정복하고 흡수하였기 때문이다.

우리나라 인종을 대략 여섯 종류로 나뉘니, 첫째 선비족, 둘째 부여족, 셋째 지나족, 넷째 말갈족, 다섯째 여진족, 여섯째 토족이다. (…중략…) 선비족은 맨 처음에 우리 민족과 요동과 만주에서 병립하여 서로 혈전을 계속하였던 자이다. (…중략…) 부여족은 곧 우리의 신성한 종족인 단군 자손이다. 4천년 동안 이 땅의 주인이 된 종족이다. (…중략…) 여섯 종족 가운데 모습으로나 정신적으로나 다른 다섯 종족을 정복하고 흡수하여 우리 민족의 역대 주인이 된 종족은 실로 부여족 한 종족에 지나지 않으니 대개 4천년 우리 역사는 부여족의 흥망성쇠의 역사다. (…중략…) 마침내 이 20세기의 세계무대에 나와서 6대 주의 여러 민족과 군대로 서로 맞서게 되니, 이 이후 우리 부여족이 눈을 부릅뜨고 큰 걸음으로 힘차게 나아가서

만국의 역사 가운데에 승리의 한 자리를 차지할는지도 알 수 없으며, 혹시
미련하고 어리석으며 움츠러들어서 날마다 퇴보하여 조상들로부터 물려
받은 것까지 남에게 빼앗겨버릴지도 알 수 없지만, 과거 우리나라 역사는
곧 우리 부여족의 역사니 이것을 모르고 역사를 얘기하는 자는 진실로 헛
소리나 하는 역사가인 것이다.

—「독사신론」, 『전집』, 316쪽

이와 같이 신채호는 동북아시아의 여러 민족을 6족으로 구분하였다. 이
중에서 부여족이 동국 민족의 주종족으로서 4천 년간 주인공이었음을 강조
하고 있다. 그리고 부여족은 신성한 단군 자손이며, 다른 이민족을 정복하고
흡수하여 대대로 동국의 주인이었다고 서술하였다. 동국의 역사를 바로 부
여족의 흥망성쇠의 역사로, 부여족은 후에 동부여, 북부여로 나뉘었는데 북
부여를 고구려라 하였다. 그러므로 한국민족 역사의 중심에 부여족이 자리
하는 것이다.

단군을 민족의 공동 시조로 이해하고, 그 같은 정체의식 속에서 민족적 결
속과 발전을 도모하는 작업은 신채호 뿐 아니라 구한말 지식인들의 자강운
동에서나 의병장들의 의병활동에서도 공통적으로 나타난다. 이것은 이 시기
'자신'을 단군의 자손으로 인식하고 단군을 민족의 공동 조상으로 간주하는
의식이 대중적으로 확산되었음을 보여주는 것이다. 나아가 단군의식은 중국
이나 일본과의 구분을 시도하는 논리이기도 하였다. 이것을 잘 보여주는 것
이 단군을 신격화한 대종교의 창립이었다.

대종교는 단군을 신화의 주인공으로 재복원하여 민족주의의 강력한 표상
으로 삼았다고 할 수 있다. 대종교는 '신인(神人)이 태백산 단수 아래로 내려

왔다'는 단군신화에 대한 기록들에 의거해 단군을 조선이라는 국가를 건국한 국조(國祖)에 한정하지 않고 창조주로 위치시킨 것이다. 종교적으로 조화주(환인)-교화주(환웅)-치화주(단군)로의 삼신의 신격을 일체로 통합하여 삼신일체의 신앙대상인 천신으로 단군을 일치시키는 것이다.[4]

그러나 신채호에게 단군은 신인이기 때문에 성스럽고 위대한 존재가 아니라 드넓은 강역을 다스리던 추장시대의 추장으로서 조선민족의 시조이기 때문에 위대하고 성스러운 존재로 보였다.[5] 즉 신채호는 단군의 실재성을 주장하며 신화의 주인공으로서가 아니라 역사의 살아있는 존재로 인식하고자 하였다.

살펴보건대, 우리나라 역사가들이 단군이 처음 일어난 지역을 영변 묘향산이라 하며, 국호를 정하고 정치를 베푼 곳을 평양 왕검성이라 하나 이것은 후대의 역사가들이 단지 고기(古記)에서 말하는 "신인(神人)이 태백산(太白山) 박달나무 아래에 내려왔다"라는 한 구절에 근거하여서, 태백산을 서북 일대에서 널리 구하다가 묘향산에 이르러 향단나무가 울창함을 보고서 이것을 태백산으로 억지로 단정하고 장백산의 옛 이름이 태백산인 줄을 몰랐다. (…중략…) 어떤 사람은 단군이 단지 말없이 남쪽으로만 향하여 팔짱을 끼고 아무것도 하지 않은 채 편안히 앉아서 저 숙신족 조선족 예맥족 삼한족들만을 다스린 줄로 믿고 있으니 어찌 그렇겠는가? (…중략…) 하물며 한 국가를 창립하여 한 민족을 편안히 거주시키려 하는 성

---

4   정영훈, 「대종교와 '단군민족주의'」, 『단군학연구』 10호, 2004, 286쪽, 302쪽; 서영대, 「한말의 단군운동과 대종교」, 『한국사연구』 114, 2001, 246쪽.
5   조현설, 「근대계몽기 단군신화의 탈신화화와 재신화화」, 『민족문학사연구』 32집, 2006, 25쪽

인이 어찌 가만히 앉아서 문득 나라를 얻을 수 있겠는가? (…중략…) 단군
이 정복한 성스런 자취들이 있을 것인데 어느 지역부터 시작하였겠는가?
그 토대를 연 곳이 졸본부여인데 그 최초는 심양이고, 다음이 요동, 그 다
음이 조선본부(朝鮮本部)다.

— 「독사신론」, 전집, 316쪽

이와 같이 신채호는 단군의 신성(神聖)을 강조하는 것이 아니라 인간적, 지
도자적 자세를 높이 평가하고 있다. 그리고 그는 단군의 시대를 평화의 시대
이며 번성한 시기로 '기억'해 내고 있다. 이것은 그가 단군 이후의 시대 다른
민족들이 조선으로 귀화해왔으며, 단군을 이은 부여족 또한 단군의 뜻을 받
들어 조선을 낙토(樂土)로 만들었다는 글에서 잘 드러난다. 뿐만 아니라 단군
시대가 평화를 유지할 수 있었던 것은 무수한 종족들과의 전쟁에서 싸워 승
리했기 때문으로 보고 있다. 그리고 한나라의 창시자로 한민족을 발전시키
기 위한 단군의 영토개척, 다른 종족에 대한 정복, 정벌 활동을 강조하는 것
에서 사회진화론적 인식을 볼 수 있다.

조선의 역사에서 단군의 적통을 이은 부여족에 대한 언급이 없는 것에 대
해서는 기존 역사학자들의 무식함으로 돌리고 있다. 이러한 인식의 기저에
는 '강한' 민족을 조선의 역사 전면에 내세우고자 하는 약육강식, 적자생존의
논리를 받아들이고 있음을 보여주는 동시에 자신이 아래의 글에서도 밝혔듯
이 민족주의의 발로라고 할 수 있다.

우리나라 문헌이 결딴난 것이 비록 심하기는 하지만 단군의 적통으로
이어지는 종족은 부여왕조가 명백하다. 설혹 당시 우리나라에 열 나라가

있다고 하더라도 중심 종족은 부여이며, 백 나라가 있다 하더라도 중심 종족은 부여이며, 천 나라 억 나라가 있더라도 역시 중심 종족은 부여다. 부여는 당당하게 단군의 정통을 물려받는 것이거늘, 부여에 대해서는 한 자한 구절도 언급하지 않고 기자만 칭찬하니, 아아 그 무식함이 어찌 이에이르렀는가? 곧 소위 민족주의는 논하지 않고 저들 옛 선비들의 춘추, 자치동감 강목의 의리를 가지고 말한다 할지라도 부여 왕조는 동쪽으로 난을 피하여 옮긴 주(周)나라나, 남쪽으로 도강한 진(晉)나라가 되겠거늘, 옛왕의 왕족이 되는 희(姬)씨, 사마씨의 자손을 버리고 위(魏)씨, 한(韓)씨, 척발(拓跋)씨, 모용(慕容)씨에게 정통을 부여함이 옳겠는가?

—「독사신론」, 『전집』, 318쪽

이와 같이 부여족을 한국 고대사의 주류로 규정하고 고대사를 구성, 구체화시킨 신채호가 '부여족'을 한국 고대의 주종족으로 선택하고 부여족을 한국 민족의 고대 대명사처럼 사용한 이유는 언급한 것처럼 부여·고구려가가장 강성했기 때문이다. 부여족은 이민족과의 투쟁에서 여러 차례 빛나는승리를 쟁취하고 문명국가를 수립하여 주위 부족들을 지배했으며, 이웃의강대한 중국 민족과 경쟁하고 중국의 대규모 침략을 여러 차례 패배시킨 사실과 관련이 있다.

신채호는 기자조선에 대해서는 기존 학자들이 중국 측의 자료만을 근거로잘못 서술한 것이라며 특히 안정복의 『동사강목』의 기술은 억측이라며 부정하고 있다.

기자가 동쪽으로 왔던 때는 부여왕조의 빛나는 영광이 아직 조선의 각

지역에 비추고 있었던 때이다. 기자가 와서 그 작위를 받고 조선(평양의 옛 이름)에 살면서 정치와 교화를 베푸니 부여왕은 임금이고 기자는 신하이며 부여 본부는 왕도이며 평양은 속읍이었다. 기자가 처음에 왔을 때 받은 봉토는 100리에 지나지 않으며 직위는 일개 군수나 도위에 지나지 않으니 기씨보(奇氏譜)에 실려 있는 태조문성왕 다섯 자는 후세 사람들이 잘못 기록한 것이며, 동사강목에 요동 당의 태반이 모두 기자의 영지다(遼地太半 皆箕子提封)의 아홉 자는 억측으로 쓴 것이다.

— 「독사신론」, 『전집』, 318쪽

신채호는 부여왕과 기자를 서술함에도 서열을 분명히 하였다. 즉 부여왕은 임금이고 기자는 신하이며, 부여 본부는 왕도(王都)이고 기자가 살던 평양은 속읍(屬邑)이라고 적으며 기자조선을 부정하였다. 나아가 그는 발해사의 한국사 편입을 주장하며 그 이유로 첫째, 발해를 단군의 혈통과 부여족을 계승했다는 점, 둘째, 발해가 차지한 강토는 고구려의 옛 땅이므로 당연히 민족사의 강역 속에 편입시켜야 한다는 점이었다.

신채호에 의하면 기존의 역사가들 김부식 등이 압록강 이서(以西)에 위치한 발해를 『삼국사기』와 『고려사』 속에 기록하지 않음으로써 결과적으로 이후에 역사, 지리적으로 강토의 망각과 영웅 숭배심의 감퇴를 가져왔으며 그로 인해 "대국이 소국이 되고, 대국민이 소국민이 되었도다" 하고 통탄해 했다. 즉 발해사에 대한 김부식의 무지와 사대주의 사관을 무의식적으로 답습한 역대 역사편찬자들의 불철저한 역사의식이 한민족의 역사와 활동무대가 압록강 이남의 한반도로 제한, 축소되는 결과를 가져왔다는 점을 안타까워했다.

아아, 우리나라가 압록강 서쪽을 포기하여 적국에 내준 것이 어느 때부터 비롯하였는가? 그것은 김부식이 삼국사기를 편찬하던 때부터였다고 하겠다. 왜 그러한가? 그것은 발해의 대씨의 전해 내려오는 혈통을 미루어 보면 곧 그들은 우리 단군의 자손이며 그들이 통치했던 인민을 물어보면 곧 우리 부여의 종족이요 그들이 차지했던 강토는 곧 고구려의 옛 강토이니 대씨를 우리 역사에 기록하지 않으면 마땅히 누구를 기록할 것이며 대씨를 우리 역사에 기록하지 않으면 마땅히 어느 나라 역사에 기록하겠는가? (…중략…) 수백 년이래 우리나라 사람들의 마음속이나 눈에도 자기네 국토를 오직 압록강 동쪽의 땅만이 우리 땅이라 하며, 우리 민족도 오직 압록강 동쪽 민족만이 우리 민족이라 하며 (…중략…) 이에 사상이 압록강 바깥에 한 발자국을 넘을까 경계하며, 자나깨나 압록강 바깥에 한 발자국 넘어설까 두려워하여 우리의 선조인 단군 부루 동명성왕 대무신왕 부분노 광개토왕 장수왕 을지문덕 연개소문 대중상 대조영 등 여러 성인 철인 영웅 호걸들이 마음을 다하고 피를 흘려 만세에 서로 전할 터전으로 우리 자손들에게 준 큰 토지를 남의 것으로 보아 그 아픔과 가려움을 상관하지 않았다.

— 「독사신론」, 『전집』, 319쪽

이와 같이 신채호에게 발해는 단군의 고지(故地)에 세워진 나라이며 동시에 부여 민족사를 계승하고 빛낸 자랑스러운 조선역사의 중심에 있었던 나라였다.[6] 그러므로 그는 발해사를 민족사에서 포기한 결과가 한국의 고대사를 축소시키는 결과로 이어졌을 뿐 아니라 지리적으로도 만주 등을 한국민

6 조동걸, 『한국민족주의의 성립과 독립운동사 연구』, 지식산업사, 1989, 206쪽.

족의 활동 무대에서 제외시키고 역사의 무대를 한반도로만 국한시켰다고 해석하였다. 그러므로 역사가는 한민족의 역사 영역을 단군, 부여, 발해가 포괄했던 지역으로까지 확대, 복원하여야하며, 이것은 자연스럽게 한민족 역사공간으로의 만주지역에 대한 '재발견'이었다.

4. 영웅 연개소문 '호명'과 '기억'하기

「독사신론」이 기존의 고대사 서술과 비교하여 또 다른 특이한 것은 영웅에 대한 묘사이다. 신채호가 영웅, 위인들의 전기를 번역하거나 저술한 것은 당시 국권회복이라는 목적의식이 강하게 반영된 행동이었다. 한국의 국민 개개인이 '신국민'이 되고, 청년들이 과거의 영웅, 위인들의 행적을 학습해서 무수히 많은 신영웅, 신국민들이 되어 국권을 되찾는데 영웅적 투쟁을 전개할 것을 바라는 마음이 그것이었다.[7] 이것은 국가 존망의 위기 하에서 영웅이 출현하여 대외적으로는 세계와의 경쟁에서 승리하고, 대내적으로는 국민들의 정신적, 행동적 지주가 되어줄 것을 기대하는 신채호의 '열망'이라고 할 수 있다. 신채호는 영웅을 다음과 같이 정의하고 있다.

유(唯) 그 지식이 만인에 초하며 기개(氣槩)가 일세에 개(蓋)하여 하종마

---

7   신용하, 『신채호의 사회사상연구』, 나남, 2004, 261쪽.

력(何種魔力)으로 이(以)하든지 필야(必也). 일국이 풍비하고 천하가 산앙(山仰)하여 태양이 만유를 흡인하듯이 동서남북 임임 훌륭한 인물이 개 그 일신에 향하여 이가이읍하며 이애이모하며 이배이경하여야 어시호 영웅 그인이니라.

— 「영웅과 세계」, 『전집』 6권, 621∼622쪽

영웅을 민족을 지켜낼 수 있는 존재로 설정한 것이다. 영웅을 세계를 창조하며, 세계를 활동무대로 삼으며, 세계가 우러러 보는 존재로 보았다. 그리고 영웅이 없이 어찌 국가라고 할 수 있는가라고 반문하며 제국주의에 맞설 수 있는 것이 민족주의이며 민족주의를 지킬 수 있는 것은 영웅이라고 보았다.

신채호는 한국역사의 영웅으로 이순신, 최영, 강감찬, 을지문덕, 광개토대왕 등을 들고 있다. 신채호가 영웅으로 제시하고 있는 인물들은 국가적 위기에서 국가를 구하고 국위를 대외적으로 선양한 인물이라는 공통점이 있다. 「독사신론」을 서술하면서 신채호는 고구려의 시조인 동명성왕에 대해 공적이 풍부하고 덕업이 왕성함이 가장 우렁차고 가장 뛰어난 이로 평가하고 있다. 그리고 또 하나의 영웅으로 연개소문을 기록하고 있다.

연개소문은 고구려의 막리지로 642년 영류왕을 포함하여 100여명의 대신을 살해하고 보장왕을 옹립한 후 최고의 권력자가 된 무자비한 독재자로, 왕을 죽이고 권력을 찬탈한 역적으로 평가받았던 인물이다. 그러나 신채호는 연개소문을 대(大) 당나라를 절대 절명의 위기에 빠트린 인물이며, 당태종 이세민이 죽을 때 "연개소문에게 패배한 쓰라린 경험으로 인해 요동(고구려)을 치는 것을 그만두라"는 유언을 하였을 정도로 경계했던 인물이라며 극찬하였다.

그러나 기존의 연개소문에 대한 평가는 극과 극이었다. 김부식은 유교적 윤리관에 입각하여『삼국사기』에서 연개소문을 '왕을 죽이고 권력을 잡은 역적'으로 평가하였다. 그러나 신채호는 국가 위기 상황에서는 국가를 위해 국왕도 죽일 수 있다는 '국가' 중심적 관점에 의거하여 연개소문의 행동을 긍정적으로 평하였다.

이와 같이 신채호에게 영웅은 봉건적, 유교적 의미의 임금에게 충성하는 충군의 의미가 아니라 국가를 수호하는 애국자였던 것이다. 그리고 그는 아래의 글에서와 같이 연개소문을 '우리나라 4천년 역사에서 첫째로 꼽을 수 있는 영웅'이라며 서구의 영웅 피터대제, 나폴레옹, 크롬웰 등에 비유하고 있다.

연개소문은 우리나라 4천년 역사에서 첫째로 꼽을 수 있는 영웅이다. 소년시절에 중국을 유람하면서 이세민의 사람됨을 엿보며 영웅들을 결탁하였고 (…중략…) 피터 대제와 같다. 각 귀족들이 태자가 어린 것을 보고 부왕이 죽은 후에 왕위에 오르는 것을 허락하지 않거늘 동런히 번개 같은 솜씨로 (…중략…) 나폴레옹과 같다. 왕이 적국의 위세를 두려워하여 비열한 정책으로 한때를 구차히 지내고자 하는 자였다. (…중략…) 이에 국가가 중요하고 임금은 가벼운 것이라 곧 (…중략…) 크롬웰과 같다.

아아, 연개소문은 곧 우리 광개토왕을 본받은 손자이며, 을지문덕의 어진 동생이요, 우리 만세의 후손들에게 모범이 되거늘 이제 삼국사기를 읽으매 첫째는 흉악한 사람이라 하며, 둘째는 역적이라 하여 구절구절마다 오직 우리 연개소문을 저주하고 욕하는 말뿐이다.

이것은 무슨 까닭인가? (…중략…) 고려의 역사가들은 고구려의 사료가 이지러져 없어지므로 인하여 거의 당사(唐史)에서 그 자료를 뽑았던 까닭에 연개소문전은 일체 이세민의 선전서(宣戰書) 중의 말을 추려낸 것이다. 이 때문에 이세민이 연개소문은 흉악한 사람이라고 말하면 머리를 끄덕이면서 예예하고, 이세민이 연개소문은 역적이라고 하면 손바닥을 비비며 그렇다고 했다. 곧 저 이세민의 원수가 되는 연개소문의 역사를 쓸 때 오직 저 이세민의 뱉어 내놓은 것을 모아놓았으니 연개소문이 흉악한 사람이 되고 역적이 됨을 어찌 면할 수 있겠는가?

—「독사신론」, 『전집』, 340~341쪽

연개소문에 대해 서술하며 신채호는 중국인들이 연개소문을 두려워했다는 기록을 반복적으로 서술하고 있다. 이것은 당이라는 대국을 대상으로 승리를 이끌었던 연개소문의 영웅성을 '기억'해 내고자 함이었다. 그리고 이것은 자랑스러웠던 한국의 역사를 기록하며 동시대를 살아가는 한국인에게 자긍심을 심어주기 위한 것이었다.

연개소문의 영웅성은 비록 그 아들 대까지 이어지지는 못했지만 발해의 대조영에게로 이어져 한국사에 연연히 이어지고 있다고 보았으며 발해를 한국 역사에 넣어 기록할 것을 강조하였다.

5. '강한 민족'의 이야기에 담긴 지식인의 염원

신채호는 구한말 서구열강의 침략이라는 냉엄한 국제사회에서 국권을 수호하기 위해서는 국민들에게 자강할 수 있는 민족의식과 국가의식을 고취시키는 것이 필요하다고 생각하였다. 그리고 의식 고취의 방법 중 하나로 한국 사에 대한 자긍심을 심어주는 것이라 인식하였다. 그러므로 신채호는 자신의 글에서 밝혔듯이 정식으로 역사가의 공부를 한 적은 없지만 한국의 역사를 쓰기 시작하였다. 그의 한국 역사 서술의 관심 분야는 고대사였다.

그의 역사 서술의 특징은 민족을 역사의 중심에 두는 민족주의적 성향이 목적의식적으로 강하였다는 점이다. 일반적으로 당시의 민족주의론은 신채호의 경우에서처럼 '강한' 민족을 강조하고 동시에 그것을 역사의 전면에 부각시키려는 사회진화론의 입장에 서 있는 것이었다. 즉 우승열패, 생존경쟁의 원리를 국제사회에서도 적용될 수 있는 '공례(公例)'로 받아들이면서 그같은 국제사회에서 국가를 보존하기 위해 민족주의를 분발해야 한다고 생각하고 있었던 것이다. 사회진화론적 세계관은 근대 동아시아의 지식장에서 가장 파급력이 있었던 근대 이론 중 하나였다. 이것을 지식인 신채호가 수용하여 한국의 역사 쓰기에 반영하였으며 비록 지금은 약하지만 강자가 되고자 하는 염원을 담은 것이라 할 수 있다.

구한말 국가위기를 극복하고자 고뇌했던 지식인으로 신채호는 제국주의 국가를 비판하면서도 다른 한편으로는 '힘이 쎈' 국가, 민족을 열망하는 모습이 드러났으며, 고대사의 주종족을 단군, 부여, 고구려로 설정한 것은 한국사에서 '빛나는' 과거를 되찾고자 하는 그의 바램과 연동된 것이라 할 수 있다. 이것은 쇠퇴해가는 조선민족을 구원해줄 영웅을 기다리는 마음과도 연결되었다. 이와 같이 신채호에게 '역사 쓰기'는 민족을 드러내는 작업이었으며, 근대 지식인으로서 시대를 이겨내고자 하는 염원을 보여주는 것이었다.

참고문헌

신채호, 『단재 신채호전집』 1권~9권, 독립기념관 한국독립운동사 연구소, 2007.

강종훈, 「탈민족주의 경향에 대한 비판적 검토」, 『한국고대사연구』 53, 2008.

김도형, 「근대개혁기의 역사서술과 변법론」, 『한국문화연구』 3집, 2002.

김수자, 「구한말 단일민족주의 형성과정」, 『한국사상사학』 30, 2008.

노태돈, 「한국민족의 형성시기에 대한 검토」, 『역사비평』 겨울호, 1992.

류준필, 「19세기 말 '독립'의 개념과 정치적 동원의 용법─독립신문 논설을 중심으로」, 『근
　　　대계몽기 지식 개념의 수용과 그 변용』, 소명출판, 2004.

박찬승, 『민족주의의 시대─일제하의 한국민족주의』, 경인문화사, 2007.

서영대, 「한말의 단군운동과 대종교」, 『한국사연구』 114, 2001.

신용하, 「신채호의 애국계몽사상」, 『한국학보』 19·20, 1980.

＿＿＿, 『신채호의 사회사상연구』, 나남, 2004.

신일철, 『신채호의 역사사상연구』, 고려대 출판부, 1993.

우남숙, 「신채호의 국가론 연구─이론적 구조를 중심으로」, 『한국정치학회보』 32-4, 1998.

이광린, 『한국개화사상연구』, 일조각, 1977.

이우성, 『한국의 역사인식』, 창작과비평사, 1976.

이지원, 『한국 근대문화사상사 연구』, 혜안, 2007.

정선태, 「근대계몽기 민족, 국민서사의 정치적 시학」, 『근대계몽기 지식의 굴절과 현실적
　　　심화』, 소명출판, 2007.

정영훈, 「한국에서의 국수주의와 그 성격」, 『정신문화연구』 33호, 1987.

조동걸, 『한국민족주의의 성립과 독립운동사 연구』, 지식산업사, 1989.

조현설, 「근대계몽기 단군신화의 탈신화화와 재신화화」, 『민족문학사연구』 32집, 2006.

최홍규, 『신채호의 역사학과 민족운동』, 일지사, 2005.

한기형, 「동아시아 담론과 민족주의─신채호의 논의와 관련하여」, 『민족문학사연구』 17,
　　　2000.

양두, 군주제인가 공화제인가

채준형

양 두[楊度, 1875~1931]

양 두는 1875년 청조 하 중국 후난성 샹 탄현에서 태어났다. 샹탄현은 중국 근대 사 상의 유명한 인물을 많이 배출한 곳으 로 유명한데, 청 말 금문경학계열의 대학 자 왕 카이윈, 중국 근대 화단의 거목 치 바이스, 그리고 붉은 혁명의 지도자 마오 쩌둥이 대표적인 동향인이다. 아버지를 일찍 여읜 양은 태평천국 진압에 공을 세 웠던 큰아버지 밑에서 유년시절을 보냈 다. 1892년 수재가 되고 1893년 순천부(지금의 베이징) 향시에 합격해 거인이 되었으나 회시에서 연이어 낙방하였다. 회시를 준비하면서 캉 유웨이가 주도한 공거상서(公車上書)에 이름을 올리면서, 량 치차오, 위안 스카이, 쉬 스창 등과 교류하였다. 그러나 회시에 거푸 실패, 고향으로 돌아온 양은 대학자 왕 카이윈의 문하에 들어가 공부하였다. 1902년 일본으로 유학을 떠났고 법정대학(法政大学)에서 공부하던 1904년 일본에 유학하고 있던 중국인 학생 조직의 지도자로 선출되었다. 이즈음 후난 동향 친구였던 황 싱을 통해 쑨 원 및 중국동맹회와 접촉하기도 하였다. 1905년 청 말기의 헌정(憲政) 추진에 관여하였고 1911년 신해혁명의 성공 이후 위안 스카이의 정치 고문이 되었다. 위안 스카이 정부와 국민당의 갈등을 목도하면서 위안 스카이 대총통 중심의 정치권력 안정화를 위해 옌푸, 류 스페이 등과 주안회(籌安會)를 조직하여 위안 스카이를 황제로 추대하려는 제제운동(帝制運動)에 앞장 섰다. 제제운동의 실패와 1916년 위안 스카이의 죽음으로 양은 중앙 정계에서 영향력을 상실하였다. 정계에서 물러난 후 중국통사를 집필 계획을 세우고 매진하였으나 실현하지는 못했다. 1922년 중국 국민당에 입당하였으며, 제1차 국공합작을 통해 중국 공산당원들과도 개별적으로 접촉한 것으로 보인다. 국공합작이 파국을 맞은 뒤 1929년 가을 판 한녠의 소개로 중국 공산당에 정식 입당하여 중국 공산당의 지하 활동을 지원하였으나 1931년 상하이에서 병으로 사망하였다.

1. 양 두의 통일지향적 정치사상

중국이 서구 열강에 의해 세계사에 타율적으로 편입되었던 근대라는 특수한 역사적 상황과 엘리트 중심의 개혁이 우세하였던 중국적 전통은 적어도 청조체제 하에서의 개혁에 있어서는 인민이 중심이 된 개혁보다는 관료, 지식인 중심의 개혁을 추구하도록 만들었다. 따라서 청 말의 관료와 지식인 사이에서 광범위하게 전개되었던 입헌운동은 청조체제 하에서 근대적인 국가를 건설하기 위한 마지막 시도로 또한 부국강병을 위한 정치체제를 만들어가는 근대사상의 한 단계로서 역사적 의의를 가지고 있다고 할 수 있다. 한편, 관료와 친정부적인 지식인 주도의 입헌군주제 논의 외에도 뒤에 신해혁명을 낳은 공화운동 또한 청정 밖의 지식인들 사이에서 큰 호응을 얻었던 것도 사실이다. 하지만 공화제에 대한 합의는 혁명적 실천의 의미에서라기보다는 현실적 타협의 산물이었으며 신해혁명 전후 과정에서 혁명파와 입헌파가 대립과 협력의 관계를 반복하였던 것을 볼 때 변혁에 대한 지향과 방법에서 이들 양자 간에 커다란 차이가 있었던 것은 아니었다.

그렇다면 이들이 공통적으로 지향하였던 목표는 어떠한 것이었는가. 근대 중국의 지식인들이 국가적, 민족적 위기 상황 속에서 항상 고민했던 문제는 어떻게 하면 중국을 서구열강과 맞설 수 있는 부강한 국가로 만드느냐하는 것이었으며, 동시에 어떻게 하면 강력한 정부로써 통일 중국을 유지하면서 안정적으로 근대화를 추진하느냐 하는 점이었다. 이는 자강운동, 변법유신, 신해혁명 등 근대사상의 중요한 사건을 관통하고 있는 핵심적인 문제인 동시에 중화인민공화국 성립 이후의 중국을 이해하는 데 있어서도 일차적으로 고려해야 할 사항이라고 할 수 있다. 그리고 이러한 지향의 기저에는 중국의 전통적인 통일지향의 정치사상이 자리 잡고 있다고 말할 수 있다.

필자는 청말 이래 중국의 변혁에 있어 중심적인 위치에 있었던 지식인들의 정치이론 속에도 여전히 통일지향의 정치철학의 요소들이 크게 작용하고 있을 것이라는 점과 청말 이래의 중앙집권체제 강화의 노력을 한 인물의 정치이론에 투영하여 살펴보고자함을 본고의 출발점으로 삼았다. 그리하여 본고에서는 청말 신정 시기에는 청조의 편에 서서 입헌에 깊이 개입하였고, 신해혁명 후에는 위안 스카이의 제제운동(帝制運動)에 적극적으로 가담하였으며, 만년에는 중국 공산당에 입당하였던 인물 양 두[楊度, 1875~1931]의 정치이론을 분석의 대상으로 삼아 전통적 정치철학의 지속과 변형의 문제와 청말 이래 근대화의 추구를 위한 중앙집권체제의 강화라는 문제에 대한 하나의 사례연구로 제시하고자 한다.

2. 양 두[楊度]의 정치이론의 기본구조

1) 한족중심주의와 사회진화론

양 두[楊度]는 33세가 되던 1907년 1월 20일 『중국신보(中国新报)』를 일본 동경에서 창간하여 스스로 총편집인이 되었다. 그는 이 신문에 적지 않은 글들을 발표하였는데, 대표적인 것으로 「금철주의보[金鐵主義譜]」, 「국회여기인

(国會與旗人)」(또는 '철기사안(撤旗私案)'으로 칭함) 및 「중국신보서(中国新報叙)」 등을 들 수 있다. 『중국신보(中国新報)』의 주요 필진은 슝 판위[熊范輿], 쉐 다커[薛大可], 리 탕[李儻], 팡 뱌오[方表] 등이었다. 이들은 제국주의적 침략에 반대하고 청 정부가 이권매각과 예비입헌의 허위성을 폭로하였으며 국회를 소집하고 책임내각을 수립하여 군주입헌을 실행함으로써 공상입국(工商立國)할 것을 주장하였다. 양 두[楊度]의 초기 정치사상은 『중국신보』를 통해 연재된 논설들에 잘 나타나 있다.

양 두의 초기 정치사상의 바탕에는 한족중심적인 사고가 자리 잡고 있었다. 그는 중국을 구성하고 있는 한(漢), 만(滿), 몽(蒙), 회(回), 장족(藏族)의 오족(五族) 중에서 한족만이 국민으로서의 자격을 갖추고 있다고 보았다.[1] 또한 사회 발전 단계에 있어 국가 사회로의 진입해 있기 때문에 국민의 자격을 갖추었을 뿐만 아니라 정치적, 경제적, 군사적 능력에서 한족은 "동양"에서 가장 뛰어난 자질을 가지고 있다고 생각하고 있다.[2] 그는 한족을 중국의 중심에 놓고 다른 민족과 비교하여 논하면서 한족의 정치적, 군사적, 경제적 능력이 비록 서양에는 뒤지지만 동양에서는 적수가 없었다는 점을 주장하고 있다. 이는 입헌의 주체는 한족이 되어야 한다는 점을 은연중에 내비친 것이라고 할 수 있다.

그러나 입헌운동에서 한족만을 주체로 삼을 수는 없었다. 효율적인 책임 정부를 수립하기 위한 또 하나의 관건인 입헌을 추진하고자 한다면 군주입헌을 할 것인지 아니면 민주입헌을 할 것인지에 대한 선택의 문제가 발생하게 된다. 사실 양은 "입헌을 하느냐 못하느냐의 여부이지 무엇이 주체가 되

---

1   楊度, 「『中國新報』叙」, 劉晴波 主編, 『楊度集』, 湖南人民出版社, 1986, p.208.
2   *Ibid.*, p.209.

느냐 하는 것으로 차이가 생겨나는 것은 아니다"라고 지적하였다.[3] 그렇지만 현실적으로 민주입헌보다는 군주입헌이 오히려 더 타당하다는 것이다. 양 두는 중국의 현실에서는 민주입헌보다 군주입헌이 더 효과적이라는 주장을 펴면서 그 논거로서 민주입헌으로 야기될 혼란을 지적하고 있다. 그는 민주입헌을 추진하려고 한다면 두 가지 곤란한 문제가 발생한다고 보았는데, 첫째, 만, 몽, 회, 장족의 문화적 역량이 한족에 비해 뒤처진다는 점과, 둘째 한족의 군사력이 이들의 군사력에 미치지 못한다는 점이었다.[4] 문화적 발전의 수준이 다른 여러 민족으로 구성된 중국의 영토적 통일을 유지하고, 종족 간의 갈등으로 야기될 수 있는 대외적 종속을 면하기 위해서는 입법, 사법, 행정의 삼권을 초월하는 군주권의 존재가 필요하다고 생각했던 것이다.[5]

이와 같은 한족중심적인 사고와 함께 양 두의 정치이론의 바탕을 이루고 있었던 것이 진화론적인 세계관이었다. 양 두는 다윈과 헉슬리가 주장한 적자생존과 우승열패의 자연법칙과 이에 기반한 사회진화론이 세계의 모든 사회에 적용될 수 있다고 생각하였다.[6] 그의 사회진화론적 세계관은 초보적인 역사 발전 단계론에 바탕을 둔 것이라고 말할 수 있다. 양 두는 동서고금을 막론하고 인류사회는 만이(蠻夷)사회, 종법(宗法)사회, 군국(軍國)사회 (또는 국가사회)라는 세 단계를 거쳐 진보하게 된다고 주장한다.[7] 중국을 최초로 통일한 진(秦) 이후의 중국은 이미 국가사회(국가사회)의 단계로 접어들었다고 주장한다.[8] 이러한 진화론적-단계론적 구조는 양 두는 옌푸가 번역한 Edward

---

3   *Ibid.*, p.210.
4   *Ibid.*, p.211.
5   曾田三郎, 「淸末における近代國家形成と楊度」, 曾田三郎 編, 『中國近代化過程の指導者たち』, 東方書店, 1997, p.41.
6   楊度, 「金鐵主義說」, 劉晴波 主編, 『楊度集』, 湖南人民出版社, 1986, p.220.
7   楊度, 「『中國新報』叙」, 劉晴波 主編, 『楊度集』, 湖南人民出版社, 1986, p.209.

Jenks(1861~1939)의 *A Short History of Politics*에서 이러한 역사발전 단계론을 인용하여 자신의 논지를 전개하고 있다.[9] 이와 같이 양 두가 세계를 바라보는 시각은 한족 중심적 사고와 진화론적 세계관이 서로 결합되어 있는 성격의 것이었다.

양 두의 시각에서 보면, 서양 여러 나라들이 완전한 국가제도를 시행하여 문명화되기는 했지만, 이들이 모여 있는 세계는 문명화된 세계라고 말할 수는 없었다. 다시 말하면 중국이 지금 맞닥뜨리고 있는 국가들은 문명국이지만 중국이 처해있는 세계는 야만의 세계라는 것이다.[10] 이러한 상황이 중국에게 생소한 것은 중국인들이 오랫동안 중국을 국가가 아닌 하나의 세계로 인식해 왔기 때문이었다.[11] 이러한 야만적인 비문명의 세계는 바로 "경제 경쟁의 세계"[12]이다. 양 두는 서구인들은 스스로 발전시킨 과학 문명을 이용하여 식민지라는 수단을 가지고 아메리카, 아프리카, 오세아니아, 그리고 마침내는 동아시아로 눈을 돌려 제국주의적 이권을 추구하고 있다고 보았다.[13] 서양 각국의 제국주의적 이권침탈에 대하여 "약소국의 재산은 곧 강대국의 재산이다"[14]고 말하면서 그 이유는 서양 각국의 군사력이 피식민지보다 월등하기 때문이라고 주장하고 있다. 양 두는 서양 각국의 대중정책 또한 이러한 경제적 이익의 추구에서 크게 벗어나지 않는다고 생각하였다. 중국의 영

8   楊度, 「金鐵主義說」, 劉晴波 主編, 『楊度集』, 湖南人民出版社, 1986, pp.213~214.
9   옌 푸는 1903년 『社會通銓』이라는 제목으로 中譯을 끝내고 이듬해 上海 商務印書館에서 출판하였다(何漢文・杜邁之, 『楊度傳』, 湖南人民出版社, 1979, p.23의 註1과 黃中興, 『楊度與民初政治(1911~1916)』, 國立臺灣師範大學歷史研究所專刊 16, 民國75年, p.48 참조).
10   楊度, 「金鐵主義說」, 劉晴波 主編, 『楊度集』, 湖南人民出版社, 1986, p.219.
11   *Ibid.*, p.214.
12   楊度, 「國會與旗人」, 劉晴波 主編, 『楊度集』, 湖南人民出版社, 1986, p.439.
13   楊度, 「金鐵主義說」, 劉晴波 主編, 『楊度集』, 湖南人民出版社, 1986, p.214.
14   *Ibid.*, p.215.

토보전과 문호개방 그리고 기회균등의 원칙에 대해서는 "소위 영토 보전이라는 것은 영토를 균등분할 하지 않겠다는 것이며, 소위 문호개방과 기회균등이라는 것은 재산을 균등하게 분할하겠다는 것을 말한다. 문호는 중국의 재산에 대한 문호이며, 기회는 각국의 중국의 재산에 대한 기회이다"[15]라고 하여 제국주의적 침탈에 대하여 강도 높게 비판하였다.

양 두는 서구 열강들이 채택하고 있고 세계를 풍미하고 있는 국가적 이념은 경제적 국가주의이며 이는 세계적인 경제전쟁의 추세를 따르기 위해서는 중국도 채택할 수밖에 없는 이념이라고 주장하고 있다. 그는 현재 서구 열강은 경제적 세력과 군사적 세력으로 세계를 풍미하고 있다고 전제한 뒤, 현재의 세계는 경제세력의 확장을 위하여 전쟁을 하는 경제전쟁의 상태에 놓여있다고 주장하고 앞으로는 경제적 세력 확장이라는 문제가 아니면 전쟁이 일어나지 않을 것이라고 말한다. 또한 경제력 없는 문명국 없고, 군사력 없는 문명국 또한 없으니, 중국 역시 경제국, 군사국이 되지 않으면 현재 세계의 경제전쟁에서 살아남을 수 없고, 경제전쟁에서 살아남지 못하면 패망할 수밖에 없다고 주장하고 있다. 지금 중국이 다른 강국들에게 패하고 있는 것도 그 원인이 다른 곳에 있는 것이 아니라 중국의 경제력과 군사력이 그들처럼 강하지 못하여 경제전쟁에서 지고 있기 때문이라는 것이다.[16] 이러한 경제전쟁의 야만적인 세계에서 살아남기 위해서는 완전한 국가사회의 단계에 접어든 서양의 강국들처럼 완전한 국가제도를 실현하여 경쟁에서 승리하는 수밖에 없다고 할 수 있다. 덧붙여서 그는 자신이 주장하고 있는 경제적 국가주의에 '금철주의'라는 이름을 붙이고 있다. 즉 금(金)은 경제이고 철(鐵)은 군사이다.[17]

---

15 *Ibid.*, p.216.
16 楊度,「金鐵主義說」, 劉晴波 主編,『楊度集』, 湖南人民出版社, 1986, pp.222~223.

이상에서 살펴본 양 두의 정치이론의 기본 목표를 정리하면 다음과 같다. 우선 세계는 경제적 세력 확장을 위한 끊임없는 투쟁의 장이다. 세계의 문명 각국은 자신의 경제적 영향력을 확대하기 위하여 군사적인 수단을 사용하는 데 주저하지 않는다. 이러한 야만적 경쟁의 세계에서 살아남기 위하여 서양의 강국들은 각각 국가주의를 강화함으로써 세계에서 자신들의 경제적, 군사적 영향력을 확대하고 있다. 이러한 세계적 상황 아래에서 중국은 이미 열강의 각축장이 될 위기에 놓여있는 것이다. 열강의 경제적 각축장으로 전락할 위기를 타개하기 위해서는 중국을 구성하고 있는 한, 만, 몽, 회, 장의 오족 중에서 완전한 국가주의를 실행할 수 있는 자질을 갖추고 있는 한족이 '선우후악(先憂後樂)'의 의무를 지고 완전한 국가사회를 이룩하여야 한다는 것이다.[18] 양 두의 금철주의-경제적 국가주의는 결국 경제적으로 부유하고 군사적으로 강력한 국가건설을 위한 이념으로 이해될 수 있다. 이와 같은 그의 신념은 서구의 충격 이래 중국 지식인들이 항상 고민해 왔던 부강한 국가 건설이라는 목표의 또 다른 표현이라고 할 수 있는 것이다.

2) 책임정부와 군주입헌

양 두에게 있어 중국을 열강과 어깨를 나란히 하는 경제적, 군사적 강국으로 만들기 위한 선결 조건은 정치제도를 개혁하여 국가 기능을 회복하도록 만드는 일이었다.[19] 양 두는 인민의 생명과 재산에 대한 책임을 군주 혼자서

---

17 *Ibid.*, p.225.
18 楊度, 「『中國新報』叙」, 劉晴波 主編, 『楊度集』, 湖南人民出版社, 1986, p.209.

지고 있는 것이 전제군주국의 특징이라는 전제에서 출발한다. 군주들의 능력이 일정치 않을 뿐만 아니라, 군주가 책임을 의식하고, 그 책임을 기꺼이 감당하고자 하는지는 전적으로 군주 한 사람에게 달려 있다. 이것이 전제 군주국에서 국가 기능의 항상성에 문제를 일으키는 핵심이다. 여기에 문제가 생기면 인민은 혁명을 일으키는 방법 외에는 스스로 자신의 생명과 재산을 지킬 수 있는 방법은 없는 것이다.[20]

책임정부를 이룩하는데 있어서, 즉 국가기능의 항상성을 담보하기 위해서는 국회의 개설과 입헌이 가장 중요한 요소였다. 양 두는 국회제도와 입헌제도는 "표리의 관계"에 있어 "입헌국가가 아니면 국회가 있을 수 없고 국회가 존재하지 않는 국가 역시 입헌을 이룰 수 없다"고 하여, 국회의 개설과 입헌의 관계를 불가분의 관계로 보았다.[21] 국회개설은 "정부를 개조하는 무기"인 셈이었고 "모든 정치적 문제를 해결하는 수단"이었다.[22]

1906년 양 두와 량 치차오가 서로 정견을 달리하여 입헌당 결성에 실패하는데, 그 원인도 바로 이 국회 개설 문제를 둘러싼 두 사람의 이견 때문이라고 할 수 있다. 량 치차오는 1906년 1월, 『신민총보(新民叢報)』를 통해 발표한 「개명전제론(開明專制論)」에서 다음과 같이 주장하였다. ① 오늘날 중국에서는 공화입헌제를 실시할 수 없다. 중국 인민은 공화제 하의 국민으로서의 자격을 가지고 있지 못하다. ② 중국에서는 군주입헌제도를 실시할 수 없다. 각각의 국민이 입헌제를 실행할 수 있는 능력을 가지고 있지 못하고, 입헌제

19 侯宜杰은 楊度의 주장이 당시의 역사적 조건 하에서 淸朝의 축출을 생각하지 못했던 中國人들이 제시할 수 있었던 가장 이상적인 정치적 주장이라고 보았다(侯宜杰, 「淸末預備立憲時期的 楊度」, 『近代史硏究』, 1988년 1期, p.95).
20 楊度, 「金鐵主義說」, 劉晴波 主編, 『楊度集』, 湖南人民出版社, 1986, p.307.
21 Ibid., p.363.
22 Ibid., p.322; 楊度, 「國會與旗人」, 劉晴波 主編, 『楊度集』, 湖南人民出版社, 1986, p.459.

의 실시에 필요한 법, 제도가 아직 정비되지 못했다. ③따라서, 입헌제를 준비하기 위한 개명전제를 실시하여야 한다는 것이다.[23] 그러나 양 두는 량 치차오와 주장을 달리했다. 그는 인민 개개인이 입헌제를 실행할 수 있는 능력을 가지고 있지 못하다고 주장한 량 치차오와는 다른 인식을 가지고 있었다. 그는 우선 국회 개설의 문제에 있어서 중요한 것은 국민 대다수의 수준이 아니라 중류사회의 수준이라고 이야기하고 있다.[24] 중국의 중류사회의 수준은 서구의 중류사회에 미치지 못하는 것이 사실이지만 서구의 하등사회의 그것보다는 훨씬 높고 이러한 중류사회를 바탕으로 국회를 개설하고, 국회의 개설을 통하여 국민을 정치에 참여시키는 방법으로 국민들의 수준을 높일 수 있다고 보았다.[25] 이와 같은 양 두의 적극적인 국회개설의 주장은 량 치차오의 입헌론과는 구별되는 것으로 동시대 일본 지식인들 중에는 량 치차오의 입헌론을 '점진적 군주입헌론'으로, 양 두의 입헌론을 '군주입헌 국회속개론'으로 구별하는 사람들도 있었다.[26]

23 楠瀬正明,「淸末立憲運動と梁啓超」, 曾田三郎 編,『中國近代化過程の指導者たち』, 東方書店, 1997, p.57.
24 楊度,「金鐵主義說」, 劉晴波 主編,『楊度集』, 湖南人民出版社, 1986, pp.335~336.
25 Ibid., p.337.
26 曾田三郎,「淸末における近代國家形成と楊度」, 曾田三郎 編,『中國近代化過程の指導者たち』, 東方書店, 1997, p.16.

3. 주안회(籌安會)의 조직과 공화제 비판

1) 주안회와 양 두

양 두가 주장하는 정치이론은 그가 주안회(籌安會)의 중심이 되어 추진하였던 1915년 8월부터 1916년 3월 22일 제제 취소 성명이 발표될 때까지의 제제운동의 과정에서 현실정치에 뚜렷하게 나타났다고 볼 수 있다. 여기서는 이 운동의 과정에서 양 두가 공화제를 비판하였던 논거를 중심으로 그의 정치이론 상의 특징을 보이고자 한다.

1914년 1월 국회를 해산한 위안 스카이는 1914년 3월 18일 약법회의(約法會義)를 개회하고 20일에 '약법수정대강 7조'를 제출하였다. 그 내용은 입법기관인 의회가 단원제로 바뀌어 행정기관의 부용기관으로 전락하였으며 외교대권과 관제, 관규의 제정 및 문무관리의 임명권이 모두 총통에게 귀속되어 입법기관의 동의를 받을 필요가 없었다. 따라서 총통의 권한은 전제군주 시대의 황제가 갖고 있던 것과 별 차이가 없어지게 되었다. 위안 스카이는 중화민국 약법(이하 신약법이라 칭함)을 5월 1일 공포하고 중앙 관제를 개혁하여 5월 3일에는 국무원을 폐지하고 정사당(政事堂)을 총통부에 설치하였다. 7월에는 국무경에 예속되었던 각 부도 모두 총통부에 예속시켰다.

약법회의는 위안 스카이의 전제적 총통제를 위한 신약법을 통과시킴과 동시에 두 가지 이론으로 이를 옹호하였다. 하나는 국정특수론이고 또다른 하나는 대일통론(大一統論)이었다. 우선 국정특수론을 살펴보면 한 나라의 헌법은 그 나라 사회의식의 소산인데, 중국의 '국정, 국세'가 서방과 이미 다르므로 헌법을 제정하는 과정에서도 그 근본을 잊어서는 안 된다는 것이며, 신약법은 총통의 권력을 확대함으로써 중국 국가제도의 특수성을 체현하고 있다고 주장하는 논법이었다. 대일통론은 정권이 집중되어 있지 않으면 민의가 흩어지게 되고 이는 곧 대적 출현의 원인이 된다는 것이다. 따라서 신약법은 총통의 권한을 강화함으로써 '춘추'에 나타난 '대일통'이라는 개념과 맹자가 후세에 전한 '정우일(定于一)'의 미언대의(微言大義)를 체현한 것이라는 논리였다.

신약법과 수정된 대총통선거법에 의하면 총통의 임기는 10년, 연임이 무한정 가능하고 게다가 참정원의 의결이 있으면 자동적으로 연임할 수 있게 보장함으로써 종신 총통의 지위를 얻은 것이나 다름없었다. 또한 총통의 후계자는 총통이 추천한 3인 중에서 선출하도록 규정하여 이론적으로는 총통의 세습까지도 가능하게 되었다. 1914년 5월 1일 신약법이 통과되면서 위안 스카이는 독재 원수가 되었고 12월 29일 대총통선거법이 수정·공포되면서 종신총통으로 갈 수 있는 길이 열린 셈이었다.

제제운동의 구체적인 계획이 언제부터 시작되었는가에 대해서는 정확하게 알려져 있지 않다. 그러나 민국 성립 이래로 위안 스카이가 제제를 추진하지 않을까 하는 우려는 민간에 팽배해 있었다. 제제운동이 본격적으로 시작된 것은 총통부 법률고문으로 있던 굿나우(Frank J. Goodnow, 1859~1939)가 1915년 8월 3일 『아세아일보[亞世亞日報]』에 '공화여군주론(共和與君主論)'을 발표하고 1915년 8월 14일 양 두, 쑨 유쥔[孫毓筠], 옌 푸[嚴復], 류 스페이[劉師培], 리 셰허[李燮和], 후 잉[胡英]이 연명으로 주안회를 발기함으로써 표면화되었다.[27] 이후 주안회의 이론적인 주장에 호응하는 형태로 각지의 문무관료와

---

27 黃中興, 『楊度與民初政治(1911~1916)』, 國立臺灣師範大學歷史研究所專刊 16, 民國75年, pp.241~243.

상회(商會)로 구성된 각성공민청원단(各省公民請願團)과 이를 기회로 체제의 건설, 개조를 노리는 량 스이[梁士詒] 등의 교통계 세력이 제제로의 국체변경을 요구하는 소위 '세론(世論)'을 일으켰다.[28] 이 과정이 위안 스카이와의 합의 하에 진행되었음은 말할 것도 없다. 위안 스카이는 이 세론을 배경으로 하여 12월 11일에 국민대표대회에 의해 황제로 선출되었고 12일에 이를 수락하였다.

주안회는 발기 선언서에서 신해혁명 당시 인민의 감정이 격해진 상태에서 만주족 정부의 타도에만 골몰한 나머지 중국의 국가적 지향점에 대한 충분한 계산 없이 창졸 간 공화제를 국체로 정했다고 주장하였다. 공화제를 국체로 선택한 남미와 중미의 여러 나라들을 예로 들면서 공화제 선택은 결국 "국가를 무정부 상태로 몰아넣었다"고 비판하였다. 남미와 중미에서 벌어진 공화제로 인한 폐해는 동아시아에서 새롭게 태어난 공화국 중국에게도 시사하는 바가 크다는 것이었다. 또한 미국의 굿나우가 이미 중국의 실정에는 군주제가 합당하다고 충고한 바가 있고 각국의 명사와 기자들 중에도 그렇게 생각하는 사람이 많다고 전제한 뒤, "국가의 위기에 대해서 명확히 알고 있으면서도 일신의 명예와 이해관계 때문에 주저하고 발의하기를 꺼리고 있다"고 주장하였다.[29]

국체 변경에 대한 이론적 바탕을 마련하는데 주력한 양 두의 주안회와는 별도로 교통계의 양사이를 우두머리로 하여 1915년 9월 19일 성립된 전국청원연합회는 제제운동의 최대 행동단체였다. 전국청연연합회는 민의와 대규모의 청원운동을 통하여 제제를 실현하는 것을 목적으로 삼고 있었다. 양 두

---

28 白蕉, 『袁世凱與中華民國』, 臺北, 文星書店, 民國51年, pp.176~177.
29 楊度, 「發起籌安會宣言書」, 劉晴波 主編, 『楊度集』, 湖南人民出版社, 1986, pp.585~586.

가 주도하여 성립된 주안회와 양사이주도의 전국청원연합회는 조직과 인력, 운용 방식 등에 있어 대비된다. 우선 주안회의 조직은 전국청원연합회의 조직만큼 세밀하지 못했다. 인력의 측면에서 주안회가 사회 중상층 인사에 비교적 많은 주의를 기울였다면, 전국청원연합회는 하층 민중까지 망라하여 참여하는 사람들의 폭이 비교적 넓었다고 할 수 있다. 제제를 추진하는 운동 방식은 주안회가 토론의 방식으로 제제를 고취하고 점진적으로 청원을 발동하였다면, 전국청원연합회는 행동단체로서 주안회의 청원방식을 확대하여 활동하였다고 할 수 있다.[30]

제제운동은 표면적으로 주안회가 제제에 대한 이론적 바탕을 마련하고 전국청원연합회가 제제를 실질적으로 추진하는 양상으로 전개되어 나갔다. 그러나 실상 이 두 단체는 위안 스카이 정부 내의 갈등의 소산이었으며 두 단체는 정치적으로 상당히 불안한 관계를 유지하였다고 말할 수 있다. 위안 스카이는 주안회를 제제 여론을 조성하기 위한 학술단체로 인정하고 학자들의 연구는 자유롭게 두어야 한다고 하여 주안회의 활동이 불법이라는 비판에 대처하였다.[31] 그러나 그는 제위에 오르는 것은 '민의에 의한 것'이라는 사실을 강조하고 싶어 했다. 주안회의 요청으로 군주, 민주 중 어느 국체가 더 적합한가 연구한다는 명목 하에 모인 각 성, 기관 및 각 단체의 대표들은 일치하여 군주제를 주장했고 이후 제제운동은 국체 변경 청원 활동의 단계로 들어갔다. 이로써 소위 제제운동은 본격화되었고 운동의 주도권은 점차 양 두가 중심이 되었던 주안회에서 교통계를 중심으로 한 전국청원연합회로 넘어

---

30 黃中興, 『楊度與民初政治(1911～1916)』, 國立臺灣師範大學歷史研究所專刊 16, 民國75年, pp.274～275.
31 白蕉, 『袁世凱與中華民國』, 臺北 : 文星書店, 民國51年, pp.254～259.

가게 되었다.[32] 위안 스카이 정부 내의 세력 분포를 살펴보았을 때, 양 두는 량 스이[楊士琦], 돤 치루이[段祺瑞]를 중심으로 한 환계(皖系)나 펑 궈장[馮國璋]의 직계(直系), 양사이의 교통계에 비하여 자신을 뒷받침해 줄 수 있는 정치적인 기반을 가지고 있지 않았다. 따라서 정부 내에서 양 두가 의지할 수 있었던 것은 오직 위안 스카이의 그에 대한 개인적인 신뢰에 불과했다. 따라서 위안 스카이 정부 내에서 양 두의 정치적 발언권은 제한적이었으며 제제운동의 추진에 있어서도 그의 역할에는 분명한 한계가 있었다.

2) 공화제 비판의 논리

1915년 4월 양 두는 『군헌구국론(君憲救國論)』을 발표하여 공화제에 대한 자신의 비판적인 입장을 밝히고 혼란한 정국을 수습하고 부국강병을 이룩하는 유일한 길은 군주제를 기반으로 한 헌정의 수립임을 거듭 주장하였다. 이미 살펴본 바와 같이 양 두는 경제적으로 부유하고 군사적으로 강력한 '경제적 국가'을 건설함으로써만이 중국이 치열한 경제 전쟁의 시대에서 살아남을 수 있다고 보았다. 그러나 그는 민국이 수립 된지 4년이 지났지만 부국과 강병을 달성하기 위한 길을 더욱 요원해졌다고 하고 이는 모두 공화제의 폐단 때문이라고 주장하였다. 양 두의 공화제 비판은 크게 세 가지 측면에 비롯되고 있다.

우선 양 두는 공화제를 통해서는 부국강병을 이룰 수 없다고 보았다. 양

---

32 尹惠英, 「袁世凱 帝制運動의 歷史的 性格-集權體制와 分權傾向의 갈등을 중심으로」, 『東洋史學硏究』 15, 1980, p.76; 唐寶林・鄭師渠, 『共和與專制的較量』, 河南人民出版社, 1996, pp.190~191.

두는 공화제 하에서 국민은 평등, 자유 등의 개념에 익숙해지게 되는데, 이러한 관념이 가장 큰 영향을 끼치고 있는 분야가 바로 군사 분야라고 주장하였다. 양 두에 따르면 강력한 군사력은 어떠한 정체를 채택하느냐의 여부에 달려 있고, 강력한 군사력은 군주제 하에서만 건설될 수 있다고 보고 있다.[33] 특히 중국은 '황가(皇家)의 가향(家餉)을 먹고 황가를 위하여 힘을 쓰기만 하면 된다'는 의식을 오랫동안 가지고 있었다. 군인들에게는 이제 충성의 대상이 형체를 가지지 않은 국가로 바뀌었다. 그러나 병사들로 하여금 무형의 국가에 충성하도록 하는 동력, 즉 민족주의가 현재 중국 인민의 수준에서 단시일 내에 발현되는 것은 무리라고 보았다. 따라서 현재 중국에 있어서 군을 통제할 방법은, 매우 결함이 많은 방식이기는 하지만, 통제자의 감정과 위력에 의한 것뿐이라고 보고 있다. 그러나 우선 잠시라도 이 방법을 통해 군사력을 유지하고 발전할 수밖에 없는데, 공화제의 자유와 평등 이념은 군사력의 유지에 방해가 된다는 것이다.[34] 공화제로는 부국의 길 또한 요원하게 보였다. 공화제를 정체로 삼고 있는 프랑스나 미국이 모두 공화제를 시행하면서도 부유하지만 중국은 그럴만한 조건에 있지 않다고 주장한다. 경제 개발을 위해서는 실업의 진흥이 중요한데, 이에 가장 나쁜 영향을 미치는 것은 전란이다. 양 두는 2차 혁명(二次革命) 이래 사회 각 방면의 질서는 대체로 원래 모습을 회복하였다고 보았지만 실업 부문은 아직도 예전의 모습을 찾지 못하고 있다고 보았다. 그 이유는 다시 전란이 일어나 실업 진흥을 방해할 위험이 여전히 남아 있기 때문이었다. 전란이 다시 발생할 수 있다는 불확실한 요인 때문에 실업에 참여할만한 힘이 있는 사람들도 실업진흥에 적극적으로 나서고

---

33 楊度, 「君憲救國論」, 劉晴波 主編, 『楊度集』, 湖南人民出版社, 1986, p.566.
34 Ibid., p.567.

있지 못하고 있는 상태라는 것이다.[35]

양 두가 공화제를 비판하는 두 번째 이유는 혁명파가 공화를 추진하면서 부강한 국가를 건설하기 위해 필수적인 입헌을 단순히 그들의 혁명 전술로만 취급했다는 것이었다. 신정을 통해 청조는 입헌을 추진하고 호응을 얻었지만 만주 귀족 정권 연장 기도에 그쳤다.[36] 신해혁명의 결과로 수립된 혁명정부의 약법체제 또한 진정한 입헌을 위한 체제는 아니었다고 양 두는 생각하고 있었다. 즉 혁명파들은 헌정과 공화정을 수립한다는 명분을 가지고 혁명을 일으켰지만 그들은 진정으로 헌정을 수립할 의도가 없었다는 것이다. 약법체제 아래서의 민국은 비록 내각 및 의회가 갖추어져 있어 표면상 입헌을 실현하는 것 같았지만, 혁명파들이 국회의 권능으로 정부의 행동을 제약함으로써 정치적 혼란만을 부추기고 있었다는 것이다. 양 두는 혁명파들이 입헌을 어떻게 실현할 것인가를 고민하지 않고 입헌을 단지 혁명파의 목적 달성을 위한 수단으로 삼았다고 비판하고 있는 것이다.[37]

공화제에 대한 양 두의 또 다른 측면에서의 비판은 정치적 안정성과 관련되어 있다. 양 두가 정치적 안정성을 중요하게 여긴 것은, 앞서 언급한 것처럼, 정치적 안정이 경제개발을 이룩하는 데 있어서 가장 중요한 요소이기 때문이었다. 양 두는 중화민국의 대총통 계임을 둘러싸고 머지않은 장래에 권력투쟁이 일어날 것으로 내다보았다. 우선 권력 투쟁이 일어날 수밖에 없는 원인으로 정해진 후계자가 없기 때문이라는 사실을 들고 있다. 현재 위안 스

---

35 *Ibid.*, p.570.

36 *Ibid.*, pp.579~80; 佐藤愼一은 청 말의 의회 개설과 입헌을 통해 중국을 입헌군주제 국가로 전환시키는 것을 주장한 개혁파가 지지자의 수로 봤을 때 가장 유력한 정치 개혁 방안이었다고 주장한다(佐藤愼一, 『近代中國の知識人と文明』, 東京大學出版會, 1996, p.308).

37 山田辰雄, 「袁世凱帝制論再考－フランク・J・グッドナウと楊度」, 同編, 『歷史のなかに現代中國』, 勁草書房, 1996, pp.189~190.

카이의 후임으로 이러한 전국적인 지지를 얻을만한 압도적인 인물이 없기 때문에 권력투쟁이 발생할 가능성이 높다는 주장이다.[38] 이렇게 되면 유력 자들 사이에 무력을 동원한 권력 투쟁이 벌어질 것이 자명하며 이러한 국내 의 혼란을 틈 타 일본을 비롯한 중국에 이해관계를 가진 외국 세력이 무력으로 개입하게 되면 혼란은 더욱 수습하기 어려울 것이라고 예상하였다. 대총 통직을 둘러싼 권력투쟁의 발생과 그로 인하 정국의 혼란은 충분한 가능성을 지닌 예상이었다. 양 두는 "최고 권력을 둘러싼 경쟁이라는 폐단은 제거 하지 않으면 국가에 평안한 날이 없을 것"이라고 보았으며, 권력 투쟁으로 발생하게 될 병변과 혼란을 막기 위하여 국가 통합의 구심점으로서의 군주 가 반드시 존재하여야 한다고 보았다.[39]

양 두의 군주입헌론 주장의 논거는 신해혁명을 기점으로 변화된다. 즉 한, 만, 몽, 회, 장족과 한족과의 갈등, 이를 파고드는 외국세력에 의한 중국의 분 열에 대한 우려가 신해혁명 이전의 논거였다면, 신해혁명 이후, 민국 초기의 정치적 혼란을 경험하게 되면서 민족적 갈등보다는 미숙한 공화제의 운영과 야심가들의 등장, 이들 사이의 군사력을 배경으로 한 권력투쟁과 그로 인한 중국의 분열이 군주입헌을 강력히 주장하는 논거로 작용하게 되는 것이다. 양 두의 공화제 비판은 통일과 중앙 집권을 강력히 추구하기 위한 방편이었 다. 특기할 만한 것은 입헌운동 초기에 그가 주장했던 국회의 소집과 참정권 부여와 같은 민권을 신장시키기 위한 논의들은 제제운동의 시기에는 큰 비 중을 두고 다루어지지 않고 있다는 사실이다. 그의 공화제 비판의 논리 속에 는 국회와 인민의 정치 참여에 대해서는 뚜렷한 언급이 없다. 이는 양 두가

38　楊度, 「君憲救國論」, 劉晴波 主編, 『楊度集』, 湖南人民出版社, 1986, pp.573~574.
39　*Ibid.*, p.571.

그의 초기 군주입헌론에서 주장하였던 국회의 역할에 대한 적극적인 의미
— 행정부를 개조하고 참정권 실현의 장으로서 인민의 민도를 끌어올리는
역할을 하는 의미가 제제운동의 단계에 이르면 퇴색했다는 것을 의미한다고
할 수 있다.

4. 장 쉰[張勳]의 복벽(復辟)에 대한 입장

1916년 3월 22일 위안 스카이가 제제를 취소하는 성명을 발표하고, 익일
홍헌(洪憲) 연호를 폐지함으로써 제제운동은 실패로 돌아가게 되었다. 그러
나 각지에서 일어나고 있던 토원독립(討袁獨立)의 파도를 막기에는 역부족이
었다. 이미 1915년 12월 25일에는 탕 지야오[唐繼堯] 휘하의 윈난이 독립을 선
언하였고, 1916년 1월 27일에는 귀주(貴州)의 류 셴스[劉顯世]도 독립을 선언
하였다. 동년 3월 15일에는 광서(廣西)가 독립을 선언하였고 뒤이어 4월 6일
에는 광둥[廣東], 12일에는 저장[浙江]이 각각 독립을 선언하였다. 탕 지야오[唐
繼堯], 쑨 원[孫文]을 중심으로 한 토원(討袁) 세력의 움직임도 활발했는데, 5월
8일 쑨 원은 토원선언을 발표하였고 호국군 군무원(護國軍 軍務院)이 조경(肇
慶)에서 성립되어 무군장(撫軍長)에 탕 지야오[唐繼堯], 부무군장(副撫軍長)에 천
춘쉬안[岑春煊], 정무위원회 위원장(政務委員會 委員長)에 량 치차오[梁啓超]가 추
대되었다. 군무원의 성립으로 호국전쟁은 최고조에 달하였고 위안 스카이
정부에 큰 타격을 주었다. 특히 군무원은 여러 차례 약법을 옹호하고 국회를

보호하여야 한다고 했기 때문에 반원운동(反袁運動)의 '호국(護國)'을 '호법(護法)'으로 이끌어 가는데 중요한 역할을 하였다. 제제(帝制)의 취소로 위안 스카이 정권의 약화가 노출된 이후 위안 스카이 제거의 전망이 커지면서, 각 성의 독립 선포가 가속화 되었으며 위안 스카이의 사직을 요구하게 되었다. 원은 제제취소령을 내리면서 총통직 유지를 조건으로, 위안에 반대하는 호국군과 협상코자 하였다. 이러한 와중에서도 각 성의 독립선언은 계속되었는데, 5월 9일에는 산시[陝西], 22일에는 쓰촨[四川], 29일에는 후난[湖南]이 각각 독립을 선언하였다. 쓰촨과 후난의 독립선언은 원에게 치명타가 되었고 이후 누가 총통직을 계승하느냐가 문제가 되었다.[40]

1916년 6월 6일 위안이 사망하게 되자, 리 위안훙[黎元洪]이 대총통직을 승계하였다. 호국군의 수반 탕 지야오[唐繼堯]는 제제를 추진하는 데 앞장섰던 양 두[楊度], 쑨 유쥔[孫毓筠], 옌 푸[嚴復], 류 스페이[劉師培], 리 셰허[李燮和], 후 잉[胡英] 등 소위 육군자(六君子)와 주 치첸[朱啓鈐], 돤 즈구이[段芝貴], 저우 쯔치[周自齊], 량 스이[梁士詒], 장 전팡[張鎭芳], 레이 전춘[雷震春], 위안 나이콴[袁乃寬] 등 칠흉(七凶) 도합 13명을 처벌해 줄 것을 요구하였다. 사실 제제운동을 추진하였던 인물들을 처벌하고자 한다면 당시 중앙과 지방에서 제제를 획책하였던 수많은 정객들과 호국군을 진압하는데 앞장섰던 장령들도 처벌의 대상이 되어야 마땅한 것이었다. 그러나 이들에 대한 처벌은 당파 간의 다툼, 부원지쟁(府院之爭), 군정 수뇌 간의 개인적인 비호 등으로 인해 흐지부지 되고 있었다. 예를 들어 위안 커딩[袁克定]은 가장 먼저 처벌받아야 마땅한 사람이었지만 처벌받지 않았고, 장더[彰德]에 은거하면서 리 위안훙[黎元洪]과 돤 치루이

---

40 尹惠英,「袁世凱 帝制運動의 歷史的 性格-集權體制와 分權傾向의 갈등을 중심으로」,『東洋史學研究』15, 1980, p.87.

[段祺瑞]에게 전문을 보내 장 전팡[張鎭芳], 레이 전춘[雷震春] 등을 위하여 선처를 베풀어 줄 것을 간청하여 이 두 사람은 처벌 대상자 명단에서 빠졌다. 펑 궈장[馮國璋]은 돤 즈구이[段芝貴]를 비호하였고, 리 칭시[李慶羲]는 옌 푸[嚴復], 류 스페이[劉師培]가 당대의 인재라는 사실을 들어 이들의 선처를 호소하였다. 또한 북경정부는 국민당에 호의를 표시하기 위하여 변절한 동맹회원 리 셰허[李燮和], 후 잉[胡英]도 처벌 대상자 명단에서 빠졌다. 이와 같은 선별 과정을 거쳐 최종 처벌대상자가 확정되었다. 그러나 처벌 대상자는 원래 13명에서 양 두[楊度], 쑨 유쥔[孫毓筠], 주 치롄[朱啓鈐], 저우 쯔치[周自齊], 량 스이[梁士詒] 등의 5명으로 줄어들었으며 여기에 제제운동의 주동 인물이라고 간주하기는 어려운 구 아오[顧鰲], 샤 서우톈[夏壽田], 쉐 다커[薛大可] 세 사람을 추가하여 8명으로 확정되었다. 이 과정에서 양 두[楊度]는 처벌 대상자를 지목하였던 탕지아오[唐繼堯]의 통전에서부터 북경정부의 징판령에 이르기까지 시종 명단의 첫머리를 차지하였다. 1916년 7월 14일 제제운동 주모자들에 대한 징판령이 내려지자, 양 두는 톈진[天津]과 칭다오[靑島] 등지의 외국 조계로 몸을 피하고 은거에 들어가게 된다.[41]

비록 제제운동이 실패로 돌아가고 위안 스카이가 급사하면서 양 두의 군주제 추진은 물거품이 되고 말았지만 그는 여전히 군주제로의 복귀에 미련을 버리지 못하고 있었다. 그러나 그가 주장하는 군주제는 군주의 전제(專制)가 아닌 헌정을 실현하기 위한 전제(前提)로서의 군주제였다. 양 두는 시종일관 "군주제가 아니면 정란(定亂)하기에 부족하고 입헌(立憲)의 방법이 아니면 구치(求治)하기에 부족하다"고 주장하였다. 그에게 있어 입헌은 '치(治)의 상

---

41 何漢文・杜邁之, 『楊度傳』, 湖南人民出版社, 1979, pp.100~101.

태를 추구하기 위한 도구'였던 것이다.[42]

제제운동의 실질적인 책임은 위안 스카이에게 있다고 하는 것이 옳다고 할 수 있다. 이미 살펴본 바와 같이 제제운동의 과정에 있어 양 두와 주안회의 활동에는 한계가 있었다. 양 두는 1905년 이래 자신의 정치적 주장이었던 군주입헌론을 제제운동 시기에 이르기까지 시종일관해서 견지했다고 볼 수 있다. 양 두의 정치 이론을 자신의 정치적 목적에 맞추어 이용한 사람이 바로 위안 스카이라고 할 수 있는 것이다. 양 두는 제제운동을 고취하기 위해 위안 스카이가 이용했던 도구에 지나지 않았다. 양 두가 제제운동의 수괴로 지목된 것은 그가 북양정부 내에서 특정한 계보에 속해 있지 않았기 때문에 그를 비호해 줄 만한 세력이 없었기 때문이었다. 그럼에도 불구하고 양 두는 "군헌(君憲)에 죄가 있다면 그 죄는 나에게 있다"고 하면서 "원수(元首)에게 죄를 물어서는 안된다"고 하여 위안 스카이[袁世凱]가 총통직에서 물러나는 것에 대해 반대하고 그에 대한 마지막 '충성'을 다하고 있다.[43] 또한 "정치 운동은 실패하였지만 정치 주장은 변하지 않았다. 나는 아직까지도 철두철미하게 '군헌구국(君憲救國)'을 주장하는 사람 중의 한 사람으로 공화(共和)를 병으로 생각하고 군주(君主)를 (共和라는 병을 치료하는)약(藥)으로 생각하고 있으나 인민이 병을 감추고 의사를 피하니 국가에는 커다란 불행이다"라고 주장하면서 제제운동의 실패에도 불구하고 정치적 목표로서의 군주입헌(君主立憲)을 포기하지 않았음을 보여주고 있다.[44] 이러한 모습은 군헌구국의 주장을 실천해 옮기기 위하여 자신이 기울였던 노력을 여전히 '와룡지업(臥龍之業)'으로

---

42 楊度,「致『亞細亞報』等報館公電」, 劉晴波 主編,『楊度集』, 湖南人民出版社, 1986, p.613.

43 楊度,「致『亞細亞報』等報館公電」, 劉晴波 主編,『楊度集』, 湖南人民出版社, 1986, p.614.

44 陶菊隱,『六君子傳』, 臺北, 文海出版社, 近代史叢刊續編 제80집, 民國63年, p.348; 楊度,「答『京津太晤士報』記者」, 劉晴波 主編,『楊度集』, 湖南人民出版社, 1986, pp.614~615.

생각하고 있던 그에게는 어쩌면 당연한 것이었는지도 모른다.[45]

1917년 7월 1일 장 쉰은 청 선통제(淸 宣統帝)의 복벽을 선포하였다. 이틀 후 양 두는 장 쉰과 캉 유웨이[康有爲]에게 복벽을 반대하는 전문을 띄웠다. 양 두는 "공화제(共和制)를 군주제(君主制)로 바꾸는 것은 본래의 추세를 거슬러 올라가는 것과 같기 때문에, 현재 중국에 있어서의 지배적인 추세를 바꾸는 일이기 때문에 혁신적인 형식과 진보적인 정신을 가지고 추진하여야 비로소 국내외의 동정과 국민들의 양해를 얻을 수 있다"고 주장하였다. 그런데 장 쉰과 캉 유웨이[康有爲]에 의한 복벽은 이러한 혁신적인 형식과 진보적인 정신을 결여하고 있기 때문에 국민들의 지지를 받을 수 없다고 양 두는 주장하였다. 그리고 "세상 사람들로 하여금 (군주제로의 복귀가) 단순한 일성(一姓)의 회복을 구하는 것이 아니라 한 나라의 질서와 안녕을 구하기 위한 것이라는 것을 알게끔 해야한다"고 하였다. 양 두는 여전히 질서와 안녕의 추구는 군주제를 통하는 것이 더 효율적이라고 믿고 있는 것이다.

그러나 양 두가 보았을 때 장 쉰에 의한 복벽은 여러 가지 측면에서 문제점을 가지고 있었다. 양 두는 ① 중화제국(中華帝國)이라고 칭하지 않고 대청제국(大淸帝國)이라고 칭한 것이 첫 번째 잘못된 점이고 ② 양력(陽曆)은 절대 다시 고칠 수 없고 의관(衣冠)과 궤배(跪拜)를 다시 회복할 수 없는 것임에도 이를 모두 경솔히 행한 것이 두 번째 잘못된 점이며, ③ 곳곳에 관직을 마련함으로써 이록지도(利祿之徒)를 회유하고 있지만 헌정을 어떻게 진행시킬지에 대해서 아무런 언급이 없는 것이 세 번째 잘못된 점이고, ④ 관직을 마련하고 인재를 등용하는데 있어 오직 복고에만 신경을 써서 수구적인 인물들

---

45 楊度, 「百字令・江亭詞幷序」, 劉晴波 主編, 『楊度集』, 湖南人民出版社, 1986, p.710.

만을 참여시키고 있는 것이 네 번째 잘못된 점이라고 지적하고 있다. 이러한 조치들은 청 말엽에도 감히 실행할 수 없었던 일임에도 이미 공화제를 경험한 상태에서 실행하고자 한다는 것은 복벽이 가지고 있는 수구적 성격을 그대로 보여주는 것이었다. 따라서 양 두의 관점에서 보았을 때, 장쉰과 캉 유웨이[康有爲]를 중심으로 한 청정의 복귀는 단순한 수구로의 복귀일 뿐이었던 것이다. 양 두는 청정의 복벽을 목적이고 수구적인 전체군주제로의 회귀로 규정하고 이러한 맹목적이고 수구적인 전제군주제로의 회귀는 "군주입헌의 정신과 완전히 상반된다"고 하면서 반대하였다.[46]

양 두의 회고에 따르면 그가 잠시나마 장 쉰의 복벽에 호감을 가졌던 것은 장 쉰이 제제운동에 실패한 직후 제제를 추진했던 인물들을 비호했던 것에 대한 일종의 보답이었다고 한다. 양 두는 "그(장 쉰)의 힘을 빌어 돤 치루이[段祺瑞] 내각을 쓰러뜨림으로써 가슴 속에 쌓인 분노를 씻으려 생각했다. 장 쉰의 결심이 청실(淸室)의 복벽(復辟)이라는 것을 알게 된 후, 복벽 후에 군헌(君憲)을 실행해 옮길 수 있다면 나의 본래 의도와 부합하는 것이라고 생각했다"고 회상했다. 그리하여 그는 4차 서주회의(徐州會議) 때 팡 뱌오[方표]를 참석시켜 군주입헌의 실행을 조건으로 복벽에 참여하기로 하고 장 쉰이 북상하면서 천진(天津)을 지날 때 복벽의 진행 계획에 대한 메모를 작성에게 그에게 전달했다. 그러나 복벽의 진행과정이 자신이 제시했던 계획과 다른 길을 걷게 되자 복벽이 반드시 실패할 것으로 예상하였다는 것이다. 즉 양 두는 장 쉰의 복벽이 내세우고 있던 군주제로의 복귀에 대해서만은 원칙적으로 찬성을 표시하고 있었다. 그러나 복벽론자(復辟論者)들이 주장하고 있던 군주제는

---

46 楊度, 「反對張勛復辟公電」, 劉晴波 主編, 『楊度集』, 湖南人民出版社, 1986, pp.620~621.

입헌을 상정하지 않은 수구로의 회귀였으며 이는 양 두의 입장과는 상충된 것이었다. 군주제도 입헌을 전제로 할 때만이 의미를 갖는다는 것이다.[47] 장 쉰의 복벽이 실패로 돌아가면서 결국 그의 군주입헌의 이념에서 군주의 의미는 점차 퇴색되어 간다. 또한 복벽의 실패로 군헌구국의 주장이 다시는 생명력을 가지지 못할 것이라는 사실을 자각하게 된다. 이후 그의 정치적 주장은 통일과 헌정의 실현에 집중된다.

5. 남북화의와 사상적 전환

복벽의 실패는 양 두에게 있어 군헌을 실현할 수 있을 것이라는 마지막 희망마저 꺾어 놓았다. 이로써 그의 세 차례에 걸친 군주입헌의 노력은 모두 수포로 돌아간 셈이 되었다. 이후 그의 활동은 남북화의와 통일 그리고 입헌의 문제에 집중되었다. 1918년 북양정부에서 제제운동과 복벽에 관련된 처벌 대상자에 대한 사면령을 내림으로써 양 두는 비로소 자유의 몸이 되었다. 양 두는 북경으로 돌아와 북양군벌의 주요 인물이었던 차오 쿤(曹錕) 등과 접촉하여 다시 정치활동 재개를 시도하였다. 그러나 제제운동에 앞장서서 활동했던 전력으로 인하여 정계에서 그가 활동할 수 있는 여지는 매우 좁았다. 1918년 9월 29일 그는 북양정부와 남쪽의 호법정부 사이의 대립을 조정하기

47　何漢文・杜邁之,『楊度傳』, 湖南人民出版社, 1979, p.107.

위하여 양쪽에 전문을 보냈다. 이 전문에서 그는 세 가지 문제에 대한 해결 방안을 제시하였다. 그 첫 번째는 대총통 선거의 문제였다. 양 두가 제시한 방안은 대총통은 신(新)국회에서 선거하고 구(舊)국회의 승인을 받고 부총통은 구국회에서 선거하고 신국회의 승인을 받는다는 것이었다. 두 번째는 입헌의 문제였다. 양 두는 대총통과 부총통의 선거가 끝나면 신국회와 구국회를 하나로 합병하여 헌법회의를 만들어 헌법을 논의하여야 한다는 것이다. 세 번째는 헌법을 만들어 낸 후의 국회 구성 문제였다. 양 두는 헌법회의를 통해 헌법이 만들어지면 헌법회의를 해산하고 구국회를 참의원으로 신국회를 중의원으로 하여 양원제 의회를 구성하자고 제의하였다.[48] 그러나 양 두의 이러한 제의는 받아들여지지 않았다. 다시 정치에 관심을 가지기 시작하면서 실업 방면에도 눈을 돌렸다. 그는 중일실업공사 고문(中日實業公司 顧問), 후난화창련광공사 총리[湖南和昌鍊礦公司 總理]를 역임하였으며 상하이[上海]로 가서 부유한 상인들과 함께 지방 은행의 경영을 계획하기도 하였지만 모든 활동은 실패로 돌아갔다. 그의 재원은 주로 화창공사의 주식에 의존했는데, 1차 세계대전 후에 안티몬 가격의 폭락과 자금의 도난에 의해 화창공사는 파산을 선고 받게 되어 그는 약 20만 원의 투자금을 모두 날렸다.[49]

이러한 정계와 실업계에서의 실패로 실의의 나날을 보내고 있던 양 두가 다시 활동을 시작한 것은 쑨 원과의 관계회복을 통해서였다. 5・4 운동을 전후하여 양 두는 후 어궁[胡鄂公], 리 다자오[李大釗] 등 북쪽의 진보적 인사들과 교류하였고 그들로부터 장기간에 걸쳐 영향을 받았다. 후 어궁[胡鄂公]은 국

---

48 楊度, 「致南北公電」, 劉晴波 主編, 『楊度集』, 湖南人民出版社, 1986, pp.629~630.
49 李宗一, 嵯峨隆 譯, 「楊度につて-一生の活動の評價」, 山田辰雄 編, 『近代中國人物研究』, 慶應通信, 1989, pp.238~239.

민당 북경특별지부의 책임자로서 양 두와의 개인적 우정이 극히 두터웠다. 리 다자오[李大釗]는 중국 공산당의 창시자 중 한 사람으로 제1차 국공합작 후에 국민당 북방 조직의 책임자 중 한 사람이 되었다. 국공양당은 북방에서는 비교적 양호한 협력관계를 유지하고 있었다. 1920년대 초, 북양군벌과 쑨 원을 지도자로 하는 광둥혁명정부가 대치상태에 있었다. 1922년 6월에 천 중밍[陳炯明]이 광주(廣州)에서 반란을 일으키자 직예파 군벌(直隸派 軍閥)의 차오 쿤[曹錕]과 우 페이푸[吳佩孚]는 천 중밍[陳炯明]을 지원하기 위해 광둥에 파병을 계획하였다. 쑨 원은 직예군의 남하를 저지하기 위한 대책을 강구하던 중에 류 청위[劉成禹]를 양 두에게 파견하였다. 양은 쑨 원의 요청에 따라 차오 쿤을 설득하여 직예군의 남하를 막아내는데 결정적인 역할을 하였다. 쑨 원은 이 사건을 계기로 양 두를 긍정적으로 평가하였고 이로써 두 사람의 관계가 복원되었다.[50] 1923년 7월에는 "평화로운 통일을 이루기 위해서는 광주의 손 공(쑨 원)과 교섭하는 길 외에는 다른 방법이 없다"고 생각하고 쑨 원의 주재하에 각 방면의 영수들이 속히 모여서 통일 이후의 사안을 협의하고 국회의 의결을 거쳐 헌법을 정하고 총통 선거를 치러야 한다고 주장하였다.[51] 2년 뒤 쑨 원이 베이징에서 사망함으로써 쑨을 지렛대로 하여 양이 정계에 복귀할 수 있는 여지는 사라졌다.

이와 아울러 지적해 두고 싶은 것인 이 시기에 양 두는 사상적으로 매우 큰 변화를 일으키고 있었다는 사실이다. 1920년대 중반에 이르면 양 두는 마르크스의 유물사관의 영향을 어느 정도 받고 있었음을 알 수 있다. 그는 인류

50 楊度, 「與劉成禹等人的談話」, 劉晴波 主編, 『楊度集』, 湖南人民出版社, 1986, pp.642~643; 李宗一, 嵯峨隆 譯, 「楊度につて――一生の活動の評價」, 山田辰雄 編, 『近代中國人物研究』, 慶應通信, 1989, p.241.
51 楊度, 「致『民國日報』公電」, 劉晴波 主編, 『楊度集』, 湖南人民出版社, 1986, p.647.

사회의 발전 과정을 '쟁식(爭食)'의 과정, 즉 한정된 재화를 가지고 서로 경쟁하는 과정으로 파악하고 있다.[52] 1924년에 쓰인 「계통-진화철학서(系統進化哲學序)」는 이 당시 이미 양 두가 마르크스 유물사관에 대한 대강의 이해를 가지고 있었음을 보여주는데, 아마도 5·4 운동을 전후한 시기에 리 다자오(李大釗) 등과 교류하면서 마르크스주의에 대한 학습이 이루어졌을 것이라는 추론을 가능케 한다. 1927년에 중국통사를 쓰기 위한 구상 노트였던 「양씨사례(楊氏史例)」에는 '쟁식', 즉 '食'이라고 표현된 경제적 이익을 둘러싼 갈등을 역사발전의 동인으로 파악하고 이를 바탕으로 중국사를 구성해 보려는 시도가 단편적으로 나타나게 된다. 그의 이러한 역사관은 앞서 논했던, 세계를 경제 전쟁의 상태로 파악하였던 세계관과도 상통하는 바가 있다. 그럼에도 불구하고 마르크스주의에 대한 그의 인식이 어느 정도였는지 그리고 공산당 입당이 마르크스주의에 바탕한 '변화된 신념' 때문이었는지를 충분히 밝히기에는 현재 발굴된 그에 관한 자료가 부족한 실정이다. 또한 폭력혁명을 통하여 프롤레타리아 독재를 실현코자 하였던 1920년대 후반 중국 공산당의 극좌노선에 대하여 그가 얼마나 인식하고 있었는지, 인식하고 있었다면 '혁명과 혼란'에 대해 그토록 부정적이었던 그가 어떻게 자신의 행보를 합리화했는지를 밝히는 것은 추후의 과제로 넘길 수밖에 없다. 그러나 1929년 중국 공산당 입당 이전의 시기에 그의 사상의 중국의 통일과 입헌 그리고 마르크스주의가 뒤얽혀 있는 복잡한 상태에 놓여 있었음에 틀림없다.

---

52 楊度, 「系統進化哲學序」, 劉晴波 主編, 『楊度集』, 湖南人民出版社, 1986, p.667; 北京市檔案館 編, 『楊度日記 1896~1900』, 新華出版社, 2001, p.241.

6. 일통적 정치사상의 한 표현

양 두의 정치사상은 기본적으로 전통적인 한족 중심 사상과 사회진화론에
바탕을 두고 있었다. 그는 서국 각국은 대내적으로는 문명화되었으나 여러
국가들이 모여 있는 세계는 경제 전쟁이 벌어지고 있는 약육강식의 세계라
고 생각하였다. 양 두는 중국이 이러한 약육강식의 세계에서 살아남기 위해
서는 경제적 국가주의를 채택하여 경제적으로 부유하고 군사적으로 강력한
국가를 건설하는 것이 필요하다고 주장하였다. 경제적, 군사적으로 강력한
국가를 건설하기 위해서는 중국의 통일을 유지하고 정부로서의 책임을 방기
하고 있는 현재의 정부를 개혁하여 국민에 대하여 책임을 지는 정부로 만들
어야 한다고 주장하였다. 책임정부로 만들기 위한 수단으로 그는 국회의 개
설과 입헌을 제시하였다. 국회는 행정부를 압박하여 책임정부를 수립하가
위한 수단이었으며 입헌을 통한 헌정의 실시는 "인존정거(人存政擧), 인망정
식(人亡政息)"의 폐단을 방지하고 국가의 정체성과 정책을 일관성 있게 유지
할 수 있는 효과적인 방법이었기 때문이었다. 입헌을 실행할 수 있는 방법으
로는 군주 입헌과 민주입헌 두 가지의 방법이 있었다. 양 두는 중국적 현식에
비추어 보아 중국에서의 헌정 수립은 군주입헌을 통해서만 가능하다고 주장
하였다. 군주입헌의 실현을 강력히 주장한 이유는 민족 간의 갈등이 원인이
되어 중국이 과분될 지도 모른다는 우려 때문이었다.

많은 다른 지식인들과 마찬가지로 양도는 부강한 통일 중국 건설을 지상
의 목표로 삼았고 이 목표를 달성하기 위해 긴요한 요소는 헌정의 실현이었
다. 헌정의 실현을 위해서는 영토의 통일을 유지하는 것이 필수적이었다. 통

일 유지를 위한 구심점은 바로 군주였다. 그러나 이 군주는 전통시대의 전제적 군주가 아닌 입헌을 통하여 책임정치를 실현하는 군주였다. 그리하여 그는 청 말에는 만주족 황제의 존재를 긍정하고 국회 개설과 입헌을 통해 행정부를 개혁할 것을 주장하였다. 하지만 신해혁명과 반원운동을 목도하면서 혁명이 초래하는 혼란이 중국의 통일을 방해할 수 있음을 우려하였다. 통일을 유지할 수 없으면 중국은 혼란에 빠지게 되고 헌정의 실현도 요원할 수밖에 없는 것이었다. 제제운동기에 그는 공화제의 정치적 불안정성을 비판하면서 중국의 통일을 유지하고 부강한 국가 건설을 위하여 강력한 군주권에 바탕을 둔 입헌을 주장하게 되었다. 현실 정치인으로서 양 두는 실패한 인물이지만, 오랜 기간 지속되어 온 일통적(一統的) 정치사상이 청말 민국 초에도 입헌을 매개로 끊임없이 지속되어 왔다는 사실을 그의 사례를 통해 확인할 수 있다.

참고문헌

唐寶林・鄭師渠, 『共和與專制的較量』, 河南人民出版社, 1996.

陶菊隱, 『六君子傳』, 臺北, 文海出版社, 近代史叢刊續編 제80집, 民国63年.

白蕉, 『袁世凱與中華民国』, 臺北, 文星書店, 民国51年.

北京市檔案館 編, 『楊度日記 1896~1900』, 新華出版社, 2001.

山田辰雄 編, 『近代中国人物研究』, 慶應通信, 1989.

山田辰雄 編, 『歷史のなかに現代中国』, 勁草書房, 1996.

劉晴波 主編, 『楊度集』, 湖南人民出版社, 1986.

尹惠英, 「袁世凱 帝制運動의 歷史的 性格―集權體制와 分權傾向의 갈등을 중심으로」, 『東洋史學研究』 15, 1980.

曾田三郎 編, 『中国近代化過程の指導者たち』, 東方書店, 1997.

蔡俊亨, 『清末 民國 初 楊度의 君主立憲論과 共和制 批判』, 高麗大學校 大學院 碩士學位 論文, 2003.

何漢文・杜邁之, 『楊度傳』, 湖南人民出版社, 1979.

黃中興, 『楊度與民初政治(1911~1916)』, 國立臺灣師範大學歷史研究所專刊16, 民国75年.

侯宜杰, 「清末預備立憲時期的楊度」, 『近代史研究』, 1988, 1期.

佐藤愼一, 『近代中国の知識人と文明』, 東京大學出版會, 1996.

조선의 역관 현채,
근대 지식인으로 거듭나다

박경

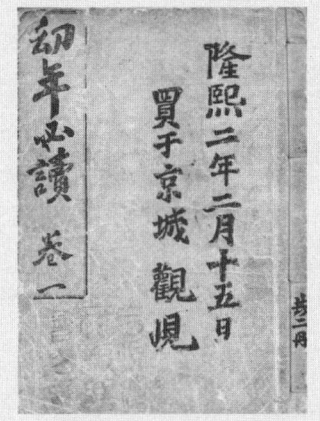

현채, 『유년필독』, 1907년

현채는 1856년(철종 7) 대대로 역관(譯官)을 지냈던 천령 현씨 집안에서 출생했고, 1873년(고종 10) 18세에 역과의 한학(漢學) 분야에 합격하여 역관이 되었다.[1] 그런데 근대화 과정에서 그의 업무 영역은 변화하게 되었다. 1892년(고종 29) 12월 부산항 감리서(監理署) 번역관(繙譯官)에 임명되었고,[2] 1894년(고종 31) 7월부터는 통리교섭통상사무아문 주사(主事)로 일했다.[3] 이후 외무아문 주사로 근무하던 현채는 1895년 1월 정부와

---

1 『譯科榜目』卷2.
2 『承政院日記』, 高宗 29年(1892) 12月 22日 丙子; 12月 23日 丁丑.
3 『承政院日記』, 高宗 30年(1893) 9月 5日 甲申; 高宗 31年(1894) 7月 2日 丙子. 1893년 9월 5일 통리교섭통상사무아문 주사로 임명되었으나 다음날 주사 인원 축소로 취소되어 부산항 번역관으

배재학당의 합동(合同) 체결에 실무를 담당하기도 했다.[4] 1895년(고종 32) 윤5월에는 외국어학교 부교관에 임명되었으며,[5] 1895년 12월(개국 504, 1896년 1월)에는 평강 군수에 제수되기도 했다.[6]

갑오개혁 이후에는 개편된 관제 내에서 학부 위원과 주사로 근무하며,[7] 근대 교육에 이용할 여러 교과용 도서를 번역하여 편찬했다. 한편, 그가 학부에서 근무하는 동안 국내에 많은 관립·사립학교가 설립되었다. 특히 1905년 이후에는 자강과 독립을 목표로 사립학교의 설립과 대중 계몽 운동이 더욱 활발해졌다. 이러한 분위기에서 그는 대중 계몽에 진력하던 지식인층과 교류하고, 계몽 단체에서도 활동했다.

현채는 을사조약 이후인 1906년 12월(광무 10, 1907.1)에 학부 위원에서 해임되었다.[8] 그는 학부 퇴직 이후에도 계몽을 위한 서적과 교과서를 편찬했는데, 이 중 『유년필독(幼年必讀)』은 이 글에서 자세히 살펴보고자 한다. 1909년 친일 정부에 의해 여러 종의 교과서가 발매금지되었는데, 그가 저술한 교과서도 여러 권 포함되었다. 또한 이듬해 한일병합 조약이 체결되면서 그의 서적 편찬 활동은 더욱 위축되었다. 한편, 말년인 1920년대 초에는 조선사편찬위원회에서 근무하기도 했다.[9]

조선의 역관이었던 현채는 근대화 과정에서 그의 관원으로서의 위치, 통역 및 번역의 전문 능력을 바탕으로 교과서 집필가, 번역가로 변모하게 되었

로 계속 근무했고, 1894년 7월 2일에 다시 통리교섭통상사무아문 주사로 임명되었다.

4 「培材學堂合同」(奎23177).
5 『承政院日記』, 高宗 32年(1895) 閏5月 21日 辛酉.
6 『承政院日記』, 高宗 32年(1895) 12月 7日 癸酉(양력 1월 21일); 12月 17日 癸未(양력 1월 31일).
7 노수자, 「白堂玄采硏究」, 『이대사원』 8, 1969, 77쪽.
8 『承政院日記』, 高宗 43年(1906) 12月 15日 丁丑(양력 1월 28일).
9 국사편찬위원회 한국사데이터베이스(http://db.history.go.kr), 일제강점기, 직원록자료, 조선총독부 직속기관, 조선사편찬위원회.

다. 그는 관원으로서의 수동적 역할에 머무르지 않고 근대 지식을 가공하고, 유통하는 근대 지식인으로서의 역할을 자각하고 실천하는 모습을 보였다.

1. 번역을 통한 근대 지식과의 접촉

현채(1856~1925)는 역관 출신으로 교과서 편찬자, 역사가, 계몽운동가로 회자되어지는 인물이다. 역관은 조선시대에 통역과 번역의 실무를 담당하던 관원으로, 업무상 명과 청, 일본의 인사들과 교류하고 해외의 문물을 접할 수 있는 기회가 많았다. 또한 이들은 청, 일본과의 무역을 통해 부를 축적하기도 했다. 그러나 신분의 한계와 제한된 업무 영역, 그리고 성리학 중심의 학문 풍토로 인해 지식인 대열에 들어서기는 어려웠다. 그런데 근대화 과정에서 전문 지식과 재력을 보유한 역관들이 지식인으로 활동하고 인정받을 수 있는 환경이 조성되기 시작했다. 이러한 상황에서 현채는 외국 서적 번역과 교과서 편찬 작업을 하게 되면서 근대 지식인으로 부상하게 되었다.

그동안 현채에 대한 연구성과는 초창기의 현채의 생애에 대한 연구와 그의 애국계몽사상에 대한 연구가 있다.[10] 그리고 각 학문 및 교과교육학의 입장에서 그가 저술한 번역서 및 교과서를 분석한 연구들이 다수 이루어졌

---

10 노수자, 「白堂玄采研究」, 『이대사원』 8, 1969; 전세영, 「『유년필독』에 나타난 현채의 애국계몽사상연구」, 『국민윤리연구』 40, 1998; 「현채의 교육 및 애국계몽활동에 대한 정치사상적 평가 ―『幼年必讀』과 『幼年必讀釋義』를 중심으로」, 1990.

다.[11] 또한 최근에는 현채의 번역서인 『월남망국사(越南亡國史)』의 번역에 대한 연구가 시도되기도 했다.[12]

이 글에서는 기존의 연구와 시각을 달리해서 현채가 번역을 통해 근대 지식인으로 거듭나게 되었던 과정을 살펴보고자 한다. 이를 통해 전근대시대의 실무 관료였던 그가 대한제국 사회의 근대 지식인으로서의 정체성과 사회적 역할을 찾아가는 과정을 추적하고자 한다. 한편, 이 연구를 통해 한국의 근대 지식 형성과 유통 과정에서 번역이 어떠한 역할을 했는지를 밝힐 수 있을 것이다.

물론 현채가 번역을 통해 새로운 지식과 정체성을 형성해 간 대한제국 인사들 모두를 대표하는 것은 아니다. 중국어와 일본어를 매개로 외부 세계를 접한 현채와 영어, 불어 등 서구세계의 언어를 습득했다거나 직접 서구세계를 경험한 인물들의 세계관과 근대 문명에 대한 인식에 차이가 있을 수 있다. 그럼에도 불구하고 그가 세계정세와 역사, 외국에서 근대적 방법으로 서술한 한국 역사 및 지리에 관한 서적을 번역하고, 여러 역사, 지리, 과학 교과서들을 편찬함으로써 근대 지식을 소개하는데 큰 역할을 했다는 점은 부정할 수 없는 사실이다.

---

11 강철성, 「현채의 대한지지 내용 분석－自然地理를 中心으로」, 『한국지리환경교육학회지』
    14(2), 2006; 고유경, 「대한제국 후기(1905~1910) 서양사 교과서에 나타난 유럽중심주의」, 『역
    사학연구』41, 2011; 박숙남, 「玄采의 東國史略考」, 『우헌 정중환 박사 회력기념 논문집』, 『李元淳
    教授華甲記念 史學論叢』, 교학사, 1974; 박종석, 「개화기 역관(譯官)의 과학교육 활동－현채(玄
    采)를 중심으로」, 『한국과학교육학회지』29권 6호, 2009; 정구복, 이영화, 「玄采 編譯 『萬國史
    記』의 史學史的 性格」, 『청계사학』13, 1997; 최기영, 「韓末 교과서 『幼年必讀』에 관한 일고찰」,
    『서지학보』9, 1993; 최양호, 「開化期 國史教育의 實態研究－玄采의 『東國史』와 林泰輔의 『朝鮮
    史』 比較分析을 中心으로」, 『李元淳博士 華甲紀念 史學論叢』, 교학사, 1986.
12 고병권, 오선민, 「내셔널리즘 이전의 인터내셔널－『월남망국사』의 조선어 번역에 대하여」,
    『한국근대문학연구』21, 2010; 이종미, 「『越南亡國史』와 국내 번역본 비교 연구－玄采本과 周
    時經本을 중심으로」, 『중국인문과학』34, 2006; 송엽휘, 「『越南亡國史』의 飜譯 過程에 나타난
    諸問題」, 『어문연구』34권 4호, 2006.

이 글에서는 현채가 근대 지식인으로 변모하는 과정을 살펴보기 위해 우선 그가 번역 작업을 통해 어떠한 국가관, 세계관, 교육관 등을 형성해갔는지를 검토하고자 한다. 그리고 1907년에 그가 저술한 『유년필독』을 검토함으로써 번역을 통해 형성된 인식들이 그의 저술에 어떠한 방식으로 반영되었는지를 살펴보고자 한다.

2. 근대 지식인으로서의 자의식 형성

역관으로 활동하던 현채는 근대화 과정에서 활동 영역이 변화하게 되었다. 1890년대에 부산항 감리서 번역관, 통리교섭통상사무아문 주사(主事), 외국인 학교 부교관으로 일했으며, 갑오개혁 이후에는 개편된 관제내에서 학부 위원과 주사로 근무하면서 외국 서적 번역 및 교과서 편찬을 담당했다. 1906년 12월(광무 10, 1907.1)에 학부 위원에서 해임되었는데, 이후에도 1910년 이전까지는 번역과 저술 작업을 지속했다. 그의 주요 저술은 〈표 1〉과 같다.

현채의 저술은 크게 학부 근무시의 저술과 퇴직 후의 저술로 나눌 수 있다. 그리고 학부 근무시의 저술은 시기에 따라 1900년을 전후한 시기의 저술과 1905년 이후의 저술로 나눌 수 있다.

1900년을 전후한 시기의 현채의 저술은 주로 학부에서 출간되었다. 한국역사 및 지리에 관한 교과서인 『동국역사』, 『대한지지』, 대한제국과 정치적으로 밀접한 관계에 있었던 러시아의 역사서인 『아국략사』, 청의 근대화 과

<표 1> 현채의 주요 저술

구분	저서명	출간연도	번역 여부	발행 및 인쇄
학부 근무 시절의 저술	아국략사(俄國略史)	1898년	○	학부 편집국
	중동전기(中東戰記)	1899년	○	황성신문사
	동국역사(東國歷史)	1899년		학부 편집국
	대한지지(大韓地誌)	1899년	○	학부 편집국
	청국무술정변기(淸國戊戌政變記)	1900년	○	학부 편집국
	만국사기(萬國史記)	1905년	○	
	동국사략(東國史略)	1906년	○	보성관
	법란서신사(法蘭西新史)	1906년	○	大和商會印刷部
	월남망국사(越南亡國史)	1906년	○	보성관
학부 퇴직 후의 저술	유년필독(幼年必讀)	1907년		휘문관
	유년필독석의(幼年必讀釋義)	1907년		日韓圖書印刷株式會社
	동서양역사(東西洋歷史)	1907년	○	보성관
	라마사(羅馬史)	1907년	○	日韓圖書印刷株式會社
	일본사기(日本史記)	1907년	○	보문사
	최신고등소학이과서 (最新高等小學理科書)	1908년	○	日韓圖書印刷株式會社
	신찬초등소학(新纂初等小學)	1909년		日韓印刷
	개정이과교과서(改正理科教科書)	1910년	○	日韓圖書印刷株式會社

정에서 발생한 주요 사건인 무술정변에 관한 기록인 『청국무술정변기』가 학부에서 출간된 서적들이다. 이 저술들은 대한제국의 역사와 지리 및 인접 국가들의 역사와 정세에 대한 내용이다. 이 중 『아국략사』와 『청국무술정변기』는 중국어 번역서이다. 그리고 『대한지지』는 여러 일본인의 기록 번역을 근간으로 하고 여러 『여지승람』과 관서에 보관된 기록들을 참고하여 편집·간행한 서적이다.[13] 이렇게 이 시기 현채는 중국어, 일본어에 대한 전문성을 바탕으로 관의 요구에 부응하여 번역서를 편찬했다.

양반의 전유물이었던 한국사 서술에 중인 출신인 현채가 참여했다는 것도

---

13 『大韓地誌』大韓地誌跋(玄采 跋) 참조.

주목할 만한 일이다.『동국역사』는 순수한 현채의 저술이 아니라 중학교 교과서용으로 학부 편집국에서 편찬한『대한역대사략(大韓歷代史略)』에서 중요한 부분을 취하고 부족한 부분을 보충하여 완성한 것이다.[14] 그럼에도 불구하고 이러한 현채의 역사 교과서 편찬은 역사의 사회적 역할 변화를 반영한 것이다. 전근대시대에 과거의 정치를 거울삼아 올바른 정치를 하도록 하기 위해 집필했던 '지배층을 위한 역사'가 '일반 대중들이 필수적으로 습득해야 할 학문'이 되어가는 과정에서 중인 출신 실무 관료였던 현채가 일정한 역할을 담당하게 되었던 것이다.

　1900년을 전후한 시기의 번역서 가운데 청일전쟁에 관한 내용이 담겨있는『중동전기』만은 학부가 아닌 황성신문사에서 출간되었다.『중동전기』말미에 현채가 쓴 발문에는 왜 그가『중동전기』를 번역했는지 잘 드러나 있다. 그는 이 책을 번역한 이유를 다음과 같이 기술했다.

　　청일전쟁이 우리로부터 시작되었으니, 우리 대한의 인사는 더욱 중, 일, 한 관계가 어떠했는지, 전황이 어떠했는지, 화의가 어떻게 이루어졌는지, 어떻게 이겼는지, 적을 물리칠 수 있었던 이유, 이길 수 있었던 이유를 알지 않을 수 없고, 그 패한 까닭을 살펴서 자수자강(自修自强)한다면 거의 우리 대한도 쇠한 상태에서 변화하여 융성해지고 약한 상태에서 벗어나 부강해져 서구의 프로이센과 동양의 일본과 바야흐로 수레에 올라 함께 달릴 수 있을 것이다.[15]

14　『普通教科 東國歷史』卷1, 普通教科 東國歷史 序(學部編輯局長 李圭桓 序) 참조.
15　『中東戰記』重譯中東戰記跋(玄采 跋).

청일전쟁은 청과 일본 사이의 전쟁이었지만 조선에서의 패권을 둘러싸고 벌인 전쟁인 만큼 조선의 미래와 직결되는 중요한 전쟁이었다. 따라서 전쟁의 전말에 대해 알아야 하는 것은 물론이고, 일본이 이긴 이유와 청이 패한 이유를 파악하여 조선을 부강하게 하는 밑거름으로 삼아야 한다는 것이 현채의 생각이었던 것이다. '왜 외국 서적을 번역해야 하는가?'라는 문제에 대해 현채는 외국의 사례를 거울삼아 자강을 도모하기 위해서라고 한 것이다.

1905년, 1906년에는 민간 출판사에서 그의 번역물을 출간했다. 그리고 이 시기에 역술한 『만국사기』와 『동국사략』의 서문에서 현채는 자신이 번역서를 편찬하는 이유를 이전보다 분명하게 표명했다.

『만국사기』는 세계사 편역서이다. 수권(首卷)에 「만국총설(萬國摠說)」을 배치하고, 아시아사[亞細亞史] 4권, 아프리카사[亞非里駕史] 1권, 유럽사[歐羅巴史] 21권, 아메리카사[亞美理駕史] 2권, 오세아니아사[阿塞亞尼亞史] 1권으로 구성했으며, 「청국무술정변기(淸國戊戌政變記)」와 「청국단비기사(淸國團匪記事)」 2권을 속편으로 수록한 방대한 서적이다. 편역하는데 저본이 되거나 인용한 서적들은 일본어와 중국어로 된 서적들로 모두 14권이었다.[16] 또한 『만국사기』에는 학부대신 이재극(李載克)을 비롯한 5명의 서문이 실려 있는데, 현채도 7페이지에 이르는 분량의 서문을 실었다.

그는 "나라가 존재하면 인민도 존재하고, 나라가 망하면 인민도 망하는 것은 당연한 이치이다"라는 어구로 서문을 시작하여 나라의 존속이 국민 모두에게 절실한 지상 과제임을 환기시키는데 많은 지면을 할애했다. 그리고 국가의 위태로움이 목전에 다다랐음을 언급하고 자신이 만국사를 번역한 이유

---

16 『萬國史記』, 元書全文及引用書目.

도 위급에 처한 나라 상황을 보고 느낀 바가 있었기 때문이라고 했다. 그는 "폴란드[波蘭]는 신민(臣民)이 불화하고 외국과 결연하여 서로 당을 세워서 망했으며, 터키[土耳]는 그 인민을 학대하고 오로지 옛 습속을 따르다가 쇠퇴했으며, 중국[支那]은 스스로 큰 나라라고 오만하여 신법(新法)을 행하지 않다가 약해졌다"고 하고, 자신이 이 부분을 번역할 때면 매번 책을 덮고 얼굴을 가리고 눈물을 흘렸다고 부연하여 이러한 나라들의 사례를 통해 독자들의 경각심을 불러일으키고자 했다.

또 제국주의 잔혹함을 지적하며, 지금 나라가 망하는 것은 예전의 왕조 교체와는 다르며 그 인종이 멸하게 되는 것이라고 주장했다. 그리고 "내가 진실로 나라를 사랑하면 나라가 존속하고 내가 존재하며, 내가 나라를 사랑하지 않으면 나라가 망하고 나도 망한다"라며 국민들의 애국심을 고양시키고자 했다. 또한 만국(萬國)의 일을 모두 섭렵하여 장점을 끌어쓰고 단점을 보완하며, 선을 취하고 악을 버리며, 일신의 사심(私心)을 버리고 한 나라의 공익을 생각한다면 대한제국이 만방에 과시할 수 있는 국가가 될 수 있을 것이라고 했다.[17]

이렇게 현채는 세계 각국의 역사를 거울삼아 좋은 점을 취해 쓰고 단점을 버려 독립된 나라를 유지하고 세계열강과 동등한 지위에 올라설 것을 기대하며 『만국사기』를 저술했다. 1905년은 을사조약이 체결되었던 해로 대한제국 국민들의 위기의식과 상실감이 고조되었던 시기였던 만큼 현채는 서문에서 독립국가 유지의 염원을 강렬하게 드러내었다. 이러한 인식하에 『만국사기』는 근대사 중심으로 편역되었다.[18]

---

17 『萬國史記』, 玄采 序.
18 정구복, 이영화, 앞의 글, 495~496쪽.

그런데 독립국가 건설을 열망하는 그의 글 속에는 국가주의와 사회진화론에 경도된 모습도 함께 나타난다. 그의 글에서 개인은 국가의 존속을 위해 노력해야 하는 존재로만 파악된다. 또한 국가 쇠퇴의 주요 원인을 옛 습속을 고수하고 '신문화'를 받아들이지 않는 것에서 찾고, 제국주의의 잔혹함을 언급하면서도 그에 대한 비판 없이 부강한 나라를 따라잡지 못한 약소국의 태만과 무지를 경계하는데 관심을 기울였다.

『동국사략』은 하야시 다이스케[林泰輔]의 『조선사(朝鮮史)』와 『조선근세사(朝鮮近世史)』를 역술한 한국사 교과서이다. 일본인이 저술한 한국사 서적을 번역한 이유에 대해 현채는 "삼국에서 본조(本朝)에 이르기까지 모두 확실히 근거가 있었고, 또한 각각 종류별로 나누어 사람들이 명료하게 읽을 수 있으니, 실로 외국인이라 해서 편견을 가지고 볼 것이 아니다. 이에 또한 이를 번역했다'라고 했다. 즉, 현채는 근거를 가지고 서술했으며, 내용별로 잘 분류되어 있어 보기에 편하다는 점을 하야시 저서의 장점으로 꼽았다.[19]

현채는 일본인이 정밀하게 한국사를 연구했다는 점을 높이 평가하면서도 실제 『동국사략』을 기술할 때에는 사실에 합당하지 않다고 판단되거나 그의 역사 인식에 배치되는 부분에 수정을 가했다. 『동국사략』에서는 태고사(太古史), 상고사(上古史), 중고사(中古史), 근세사(近世史)로 나누어 서술했는데, 분량에서부터 태고사 부분은 많은 부분을 삭제하여 소략하게 기술하고, 근세사의 후반 부분은 자세하게 기술했다.[20] 또한 근세사의 마지막 장인 10장에 원본인 『조선근세사』에는 없는 '부갑오후십년기사(附甲午後十年記事)'라는 항목을 추가시켰다. 『만국사기』에서와 같이 근대사 중심의 역사서술 기조를 유지했

19 현채, 『中等教科 東國史略』, 中等教科 東國史略 自序.
20 최양호, 앞의 글, 995~996쪽 참조.

음을 알 수 있다. 그리고 단군의 건국, 임나일본부, 임진왜란 등에 관한 사안에서는 원본의 내용을 삭제하거나 추가하거나 수정하여 기술했다.[21] 또한 내용의 맥락을 바꾸지 않은 부분에서도 어구와 단어를 삭제·추가·수정한 부분이 많다.

현채가 하야시의 『조선사』, 『조선근세사』에서 주목한 것은 항목을 나누어 독자가 읽기 쉽도록 일목요연하게 서술한 부분이었다. 『조선사』에서는 태고사, 상고사, 중고사로 나눈 후 각각 5장, 13장, 17장으로 나누고, 짧은 내용 단위별로 제목의 성격을 띤 두주(頭註)를 달았다. 『조선근세사』에서도 『조선사』와 마찬가지로 10장으로 나누고 두주를 사용했다.

『동국사략』이 편찬되기 전 근대 교과서들은 대부분 전근대시대 역사서술 체제인 편년체(編年體)나 편년강목체(編年綱目體)를 사용했다.[22] 이전에 편년체의 『동국역사』를 찬술했던 현채는 『동국사략』 편찬을 통해 편찬자의 의도에 따라 장을 나누고 서술 내용 단위별로 제목(두주)을 달아 본문 내용을 정리하고 강조하는 역사서술 체제를 경험하게 되었다. 현채는 이러한 방식의 서술이 내용을 체계적으로 파악하는데 상당히 유용하다고 판단했던 것으로 보인다. 『조선사』, 『조선근세사』에서 장 제목만을 차례에 해당하는 '목록(目錄)'에 포함시킨데 반해 『동국사략』에서는 두주에 표기된 제목까지도 목록에 포함시켰던 것은 이를 반증하는 것으로 판단된다.

한편, 이 책을 번역한 근본적인 이유는 현채가 쓴 『동국사략』 서문 마지막에 잘 정리되어 있다.

---

21 박용숙, 앞의 글, 13~15쪽; 최양호, 앞의 글, 1986, 1001~1017쪽 참조.
22 도면회, 「한국 근대 역사학의 창출과 통사 체계의 확립」, 『역사와 현실』 70, 2008, 188·198쪽.

이제부터 청하노니『통감(通鑑)』,『사략(史略)』 등의 고서는 고각(高閣)에 묶어두고, 책을 끼고 다니는 아이들로 하여금 우리 한국사를 한번 읽어보게 한 뒤에 또한 만국사를 읽혀서 견문을 넓히고 정세를 인지하게 하며, 더욱이 병형농공(兵刑農工) 등의 실천사업에 힘쓰도록 하여 게으르지 않고 소홀하지 않으며 마음을 다하여 나간다면 몇 년이 지나지 않아서 우리도 또한 옛 문화를 회복하고 엄연히 독립국의 면모를 갖출 수 있지 않겠는가?[23]

　이렇게 교육을 통해 부강하고 높은 문화 수준을 가진 독립국을 건설해야 한다고 생각했던 현채에게 한국사 교육은 이를 위해 행해야 할 필수 교육 과정이었다. 또한『동국사략』 서문의 다른 부분과 함께 살펴보면, 그가 한국의 역사를 공부해야 한다고 주장한 주요 이유 중의 하나는 바로 국민들이 과거에 우수한 문화를 가지고 있었다는 것을 이해하고 자긍심을 가지도록 하기 위한 것이었다. 그리고 한국 문화에 대한 자긍심을 강조한 이유는 국민에게 '우리도 서구 열강과 같은 반열에 올라설 수 있다'는 자신감을 부여하기 위해서였다. 이를 위해 그는 비록 일본인의 저서이기는 하지만 정밀한 내용과 명료한 서술 체제를 가지고 있다고 판단한 하야시의 저서를 약간의 수정을 가해 역술했다.

---

23 『中等敎科 東國史略』, 中等敎科 東國史略 自序.

3. 『유년필독』에 나타난 근대 지식 유통자로서의 면모

1) 아동용 근대 교과서의 집필

학부 퇴직 후인 1907년 그동안 주로 번역서를 편찬해왔던 현채는 어린이용 교과서인 『유년필독』을 편찬했다. 『유년필독』의 저술은 모든 국민들이 근대적 교육을 받아야한다는 인식이 확산되고 있었던 시대적 필요성에 부응한 것이었다. 또한 번역서가 아닌 저술인만큼 그동안 번역서에서 서문과 원서의 수정 번역을 통해 부분적으로 드러나던 근대 지식에 대한 그의 인식이 보다 분명하게 드러난다.

『유년필독』은 을사조약 이후 국권 상실의 절박한 위기 속에서 실력양성을 통해 독립을 쟁취하고자 하는 움직임이 확산되는 상황에서 저술되었다. 많은 학교가 설립되고, 모든 국민들이 교육을 받아 실력을 양성해야 한다는 인식이 강화되어 가면서 근대 교육에 적합한 교과서 편찬의 필요성이 제기되었다.

『대한매일신보』의 1905년 10월 5일자의 「논몽학교학(論蒙學敎學)」에서는 아동 교육에 대한 교육가들의 논의를 취합하여 근대 교육에 적합한 교과서의 필요성을 제기했다. 과거의 아동 교육서는 너무 어렵고 중요하지 않은 내용이 많아 오랫동안 공부해도 성과가 잘 나타나지 않으며, 일본어 교과서도 아동 교육에는 적합하지 않다는 점을 지적했다. 그리고 다음과 같은 교과서가 필요하다고 주장했다.

심상 소학과는 본래 (아동의) 고유한 성질에 적합한 것을 헤아리고 각
국 규모의 좋은 것을 참작하여 국한문을 함께 쓰고 그림을 합하여 간편하
고 쉽게 이해하게 하는 책자로써 전국의 아동에게 같은 교과서를 제정함
이 옳다.[24]

즉, 아동의 수준에 적합한 실용적인 내용을 선정하여 국한문 혼용으로 서
술하고, 그림을 넣어 아이들이 쉽게 이해할 수 있는 교과서가 필요하다는 것
이다. 교과서 편찬과 외국 서적 번역의 경험을 가지고 있었던 현채는 이러한
시대적 요구에 자신의 경험을 접목하여 『유년필독』을 편찬했다.

현채는 『유년필독』의 범례에서, "이 책은 비록 어린이[幼年]의 교과서이지
만 실제로는 비록 노년의 사람이라 하더라도 한번 읽어 대개 그 국가, 인민에
대한 내용을 알 필요가 있다"라고 했다.[25] 근대 교육을 받는 사람이 한정되
었던 시대적 상황 속에서 소학교 학생들을 위한 교과서로서 뿐 아니라 대중
교육 입문서로서 이 책을 저술한 것이다. 또한 현채는 이 책의 저술 목적과
내용 구성을 다음과 같이 정리했다. "우리 한인은 아직 구습(舊習)에 빠져 애
국하는 마음[愛國誠]에 어두우므로 이 책에서는 오로지 국가사상(國家思想)을
환기하는 것을 주로 하여 역사를 중심으로 지지(地誌)와 세계사상(世界事狀)을
함께 다루었다"는 것이 그것이다. 즉, 국가사상을 함양하는 것을 목적으로
역사를 중심으로 지지와 세계사상에 관한 내용을 함께 넣어 구성했다는 것
이다.

실제 『유년필독』의 구성을 살펴보면, 4권 132과로 편제되어 고대부터 을

---

24 『대한매일신보』 제45호, 1905.10.5, 논설, 論蒙學敎學.
25 『幼年必讀』, 幼年必讀凡例.

사조약에 이르기까지의 한국사의 흐름을 중심으로 서술되었고, 한국의 지지에 관한 내용이 한국사와 함께 한 과에 서술되거나 별도의 과로 분리되어 다루어졌다. 또한 근대 국가의 개념 및 국민의 자세에 관한 내용의 과가 곳곳에 삽입되어 있다.

한편, 첫 과와 마지막 과의 구성을 통해서 이 책의 저술 의도를 확인할 수 있다. 『유년필독』은 1권 1, 2과의 '나라'에서 시작하여 4권 33과의 '와신상담(臥薪嘗膽)'으로 마무리되었다. 1권 1과에서는 나라는 여러 사람이 합하여 된 것이기 때문에 일개인(一個人)이 귀중하다고 하며, 개인이 중요한 이유를 국력을 좌우하는 국가의 구성원이기 때문이라고 했다. 그리고 4권 33과에서는 월왕(越王) 구천(句踐)의 고사를 인용하여 인내하며 실력을 양성하는 것이 큰 목표인 독립을 달성하는 길이라고 했다. 즉, 이 책은 독자들에게 각자가 국가를 이루는 중요한 존재라는 점을 자각하고 부강한 나라를 건설하기 위해 실력 양성에 힘써야 한다는 점을 주문하기 위해 저술되었다는 것을 알려준다.

현채는 『유년필독』을 찬술하기 전 이미 한국 역사, 한국 지리, 세계사 및 인접 국가의 정세에 관한 외국 서적 번역 작업을 해 왔다. 이 책들의 서문에는 그가 수동적인 교과서 편찬자로서의 역할에 만족하지 않고 당시의 지식인들과 대한제국의 근대화와 독립의 방향을 공유하며 근대 지식인으로서의 자의식을 형성해 가고 있었음을 확인할 수 있었다. 또한 대중 계몽을 지향함으로써 지식인으로서의 시대적 역할을 수행하고자 하는 모습을 보였다. 번역 및 편역을 통해 저술된 교과서에서 부분적으로 드러나던 근대 지식인으로서의 면모가 아동과 근대 교육에 입문하는 대중을 위한 지식을 선정하고 편집하여 집필한 『유년필독』에서 더 구체적으로 드러난다.

2) 근대 교육을 위한 지식 선정의 방법

근대 교육에 적합한 교과서에 대한 필요성이 대두되는 가운데 현채가 번역 작업을 통해 발전시켜온 인식들이 『유년필독』의 내용에 어떠한 방식으로 반영되었는지 살펴보면 다음과 같다.

첫째 내용을 쉽고 간단하게 서술했으며, 1회의 교수 분량을 한 과로 편제하는 방식을 택했다. 또한 글씨 크기를 크게 하고 국한문을 혼용했으며 한자 표기에는 독음이나 뜻을 부기했다. 그리고 그림을 부가하여 독자들이 쉽게 이해하도록 했다.

이전의 현채의 번역서는 교과서용으로 번역되었다 하더라도 내용이 많고 한자에 익숙하지 않은 사람이 읽기에 어려웠다. 그런데 『유년필독』에서는 한자에 한글 독음이나 뜻을 달아주고 처음으로 근대 교육을 받는 아동의 수준에 맞추어 내용을 편성했다. 또한 한 과의 분량이 매우 적게 편성되어 있다. 적은 내용 단위로 분류하여 편제하는 것이 독자가 책의 내용을 명료하게 이해하게 하는데 도움을 준다는 점은 현채가 이미 『동국사략』의 서문에서도 언급한 바 있다. 이러한 인식을 바탕으로 『유년필독』에서도 이와 같은 편성 체제를 택한 것이다.

예를 들자면, 1권의 13~15과의 제목이 '을지문덕(乙支文德)'인데, '을지문덕' 편에 무려 3과를 할당했다. 이 내용을 『동국사략』과 비교해 보면, 『동국사략』에서 수의 침입 부분을 두주(頭註) 표기를 통해 세 항목으로 나누었는데, '양광이 침입해오다'에 해당하는 항목의 내용이 『유년필독』의 13과, '수나라 군대가 궤멸되어 달아나다'에 해당하는 항목의 내용이 14과의 내용과 유사하다. 다만 『동국사략』의 세 번째 항목은 '수나라 황제 양광이 다시 고구려에 침입하다'라는 내용인데 비해『유년필독』15과에서는 수의 쇠망을 다루었다. 이는 두 서적의 찬술 의도의 차이에 기인한 것으로 보인다. 이를 통해서도『유년필독』의 과를 나누는 기준은『동국사략』역술 경험의 영향을 받은 것으로 파악된다. 이전의 역술 경험을 살려 쉽고 명료한 교과서를 편찬하고자 한 것이다.

한편, 애국심과 독립의식을 효과적으로 고취시키기 위해 노래로 구성한 과도 있다. 2권 14, 15과의 〈본분(本分)직힐일〉, 3권 25, 26과의 〈혈죽가(血竹歌)〉, 4권 25~27과의 〈독립가(獨立歌)〉가 그러한 부분이다.[26]

이렇게 현채는 번역을 통해 축적해 온 지식을 쉬운 문체와 아동의 수준에 맞는 내용 편성 및 편집을 통해 근대 교육에 입문하는 학생과 독자에게 전하고자 했다. 번역 작업을 하면서 독자에게 우리 역사와 지리 및 근대적 지식을 습득하게 함으로써 그들이 실력을 양성하여 부강한 국가를 이룩하는데 기여하게 하려는 목표를 가지게 되었고,『유년필독』저술하면서는 이러한 목표를 견지하면서 대중 교육에 합당한 새로운 전달 방법을 모색했다. 이는 현채가 당시에 사회적 요구에 발맞추어 지식 전달 방법에 대한 고민을 해 왔다는 것을 의미한다. 이를 통해 그가 지식의 흐름을 선도하지는 못했을지라도 지식의 가공과 유통 과정을 선도하는 데에는 의미 있는 역할을 했음을 알 수 있다.

둘째, 한국사를 중심으로 내용 전반에 걸쳐 독자에게 한국 문화의 우수함을 알리고 대한제국이 부강한 독립 국가가 되는 것이 가능하다는 점을 강조했다. 현채는『동국사략』의 서문에서 자신이 한국사 서적을 번역한 이유가 아이들이 한국 문화의 우수함을 인지하여 자긍심을 가지고 실력을 양성해야

---

26 『幼年必讀』권2, 제14과 本分직힐일1; 제15과 本分직힐일2; 권3, 제25과 血竹歌1; 제26과 血竹歌; 권4, 제25과 獨立歌1; 제26과 獨立歌2; 제27과 獨立歌3 .

하기 때문이라는 뜻을 비친 바 있다. 이러한 인식은 보다 이해하기 쉬운 내용과 언어로 표현되어 『유년필독』의 곳곳에 반영되어 있다.

『유년필독』의 내용은 한국의 역사와 지리를 공부하면서 자연스럽게 나라에 대한 자부심과 사랑을 가지도록 구성되었다. 한국의 인구와 면적에 대하여 기술하면서도 독자에게 한국이 독립국의 여건을 충분히 갖춘 나라라는 점을 인식시키고자 했다. 권1 2과의 「나라2」에서는 고대의 '십제(十濟)', '백제(百濟)'라는 국명은 10명, 100명이 모여 나라를 만들었기 때문에 지어졌는데, 지금 우리나라가 인구가 2천만이니 큰 나라라고 했다.[27] 또한 한국의 면적이 8만 2천 방리(方哩)로 영국, 독일, 프랑스, 일본, 청, 러시아, 미국보다는 적지만 순전한 독립국이라며, 포르투갈, 네덜란드, 벨기에, 덴마크, 스위스는 한국보다 극히 적으나 독립국이라고 했다.[28] 이렇게 세계의 대국들과 비교하면 크지 않은 나라이지만 독립국으로서의 여건을 충분히 갖추고 있다는 점을 인식시키고자 했다. 1권 9과에서는 평지가 적으면서도 농사하는 곳이 많고, 금, 은, 동, 철, 석탄 등이 많이 나고 곡식과 과실나무가 번성한다며 "우리나라는 참 세상(世上)의 데일(第一) 조흔나라"라고 국민들의 나라에 대한 자부심을 환기시키고자 했다.[29]

특히 역사 영역에서는 고대사를 중심으로 애국심과 국가에 대한 자부심을 불러일으키는 내용들이 많다. 한국사에 해당하는 과는 인물과 시대별 간단한 역사적 사실들에 대한 정리로 이루어졌는데, 고대사 부분에서 선정된 인물은 다음과 같다.

---

27 『幼年必讀』 권1, 제2과 나라2.
28 『幼年必讀』 권1, 제20과 우리나라面積.
29 『幼年必讀』 권1, 제9과 地質.

·고구려 : 을지문덕, 양만춘

·백제 : 성충, 계백

·신라 : 김유신, 김양, 장보고, 최치원

을지문덕과 양만춘은 당시 중국의 통일 국가였던 수, 당의 침입을 막아냈던 인물로, 이 사실만으로도 국민들에게 긍지를 느끼도록 할 수 있었다. 그런데 '을지문덕'에서는 전쟁의 여파로 수가 망했다는 내용, '양만춘'에서는 당시 군대를 이끌고 왔던 당 태종이 전쟁 중 눈에 화살을 맞은 사실과 돌아가면서 고구려 침입을 후회했다는 내용을 부가해서 실음으로써 국민들의 자부심을 배가시키고자 했다.[30] 이러한 의도는 김유신에 대한 서술에서도 잘 드러난다. '김유신'이라는 제목의 두 과 중 두 번째 과를 신라가 당과 함께 백제를 칠 때 소정방이 김유신에게 무례하게 하자 김유신이 노하여 보검을 빼어 소정방의 사죄를 받았다는 사실을 기술하는데 할애함으로써 대국인 당에 당당하게 대응했던 김유신의 모습을 부각시켰다.[31]

백제에서는 목숨을 아끼지 않고 나라를 위해 간언하거나 싸웠던 성충과 계백의 행적을 기술함으로써 국민들의 애국심을 불러일으키고자 했다.[32] 이러한 의도는 '김유신' 첫 번째 과의 내용에서도 드러난다. 전쟁 영웅으로서의 김유신의 모습보다 고구려, 백제의 침입에 분노하고 하늘에 그들을 물리치고자 맹세하는 모습을 기술함으로써 나라를 위한 그의 마음을 부각시킨 점이 그러하다.[33] 김양과 장보고는 반란을 평정하고 왕실을 보호한 행적을 중

---

30 『幼年必讀』 권1, 제15과 乙支文德3; 제17과 楊萬春2; 제18과 楊萬春3.

31 『幼年必讀』 권2, 제5과 金庾信2.

32 『幼年必讀』 권1, 제24과 成忠1; 제25과 成忠2; 제26과 階伯1; 階伯2; 階伯3.

33 『幼年必讀』 권2, 제4과 金庾信1.

심으로 기술했다.[34] 이 부분에서도 독자들이 각자 위급에 처한 나라를 보위하고자 힘쓰기를 바라는 마음이 반영된 것으로 판단된다.

또한 현채는 『유년필독』 전반에 걸쳐 한국사 전개과정에서의 학문과 문화의 발전에 관한 부분을 기술하는데 관심을 기울인 흔적이 보인다. '최치원' 항목에서는 천하에 문명(文名)을 떨쳤다는 내용과 많은 서적을 저술했다는 점이 기술되었다.[35] 특히 황소(黃巢)의 반란을 토죄(討罪)하는 격서로 인해 당에서도 이름을 떨칠 정도였다는 내용을 기술한 것은 과거의 높은 학술 수준을 언급함으로써 독자들에게 긍지와 자신감을 심어주기 위한 것이었다. 이는 백제에서 있었던 중요한 역사적 사실들을 기술한 부분에서도 잘 드러난다. 3장으로 소략하게 서술된 내용 중 백제 멸망에 관한 내용 외에 가장 많은 부분을 차지하는 내용이 일본에 백제의 문화를 전수한 것이었다. "고이왕(古爾王) 씌에는 왕인(王仁)이 일본(日本)에 갈식 론어(論語)라ᄒᆞᄂᆞᆫ 칙(冊)과 천ᄌᆞ문(千字文)을 보ᄂᆞ니 일본(日本)이 차후브터 문명(文明)ᄒᆞ야 아국(我國)을 선진국(先進國)이라ᄒᆞ고 일본(日本)의 이려파(伊呂波)도 왕인(王仁)이 지어쥰 것이오이다" 하는 내용이 이러한 부분이다.[36] 일본이 근대화에 앞서 있지만 과거에는 우리 문화를 전수받았던 나라라는 점을 언급함으로써 잠시 근대화에 뒤진 것일 뿐 한국 국민이 문명국가를 건설할 충분한 역량을 가지고 있다는 점을 강조하고자 한 것이다.

『유년필독』의 한국사 서술이 독립 국가 건설이라는 당시 시대적 과제를 교육을 통해 달성하고자 한 것이라는 점은 이 책 2권의 〈본분(本分)직힐일〉

---

34 『幼年必讀』 권2, 제6과 金陽1; 제7과 金陽2; 제8과 張保皐1; 제9과 張保皐2.
35 『幼年必讀』 권2, 제10과 崔致遠1; 제11과 崔致遠2.
36 『幼年必讀』 권1, 제21과 百濟1.

이라는 제목의 과에 실린 독립 권리를 지키자는 내용의 노래 중의 "수당(隋唐)은 우리 픽쟝(敗將)이오 일본(日本)은 우리 데즈(弟子)일셰"라는 가사에서도 확인할 수 있다.[37]

그런데 국민들이 자부심을 가지게 하기 위한 이러한 내용들은 어디까지나 한국이 문명국가, 부강한 국가가 될 수 있는 역량을 가지고 있다는 것이었으며, 당시의 한국 사회에 대해서는 비판적으로 접근했다. 중간 중간에 당시 한국의 습속 중에 고쳐야 할 부분을 지적한 과도 두었고, 국가 체제와 국민의 권리에 대한 과도 포함시킴으로써 서구적인 근대 국가 체제를 지향했다.[38] 이렇게 우리 문화에 대한 자긍심을 가지고 세계의 좋은 제도들을 익혀 문명 사회를 만듦으로써 독립 국가를 건설하고자 했던 현채의 과거 번역 활동의 목표는 근대 교육 입문서인 『유년필독』에 보다 구체화된 모습을 보였다.

셋째 산업 및 과학 교육의 중요성을 인식하고 이를 반영하고자 했다. 이러한 인식은 이전의 번역서 저술시에 크게 드러내지 않았던 부분이다. 그런데 『유년필독』의 내용 중에는 이러한 부분이 잘 드러난다. 그는 2권 '풍속'이라는 항목에서 한국의 고쳐야 할 습속 중에 좋은 물품을 만드는 사람을 대우해주지 않아 나라에 자랑할 만한 물품이 없다는 점을 지적했다.[39] 3권 '젹은 일을 쳔(賤)ᄒ다 말 일'에서는 나라가 부강하고자 한다면 젹은 일을 쳔하다 하지 말아야 한다며 조각, 건축, 발명 등이 부강한 국가 건설의 원천이 될 수 있음을 지적했다.[40]

한국사 부분에서도 이러한 인식들이 투영되어 있음을 확인할 수 있다. 2

---

37 『幼年必讀』권2, 제14과 本分직힐일 1; 제15과 本分직힐일2
38 『幼年必讀』권2, 제16과 風俗1; 제17과 風俗2; 제18과 國家1; 제19과 國家2; 제20과 國民의 權利
39 『幼年必讀』권2, 제16과 風俗1.
40 『幼年必讀』권3, 제30과 젹은일을賤ᄒ다말일1; 제31과 젹은일을賤ᄒ다말일2

권 2과의 신라에 대한 매우 간략한 서술에서 지증왕 때 배를 만들고 소로 밭 가는 법을 사용했다는 내용을 포함시켰다는 점에서 그의 산업에 대한 인식을 엿볼 수 있다.[41] 또한 3권 '이순신'에서는 임진왜란 때의 명장이라는 점과 함께 세계 최초의 철갑선인 거북선을 발명했다는 점을 기록했다.[42] 명장으로서 뿐만 아니라 발명가로서의 이순신을 함께 조명한 것이다. 전근대시대의 주요 가내 산업에 관련된 '쏭나무 목화' 항목에서는 뽕나무와 목화를 심게된 유래를 소개하면서 뽕나무와 목화의 그림을 각각 제시했다.[43] 산업으로서의 뽕나무 및 목화의 재배 뿐 아니라 식물로서의 뽕나무와 목화에 대해서도 관심을 가지고 소개해야 한다고 판단했던 것으로 보인다. 이후 그는 『최신고등소학이과서』, 『개정이과교과서』와 같은 과학 교과서도 번역하여 편찬했다.

현채는 역사서, 지리서, 세계정세에 관한 서적의 번역을 통해 국민의 실력 양성을 통한 부강한 독립 국가 건설의 목표를 가지게 되었고 저술을 통해 이 목표를 구체화해가면서 과학과 산업의 중요성을 인식하고 과학 교과서를 번역·편찬하는 일에까지 참여하게 되었던 것이다.

---

41 『幼年必讀』 권2, 제2과 慶州2.
42 『幼年必讀』 권3, 제21과 李舜臣.
43 『幼年必讀』 권3, 제23과 쏭나무 목화.

4. 근대 지식 유통의 주체로 성장

　조선시대에 역관이었던 현채는 중국어, 일본어 번역 능력을 바탕으로 갑오개혁 이후 학부에서 외국 서적의 번역과 교과서 편찬에 종사하게 되었다. 그의 작업 중에는 특히 역사서 편찬이 많았는데, 과거의 정치를 거울삼아 올바른 정치를 하도록 하기 위해 집필했던 '지배층을 위한 역사'가 '일반 대중들이 필수적으로 습득해야 할 학문'이 되어가는 과정에서 역관 출신의 현채가 역사서 편찬에 기여하게 되었다는 점이 주목된다. 그런데 그는 학부의 필요에 응하는 수동적인 역할에 머무르지 않고 당시 시대상 속에서 번역 작업의 이유를 찾았다. 그는 외국 서적을 번역하여 소개함으로써 국민의 실력을 양성하고 이를 통해 대한제국을 부강한 독립국가로 만들고자 했다. 이러한 목표를 가지고 번역 과정에서 원문의 삭제와 추가, 변형을 시도하기도 했다. 이렇게 현채 자신이 번역의 이유를 설정하고 이에 따라 서적을 번역 혹은 편역하는 모습을 통해 근대 지식 도입에 대한 스스로의 관점을 정립하고 이를 실천하는 근대 번역 주체로서의 모습을 읽을 수 있다. 그러나 국권침탈의 위기에 봉착한 약소국의 지식인으로서 국가주의와 사회진화론에 경도된 모습이 드러나기도 한다.

　학부 재직 기간 동안 주로 번역을 통해 한국사, 한국 지리, 세계사, 세계정세에 대한 서적을 찬술하던 현채는 학부 퇴직 후 아동과 근대 교육에 입문하는 대중을 위한 『유년필독』을 저술했다. 그는 번역 및 교과서 편찬 경험을 바탕으로 아동이나 근대 교육 입문자의 수준에 맞는 쉽고 명료한 내용 구성을 시도했다. 그리고 국민의 실력을 양성하여 대한제국을 부강한 독립국가로 만들고자 했던 외국 서적을 번역하면서 다져왔던 목표에 부합하는 내용을 수록했다. 즉. 한국사, 한국지리, 국가 체제 및 국민의 권리와 역할에 관한 항목들에 근대 국가 체제를 지향하고 국민들의 애국심과 국가에 대한 자부심을 불러일으키는 내용을 반영했다. 그동안 그가 발전시켜 온 인식과 지식들을 새로운 형태의 근대 교육 입문서 저술을 통해 구체화함으로써 근대 지식 가공·유통자로서의 면모를 보인 것이다. 이 책에서 또 한 가지 주목할 점은 부강한 독립국가 건설이라는 목표 하에 산업과 과학 교육에 대한 필요성을 인식하고 이를 실천하고자 했다는 점이다. 이는 이후 과학 교과서 번역으로 번역의 영역을 확대하는 작업으로 이어졌다.

이렇게 번역에 전문성을 가지고 있는 관원으로서 갑오개혁 이후 학부에서 편찬하는 교과서 저술 작업에 참여했던 현채는 학부에서 부여한 업무를 수행하는데 그치지 않고 당시 대중 계몽에 진력하던 인사들과 교류하며 근대 지식 도입에 대한 스스로의 관점을 정립하고 이를 실천하는 근대 번역 주체로서 성장해나갔다. 학부 퇴직 후에 아동과 근대 교육에 입문하는 대중의 실력 양성을 위해 집필한 『유년필독』에는 그동안 번역, 편역 작업을 통해 형성한 근대 지식인으로서의 자의식을 바탕으로 선도적으로 근대 지식을 도입·가공·유통하는 근대 지식인으로서의 역할을 적극적으로 실천했던 모습이 나타난다.

참고문헌

1. 사료

『承政院日記』

『譯科榜目』

「培材學堂合同」 奎23177.

『대한매일신보』

林樂知 저, 현채 역,『中東戰記』, 황성신문사, 1899.

현채,『普通教科 東國歷史』, 1899.

____,『大韓地誌』, 1899.

____,『萬國史記』, 한국정신문화연구원, 1996(영인본).

____,『中等教科 東國史略』,『한국개화기교과서』16, 아세아문화사, 1977(영인본).

____,『幼年必讀』,『한국개화기교과서』2, 아세아문화사, 1977(영인본).

2. 논저

강철성, 「현채의 대한지지 내용 분석─自然地理를 中心으로」,『한국지리환경교육학회지』
    14(2), 2006.

고병권, 오선민, 「내셔널리즘 이전의 인터내셔널─『월남망국사』의 조선어 번역에 대하여」,
    『한국근대문학연구』21, 2010.

고유경, 「대한제국 후기(1905~1910) 서양사 교과서에 나타난 유럽중심주의」,『역사학연
    구』41, 2011.

노수자, 「白堂玄采研究」,『이대사원』8, 1969.

도면회, 「한국 근대 역사학의 창출과 통사 체계의 확립」,『역사와 현실』70, 2008.

박용숙, 「玄采의 東國史略考」,『우헌 정중환 박사 회력기념 논문집』,『李元淳教授華甲記念 史
    學論叢』, 교학사, 1974.

박종석, 「개화기 역관(譯官)의 과학교육 활동─현채(玄采)를 중심으로」,『한국과학교육학
    회지』29권 6호, 2009.

이종미, 「『越南亡國史』와 국내 번역본 비교 연구─玄采本과 周時經本을 중심으로」,『중국인

　　문과학』34, 2006.

송엽휘, 「『越南亡國史』의 飜譯 過程에 나타난 諸問題」, 『어문연구』 34권 4호, 2006.

전세영, 「『유년필독』에 나타난 현채의 애국계몽사상연구」, 『국민윤리연구』 40, 1998.

_____, 「현채의 교육 및 애국계몽활동에 대한 정치사상적 평가: 『幼年必讀』과 『幼年必讀釋
　　義』를 중심으로」, 1990.

정구복, 이영화, 「玄采 編譯 『萬國史記』의 史學史的 性格」, 『청계사학』 13, 1997.

최기영, 「韓末 교과서 『幼年必讀』에 관한 일고찰」, 『서지학보』 9, 1993.

최양호, 「開化期 國史敎育의 實態硏究 —玄采의 『東國史』와 林泰輔의 『朝鮮史』 比較分析을 中
　　心으로」, 『이원순박사 화갑기념 사학논총』, 교학사, 1986.

양건식, 중국전통소설의
번역과 신문학의 모색

정선경

한국 근대문학사에서 양건식(梁建植, 1889~1944)은 독특한 위상을 차지하고 있다. 소설가, 불교거사, 평론가, 기자, 번역가라는 다양한 수식어 중에서 그의 문필 활동을 가장 잘 대변해 주는 호칭은 중국문학 번역가일 것이다. 그는 어느 한 분야나 장르에 국한하지 않고 소설, 희곡, 시, 야담, 수필 등 다양한 중국

양건식(梁建植, 1889~1944)

의 고전문학과 현대문학의 작품을 번역해서 국내에 소개했다.

양건식의 일생에 관해서는 명확하게 남겨진 기록이 없다. 흩어져 존재하는 기록으로 추정해 보면, 1889년 5월 경성에서 태어나서 한성관립학교를

다녔던 것으로 보인다. 『삼천리(三千里)』 제67호(1935.11)에는 경성 탑동 출생이라고 했으나, 김영복은 경기도 양주 출생으로 1944년 2월 서울 홍파동에서 세상을 떠났다고 기록했다. 고재석은 출생지의 인접성과 관리 경력 및 중국문학의 권위자였던 점에 근거해서 양건식이 다녔던 한성관립학교는 바로 관립한성외국어학교를 가리키는 것으로 추정했다. 또 잡지 『동광』 제18호에 실린 「유학십년(遊學十年)」에 보면 중국 유학생활을 동경했는데, 비교적 유복한 가정에서 태어나 정규교육을 받았던 지식인이었다. 그는 어려서부터 중국문학 작품을 읽으면서 성장했다. 글을 발표할 때마다 국여(菊如), 백화(白華), 백화생(白華生), 노하생(蘆下生), 금래(今來), K.S.R, 성서한인(城西閑人), 천애(天愛) 등의 호를 사용했으며 꾸준히 중국문학 작품을 번역했던 그의 한문 실력은 상당히 높았을 것으로 짐작된다.

1910년대에 거사불교운동에 참여하면서 불교잡지에 불교와 관련된 글을 많이 발표했다. 불교진흥회의 전임서기를 맡았고 대종교 신자로서 조선광문회를 드나들며 조국의 국권회복을 위해 힘썼다. 뛰어난 한문실력 덕분에 1934년경 『매일신보』에 취직해서 문인기자로 활동했으나 말년에는 아들의 죽음, 가난과 불행 속에서 정신질환을 앓다가 사망했다.

1910년대 중후반부터 1930년대 초까지 중국의 고전문학과 신문학 작품들을 적극적으로 번역했다. 중국소설을 연구하면서 불교의 필요성을 간파했고 1917년 『서유기』에 대한 평론문을 시작으로 중국 고전문학 작품을 소개하기 시작했다. 1920년 11월부터 1921년 2월까지는 『개벽(開闢)』에 후스(胡適)와 중국의 문학혁명에 관련된 글을 최초로 번역 및 소개했는데, 이 밖에도 우리나라에 최초로 번역해서 소개한 중국문학작품이 상당수였다는 점에서 더욱 주목할 만하다.

1935년 『삼천리』에 발표했던 글을 보면, "한문을 배우다가 중국문학을 연구하여 보자는 생각이 났고 불서(佛書)를 읽다가 종교에 관한 소감을 말해 본 것이 내가 붓을 잡은 동기다"(「내가 붓을 잡기는」)라고 하여 중국문학을 접하게 된 계기를 회고하고 있다.

일생에 걸친 그의 문학 활동은 크게 창작과 번역의 두 방면으로 나눌 수 있다. 그의 첫 창작소설은 불심을 통해서 조국을 구원하자는 『석사자상』(1915)이다. 1910년대 비판적 사실주의의 대표 소설이라고 평가받는 『슬픈 모순』(1918.2) 등을 발표했다. 고재석이 혼란한 시기에 현실과 이상의 모순 속에서 지식인의 방황과 고민을 사실주의적 기법으로 표출했던 작가라고 소개한 이후 그에 대한 평가는 창작 단편소설 『슬픈 모순』에 대한 관심과 거사불교 운동에 집중되어 있었다. 그러나 그가 일생에 걸쳐 심혈을 기울였던 활동은 작품의 창작 보다 중국문학 작품의 번역이라고 할 수 있다.

1. 근대사회와 번역

중국과 한국은 예로부터 전통 문화에 대한 자긍심이 강했다. 중국이 세계의 중심이라는 중화주의 사상과 그것에 영향을 받을 수밖에 없었던 조선의 역사, 그리고 바깥의 사람들을 왜(倭) · 이(夷) 등으로 업신여겼던 민족적 자부심을 돌이켜 본다면, 서구 열강들의 각축지가 되어버린 19세기 말 조선의 상황은 암울함과 절망의 연속이었다. 서구와 일본이라는 외래의 척도로 재단된 근대성은 우리 전통에 대해서 타의적이고 부정적인 인식을 심어주었다. 우리의 문화유산은 하루아침에 근대적이지 못한 낙후된 것으로 전락했고 젊은 지식인층과 유학생들은 하루빨리 일본처럼 서구의 개화된 문명을 받아들이고자 했다. 봉건적이고 폐쇄적인 조선의 상황을 바꾸려면 중국의 그늘에서 벗어나는 길만이 최선이라고 생각하면서 일본의 문물을 앞 다투어 받아들였다. 서구의 문명을 추종하다가 우리의 전통을 완전히 부정하면서 제국주의의 입장까지 옹호하게 되었던 그릇된 판단과 사건들도 우리 역사의 얼룩진 부분으로 남겨졌다.

윤치호(尹致昊)의 언급에서도 확인되듯이, 수천 년 영향을 주고받았던 중국과의 관계 자체를 청산하고 부정하고 싶었던 지식인층이 확산되었다.[1] 그러한 시점에서 경제적 여유가 없었던 조선이 개화된 문명을 받아들이는 가장 손쉬운 방법은 외국문학서의 번역이었다. 한국에서 서구식 근대화를 이룩할 수 있는 유일한 길은 서구 문헌을 한국어로 번역하는 것이었는데, 번역이야말로 외국인을 초빙하거나 자국 학생 혹은 시찰단을 외국에 보내는 것보다 쉬운 방법이었다.[2]

일본을 좇아 서구 텍스트를 번역해야 할 필요성을 느끼면서 통역과 번역을 담당하는 기관 및 교육기구를 설립하고 번역문을 발표할 신문과 잡지의 발간도 서둘렀다. 널리 알려진 것처럼, 유길준(兪吉濬)의 『서유견문』에서도 외국어 교육의 필요성이 부각되었다. 1886년 2월 15일 『한성주보』 '사의(私議)'란과 1896년 4월 25일 『독립신문』 기록 등에서 알 수 있듯이, 당시의 지식 계층은 외국어의 번역이야말로 자국민을 교육시켜서 계몽으로 이끄는 첫

1   윤치호, 『윤치호 일기』 제3권, 서울국사편찬위원회, 1974, 227~228쪽.
2   김욱동, 『번역과 한국의 근대』, 소명출판, 2010, 23쪽.

걸음임을 알고 있었다.

계몽을 위하여 외국어 교육과 번역의 필요성을 자각했으나, 전문적인 번역을 담당할 인재를 양성하는 것도 큰 문제였다. 유학생이라도 중국의 한자와 일본어를 제대로 번역하는 것이 쉽지 않았으니 프랑스어나 독일어·러시아어의 번역은 말할 것도 없었다. 서양 선교사들의 도움으로 기독교의 전파와 함께 교육기관을 설립하고 외국어 교육에 힘을 쏟을 수 있었다. 육영공원·배재학당·이화학당 등이 설립되고 1894년 관립 한성영어학교가 인가를 받으면서 근대시기 외국어 교육은 본격적인 기반을 마련했다. 우리나라에서 최초로 번역된 서구의 문헌이 『성경』과 『찬송가』임을 상기한다면 근대 번역문학사에서 기독교 선교사들의 공로가 얼마나 중요한 토대를 이루었는지 알 수 있다. 암흑 같던 한국 근대 교육사에 등불을 밝혀주었던 호러스 언더우드(Horace Grant Underwood)와 헨리 아펜젤러(Henry Gerhard Appenzeller)가 처음 함께 한국에 들어올 때도 이수정(李樹廷)이 일본에서 번역한 『마가전 복음서언해』를 들고 왔고, 서재필(徐載弼)이 미국에서 망명할 때 성경을 영어로 번역했던 일례들[3]은 이미 밝혀진 바와 같이 우리 근대 번역문학사가 기독교 선교와 깊이 관련되어 있음을 보여준다.

우리나라 최초의 민간신문이자 첫 한글 전용 신문이라고 할 수 있는 『독립신문』의 1897년 기사에서도 신문을 한글로 출간하고, 외국문학작품을 우리말로 번역하여 많은 사람들이 외국의 학문과 지식을 알아야 함을 주장했다. 안확이 『조선문학사』에서 밝혔던 것처럼, 개화기의 번역은 정치와 민족의식에 깊이 관련되어 있었으며 봉건성에서 탈피하여 문호를 개방하고 국권

---

3 김욱동, 『근대의 세 번역가』, 소명출판, 2010, 21~22쪽.

을 지켜내기 위해 중요한 역할을 담당하고 있었다.

일제 강점기에는 일본정부의 식민정책의 일환으로 식민지인들의 관심을 다른 곳으로 돌리려는 정치적, 의도적인 목적으로 번역이 이용되기도 했다. 일본의 선정적인 작품들이 번역되어 일간지에 연재되기도 했지만, 폐쇄적인 사상에 젖어있던 조선의 민중을 개화시키고 계몽시킬 수 있는 일차적인 관문은 바로 외국문학작품의 번역이었다.

2. 양건식과 중국문학

조선의 지식인들은 서구와 일본의 문학작품을 번역하고 소개함으로써 계몽을 일깨우며 조국의 주권을 회복하고자 앞장섰다. 저물어가는 제국 중국에 대한 실망은 떠오르는 일본에 대한 기대로 옮아갔으며, 일본문학의 번역은 선진화된 문명을 수용하는 과정으로 간주되었다. 일본 문물의 유입이 곧 문명화로 향한 지름길로 인식되었기에 지식인들은 서둘러 일본으로 유학을 떠났고 일본문학을 번역하며 소개하고자 했다. 그러나 이 시기에 오히려 중국문학을 널리 소개하고 배우려 했던 지식인이 있었으니 그는 바로 이광수가 "조선 유일의 중화극 연구자요 번역자"(「양건식군」, 『개벽』 44호)라고 평가했던 양건식이다. 중국과 조선의 전통적 가치가 폄하되는 사회적 상황 속에서, 양건식은 오랜 기간 긴밀한 영향 관계에 있었던 중국과 문학적 교류 상황에 주목했다. 중국문학의 영향을 받아온 우리 문학의 정체성을 파악하는 데에 천착했고, 쇄도하듯 수입되던 외국문학과의 조화를 강조했다. 양건식은 중국문학을 번역하고 소개하는데 적극적인 활동을 했으며 이 분야에서 독보적인 지위를 확립했다.

당시 국내학계의 경향은 일본을 통해서 서구 근대 지식을 수입하는데 몰두해 있었기에 중국문학의 수용은 소외된 분야였다. 다만, 중국문학에 대한 평론문을 작성했던 김광준, 루쉰 작품에 관심을 가지고 연구했던 이육사, 중국문학 전반에 주목했던 양건식 등을 손꼽을 수 있다. 그 중 양건식의 적극적인 중국문학 수용에 대한 문학적 성과와 의의에 주목할 필요가 있다.

그는 1910년대에 거사불교운동에 참여했는데 이로서 명진학교(明進學校)와 능인학교(能仁學校)의 교장으로서 각종 외국어에 통달했던 이능화와 교류하게 된다. 1912년 12월 26일 각황사의 석가세존 성도기념식에서 관립한성외국어학교 학감을 지냈던 이능화와 함께 연사로 참여했으며, 1915년 1월 9일 불교진흥회 설립총회 임시서기가 되어 『불교진흥회월보』를 편집하게 되면서 불교에 더욱 심취하게 된다. 그의 처녀작인 『석사자상』 역시 불교와 관련 깊다.

양건식은 어려서부터 중국 고전문학 작품을 자주 읽으며 성장했다. 1934년경 『매일신보』에 취직하게 된 것도 뛰어난 한문 실력 덕분이었다. 중국문학을 좋아해서 항상 중국책을 곁에 두었는데 매일신보사에 입사한 후 그가 아끼던 중국서적이 없어지자 상사에게 대들던 일, 먹을 것이 없을 때조차 원고료를 변통해서 당서(唐書)를 사던 일, 특히 중국소설을 좋아하여 작품의 심오한 내용을 알기위해 불교강습소에 입학한 일 등의 사건으로 미루어 보면 그의 중국문학에 대한 애착이 어느 정도인지 짐작이 된다. 양건식은 새로운 문체 속에 새로운 내용을 담아내고자 노력하던 당시 문단의 상황에 맞게 문단활동을 했으나, 생활고로 신문사에 취직하면서부터 창작소설을 발표하기보다 번역료를 벌기 위한 문인기자로서 활동하게 된다. 글을 발표할 때마다 국여(菊如), 백화(白華), 백화생(白華生), 노하생(蘆下生), 금래(今來), K.S.R, 성서한인(城西閑人), 천애(天愛) 등의 호를 사용했으며 그 중 국여, 백화를 즐겨 사용했다.[4]

중국문학 연구자로서 양건식의 활동은 크게 두 가지로 나눌 수 있다. 첫째, 중국신문학운동을 국내에 널리 소개하고자 했고 둘째, 중국 고전문학과 현대문학작품을 번역했다. 20세기 초 시대가 남겨놓은 민족적 고뇌와 현실인식을 중국문학 번역을 통해서 자국민에게 일깨우고자 했던 양건식에 관한 연구는 1976년 이석호에 의해 처음 시작되었다. 박재연, 고재석, 최용철 등의 연구로 이어졌으나 1990년대까지도 손가락에 꼽힐 정도로 계속 주목받지 못했다. 2000년대에 들어와서야 학위논문에서 그에 관한 연구가 다루어졌다. 대부분은 양건식의 중국 현대소설 및 희곡작품 번역에 중점을 두었는데 최근 한국 내 중국 유학생들의 증가와 함께 양건식 업적의 문학사적 재평가가 이루어지는 것으로 판단된다. 단행본으로는 남윤수・박재연・김영복 편의 『양백화문집』 1・2・3(강원대 출판부, 1995)을 들 수 있다. 현재 구하기 힘든 양건식에 관한 자료를 모아 엮었기 때문에 불모지와 같았던 이 분야 연구의 기초작업으로서 공로가 크다.

아래에 여기에서 살펴볼 고전소설 관련 번역작품과 평론문을 발표 시기, 발표신문 및 잡지, 글의 성격 등을 중심으로 정리하여 다음 장을 위한 토대로 삼아본다.

---

4   崔溶澈, 「梁建植의 紅樓夢 評論과 飜譯文 분석」, 『中國語文論叢』 제6권, 1993.

번호	작품명	게재지	호수	시작일자	종료일자	분류
1	小說 西游記에 就ᄒ야	朝鮮佛敎 總報	3	1917. 5.		평론
2	支那의 小說及戲曲에 就ᄒ야	每日申報		1917. 11.6	1917. 11.9	평론
3	紅樓夢에 就ᄒ야	每日申報		1918. 3.21		평론
4	紅樓夢	每日申報		1918. 3.23	1918.10.4	번역소설
5	小說로 觀察한 佛敎	佛敎	7	1925. 1. 1		평론
6	石頭記	時代日報		1925. 1.12	1925. 6. 8	번역소설
7	水滸傳 이야기	東亞日報		1926. 1. 2	1926. 1. 3	평론
8	新譯 水滸傳	新民	9〜18	1926. 1.	1926. 10.	번역소설
9	水滸序	新民	12	1926. 4		평론
10	紅樓夢是非	東亞日報		1926. 7.20	1926. 9. 28	평론
11	五字嬝經	文藝時代	창간호	1926. 1. 1		평론
12	中國文化의 根源과 近代學問의 發達	東亞日報		1929. 1.19	1929.1.29	번역평론
13	三國演義	每日申報		1929. 5. 5	1931.9.21	번역소설
14	中國의 名作小說 紅樓夢의 考證	朝鮮日報		1930. 5.26	1930. 6.25.	평론
15	長板橋上의 張飛	新東亞	24	1933. 10.		평론
16	朝鮮의 文學을 위하여	每日申報		1935. 1. 1	1935. 1. 8	평론
17	水滸再讀	每日申報		1935. 8.14		평론

3. 중국 고전소설의 번역과 수용

아래 글의 순서는 양건식이 발표했던 시기에 따른 배열이며, 발표분량이
나 횟수와 무관하다. 기타 중국고전소설을 소개 및 번역한 바 있으나 그의 문
학관과 번역관이 비교적 구체적으로 명시된 육대기서(六大奇書)를 중심으로
한다.

1)『서유기』

『서유기』와 연관해서 그가 발표한 문장은 모두 평론문으로 도표 1번 「소설 서유기에 취ᄒᆞ야」와 도표 5번 「소설로 관찰한 불교」의 총 2편이다.

그는 불경 연구를 위하여 1910년 각황사에 불교강습소가 개설되자 『능엄경』과 『유마경』을 공부했다. 문학을 연구하는 과정에서 불교와 인연을 맺게 되었고 1915년 3월에 첫 단편소설인 『석사자상(石獅子像)』을 발표하여 불심을 통해서 적자생존의 사회현실을 구원하자는 입장을 밝혔다. 뒤이어 발표했던 단편소설 『미(迷)의 몽(夢)』(1915.4~5) 역시 불교적 주제를 다루었으며, 이후 불교진흥회의 전임서기이자 『불교진흥회월보』의 기자를 역임했다. 불교에 심취했었던 그가 제일 처음 소개하고자 했던 중국문학작품이 『서유기』였음은 자연스러운 결과이기도 하다.

1917년 5월 『조선불교총보』에 『서유기』에 관한 평론을 처음 발표하였다. 양건식은 중국의 소설을 연구하면서 불교의 필요성을 간파했다. 1928년 9월 잡지 『불교』에 발표했던 「인류를 구제하는 종교」에 보면 신앙에 대한 관심보다 불교사상에 심취했었음을 알 수 있다.

불교를 '인류를 구제하는 종교'라고 여겼던 양건식은 한용운과 함께 불교잡지 『유심』지를 통해서 민족적이고 시대적인 과제에 주목했다. 비록 두 사람의 나이차는 있었으나 국가와 민족의 미래를 고민하는 지식인으로서의 관심은 같은 방향을 향하고 있었다. 불교라는 사상적인 유대성을 공고히 하며 현실적인 모순을 인식하고 타개하고자 노력했다. 그러나 1944년 동일한 년도에 사망했던 양건식과 한용운의 사후 평가는 상당한 차이를 보여준다. 양건식이 당시에 주목받지 못했던 중국문학 수용을 주장하면서 생활고와 정신질환으로 사망했던 점은 그에 대한 문학적 평가를 낮추는 이유 중 하나로 작용했을 것이다.

『서유기』에 관한 평론은 문학작품에 대한 심도 있는 논설이라기보다 다분히 불교 전파의 목적과 교화의 의도를 내포했다.

글자 하나하나가 다 약동하니 실로 하나의 신기축(新機杻)을 출(出)한 종교문학의 상승일 뿐만 아니라 그 문장으로 말할지라도 자못 영활자재(靈活自在)하여 서인(西人)의 이른 바 불률어(不律語)의 비유시(譬喩詩)에 가까운 것이니 저 기독교의 소설 번역의 『천로역정』이라든가 또는 『아라비안 나이트』에 비하여 훨씬 나으며 고래로 기경 심오한 교훈을 주어 불교뿐만 아니라 풍교(風敎)에 도움 됨이 적지 않다. (…중략…) 우리 조선에도 『서유기』가 수백년 전에 도래하여 언역(諺譯)되어 일반 사대부가에 성히 환영되었고 금일 방간(坊間)에도 두세 역본이 유행하나 역필이 자못 졸렬한즉 금일 불교 진흥할 시기에 이 책을 선역(善譯)하여 방간에 유포함도 전도상에 일조가 될가 한다.

— 소설 西遊記에 대하여」, 『양백화문집』 3

종래에 유행하던 지나나 조선의 불교소설은 구조가 치밀하지 못하고 염세적으로 불교에 귀의한다는 천편일률적인 내용이라고 지적했다. 이전 작품들은 불교의 중심 교리를 오해할 소지가 많으나 『서유기』는 불설의 이치를 비유하고 설명하는 것이 뛰어남에도 불구하고 오히려 그 가치를 제대로 평가받지 못했다고 밝히고 있다.

아까 말씀한 『서유기』는 전부 비유를 가지고 교묘히 인류의 심정을 곡사(曲寫)하여 번뇌를 버리고 해탈을 구하는 방편을 말하여 유현한 불리(佛理)를 동화적으로 연술하여 좀 황탄(荒誕)한 듯하나 우의적 비유담으로 그 상(想)의 유현하고 그 필筆의 변환함과 그 결구의 웅대함을 세계에 그 비를 볼 수 없는 작품입니다. (…중략…) 그런즉 『서유기』는 불교의 오묘한 교리를 소설화한 것이니 이 의미에 있어 이 위에 몇 마디 말씀을 소설로 본 불교라 할 수 있습니다. 하물며 석존(釋尊)의 전기가 소설적이요 희곡적이며 불교 경전이 모두 소설적 희곡적으로 되었으니 이 경전을 소설로 본다 하더라도 세계에 다시없는 지고지귀한 웅편 걸작이라 할 수 있습니다.

— 小說로 觀察한 佛教」, 『양백화문집』 3

『서유기』에 대한 높은 평가는 「파수만초(破睡滿草)—금운교전(金雲翹傳)」에도 보여진다. 양건식이 중국문학을 국내에 처음 소개했던 작품이 소설 『서유기』였으나 아이러니컬하게도 그에 관한 번역은 시도하지 않았다. 사대기서 중 유일하게 번역을 하지 않았고 평론문만 발표했다. 1917년과 1925년에 발표했던 평론문 모두 『서유기』라는 작품에 대한 평가와 문학적 가치를 논의하기보다 불경연구와 불교 교리 전파를 위한 소개, 불교의 가치를 환기시키기 위함이었다.

2) 『홍루몽』

『홍루몽』에 관하여 그가 발표한 글은 평론 3개, 번역소설 2개이다. 평론으로는 도표 3번 「홍루몽에 취ᄒᆞ야」와 도표 10번 「홍루몽시비」, 도표 14번

「중국의 명작소설 홍루몽의 고증」이고, 번역소설로는 도표 4번 「홍루몽」,
도표 6번 「석두기」이다.

양건식은 『홍루몽』에 대하여 두 차례 번역을 시도했다. 처음은 「홍루몽」
이란 제목으로, 두 번째는 「석두기」란 제목으로 시도했으나 둘 다 완역하지
못한 채 중단되고 말았다. 그의 번역이 발판이 되어서 1930년 장지영(張志
瑛)이 『조선일보』에서 「석두기」란 제목으로 번역을 시도했으며 양건식이
서문을 썼다.

양건식은 중국 사대기서 중 『수호전』과 『홍루몽』에 주목하여 일찍이 높
이 평가했다. 『수호전』에 관해서는 문학적 가치에 주목했고, 『홍루몽』에 관
해서는 작품에 내포된 사회적 고발이나 현실비판적 의의를 강조했다. 비록
미완성이긴 했지만 번역을 두 차례나 시도했고 평론문을 세 번이나 발표했
던 점에 근거해 봐도 『홍루몽』에 대한 애착이 특별했었음을 알 수 있다. 먼
저, 1918년 3월 21일 「홍루몽에 취ᄒᆞ야」라는 평론문을 『매일신보』에 발표
한다. 이틀 뒤 동일 신문에 「홍루몽」이란 제목으로 1918년 3월 23일부터 그
해 10월 4일까지 낙선재본 번역문과는 다른, 당시의 현대어로 번역을 시도했
다. 총 138회를 연재했는데 원전의 제28회까지 해당된다. 원전 자체의 구조
적 문제와 일간지 발행이라는 환경적 요인 때문에 아쉽게 미완에 그치자
1925년 1월 12일 『시대일보』에 「석두기」란 제목으로 다시 번역을 시도한
다. 그러나 1925년 6월 8일까지 총 17회, 원전의 제3회까지만 연재한 뒤 마
감해야 했다. 이듬해인 1926년에는 「홍루몽시비」라는 평론문을 『동아일
보』에 총 17회 발표해서 『홍루몽』의 문학사적 위상, 문학적 가치, 저자 문제,
『수호전』과 비교논의, 주인공의 역할을 논증하고, 전체 줄거리를 요약했으
며 호적과 고힐강(顧頡剛)의 연구를 인용하면서 『홍루몽』에 대한 문제의식을

깊이있게 다루었다. 또 1930년 5월 26일부터 「중국의 명작소설 홍루몽의 고증」이란 제목으로 총 17회의 평론문을 『조선일보』에 연재했다.

1918년 『홍루몽』에 관한 첫 평론에서 『수호전』과 더불어 중국의 양대 명저로 손꼽히고 있음을 밝히고 있다.

『紅樓夢』은 明代에 著作된 『金甁梅』의 系統에 屬한 人情小說노 元代의 『水滸傳』과 共히 上下 四千載를 通ᄒ야 比流가 無ᄒ 傑作이나 儒敎를 專尙ᄒ고 小說 戲曲을 賤視ᄒᄂ 支那에서 金陵 十二美女의 佳話를 描寫ᄒ야 纖巧를 極ᄒ고 二百三十五人의 男子와 二百十三人의 女子를 配ᄒ야 風流幽艶의 筆노 一百二十回나 編ᄒ 것은 寧히 文壇의 一 奇蹟이라 可謂ᄒ리로다. (…중략…) 朝鮮에 久히 支那의 小說이 輸入된 以來로 『水滸傳』의 譯書는 임의 世에 此가 傳하거늘 此와 並稱ᄒᄂ 『紅樓夢』이 姑無ᄒᆷ은 朝鮮文壇의 一恥辱이라.

—「紅樓夢에 就ᄒ야」, 『매일신보』, 1918.3.21

위의 예시문처럼 중국문학사에서 차지하는 두 작품의 위상에 대해서 양건식이 높게 평가하고 있음을 확인할 수 있다. 1926년 「홍루몽시비」에서는 더욱 구체적으로 분석하고 있다.

소설 홍루몽은 청조 삼백년의 제일 걸작으로 상하 사천년을 통하여 다시 없는 대장편이니 명대의 수호전과 아울러 중국소설의 일월(日月)이다. 유교를 숭상하여 소설 희곡을 천히 여기던 중국에서 풍류유염(風流幽艶)한 붓으로 이러한 대작을 지어냈다 하는데 대해서는 또한 문단의 한 기적이라고 아니할 수 없다. 이 소설은 원명이 『석두기』이다. (…중략…) 저 『수호』는 주로 36남아의 강○을 다종다양으로 사출(寫出)하였지마는 『홍루』는 이에 반하여 금릉 12채 36미인의 여성미를 각인각양으로 발휘하기에 힘써 온유, 한장(閑粧), 청고(淸高), 연애, 집착, 질투, 천려(淺慮), 음즐(陰騭) 등 모든 정해(情海)의 파란을 곡진하여 남녀 양성의 비환이합(悲歡離合) 희소노매(喜笑怒罵)의 심리상태를 상세히 연술(演述)하였다. (…중략…) 『수호』는 기를 묘(描)함에 호탕에 이루지 않음이 없고 본서는 정을 술함에 정미(精微)를 다하지 않음이 없어 피(彼)와 차(此)가 중국소설의 이대 명주(明珠)니 대재가 아니면 어찌 이를 지을 수 있으랴 하였다.

—「紅樓夢是非」, 『양백화문집』 3

『수호전』과 『홍루몽』의 주요인물, 주제, 서사구도, 서사기교, 묘사방법 등을 구체적으로 비교하면서 문학적 가치에 대해 높은 평가를 내리고 있다. 『수호전』은 기개가 광활하고 사건이 웅장하며 영웅호걸들의 감개를 잘 전달하고 있는 반면에, 『홍루몽』은 감정과 여운을 묘사하는데 뛰어나고 여인들의 심정변화를 아름답고 곡진하게 펼치는데 뛰어났다고 평가했다.

이 세계적 명작소설이 오늘날 중국어학(中國語學)의 제일인자인 열운(洌雲) 선생의 연달(鍊達)한 붓으로 조선에 소개되는 마당에 필자의 이 해설적 고증이 그다지 무의미한 일은 아닐까 한다

—「中國의 名作小說 紅樓夢의 考證」, 『조선일보』, 1930.5.20

그는 첫머리에서 자신이 5·6년 전에 「홍루몽시비」라는 글에서 『홍루몽』의 대의를 소개했다고 밝히고, 열운 장지영의 부탁으로 다시 그것에 관해

기록한다고 썼다. 『홍루몽』이 문제가 많은 작품이기에 고증적 해석이 없다면 독자들이 읽고 이해하기 힘들며 흥미를 잃기 쉽다. 그래서 소설의 가치와 작가의 고심도 간과될까 두려워 자신이 다시 언급하게 되었다고 이유를 밝히고 있다. 이미 두 번의 번역을 시도했고 세 번의 평론문을 발표한 상황에서 재차 『홍루몽』 고증의 필요성을 강조했다. 이것에 미루어 보면, 『홍루몽』의 중심내용인 주인공 가보옥을 둘러싼 가씨 가문의 쇠락과 청 제국의 몰락을 통해 풍전등화와 같은 조선의 현실과 그 안에서 갈등하는 지식인의 내면적인 자기모순, 현실비판적 의의를 투영시키고자 했던 것으로 짐작된다. 봉건왕조의 몰락을 담은 『홍루몽』 번역을 통해서 비판 의식과 계몽사상이 고취되어야할 조선의 현실을 고발하고자 했었을 것이다.

3. 『수호전』

『수호전』에 관해서는 평론 4개, 번역소설 1개, 총 5개의 글이 있다. 우선, 평론으로는 도표 7번 「수호전 이야기」, 도표 9번 「수호서」, 도표 11번 「오자표경」, 도표 17번 「수호재독」이고, 번역문으로는 도표 8번의 「신역 수호전」이 있다.

『수호전』에 대한 높은 평가는 그가 발표한 글에 산발적으로 많이 등장하고 있다. 「수호재독」에 보면, 어려서 우연히 『수호전』을 읽고 너무 기뻐했다는 기록이 있다. 조선의 『허생전』에 비교할 수 없을 만큼 그 규모와 무대가 넓고 커서 광활한 세계에 온 것 같다며 『수호전』을 다시 읽을 필요성을 제기하고 있다. 또 「오자표경」에서는 일역본 『수호전』의 오역상황을 꼼꼼하게 꼬집고 있는데 아마도 1926년 『신민(新民)』이라는 잡지에 『수호전』을 번역하면서 일역본을 참고하다가 발견한 듯 하다. 쿄쿠테이 바킨[曲亭馬琴], 구보텐즈이[久保天隨], 간바라 하루오[蒲原春夫] 등의 일역본 오역을 비판하였는데 근대전환기 신구교육을 모두 받은 지식인으로서 글자의 표면적 해독을 넘어서 심층적인 의미를 간파할 수 있었던 그의 학문적 역량을 짐작할 수 있다. 「신역 수호전」은 노지심의 이야기를 풀어놓은 것이고, 「수호서」는 재미가 있어서 의역한다고 밝히고 있다.

양건식이 1926년 『신민』에 「수호전」을 연재하고 2년 뒤 윤백남이 1928년 5월 1일부터 『동아일보』에 「신역수호전」이라는 제목으로 번역을 시도했다. 양건식의 『수호전』에 대한 애착은 그의 사후 회고록에서도 살펴진다. 그가 죽은 지 10여 년이 지난 후 조용만(趙容萬)이 양건식을 추모하며 『민성(民聲)』에 「백화의 음서벽(淫書癖)」이란 글을 발표한 적이 있다. 이 글에서 양건식이 구보 선생과 가까이 왕래하면서 『조선문단』에 기고했었음을 밝히고 있는데, 여기서의 음서란 바로 『수호전』을 일컫는 것으로 추정된다.

유래로 우리 조선같이 중국의 문학을 연구한 나라는 없지마는 그 대신 중국을 안다는 것은 수호전 한 질을 읽은 지식만 못하다. (…중략…) 『수호전』은 말할 것도 없이 중국소설 전체 중의 걸작이니 중국을 아는데도 저 십삼경(十三經)이나 이십사사(二十四史)를 평생을 두고 뇌를 썩혀가며 읽는 것보다 도리어 나은 작품이요 문학사상으로도 세계적 가치를 가진 대작이다. (…중략…) 중국소설은 두셋을 제한 외에 거의 사건 중심을 주로 하고 인물의 성격은 돌아보지 아니하는 폐가 있지마는 『수호전』은 성격의 묘사로든지 그 사실의 포치(布置)로든지 안전하다 할 만치 성공한 작이다. (…중략…) 그 결구의 웅대하고 문사文辭의 탁려함은 참으로 중국소설의 관면冠冕이다.

—「水滸傳 이야기」, 『양백화문집』 3

문학적 작품이라고 별로 볼 것이 없는 이 땅에서 자라난 나로서는 이때까지 자차분한 이야기만 듣고 보다가 별안간 이러한 위대한 작품을 대하고 보니 마치 소천지에서 돌아다니다가 광활 세계로 갑자기 뛰어나온 듯이 그 규모의 크고 무대의 넓음에 놀라지 아니할 수 없었다. (…중략…) 대개 중국소설 중에 이『수호』는 그 최고의 위位를 점하는 작품이니 첫째 그 문장으로 말하더라도 김성탄이 '천하지문장무출수호우자'라 하듯이 천고의 기문인데다가 (…중략…) 누구나 한번 읽을 만한 것이요 더욱이 현대 청년으로는 반드시 좌우에 두고 볼만 한 것이니 나는 이 만대불멸의 명저 『수호전』으로써 중국의 상하 사회를 여실히 묘사한 가장 가치 있는 작품이요 문헌이라고 믿는다.

—「水滸再讀」, 『양백화문집』 3

그는 「수호재독」에서 『수호전』에 대해 극찬하고 있다. 『수호전』의 특색은 통쾌함에 있다고 밝히고, 등장인물의 다양한 성격묘사와 눈앞에서 펼쳐지는 듯한 생생한 사건의 서술, 다변하는 줄거리와 굴곡진 구성 등을 높게 평가했다. 규모와 배경의 광활함에 놀라면서 천하의 기서에 비유하고 13경이나 24사보다 훌륭하다고 칭찬했다. 이것은 이념과 교훈을 강조하는 경전이나 사서보다 당시의 혼란한 사회를 살아가야 할 대중들의 현실적인 고민을 염두했던 그의 문학관을 잘 보여준다. 조선의 소설 중에서도 구성과 내용이 뛰어난 것으로 박연암의 『허생전』을 손꼽을 수 있으나 『수호전』에 비할 수 없으며『수호전』을 천 번 읽고 만들어낸 것이 걸작『홍길동전』이라는 한 작가의 말을 인용한다. 그만큼『수호전』의 가치를 높게 평가했다.

『수호전』을 "십삼경이나 이십사사를 평생을 두고 뇌를 썩혀가며 읽는 것보다 도리어 나은 작품"이고 "세계적인 가치를 가진 대작"이며 "만대불멸의 명저", "중국소설 중 최고의 위치"라고 극찬을 한다. 탄탄한 구성과 폭넓은 내용에 대한 찬사도 아끼지 않는다. 이것은 상·하층계급의 모순과 갈등을 현실적으로 잘 묘사하고 있던『수호전』의 주제가 한일병합 후 더욱 억압받던 조선의 정치, 사회적 상황에서 시사하는 바가 있다고 생각했기 때문이다. 통치계급에 의해 소외된 계층의 삶과 그들의 현실적인 고통까지 반영했던『수호전』의 현실 비판적 의의에 주목했다. 중국과의 사이가 나날이 가까워지는 시점에서『수호전』을 반드시 다시 한 번 읽을 필요가 있다고 강조한다.

4.『삼국연의』

『삼국연의』에 관한 글로는 총 859회의 번역소설인 도표 13번의 「삼국연의」와 평론문인 도표 15번의 「장판교상의 장비」를 들 수 있다.

우리나라와 일본에서 가장 사랑받았던 중국소설『삼국연의』는 근대시기에 낙선재의 번역필사본 이후 양건식에 의해서 처음 번역되었다. 그의 번역에 뒤이어 한용운이『조선일보』에『삼국지』라는 제목으로 1939년 11월 1일부터 1940년 8월 11일까지 번역하다가 완역하지 못했다. 이후, 박태원의 번역본이 출판되었고, 또 정비석은 일본 요시카와 에이지[吉川英治]가 번안한『삼국지』를 기반으로 자신의 창작을 가미하여 1963년 1월부터 1967년 10월까지 월간지 『학원(學園)』에 「소년삼국지(少年三國志)」라는 이름으로 연재했다. 반년 뒤인 1968년 5월 5권 분량의 단행본으로 간행했다. 홍상훈은 양건식이 당시 한국에서 널리 퍼져있던 모종강 평본을 저본으로 삼았을 것으로 추정하고 있는데[5] 그렇다면 양건식의 『삼국연의』 번역은 중문판 120회 장편을 모두, 최초로 완역했다는 점에서 큰 의의가 있다. 더욱이 당시의 현대어로 번역했다는 것에 주목할 수 있다. 그 때는 한국의 지식인들이 서둘러 일본유학을 떠났고 일본화 된 서구의 근대지식을 받아들이면서 외국 작품의 일역본을 중역하는 경우가 상당했기 때문이다.

양건식은 『홍루몽』과 『수호전』에 관해서 번역 뿐 아니라 평론문을 발표함으로써 시대의 명작임을 강조했으나 『삼국연의』에 관해서는 작품의 중요성이나 번역의 필요성을 언급한 적이 없다. 오히려 다른 사대기서의 작품에 비해 뒤떨어지고 있음을 지적했다.

이 외에 나관중(羅貫中)이 지은 바 『삼국지』의 대작이 있으나 평범하여 특색이 없고…….

—「支那의 小說及戲曲에 就ᄒ야」, 『양백화문집』 3

1926년 『동아일보』에 발표한 「수호전 이야기」에 보면 『수호전』이 모든 작품 중에 가장 뛰어난 대작임을 설명하면서 『삼국연의』는 그에 미치지 못한다고 밝히고 있다.

중국소설에 『수호전』이니 『서유기』 『삼국지』니 『금병매』니 『홍루

---

5   홍상훈, 「梁建植의 三國演義 번역에 대하여」, 『한국학연구』 제14집, 2005, 71쪽.

몽』이니 하는 작품은 모두 적당한 배경을 가지고 적당한 취미와 적당한 수완 아래 된 것이지만는 그 중에『수호전』은 이 모든 작품을 대적할 만한 걸작이요 이에 비견할 작품은 달리 없다. 가령 예를 들어 말하면『삼국 지』는 역사적 흥미와 그 결구(結構)에 있어 볼만 하지마는『수호전』중에『삼국지』가 있느냐『삼국지』에『수호전』이 있느냐 하면『수호전』중의 어느 한 부분은『삼국지』의 흥미가 있지마는『삼국지』중에는『수호전』만한 것을 포유(包有)치 아니하였다 (…중략…) 어쨌든지 소설『수호전』은 (…중략…)『삼국지』『금병매』따위는 따르려면 어림도 없을 뿐만 아니라 그 글이 피 같은 문자요 불같은 문자인 동시에 읽는 사람으로 대장부의 본령을 알게 하고 국국절절(局局竊竊)하여 사람이 모두 유염(有髥)의 부녀자의 누습에서 벗어나게 하는 최고의 문학서이다.

—「水滸傳 이야기」,『양백화문집』3

그러나 불과 3년 후인 1929년에 와서는『삼국연의』를 완역해서 한국 최초로 신문에 연재한다. 일제의 식민통치에 대한 독자들의 이목을 돌리고 신문 판매부수를 늘리기 위한 신문사측의 정치적·경제적 의도가 잠재되었으나, 장편의『삼국연의』는 별 탈 없이 완역될 수 있었다.

1933년『신동아』에 발표했던「장판교상의 장비」에서는 이전에 비해서 긍정적인 평가를 내린다.

우리가『삼국연의』를 애호하는 이유의 하나도 여기 있거니와 통틀어 말하면 이『삼국연의』에 나오는 그 시대의 인물은『수호전』의 가작인물(假作人物)과 달라 실재인물인 만큼 우리에게 흥미를 더 많이 준다.

　예문에서 알 수 있듯이 1910년대에서 1920년대 양건식은 『삼국연의』에 관해 주목하지 않았으나 1930년대에 와서는 실제 역사를 바탕으로 한 흥미로운 작품이라고 재평가하고 있다. 용감한 대장과 영웅의 아들이 사람을 경탄케 하는 이야기는 천고에 뛰어난 비장하고 유쾌한 무용담이라며 『삼국지』의 문학성을 역사적 근거에서 찾고 있다. 촉한의 명장 조자룡이 아두를 품고 조조의 백만 대군을 헤치며 빠져나오는 초인적 용맹을 예로 들면서, 고아한 기개와 충군의 기상을 높이 칭찬하고 있다. 아마도 1929년부터 2년 4개월간 총 859회에 걸쳐 신문에 번역 연재하면서 작품의 위상에 대해 새롭게 인식하게 되었기 때문으로 보인다. 이전에는 "역사적 흥미와 결구"에서 그저 볼 만 했던 작품이었으나 1933년에 와서 "천고에 뛰어나 비장하고 쾌절한 무용담"이라고 격상된 평가를 받게 되는 것이다.

　『수호전』에 대한 문학사적 가치와 사회사적 평가에 훨씬 미치지 못하지만 육대기서 중 유일하게 완역했던 작품이 『삼국연의』였음을 고려한다면, 작품 자체에 대한 예술성보다 근대시기 한국사회가 갈망했던 시대적인 요구가 투영되었기 때문일 것이다. 양건식 자신이 언급했듯이, 실제 인물의 사적을 근거로 했기 때문에 현실적인 개연성을 부각시킬 수 있었다. 민족적 영웅이 등장하여 모순되고 부조리한 현실에서 조선을 구원해 줄 것이라는 희망을 역사에서 반추할 수 있었다. 이러한 점에서 양건식은 『삼국연의』를 완역한 후에 이전과는 상반된 새로운 평가를 내릴 수 있었다. 실제 역사에서 근거한 소설을 소개함으로써 일제 통치 하에 억압받던 조선인들에게 암담한 현실을 헤쳐나갈 수 있는 긍정의 메시지를 번역하고자 했다.

4. 번역의 과제와 신문학의 모색

낙선재에 보관되어온 조선시대 중국소설 번역필사본의 발견은 19세기 말 한국 근대문학사의 중요한 일부가 되었다. 이후 단절되었던 중국소설에 대한 번역은 20세기 초 양건식에 의해서 재개되었다. 그의 중국소설 및 희곡작품의 번역은 국내에서 처음 시도되는 작품들이 상당수 포함됐다는 점에서 더욱 주목할 만하다.

양건식은 번역을 통해서 계몽사상과 개화 의식을 전달하고자 노력했으나 한 나라의 문화가 녹아든 문학작품을 다른 나라의 언어로 완벽하게 번역해내는 것이 불가능함을 인식하고 있었다. 번역이란 원전의 왜곡이 전제된 행위였음을 일찍이 체득하고 있었다. 번역가의 입장에서 원문을 함부로 삭제하거나 첨가하는 것을 반대했고, 부자연스러운 번역 때문에 내용적 오해를 초래할까 고심했던 흔적이 뚜렷하다. 신문에 번역문을 연재할 때는 축자번역에 대한 독자들의 지루함을 달래고 번역가로서 고충을 토로하고자 독자와 소통하는 호소문을 기재하기도 했으며 번역에 대한 자신의 견해를 피력하기도 했다. 기본적으로 직역을 고수했으나 원작의 뜻을 왜곡하지 않는 범위 내에서 부분적인 의역을 시도했다.

> 本譯者가 此小說을 譯出홈에 當ᄒ야 可能ᄒ 程度에서 原文에 忠實코저 ᄒ얏스나 原文 中에 些少 變氣가 有한 處에ᄂᆞ 不得已 結構를 傷치 안ᄂᆞ 範圍 內에서 改譯ᄒ야 原作의 妙趣를 傳치 못ᄒ 것도 有하며……
>
> —「紅樓夢에 就하어」, 『매일신보』, 1918.3.21. 1면

그 편언척구(片言隻句)의 미(微)에 내포된 묘미가취(妙味佳趣를) 전하기는 도저히 불가능합니다. 그러기에 원뜻을 상치 않도록 의역을 시도한 곳이 많아, 역문은 다만 그 형을 그리고 그 선을 모(摹)치 못하였으며 다만 그 말을 기록하고 그 소리를 쓰지 못한 때문에⋯⋯그 진지 산초(酸楚)한 정신의 금옥문자를 화하여 용렬무미한 와락(瓦礫)을 만든 죄는 이 나의 감수하고 깊이 부끄리는 바입니다.

— 「琵琶記」, 『양백화문집』 2

한자에 대한 해박한 소양을 갖춘 그였으나 일본판의 번역도 모두 참조하면서 번역의 어려움을 인식했을 뿐 아니라 어설픈 번역이 초래하는 왜곡된 현상을 우려했다. 번역이란 창작 이상의 수고로운 노력이 필요하다고 분명하게 밝히고 있다.

이 극본을 역출할 때에 삼인의 역본을 호상 참조하였는데 극중의 동일인의 말로 세 역본이 정반으로 다 같지 아니함에 이르러는 역자도 한참은 곤란하였다. 번역이 창작보다 어렵다 함이 이를 이름인지.

— 「人形의 家에 대하여」附言, 『양백화문집』 3

양건식의 중국고전소설 번역은 단순한 내용의 전달, 의미의 옮김이 아니었다. 발전된 내일을 위해 과거를 알아야 했다. 그러나 대다수의 사람들은 식민지의 억눌린 감정을 현실에 대한 적극적인 저항이 아닌, 전통을 부정하고 과거를 단절하려는 소극적인 태도로 표출했다. 지나간 역사를 지우고픈 부정의식은 암담한 세상에 대한 도전이 아니라 극복할 수 없는 현실에 대한 왜곡된 선택이었다.

외세의 개입으로 본격화된 근대는 전통이라는 토대를 어떻게 접근하는 가에 따라 새롭게 평가될 수 있다. 서구에서 건너온 떠오르는 근대성을 정착시키기 위해서 과거의 제국 지나에서 온 문학들이 비판받아 '마땅했던' 그 시대에도, 부정할 수 없었던 동아시아 공공의 문화가 수천 년의 시간 속에서 함께하고 있었다. 앙드레 슈미드의 지적처럼, 한국과 중국 고대로부터 이어 내려온 이야기들 중에 개화된 것으로 칭송받을 만한 업적들은 강조되었지만, 이전에 인정받은 업적이라 할지라도 문명의 개념적 틀에 들어맞지 않으면 쓸모없는 역사로 격하되었고 새롭게 편집되었다.[6] 시대의 흐름과는 다른 방식으로 계몽을 부르짖었고, 대다수의 지식인과는 다른 시각으로 근대에 접근했기에 양건식에 대한 연구가 소략되어 왔던 것은 사실이다. 그러나 일본 유학파들이 '새 것'에 대한 희망을 꿈꿀 때 양건식은 '옛 것'에서 뿜어져 나온 기층문화의 힘을 자각하고 있었고, 그것을 토대로 중국의 신문학과 문학혁명이라는 새로운 사회 변화를 주시할 수 있었다.

양건식에게 외국문학을 연구하는 목적은 자국문학을 발달케하기 위함이었다. 조선문학에 크게 영향을 미쳤던 중국문학을 이해해야만 조선과 중국의 전통적 동질성과 변별점을 파악하고 그 기초 위에 새로운 세상으로 나갈수 있다고 파악했다. 중국문학을 소개하는 이유는 전통을 부활시키자는 복고의 목적이 아니었다. 오히려 현실을 정확히 파악하고 미래를 대처하기 위한 기반이었다. 과도기적 근대성의 발판을 단절되야 할 전통이 아닌 뿌리처럼 녹아든 옛 것에서 찾았다. 동쪽에서 온 개화된 문명의 필요성은 인정했지

---

6 앙드레 슈미드, 정여울 역, 『제국, 그 사이의 한국』, 휴머니스트, 2007, 225쪽.

만 전통과 혁신의 조화를 꾀하고자 하였으니, 전통이 부재한 문명의 단순 이식이 아니라 전통에서 발아된 '조선적인' 근대를 꿈꾸었다.

그에게 있어 중국신문학을 번역하는 것과 고전문학을 번역하는 것은 다른 맥락이 아니었다. 중국과 우리의 상황이 유사했고, 우리의 기층적 사고관이 중국의 사상과 문화에 밀착되어 있었던 목전의 현실을 고려했기 때문이다. 조선 문단에 새로운 기풍과 신문학에 대한 인식을 고취시키기 위해서 고전문학 번역에 매진했다.

> 반신문학의 작품이 어미, 사상, 예술 두 방면에서 보아 입각할 여지라고는 조금도 없는데 어째서 저들에게 대두할 기회를 주었는가? 이는 필연코 신문학이 보통적으로 국인(國人)의 환영을 받지 못하고 국인(國人)의 신사상에 대한 이해가 부족한 까닭인 듯 하다.
>
> ― 「反新文學의 출판물이 유행하는 중국문단의 기현상」, 『양백화문집』 3

그는 신문학이 국민의 호응을 받지 못한 이유로 사상과 예술 방면에서 깊이가 없고 신식부호를 함부로 남용한 미숙한 백화문만 즐비하게 쏟아져 나왔기 때문이라고 지적하며 상투적인 작품 내용과 형식이 반신문학의 기세를 높이게 된 주요원인이라고 꼬집었다. 그의 궁극적인 목적은 반신문학이 아니라 내용과 형식이 성숙치 못한 신문학에 반대했을 뿐 근대문인 장병린(章炳麟), 호적, 왕국유(王國維), 황준헌(黃遵憲), 진독수(陳獨秀), 주수인(周樹人), 성방오(成仿吾), 고힐강 등의 글을 번역하고 인용, 소개하면서 우리와 비슷했던 중국의 상황을 타산지석으로 삼고자 했다. 저명한 학자들의 글을 번역하고 국내에 소개하면서 스스로도 신문학의 필요성을 깨닫고 있었다. 근대 신문학의 형성과 신문화의 적극적인 도입에 전통이 기초가 되었음을 파악하고 있었다.

조선과 비교적 습속이 근사한 저 지나의 그 사상 감정과 상상의 반영인 소설과 희곡의 평민문학을 연구하여 금일 일부 청년문사에 의하여 수입되는 서양문학과 잘 융합 조화하여 조선문학에 공헌하는 인사가 있으면 이 행심(幸甚)이로다.

— 「支那의 小說及戲曲에 就ㅎ야」, 『양백화문집』 3

그는 일본을 통한 무조건적인 서구 문화 수입에 동의하지 않았다. 조선 문단의 정체성을 파악하고 있었기에 중국과 뿌리 깊은 전통적 공공성을 재고한 후 조선의 주체적인 특성을 발양시켜 서구 학문과 조화시키고자 했다. 일역본을 참조해서 중국문학을 번역하기도 했던 것은 객관적인 평가와 입장을 견지하면서 왜곡된 번역물의 출판이 미치는 악영향을 방지하고자 했기 때문이다. 제대로 된 번역을 통해서 계몽을 이끌고 조선의 현실에 맞는 신문학을 창작하여 근대 사회를 맞이하고자 했다. 「원시시대의 예술」에 보면, "조선예술(朝鮮藝術)이 쇠패(衰敗)를 극(極)한 금일(今日)에 처(處)하야 반만년(半萬年)의 찬연(燦然)하든 고대예술(古代藝術)을 부흥(復興)하고 동시(同時)에 신시대(新時代)의 예술(藝術)을 창조(創造)하야써 통일(統一)하고 조화(調和)하야 신조선(新朝鮮) 예술(藝術)을 표현(表現)함이 오인(吾人)에게 무엇보다도 초미(焦眉)의 급무(急務)"(『동아일보』, 1920.5.18, 4쪽)라고 하였다. 모두가 일본과 서구를 바라보며 새 것에 대한 개혁을 부르짖을 때 홀로 중국의 옛 것을 꿋꿋하게 소개하고 번역했던 것은 전통에 대한 객관적인 평가 위에 창신함을 조화시켜 조선의 상황에 맞는 신문학의 출로를 찾고자 했던 것이다. 이런 점에서 양건식의 중국 고전문학 수용과 번역은 시대착오적인 복고나 과거로의 회귀가 아닌, 암울한 현실 속에서 자국의 실정에 맞는 근대성을 타진하는 작업으로 이해할 수 있다.

참고문헌

강내희, 「근대성과 번역」, 『비평과 이론』 제14권 1호, 2009.

김병철, 『한국근대번역문학사연구』, 을유문화사, 1975.

김복순, 『1910년대 한국문학과 근대성』, 소명출판, 1999.

김영금, 『白華 梁建植文學 硏究』, 한국학술정보, 2005.

김영민, 『한국 근대소설의 형성 과정』, 소명출판, 2005.

김욱동, 『번역과 한국의 근대』, 소명출판, 2010.

_____, 『번역의 미로』, 글항아리, 2011.

남윤수·박재연·김영복 편, 『양백화문집』 1·2·3, 강원대 출판부, 1995.

문학과사상연구회, 『근대계몽기 문학의 재인식』, 소명출판, 2007.

사카이 나오키, 후지이 다케시 역, 『번역과 주체』, 이산, 2005.

수요역사연구회 편, 『식민지 조선과 매일신보』, 신서원, 2003.

앙드레 슈미드, 『제국, 그 사이의 한국』, 휴머니스트, 2007.

연세대 근대한국학연구소, 『한국문학의 근대와 근대성』, 소명출판, 2006.

이화여대 한국문화연구원, 『근대계몽기 지식의 굴절과 현실적 심화』, 소명출판, 2007.

李孝德, 박성관 역, 『표상공간의 근대』, 소명출판, 2002.

전호근·김시천, 『번역된 철학 착종된 근대』, 책세상, 2010.

정선경, 「1910년대 『每日申報』에 연재된 『紅樓夢』 飜譯과 敍事의 近代性」, 『중국어문학지』 제36집, 2011.8.

정선태, 『한국 근대문학의 수렴과 발산』, 소명출판, 2008.

崔溶澈, 『홍루몽의 전파와 번역』, 신서원, 2007.

페데리코 마시니, 이정재 역, 『근대중국의 언어와 역사』, 소명출판, 2005.

홍상훈, 「梁建植의 三國演義 번역에 대하여」, 『한국학연구』 제14집, 2005.

『每日申報』 영인본, 경인문화사, 1984.

『每日申報』 http://gate.dbmedia.co.kr.access.ewha.ac.kr/

『東亞日報』 http://www.donga.com.access.ewha.ac.kr/pdf/archive/

『朝鮮日報』 http://srchdb1.chosun.com.access.ewha.ac.kr/pdf/i_archive/

김억, 서구- 일본문학의 수용과 주체적 번역

김진희

평안북도 곽산 출신으로 아버지 김기범(基範), 어머니 김준(金俊) 사이에서 5남매 중 장남으로 태어났다. 호는 안서(岸曙), 호적명은 희권(熙權)이고 뒤에 억(億)으로 개명했으며, 필명으로 안서 및 안서생(岸曙生), A.S, 또는 본명 억(億)을 사용했다. 어린 시절 서당에서 한문과 한시를 배웠고 1907년 정주군의 오산학교(五山學校)에 입학하여 춘원 이광수를 선생으로 만

김억(1895~1958?)

났다. 그를 통해 투르게네프, 바이런의 시를 알게 되었고, 일본에서 번역된 바이런의 시를 우리말로 다시 번역하여 춘원에게 칭찬을 받기도 했으며 이후 최남선이 경영하는 출판사에 번역 작품을 투고하는 등, 번역에 관한 관심이 이른 시기부터 많았다. 1913년 일본 게이오 기주쿠[慶應義塾] 영문과에 유학하

여 당시 일본 상징주의 열풍을 체험했고, 나가이 카후에게 상징주의 시를 배웠다. 1914년에 도쿄 유학생들이 발간하는 『학지광』에 「이별」 등의 창작시와 함께 문학론 등을 발표했는데, 개인의 삶과 예술의 일치를 주장하는 「예술적 생활」과 보들레르, 베를렌 등을 중심으로 상징주의를 소개하는 「요구와 회한」 등이 중요한 문학론이다. 또한 1918년 『태서문예신보』에 시론 「프랑스 시단」을 발표를 시작으로 지속적으로 상징주의 시의 번역과 지속적으로 상징주의 시의 번역과 소개 및 창작시를 발표함으로써 문단 활동을 본격화했다. 이후 아버지의 갑작스런 죽음으로 학업을 중단하고 귀국 후 1916년 오산학교에 교사로 부임하여 김소월을 지도했고 1922년 그를 등단시킴으로써 김소월과 각별한 관계가 되었다. 김소월의 사후 그의 작품을 정리하여 『소월시초』(1939), 『소월 민요집』(1948) 등으로 편저하여 출간한 사람도 김억이었다.

1930년대 말 김억은 김포몽(金浦夢)이라는 예명으로 대중가요 작사자로도 활발한 활동을 했다. 작사한 노래 중 선우일선의 「꽃을 잡고」는 대중의 인기를 끌었다. 광복 후에는 출판사 수선사(首善社) 주간을 역임하였고, 한국전쟁 당시 서울에 남아 있다가 납북되었다. 북한에서는 출판사 교정원(1952)으로 일하다가 신병으로 요양소에 입소했으며(1953), 다시 평화통일촉진협의회 중앙위원에 강제 임명되었으나(1956), 이후 평북 철산지방의 협동농장으로 강제 이주되었다(1958). 그 후 행적은 알려져 있지 않다.

김억은 한국시문학사에서 최초의 번역시집인 『오뇌의 무도』(1921), 최초의 창작시집 『해파리의 노래』(1923)를 냈을 뿐 아니라 광복 전까지 20여 권의 시집을 발간하기도 했다. 특히 시집 『오뇌의 무도』의 번역을 통해 상징시풍을 1920년대 초기 시단에 유행, 정착시켰다.

한편 인도시인 타고르의 『기탄자리』(1923), 『신월』(1924), 『원정』(1924) 등의 역시집을 발간하여 한국 시단에 타고르를 본격적으로 소개했다. 1925년 이후에는 한시 번역에 집중하여 『망우초』(1934), 『동심초』(1943), 『꽃다발』(1944), 『지나명시선(支那名詩選)』(1944) 등을 출간했다. 김억은 서구시 및 시론의 번역 소개와 아울러 시와 이론 창작을 병행함으로써 한국 근대문학의 초석을 놓은 대표적인 이론가, 번역자, 시인이었다.

1. 한국시문학사와 근대 번역인 김억의 위상

한국 근대시문학사에서 1910년대는 전통적인 시가가 여전히 향유되면서도 새로운 시의 내용과 형식이 탐색되고 실천되기 시작하는 시기이다. 외국의 시론이 소개되는 것은 물론 시에 관한 이론적 접근이 시도되고 기존의 공리적인 시관에서 벗어나 개인의 정감의 세계를 시화하려는 노력이 드러나기 시작한다. 이런 문학사적 맥락에서 근대시의 기틀을 마련한 김억은 중요한 문인이다. 특히 신문학의 초창기에 상징주의 시작품과 시론의 수용자, 그리고 근대시와 시론의 창작자로서 김억의 활동은 주목할 만한 것이었다. 그는 1920년대 프랑스, 영국, 독일 등을 포함하여 8개국 이상의 국가 작품을 번역했으며, 외국 역시집만 해도 『오뇌의 무도』(1921), 『기탄자리』(1923), 『잃어진 진주』(1924), 『원정』(1924), 『신월』(1924) 등을 출간했다. 이는 동시대 다른 번역인에 비교할 때 그 분량이나 수준에 있어서 주목할 만한 성과이다. 구체적으로 그는 1916년부터 프랑스 시단을 중심으로 상징주의 시론을 소개함으로써 근대적인 시에 관한 전문적인 이해를 가능케 하였으며, 시의 번역을 통해 새로운 시형을 모색하였고, 나아가 우리 민족에 맞는 시형과 운율에 대해 고민하고 그것을 구체적으로 시화하려 노력했다. 뿐만 아니라 번역의 원리와 특성을 기술한 번역론을 다수 발표함으로써 모국어에 대한 인식을 확장시키는 한편 시인-번역자 주체의 창조성을 적극적으로 정립할 수 있었다.

이 글에서는 한국 근대문학 형성의 초창기 김억의 역할과 성과에 대해 논의하고자 한다. 조선의 근대 지식인으로서 김억은 새로운 근대문학 지식으로서 서구의 문학론과 작품의 수용과 번역, 창작에 앞장섰으며, 이를 통해 조선의 근대문학이 정립되길 소망했다. 따라서 이 글은 조선의 지식인으로서 김억이 서구와 일본을 의식하고 매개하면서 조선에 어떠한 새로운 근대문학의 형성을 가능하게 했는가에 주목하고자 한다.

2. 상징주의 수용과 근대시로의 전환

1) 근대시의 서정과 형식의 모색

개화사상의 수용으로 모든 제도와 양식들이 급변했으며, 국문운동의 전개에 따라 우리글에 대한 인식이 바뀌어 가는 상황 속에서 개화기 시는 시조와 가사류가 90%에 육박할 정도로 큰 비중을 차지했다. 즉 작품의 주제 및 내용은 전대와 달리 개화나 계몽으로 변화했지만 형태는 전혀 바뀌지 않았다. 이는 독자들에게 전달하려는 메시지가 분명하였던 개화기 시들은 새로운 형식을 선택하는 모험을 감수할 수 없었음과도 관련된다. 뿐만 아니라 당대는 새로운 시의 형식이 구체적으로 무엇을 의미하는지에 대한 이해가 사회문화적으로 부족했다. 때문에 당대 『소년』의 '신체시가 대모집(1908.12)'에는 응모가 전혀 없었다고 한다. 이는 최남선이 내세운 '신체시'라는 새로운 형식을 근대적인 측면에서 이해할 수 있었던 수용자-창작자가 없었기 때문이다. 실제로 최남선이 쓴 신체시 「해에게서 소년에게」 역시 새로운 형식을 실험했다고는 하지만 여전히 정형적인 틀에 얽매인 기묘한 형태를 갖고 있다. 이는 근대시를 만들려는 지식인들의 의욕은 왕성했지만 현실적으로 어떻게 형식을 만들어낼 것인가에 대해서는 아직 의견이 수렴되지 않았다는 사실, 그리고 새로운 주제로의 변화보다 문학 형식에의 변화가 훨씬 더 어렵다는 사실을 보여준다. 문학사적으로 보더라도 향가나 속요, 가사나 시조 등의 문학양식은 내용의 변화보다 그 형식이 더 견고하게 지속되었음을 유념할 필요가 있다.

그러나 이런 와중에서도 전통시의 형식은 조금씩 깨어지기 시작했다. 이는 한글문체의 확립 과정에 따른 문체의 동요를 통해서, 또 창가와 찬송가들이 지닌, 우리 전통시가들과 다른 운율체계들을 통해, 그리고 번역시에서 나타나는 새로운 시적 형태와 산문적인 리듬에 의해서 전통적인 시 의식이 붕괴되기 시작했기 때문이다.

이런 문학적 지형도에서 상징주의 작품과 이론의 수용 의의를 생각해 볼 수 있다. 문학의 공리성이 강조되던 시대에 새로운 문학주체들은 기존의 시와는 다른 주제의식과 시형식을 모색하고 있었다. 그들은 공리적 문학론을 의식하면서도 개성 중심의 문학을 추구하고 있었다. 김억 역시 근대시의 내용이 이념이나 사상은 아니라고 생각하고 있다. 상징주의 시론에서 그는 경구나 격언 같은 시, 철학적 이해나 사상을 추구하는 시들에게 의미를 버리라고 주장한다. 이는 공리주의적 문학에 대한 비판을 의미하면서 근대 서정시의 내용과 정신은 개인적인 정감의 세계에서 찾아져야 한다는 의식을 보여준다.

> 나는 시를 쓰지 안을 수 없는 어느 큰 설움을 가슴 가운데 뿌리깊게 안어 왔다. 그는 곳 나의 어렸을 때부터 밧어오든 모든 현실적 학대와 또는 가난한 어머니와 나를 위하여 희생되였던 나의 불행한 누이의 운명에 대한 설홈이였다.[1]

> 자유롭지 못한 나의 이 몸은 물결에 따라 바람결에 따라 하염없이 떴다 잠겼다 할 뿐입니다. 복기는 가슴의 내 마음의 설움과 깃봄을 갓튼 동무들과 함께 노래하랴면 나면서부터 말도 모르고 '라임'도 없는 이몸은 가이없게도 내몸을 내가 비틀며 한갓 떳다 잠겼다 하며 복길 따름입니다. 이것이 내 노래입니다. 그러기에 내 노래는 설고도 곱습니다.[2]

위의 예문에서도 드러나듯이 주목할 점은 시인들의 시쓰기의 동인이 무엇인가라는 것이다. 동시대 시인이었던 황석우도 시가 자신의 '설움'에서 비롯된 것이라고 밝힌다. 서정시의 장르를 개인적인 체험을 바탕으로 시적 자아

---

1 황석우, 「자문」, 『자연송』, 조선시단사, 1929.
2 김억, 「서문」, 『해파리의 노래』, 조선도서 주식회사, 1923.

의 정서가 표출되는 것으로 이해할 때, 이들이 생각하는 시는 개화, 계몽의 시와는 다른 것임이 쉽게 드러난다. 김억의 창작시에 나타나는 사랑이나 이별의 정감도 새로운 주제는 아니지만 공리주의적 이념의 문학이 강조되던 시대에 개인의 정감의 세계는 새로운 자아의식에 눈뜨도록 했다. 따라서 1910년대 후반에서 1920년대 초반의 문단이 왜 『오뇌의 무도』에 그리 열광했는가는 김억의 번역시와 창작시를 통해 독자들이 새로운 시의 타입-형식과 정서를 경험했기 때문이다. 이런 의미에서 김억의 번역시는 애상적인 정서를 통해서 개인의 감정을 발견하게 하고 이를 통해 전통시와는 다른 근대 서정시에 내면성의 기틀을 마련해줄 수 있었다.

자아의 정감과 개성이라는 새로운 주제의 발견과 함께 고려되어야 할 것은 어떤 형식의 시를 쓸 것인가의 문제였다. 당대 문학 담당층에게 전통적인 시가의 형식을 변용시키는 것 외에 새로운 시의 형식을 만들어 내는 것은 쉬운 일은 아니었다. 이런 문학사적 맥락 속에서 상징주의 수용은 무엇보다 절실했으며, 특히 시의 형식에 대한 탐구에서 그러했다.

한마디로 말하면 모든 것을 두다려부시자는 '近代的'이니 이에 대한 解釋을 구태여 말하고져하지 아니합니다. 엇더한 詩形과 表現을 勿論하고 古典的 詩形과 表現形式을 反抗하고 니러한 近代의 詩歌는 다갓치 새롭은 詩歌라고 할 수가 잇슴니다.[3]

과거에 과연 조선말의 미를 표현한 조선노래가 잇섯나 업섯다 함이 가할

---

3   김억, 「近代文藝」(五), 『開闢』 18호, 1921.12.

것이오, 잇섯다 하면 적다 함이 가하겟습니다. 약간의 시로 말하면 한문구조에 너머 로예가 되어 조선 말의 근본미를 일헛다 함이 태반입니다. 민요나 동요에 이르러서는 시조보다 근본성으로 낫다 하겟으나 단조하고 유치한 관념을 면치 못합니다.[4]

위에 인용된 예문들은 당대 시인들이 갖는 문학전통에 대한 부재의식과 새로운 형식에 대한 고민을 반영하고 있다. 주요한의 글은 우리말의 아름다움이 한시에서는 드러날 수 없었다는 사실을 지적하고 있다. 그리고 나아가 민요나 동요는 우리말 노래라는 점에서는 한시나 시조보다는 낫지만 단조롭고 유치하다고 평가한다. 이는 근대적 자아의 내면을 표현해내기에는 전통적인 형식이 단조롭고 부적절하다는 의미로 이해할 수 있을 것이다.

이런 문학사적 맥락에서 상징주의 수용자들은 근대시의 시형과 시어의 모색이라는 과제를 보다 절실히 체감했으며 이에 따라 상징주의 시에서 내용과 함께 그 내용을 담아내는 시어와 리듬, 운율 등의 음악성에 주목하도록 만들었다. 특히 김억은 상징주의 수용을 통해 전통시가의 정형율격이라는 규범적 틀의 구속을 벗어나 새로운 호흡에 맞는 율격을 찾으려고 고심했다. 그는 시에서 언어가 환기시킬 수 있는 음악적 효과를 위해 실제로 자신의 창작시에도 이런 방법론을 적용시켰을 뿐만 아니라 번역의 경우 같은 작품이라도 시의 음률과 정조의 상관성을 고려해 계속적으로 다시 번역했다. 그는 상징주의 시 번역을 통해 언어와 형식을 다듬고, 의역을 통해 한국인의 정서에 맞는 언어를 고심하는데, 이런 과정이 자연스럽게 근대시의 형식 발전에 지

---

4 주요한, 「노래를 지으시려는 이에게 3」, 『조선문단』 3호, 1924.12.

대한 기여를 할 수 있었다. 당대의 문학청년들이 번역시집을 읽으면서 시 창작을 공부할 수 있었다는 사실은 번역 시집이 주제나 형식에서 근대시의 이정표 역할을 했기 때문이다.[5]

2) 일본 유학과 새로운 문학 담당층의 등장

1910년대는 여전히 정론적인 문학작품이 주류를 이루고 있었지만 새로운 문학담당층의 등장은 근대문학의 모색과 발전에 많은 영향을 미쳤다. 이들은 일군의 문단을 형성하고 있지는 않았지만 문학에 관한 자신들의 생각을 다양한 지면들을 통해 드러내려 노력했다. 김억을 비롯한 새로운 문학 담당층들은 문학의 새로운 내용과 형식을 찾는데 고심하면서 정론적인 문학론이 장악하고 있던 1910년대 문단에서 자신들의 입지를 만들어 내었다는 점에서 근대문학의 선구적인 역할을 하였다.

1910년대 김억, 황석우, 주요한 등은 일본 유학을 통해 새로운 학문의 세계와 접하고 과학적 사고를 익힌 문학청년들이었다. 그들은 이념형의 문학성을 탈피하고자 일본을 통해 수용한 서구의 근대문예사조를 관심 있게 바라보고 실제 우리나라에 소개하고자 많은 노력을 하였다. 이들을 중심으로 1910년대는 초보적인 형태이긴 하지만 문학 작품을 발표하고, 또 유통시킬 수 있는 매체가 되는 예술지의 발간이 시작되었다.

특히 김억의 활동 초기 글을 발표했던 『태서문예신보』는 1918년 미국 유

---

5   이은상, 「십년 간의 조선시단 총관 4 ─ 안서와 신시단」, 『동아일보』, 1929. 1. 16.

학생들의 참여와 한국에서 외국어를 연구한 문인들의 요청에 의하여 창간되었다. 김억은 지면에 베를렌과 구르몽 등 프랑스 상징주의 시인들과 예이츠의 시를 번역 소개했다. 『태서문예신보』는 특히 외국작품 소개에 큰 비중을 둔 것이지만 대부분의 경우 이 시기 문학지망생들의 실험적 작품들의 거점이 되었다. 이를 통해 『태서문예신보』는 1910년대 한국시를 근대시로 전환시키는 큰 계기를 마련함으로써 1920년대 한국시의 모태 역할을 하였다.

이처럼 김억을 포함하여 신문학 초창기 일본 유학은 문학주체들이 새로운 문학, 문예를 학습하는 기회가 되었다. 김억 역시 일본 유학을 통해 서구의 다양한 문예사조와 문학 작품을 접하게 되었고, 이후 독창적인 수용과 창작의 과정을 보여준다.

김억이 일본에서 유학하는 기간(1913~1916)은 다양한 상징주의가 번역 소개되었던 때다. 일본 상징주의의 대부 우에다 빈의 『해조음(海潮音)』의 출간은 1905년이었으며 김억이 유학하는 1914년 전후에는 프랑스 상징주의 시들을 모은 나가이 카후의 『산호집(珊瑚集)』(1913)이 출판되어 상징번역시집으로 유행하고 있었다. 또한 상징주의에 영향을 받은 시인들 32명을 중심으로 1919년 『일본 상징시집』이 발간된 것을 보면 상징주의가 당대 일본에서도 역시 주도적인 문예의 흐름이었음을 짐작케 한다. 한국 상징주의의 매개지였던 일본의 상징주의 경향은 다양하고 풍성하여 감각, 신경의 떨림, 관능으로부터의 해방, 생명의 신비감, 영(靈)의 신비함 등으로 나타났으며 나아가 서양의 상징시에도 유례가 없는 범신론적 자연관까지도 나타났다.[6] 이와 같은 일본 문단의 동향은 당시 그곳에 유학 중이던 조선의 문학청년들에게도 크게 작용했다.

---

6   오카자키 요시에, 장남호·임종석 역, 『일본의 문예』, 시사일본어사, 1991, 76~78쪽.

김억이 유학하던 게이오 기주쿠[慶應義塾]에는 나가이 카후[永井荷風]가 프랑스 유학에서 돌아와 상징주의를 집중 번역 소개하고 하고 있었는데, 김억은 나가이 카후를 통해 보들레르와 베를렌을 공부하게 된다. 이외에도 칸바라 아리아케[蒲原有明] 등이 유명했는데, 그는 『춘조집(春鳥集)』(1908) 이후 베를렌과 아더 시몬즈의 영향 속에서 정조와 무드를 중심으로 하는 시를 발표하고 있었다.

　기존의 문학사에서 김억의 상징주의가 베를렌에 경도되었다는 평가도 이어져왔는데, 상징주가 프랑스에서도 음악성이나 지성을 각각의 특성으로 하여 독자적인 상징시가 완성되어 나갔음을 고려할 때 감상성과 음악성을 중심으로 하는 베를렌의 수용이 상징주의를 표피적으로 수용한 것이라는 기존의 평가는 재고를 요한다. 김억은 일본에서 나가이 카후로부터 유럽의 상징주의 시인들의 다양한 경향을 배우게 되었고 특히 스스로도 언급했듯 보들레르와 베를렌의 영향을 받게 되었다고 한다. 일본의 상징주의 시 경향이 다양한 것이었고 나가이 카후로부터 학습한 내용이 베를렌에 한정된 것이 아니었다면 김억의 선택은 편중적인 것이라거나 상징의 깊이를 이해하지 못했다고 평가할 수 없다. 김억에게는 프랑스 상징주의 조류 중에서 베를렌의 시가 자신의 정서에 가장 부합되는 것이었기에 선택했던 것이다. 김억 시세계 전체의 흐름을 볼 때도 그는 개인의 정서와 울림, 그리고 음악성을 중요하게 여기고 있으며 어린 시절의 한시 공부 역시 그의 시적 경향인 애상미에 많은 영향을 주었다. 따라서 베를렌이나 일본시풍의 일방적인 영향이 아니라 다양한 상징주의 경향들을 섭렵한 김억의 시정신과 베를렌의 시가 만남으로써 주체적인 수용이 이루어진 것이다. 즉 감상성을 선호하는 김억의 기질은 당대 문학에서 결여된 부분, 즉 근대 서정시가 필요로 했던 내면의식의 단초를 베를렌을 통해 얻게 된 것이다. 이런 의미에서 정조와 무드, 감상성을 중시하는 김억의 성향이 상징주의 수용에서 감상성과 음악성을 추구하게 하였고 이것이 결과적으로 근대 서정시의 내면과 형식을 형성시키는 동인으로 작용하고 있었음을 알 수 있다. 이런 특성은 일본에서도 비슷하게 나타났는데, 우에다 빈의 번역시풍이 일본의 근대시 작풍에 주요한 경향이 되었다고 한다. 이는 동아시아의 전통시에서 근대시로의 전환에 서구의 상징주의가 주요한 영향을 주었음을 의미한다.

3. 번역론의 개진과 근대시의 이론적 발전

근대문학사에서 김억만큼 번역에 관해 이론적, 실제적으로 고민하고, 심혈을 기울인 지식인은 없었다고 할 수 있는데 그는 자의적인 번역, 내용 편중의 번역이 주류를 이루던 번역문단에서 내용과 외형 모두의 중요성을 자각하고, 번역문단을 현대적으로 선도한 번역자였으며, '직접 본문으로부터 충실하게 번역해야 한다'는 『태서문예신보』 창간호의 원칙을 가장 충실하게 준수한 번역가로[7] 자신의 번역 원칙과 원리를 직접 저술 발표했다. 1920년대에서 30년대까지 그는 번역에 관한 많은 이론을 개진했는데, 역시집의 서문을 통해 자신의 번역관과 번역론을 드러냈으며 「역시론」 등 독립적인 논

---

7   김병철, 『한국 근대번역 문학사연구』, 을유문화사, 1975, 401쪽.

문을 통해서도 번역의 문제를 이론화시켰다.

김억의 번역론과 번역 작품에 대해서는 당대나 혹은 이후 문학사 속에서 다양한 논의가 이루어져 왔는데, 기존 평가의 대부분은 번역 작품 자체에 관한 연구로 비교문학적 관점에서 원작과 번역작의 비교 연구에 집중해 왔다. 이런 연구의 결과, 많은 논의들에서 김억이 원작시의 세계를 훼손시켰으며 원전을 이해하지 못했기에 일본 번역본을 참조하면서 그와 유사한 번역을 했다는 평가 역시 이루어졌다. 그러나 이런 평가는 김억의 번역론을 통해 재고될 수 있으리라 생각한다. 왜냐하면 번역의 이론이란 실제 작업을 이끄는 중요한 원칙이며 번역 행위의 과정과 거기에 부과되는 조건 및 요인들을 통찰하게 해줌으로써 번역본을 생산하기 위한 구체적인 지침과 관련된 포괄적인 이론이기 때문이다.[8] 즉 번역된 작품의 의미를 생각할 때 단순히 원작과 번역물의 관계만을 보아서는 안 되고, 그 번역을 수행한 번역자의 태도를 충분히 고려해야 만이 번역의 총체적 의미를 이해할 수 있을 터인데 기존의 연구 성과를 보면 김억의 번역관에 대한 고려 없이 원전과 번역 작품의 비교 연구를 통해 드러나는 차이를 그대로 이해의 부족으로 이해하고 있기 때문이다. 김억은 당대에 번역의 이론과 실제 작업을 함께 병행했던 번역자라는 점에서 그의 번역론에 대한 이론적 접근은 필요하다. 김억의 번역관에 대한 이해는 개개의 번역 작업, 또 번역 작품의 실제를 이해하는 데 중요한 관건이 될 수 있다.

김억은 지속적인 번역 작업과 번역의 개작과정을 통해 모국어의 현실을 인식하게 되었고, 새로운 모국어를 모색, 발전시켜 나갔다. 이것은 자신이

---

8   Andre Lefevere, *Trtanslating Literature —Practice and Theory in a Comparative Literature Context*, New York, Modern Language Association, 1992, 234쪽.

번역하는 외국 텍스트가 가진 본질적인 사상, 혹은 정조를 가장 잘 재현하기 위해서이기도 한데, 김억은 외국시가 드러내는 궁극적인 정조가 무엇인지를 이해하고 그것을 가장 잘 드러낼 수 있는 표현, 즉 시어를 찾고자 노력했다. 이런 노력이 결과적으로 근대 시어에 대한 탐구와 개발 그리고 확장을 가져 온 것으로 이해할 수 있다. 김억은 자신의 이런 번역의 방법을 번역론을 통해 알리고 있는데, 이는 번역의 원칙으로서만이 아니라 그가 시 장르를 어떻게 생각하고 있는가라는 의식 역시 드러낸다.

역문은 직역을 줄기로 잡고 하였습니다마는 너무 직역만으로는 뜻의 불명(不明)과 또는 너무 서양식이 되기 때문에 의역한 곳도 적지 아니합니다. 어찌하였으나 번역이라는 것은 시문에서처럼 어려운 것은 없다는 것을 곰곰이 느꼈습니다.[9]

원문의 미음옥운(美音玉韻)은 고사하고 다치면 쓰러질 듯도 하고 바람에 풍기며 고운 노래를 짓는 고운 말-그 말을 그려내일 문자가 내게는 하나도 없음에 놀래었습니다. 퍽도 괴로웠습니다. 이렇게 말을 하면 조선어학자에게 적지 아니한 꾸지람을 받겠습니다. 만은 조선말처럼 단순한 것은 없습니다. 형용사와 부사가 여(如)만 부족이 아닙니다. 물론 첫째에 모든 어려움보다 딱한 것은 형용사와 부사였습니다.[10]

김억은 번역작이 직역에 의해 의미가 명확하지 않거나 적절하게 번역할

---

9   김억, 「譯者의 인사」, 타고아, 김억 역, 『기탄자리』, 이문관, 1923.
10 김억, 「序文 대신에」, 아더 시몬쓰, 김억 역, 『잃어진 진주』, 평문관, 1924.

단어가 없어 원작의 묘미를 잘 살릴 수 없음을 고민하면서 상황에 맞게 번역의 방법을 조정했던 것으로 보인다. 특히 우리말에 형용사와 부사가 없다는 말은 양의 문제가 아니라 서구의 감정과 정서를 표현하는데 있어서 적절한 시어를 찾는 것이 문제였음을 의미한다. 벤야민은 「번역자의 과제」에서 자신의 언어와 아주 동떨어진 언어를 번역할 때 번역가는 언어 그 자체의 원초적인 요소들로 되돌아가 작품, 이미지, 그리고 어조가 합쳐지는 지점까지 꿰뚫어보아야 하며 외국어라는 수단을 통해 자신의 언어를 확장하고 심화해야 한다고 설명한다. 이런 점에서 보면 김억은 외국 작품에 대한 깊이 있는 이해, 그리고 완성도 있는 번역을 하려는 노력 속에서 모국어에 대한 깊이 있는 통찰에 이른다. 따라서 해외문학파의 번역이 김억의 작품보다 떨어지는 이유는 모국어에 대한 감각이 떨어지기 때문이라는 평가[11]는 번역과 모국어의 관계의 긴밀성을 강조해준다. 즉 김억과 달리 해외문학파의 경우 이론적으로는 전문적인 연구를 보여주었지만 실제 번역 작업의 경험이 김억보다 많지 않았기 때문이다. 김억에게는 외국의 텍스트와 자국어가 만나는 창작적 번역의 과정에서 시의 정조를 재현할 수 있는 언어를 고르고, 만들어 낼 창조적인 경험의 시간이 그만큼 많았다.

베르만(Antoine Berman)은 번역작품이 원전보다 더 생생한 번역이 나오는 경우를 원문이 가진 형식(운문성 및 산문성)의 재생까지 염두에 두며 번역이 원문을 진정한 방식으로 닮으려고 노력할 때 가능하다고 한다. 이때 번역이 원문을 닮으려는 방식은 원문의 저자가 자신의 모국어와 맺고 있는 내밀한 관계, 말하자면 저자가 자신의 사적 언어를 공동의 공적 언어로 집중하여 변모

---

11 김병철(1975), 506쪽.

시키는 영역 속으로 번역자가 침투함으로써 이루어지는 모방의 방식이라고
한다.[12] 말하자면 번역자는 저자가 자신의 공동의 언어, 즉 문화와 맺는 관
계를 파악해야 하며, 그도 역시 번역되는 텍스트와 자신의 모국어가 기반한
공동의 문화적 기반에 대한 이해가 있어야 함을 의미한다. 따라서 번역자가
외국어로 된 텍스트를 번역하는 것은 원문의 저자가 속한 문화에 대한 이해
를 전제로 하며, 또한 자국의 문화와 원문의 문화와의 접촉을 의미한다. 김
억 역시 이런 이해를 전제로 하고 있다. 그는 외국의 시를 자국화 해버리는
일방성을 보이지 않는다.

　　나의 의견으로 보아서는 원시를 씹을 대로씹어 잘 소화하여 조선식 사
　　상을 만든 뒤에 조선옷을 입히는 것이 어떨까 합니다. 다시 말하여 역자가
　　창작 무으드를 가지고 창작하여 버리는 것이 가장 좋은 일이 아닐까 합니
　　다. 물론 이에는 원작자의 개성과 역자의 개성이 근사한 점에서 비로소 가
　　능한 것입니다.[13]

김억은 외국 원작에 대한 충분한 이해를 통해 시가 재현하는 사상을 이해
하고, 그것을 다시 자신의 입장에서 원시의 정조를 최대한 살리는 방향으로
번역하려 했다. 조선식 사상이나 조선옷에 대한 언급이 마치 자국화의 번역
이라는 인상도 주지만, 김억은 원작자의 개성과 역자의 개성이 가까워야 함
을 강조하는데, 이는 원작의 정조와 개성을 번역작에서 최대한 존중해야 함

12　윤성우, 「번역(飜譯, translation / traduction)에서의 trans- / tra-개념 – 벤야민에서 베르만으
　　로」, 한국기호학회 2010 춘계학술대회 '횡단의 기호학과 횡단의 세미오시스', 2010.4.24.
13　김억, 「현시단」, 『동아일보』, 1926.1.14.

을 의미한다. 또한 조선식 사상과 조선옷은 원작을 번역할 때 수용자의 문화적인 기반에 대한 고려가 존중되어야 하므로 번역이 이에 대한 이해를 담고 있어야 함을 환기한다. 김억이 반복적으로 수행했던 번역작의 개작 과정은 바로 보다 원작에 가까이 갔음을 의미하는 한편, 그 원작의 세계를 재현할 모국어에 대한 사유가 깊어짐을 의미하는 것이기도 하다는 점에서 번역 작업은 20세기 초 근대 시어를 풍성하게 해주는 동인이기도 했다.

한편 김억은 원작이 담고 있는 정조를 잘 드러내기 위해 문체에도 많은 관심을 갖고 또 실험을 했다.

> 역출(譯出)할 때에 딱한 것은 문체(文體)였습니다. 어떠한 문체를 취할까 하는 것이 지금도 의심으로 있습니다.[14]

> 이번에도 문체에 대하여 적지 않게 괴로워하였습니다. 만은 기탄자리의 문체에 구어체를 쓴 것보다도 훨씬 이 역고의 원고가 나은 줄로 믿습니다. 그것은 얼마큼 이 『원정』은 구어체로 옮기는 것이 원문에 가까운 듯한 까닭입니다. 하고 될 수 있는 대로 축자역체로 잡았습니다. 만은 어찌할 수 없는 경우에는 의역 또는 자유역도 하였습니다. 언제나 나는 같은 말을 합니다. 만은 번역이란 어떠한 것을 말할 것 없이 거의 창작과 같이 보려고 하는 것이 나의 주장이며 또한 의견입니다.[15]

시에서 문체와 어조는 시의 분위기나 시인의 의도, 주제의식과 밀접하게

---

14 김억, 「譯者의 인사」, 타고아, 김억 역, 『기탄자리』, 이문관, 1923.
15 김억, 「譯者의 한 마듸」, 타고아, 김억 역, 『園丁』, 회동서관, 1924.

관련되어 있다. 어조는 의미, 감정, 의도와 더불어 시의 총체적 의미를 형성하는 요소이다.[16] 김억은 타고르의 시를 번역하면서, 타고르 시가 가진 영적 특성을 드러내도록 노력했으며, 인도적이며 동양적인 분위기를 살려야 하는데, 만약 직역에 의존한다면 시미(詩美)가 사라지는 것이므로 시의 분위기를 살릴 수 있는 방법이 무엇인지 고민했다. 이런 과정 속에서 그는 타고르의 『기탄자리』나 『원정』을 번역하면서 문체의 변화에 집중했다. 김억은 '가련미가 있고, 신비적 색채와 말할 수 없는 고움'을 간직한 『원정』의 세계를 재현하고자 구어체를 사용하고 있는데, 스스로도 이 문체를 쓰는 것이 원문에 가까워서 좋다고 했다. 이처럼 김억의 타고르 번역은 1920년대 문단에서 주제나 여성화자의 사용을 통해 문체적인 측면을 확장시켰으며, 타고르의 대화체를 번역하려는 노력 속에서 구어체의 발달을 가져왔다. 이런 성과는 1920년대 한용운 시에 많은 영향을 주어 사변적 분위기, 여성화자, 구어체 사용 등으로 나타났다.[17]

김억은 번역을 통해 근대시어와 형식, 문체 등에 대한 다양한 실험을 했으며, 이것이 다양한 시형식의 탐구이기도 했다. 또한 서구시뿐만 아니라 한자로 쓰인 중국과 한국 등의 한시를 번역함으로써 서구는 물론 동아시아 전통과 현대 간의 번역 역시 실천하고 있는데, 이런 작업은 서구시 번역과 함께 결과적으로 서구-일본을 경유한 근대와 또 전통과 근대가 혼융된 동아시아와 조선의 근대시 혹은 근대 서정에 대한 탐구의 일환이었던 것으로 이해할 수 있다.

김억은 번역을 할 때, 시를 창작할 때와 마찬가지로 '어떠한 것을 그 원시

---

16 김준오, 『시론』, 문장, 1986, 180~181쪽.
17 Theresa Hyun, 김순식 역, 『번역과 한국근대문학』, 시와시학사, 1992, 67쪽.

에서 발견했는가, 또는 어떠한 평가를 내렸으며, 믿을만한 감동을 얻었는가' 등을 중심으로 시상을 고안했다. 그는 단순히 자신의 관점이나 감동을 고집한 것이 아니라 원작에 대한 충실한 이해를 전제로 번역자의 창조성을 강조했다. 이러한 김억의 번역 태도는 문학 작품의 번역이 단순히 전달의 작업이 아니라 원시의 문학성을 창작하는 행위임을 의미한다는 점에서 중요하다. 이처럼 개성적이고 독립적인, 새로운 창작을 요구하는 번역 작업에서 번역자의 주체성은 강조된다. 그가 무엇을 느꼈고, 무엇을 중요하게 인식하고 있는가가 번역이 탄생하는데 중요한 요소가 되기 때문이다. 따라서 역자가 반드시 베를렌의 시에서 19세기 말 서구의 저주받은 시인의식이나 데카당스 의식을 읽어야 할 필요는 없다. 원시의 주제와 똑같은 주제를 요구하는 것은 서로 다른 언어와 문화가 환기시키는 의식의 차이와 다양성을 간과하는 것이고, 원문과 번역문 사이에 놓인 번역자의 주체성과 창조성을 간과하는 것은 아닌가 생각해볼 필요가 있다. 김억은 번역을 통해 번역된 작품 속에 일본과 서구를 가로지르는 조선적 특수성을 담아내고자 했고 그 번역의 태도를 이론으로 체계화했다. 이는 조선심을 강조하는 자신의 시창작의 방향이기도 했다.

4. 김억-20세기 초 근대시문학사의 창조적 지식인

김억은 상징주의 시론과 시를 번역 및 수용, 창작함으로써 근대시 형성에 중요한 역할을 한 지식인이었다. 그의 상징주의 이론은 근대시에 관한 전문적인 이해를 가능케 했으며 번역시를 통해 근대시의 형식에 대한 정초가 이루어질 수 있었다. 특히 감상성과 정조를 중시하는 김억의 기질과 취향은, 근대시의 내면과 형식을 필요로 하는 1910년대 문학의 장과의 대응 속에서 다른 시인보다 베를렌을 적극 수용하게 만들었으며 이런 시의 특성이 근대 서정시의 내면의식의 단초가 되었다. 또 음악성의 추구와 아름다운 우리말의 탐구는 근대시의 형식과 언어를 탐구하고 발전시키는 계기가 되었다. 결론적으로 그는 공리성에 편중한 당대 문학의 사상과 이념에 대한 반성적 인식을 토대로 시의 음악성과 감상성을 추구했으며 이를 통해 근대 자유시의 형식적 기틀을 마련했다. 뿐만 아니라 서정시의 내면성을 깨닫게 했다는 점에서 근대시가 나아갈 방향을 분명히 제시해 주었다.

뿐만 아니라 번역 작업과 번역론의 지속적인 개진은 시에 대한 본질적인 탐구를 가능케 했으며, 모국어에 대한 인식을 확장시킬 수 있었다. 김억이 보여준 서구-일본의 상징주의 작품 수용과 번역 실천은 문화 간의 교류에 대한 인식을 담고 있다는 점에서 특별한 의미가 있다. 번역이 문화 간의 교류와 교차를 의미하는 행위라는 점에서 번역자의 역할은 문화적 매개와 생성에 중요하다. 번역을 통해 문화는 단순히 전달되는 것이 아니라 새롭게 재구성되는 것이기 때문이다. 김억의 번역론은 번역행위의 역동성을 20세기 동서 문화의 교섭의 주체였던 번역자의 작업 속에서 읽게 함으로써 근대문학사에서 번역이 갖는 문화 생성과 창조로서의 의의를 확인할 수 있게 한다.

김억이 강조하는 번역의 창조성은 문학 작품의 번역이 단순히 텍스트의 언어와 언어 사이의 번역이 아니라 그 언어를 포괄하는 의미 체계, 즉 문화나 의식을 환기시킨다는 문화번역의 특성을 보여준다. 또한 그의 번역관은 정통적인 번역에 대한 관점을 넘어선다는 의미에서 문제적이기보다는 새로운 관점을 요구한다. 그의 번역론의 근저에는 번역이 단지 이미 존재하는, 그러므로 정태적인 문화의 전달이 아니라 새로운 문화가 창조되고 생성되는 행위라는 의식이 놓여 있기 때문이다. 이런 태도는 당대 조선의 근대문화가 단지 수용이요, 이식이라는 평가에 대한 또 다른 해석을 보여준다. 김억의 번역을 통해 1920년대 이후 문단은 전통과 서구라는 타자와의 대화를 통해 근대문학의 정체성을 자각할 수 있었으며,[18] 새로운 문화 창조의 토대를 가질수 있었다. 따라서 김억의 번역 및 번역론 등의 창조적 작업은 20세기 초 동아시아 문학의 장 안에서 서구-근대-일본 문학을 의식하고 매개했던 조선지식인의 실천적 고민과 그 성과를 분명히 드러내주고 있다.

18　최경옥, 『번역과 일본의 근대』, 살림, 2006, 78쪽.

참고문헌

자료

김안서, 「아더 시몬즈」, 『조선문단』 4호, 1925.1.

김억, 『해파리의 노래』, 조선도서, 1923.

____, 「譯者의 인사」, 타고아, 김억 역, 『기탄자리』, 이문관, 1923.

____, 「譯者의 한 마듸」, 타고아, 김억 역, 『園丁』, 회동서관, 1924.

____, 「近代文藝」(五), 『開闢』 18호, 1921.12.

____, 「譯詩論」, 『대조』, 6호, 1930.9.

아더 시몬쓰, 김억 역, 『잃어진 珍珠』, 평문관, 1924.

_____, 「시형의 음률과 호흡」, 『태서문예신보』, 제14호 1919.1.13.

_____, 「프란스 시단」, 『태서문예신보』, 1918.12

안서, 김억 역, 『오뇌의 무도』, 광익서관, 1921.

이광수, 「문예쇄담」, 『동아일보』, 11.2~12.5.

이은상, 「십년 간의 조선시단 총관 4-안서와 신시단」, 『동아일보』, 1929.1.16.

주요한, 「노래를 지으시려는 이에게 3」, 『조선문단』 3호, 1924.12.

논저

김준오, 『시론』, 문장, 1986.

구인모, 「베를렌느, 김억, 그리고 가와지 류코-김억의 베를렌느 시 원전 비교연구」, 『비교문학』 41호, 2007.

김진희, 「근대문학의 장(場)과 김억의 상징주의 수용」, 『한국문학이론과 비평』 22집, 2004.

박슬기, 「김억의 번역론, 조선적 운율의 정초 가능성」, 『한국현대문학연구』 30호, 2010.

윤성우, 「번역(飜譯, translation/ traduction)에서의 trans-/tra-개념-벤야민에서 베르만으로」, 한국기호학회 2010 춘계학술대회 "횡단의 기호학과 횡단의 세미오시스", 2010.4.24.

최경옥, 『번역과 일본의 근대』, 살림, 2005.

최성만, 「발터 벤야민 사상의 토대-언어-번역-미메시스」, 발터 벤야민, 최성만 역, 『발터 벤야민 선집 6-언어일반과 인간의 언어에 대하여, 번역자의 과제 외』, 길, 2008.

발터 벤야민, 최성만 역, 「번역자의 과제」, 『발터벤야민 선집 6 — 언어일반과 인간의 언어에 대하여, 번역자의 과제 외』, 길, 2008.

사카이 나오키, 후지이 다케시 역, 『번역과 주체』, 이산, 2005.

오카자키 요시에, 장남호 · 임종석 역, 『일본의 문예』, 시사일본어사, 1991.

Theresa Hyun, 김순식 역, 『번역과 한국근대문학』, 시와시학사, 1992.

Andre Lefevere, *Trtanslating Literature — Practice and Theory in a Comparative Literature Context*, New York, Modern Language Association, 1992.

Wang Ning, *Globalization and Cultural Translation*, Singapore — Marshall Cavendish Academic, 2004.

제2부 /

지식인의 연대의식과
동아시아
문학장의 전환
/

이육사(李陸史)와 루쉰[魯迅]이
도달한 문학정신

홍석표

이육사는 1904년 4월 4일 경상북도 안동군 도산면(陶山面) 원천동(遠川洞)에서 퇴계(退溪) 이황(李滉)의 13대 손인 이가호(李家鎬)와 의병장 허형(許蘅)의 딸 허길(許吉) 사이에서 차남으로 태어났다. 본명은 원록(源祿)·원삼(源三)이며, 육사(陸史)·활(活)이라는 필명을 사용하기도 했다. 어려서는 조부 치헌공(痴軒公)을 모시고 다섯 형

이육사(李陸史, 1904~1944)

제와 함께 한학을 배웠다. 1923년 봄 일본으로 건너가 약 9개월 동안 공부한

적이 있으며, 1925년부터 백형 원기(源祺)와 아우 원일(源一)과 함께 독립운동단
체에 가입하여 활동을 시작했다. 1926년 가을 중국 베이징[北京]의 중국대학(中
國大學)에서 두 학기 수학했으며, 1932년 10월에는 국민당 부설의 조선혁명군
사간부학교에 제1기생으로 입교하여 이듬해 4월에 졸업했다. 졸업 직후 상하
이(上海)에 잠시 체류하는 동안 중국의 민주인사 양싱포[楊杏佛]가 암살되어 상
하이의 만국빈의관(萬國殯儀館)에 그의 빈소가 마련되자 그곳을 찾았다가 중국
의 문호 루쉰[魯迅]과 대면한 바 있다. 그해 10월에 귀국한 후 『신조선(新朝鮮)』에
시 「황혼」을 발표함으로써 본격적인 시작(詩作) 활동을 시작했다. 1936년 10월
에는 루쉰의 서거 소식을 접하고 그를 애도하는 「루쉰 추도문」을 『조선일
보』에 게재하였으며, 12월에는 루쉰의 단편소설 「고향」을 번역하여 『조광(朝
光)』에 실었고, 시 「한 개의 별을 노래하자」를 발표했다. 그 후 독립운동에 적극
가담하면서 창작에 매진하여 「해조사(海潮詞)」, 「노정기(路程記)」, 「강 건너 간
노래」, 「아편」 등의 시와 「질투의 반군성(叛軍城)」, 「무희의 봄을 찾아서」, 「모
멸의 서」, 「조선 문화는 세계문화의 일륜」, 「계절의 오행」 등의 산문·수필을
발표했다. 1939년에는 이육사의 대표작으로 일컬어지는 「절정」, 「청포도」 등
의 시와 「영화에 대한 문화적 촉망」, 「시나리오 문학의 특징」 등의 영화 예술
관계의 평론도 발표했다. 1940년대에 이르러 일제의 삼엄한 전시 체제 선포로
인해 국내 활동이 어려워지자 1943년 4월 베이징으로 건너갔고, 모친과 백형의
소상에 참석하기 위해 잠시 귀국했다가 7월에 동대문경찰서 형사대와 헌병대
에 의해 피검되어 베이징으로 압송되었다. 일제강점기 최고의 민족저항시인
인 이육사는 1944년 1월 16일 베이징 소재 일본 총영사관 감방에서 지병인 폐
병이 악화되어 결국 세상을 떠났다. 유고시로 「광야」와 「꽃」을 남겼다.

루쉰은 1881년 9월 25일 중국 저장성[浙江省] 사오싱부[紹興府] 저우[周]씨 집안에서 장남으로 태어났다. 본명은 저우수런[周樹시]이며, 루쉰은 그의 처녀작이자 대표작인 단편소설 「광인일기」를 발표할 때 사용한 필명이다. 어려서는 전통 서당교육을 받았으며, 1898년 난징(南京)으로 가서 강남수사학당(江南水師學堂) 및 광무철로학당(礦務鐵路學堂)에서 신식교육을 받았다. 1902년 광무철로학당을 졸업한 후 국비유학생으로 선

루쉰[魯迅, (1881~1936)

발되어 일본 유학길에 오르고 중국인 유학생을 위한 예비학교인 고분학원[弘文學院]에서 2년간 수학했다. 고분학원을 졸업한 후 1904년 일본의 센다이의학전문학교[仙台醫學專門學校]에 입학하여 의학을 공부했으나 1906년 1월 수업 중에 슬라이드 상연에서 일본군이 러일전쟁 중에 중국인을 살해하는 장면을 보고 큰 충격을 받아 의학을 포기하고 문예로 전향하여 중국인의 정신 개조를 위해 문예활동을 시작했다. 일본에서의 문예활동이 실패하자 1909년 일본 유학을 청산하고 귀국, 중학교 교사를 지내다가 신해혁명으로 중화민국이 성립하자 교육부직원이 되어 베이징으로 상경하였다. 1915년부터 중국에서 종합계몽지 『신청년(新靑年)』을 중심으로 신문화운동과 문학혁명운동이 전개되자 1918년 5월 중국 최초의 현대소설 「광인일기」를 발표하고 1921~1922년에 「아Q정전」을 발표함으로써 중국 문단을 대표하는 작가로 자리매김하게 되었다. 그후 소설집 『외침[吶喊]』과 『방황(彷徨)』을 출판하고 산문집 『야초(野草)』와 『아침꽃 저녁에 줍다[朝花夕拾]』 등을 펴냈으며, 『무덤[墳]』, 『화개집(華蓋集)』, 『이이집

(而已集)』,『삼한집(三閑集)』,『이심집(二心集)』,『위자유서(偽自由書)』,『준풍월담(准風月談)』,『화변문학(花邊文學)』,『남강북조집(南腔北調集)』,『차개정잡문집(且介亭雜文集)』 등 수많은 잡문집과 역사소설 『고사신편(故事新編)』 등을 펴냈다. 루쉰은 문학을 통해 철저한 자기해부와 투철한 비판정신으로 중국 사회와 국민성 개조에 매진한 반봉건사상혁명의 선봉이었으니, 1920년대에 베이징의 군벌정부와 맞서 싸웠고, 1920년 후반부터 새로 성립된 국민당정부와 대립하였으며, 1930년대 중반 죽기 직전에는 중국좌익작가연맹 내부의 당권파에 맞서 논쟁을 벌였다. 루쉰은 오랜 문필 활동으로 인해 허약해진 몸으로 지병인 폐병이 악화되어 결국 1936년 10월 19일 상하이에서 세상을 떠났다.

1. 이육사와 루쉰의 만남과 문학적 모색

이육사(李陸史, 1904~1944)는 근대시기 대표적인 민족저항시인으로서 1944년 1월 그의 나이 마흔이 채 되기도 전에 베이징[北京] 일본 영사관의 어둡고 차가운 감옥에서 생을 마쳤다. 그는 많지 않은 시(詩) 작품과 수필, 그리고 루쉰 문학 및 중국 현대문학에 대한 비평과 시사평론을 남겨놓았는데, 그가 쓴 글의 분량은 책 한 권에 묶일 정도에 지나지 않는다. 하지만 이들은 모두 일제(日帝)의 검속(檢束)이 되풀이되는 가운데 '쫓기는 마음 지친 몸'(「路程記」, 1937.12」)의 열악한 환경에서 씌어진 것이라 그 무엇과도 바꿀 수 없는 소중한 가치를 갖는다.

이육사는 1926년 가을 학기부터 1927년 봄 학기까지 베이징의 중국대학(中國大學)에 유학하였고 1932년 10월부터 이듬해 4월까지 중국 난징(南京) 근교의 '조선혁명군사간부학교(이하 '군사간부학교'로 줄임)'에서 교육과 훈련을 받은 바 있다. 귀국 이후 그는 한국의 독립운동에 적극 가담하면서 시와 수필을 발표하는 등 문학 창작에 매진하였으며, 중국 현대문학 및 루쉰 문학을 국내에 비평 소개하는 데도 일조했다.[1] 이육사는 1933년 4월 군사간부학교 1기생으로 졸업한 뒤 상하이를 거쳐 귀국하게 되는데, 그때 상하이에서 『조선일보』 '1천 원 현상소설' 공모에 참여한다. 이육사가 현상공모소설로 제출한 「무화과(無花果)」가 본선에 오른 다섯 편 중에서 가장 떨어지는 작품이라는 혹평을 받으며 입선하지는 못했지만,[2] 그가 문학 창작에 뜻을 두고 있었음을 보여주는 중요한 자료이다. 이 응모 소설의 최종 원고는 1933년 귀국 후에 제출되는데, 군사간부학교의 졸업과 동시에 현상소설 공모에 응모한다는 것은 특이한 일이다. 군사간부학교는 조선혁명(민족해방)을 완수할 사회적 실천가를 양성하는 것을 주 임무로 하고 있었기에 문학 창작과 직접적인 관계가 없다. 그런데 이육사는 군사간부학교를 졸업하자마자 사회적 실천에 곧바로 뛰어들기보다 오히려 문학 창작에 뜻을 두었던 것이다. 그가 군사간부학교의 졸업을 앞두고 의열단(義烈團)의 단장 김원봉(金元鳳)에게 호출되어 금후 어떻게 하겠느냐는 물음을 받았을 때 "조선독립운동을 위해서는 조선으로 돌아가서 노동자, 농민에게 독립사상을 고취하여야 한다고 주장했더니, 김원봉은 그러면 조선으

---

1   졸저 『근대 한중 교류의 기원 ─ 문학과 사상 그리고 학문의 교섭』(이화여대 출판부, 2015)의 제1부 참조. 필자는 이 책에서 이육사의 베이징 중국대학(中國大學) 유학 및 이육사와 루쉰의 만남, 이육사의 시와 중국현대문학과의 관련 양상 등을 실증적으로 고증하고, 이를 바탕으로 이육사 문학이 지향하는 예술성과 사상성의 통일의 문제를 세밀하게 논증한 바 있다.

2   「一千圓 懸賞小說 選後感」, 『朝鮮日報』, 1934.1.1.

로 돌아가서 의열단을 위하여 사력을 다하여 활동하라"[3]라고 하였다는 것이다. 이육사는 무력실천으로서의 혁명운동과 일정한 거리를 유지하면서 독립사상을 고취하는 데 주력하기로 마음을 정한 것이다.

이 대목에서 흥미로운 것은, 이육사가 상하이에 머물고 있을 때인 1933년 6월 중국의 민주인사 양싱포[楊杏佛]가 암살되어 상하이의 만국빈의관(萬國殯儀館)에 빈소가 마련되자 이육사가 그곳을 찾았다가 루쉰을 대면한 일이다. 이것이 인연이 되어 이육사는 루쉰 서거 후 나흘 만인 1936년 10월 23일 『조선일보』에 「루쉰 추도문(魯迅追悼文)」을 발표한다. 이 기고문은 「루쉰 추도문」이라는 제목을 달고 있지만 실제로는 '루쉰문학론(魯迅文學論)'이라 할 만하다. 원래 추도문이란 망자의 죽음을 애도하는 글인데, 「루쉰 추도문」은 루쉰의 죽음을 애도하는 데 그치지 않고 루쉰의 문학과 정신을 체계적으로 비평하고 있어 일반적인 추도문의 범주를 넘어서고 있다. 이 글은 「광인일기」, 『외침』의 「서문」, 『이심집(二心集)』, 『화개집속편(華盖集續編)』, 『이이집(而已集)』 등 루쉰 작품집으로부터 문장을 직접 인용하여 루쉰의 문학정신과 창작 '모랄'을 세밀하게 분석하고 있어 루쉰 문학을 깊이 있게 연구한 결과로서 씌어진 것임을 짐작하게 한다. 그렇다면 이육사의 이 글은 루쉰의 서거 소식에 즉각적인 반응으로 작성된 추도문이라기보다는 그때까지 루쉰 문학을 탐독하면서 정리해온 내용을 담은 것이라고 보아야 한다. 말하자면 루쉰 문학을 탐독해온 이육사가 루쉰의 서거 소식을 접하자 그동안 축적해온 연구 성과를 「루쉰 추도문」의 형식으로 발표한 것이다. 요컨대 이육사는 1933년 루쉰을 대면하고 귀국한 이후 점차 루쉰 문학을 탐독하면서 자신의 문학적 방향을 모색하고 있었던 것으로 보인

---

3 國史編纂委員會 編, 「李活 신문조서」(1934), 『韓民族獨立運動史資料集 30』(國史編纂委員會, 1997), p.157.

다. 이육사는 어려서부터 유가경전과 고시(古詩)를 열독하였거니와(「은하수」),
외국문학으로서 『플루타르크 영웅전』·『시저』·『나폴레옹』 등 서양 작품을
읽고(「계절의 오행」), 폴 베를렌느 · 존 키츠 · 윌리엄 예이츠 · 레미 드 구르
몽 · 니체 등 서양 시인의 시작품을 안두(案頭)에 두고 읽었으며(「계절의 표정」),
일본 작가의 작품을 읽는 데도 게을리 하지 않았으니, 이러한 문학적 소양과
더불어 중국 현대시를 읽고(「중국 현대시의 일단면」) 루쉰 문학을 읽는 데 열중했
던 것으로 이해된다.

2. 국민성개조 담론과 투철한 자기인식

주지하듯이 루쉰의 대표작 「아Q정전」에서 묘사된 아Q의 인물 형상은 중
국 민족성을 묘사한 것이며, 나아가 인간의 보편적 성격을 표현한 것이기도
하다. 『동아일보』의 중국 상하이 특파원이었던 신언준(申彦俊)이 1933년 5월
22일에 루쉰과 인터뷰를 가졌을 때 루쉰은 "아Q라는 인물은 자기가 살던 고
향 루전(魯鎭)에 있는 사람을 모델로 한 것인데 기실 아Q는 중국인의 보통상
(普通相)일뿐더러 중국인만이 아니고 어느 민족 중에서든지 흔히 볼 수 있는
보통상이라고 설명하였다."[4] 루쉰은 중국인의 저열한 국민성(민족성)을 폭로
하는 한편 인간의 보편적 인성의 나약함도 함께 간파하였으니, 아Q의 인물

---

4   申彦俊, 「魯迅 訪問記」, 『新東亞』, 1934. 4.

형상은 '중국인의 영혼'을 묘사한 것인 동시에 어느 민족에서나 볼 수 있는 인간 일반의 부정적인 일면을 풍자한 것이다. 근대시기 한국에서도 아Q의 인물 형상은 '중국인의 영혼'이라는 제한된 범위를 넘어서서 인간의 나약한 존재 양태의 하나로 이해했다.

이를테면, 1930년대에 농민문학론을 전개하기도 한 박승극(朴承極)은 수필 「산촌의 일야(一夜)」에서 다음과 같이 서술한 바 있다. "어떤 사람(알고 보니 ×× 형(兄)의 종형(從兄)이다)이 별안간 불난 이야기를 하고 있는 늙은이를 보고 노호(怒號)하는 것이다. 쭈그리고 앉은 그는 말을 끊고, 고개를 숙인 채 대꾸가 없다. / 머리는 박박 깎고 얼굴은 힛누렇고 등은 길마턱처럼 굽었고 의복은 솥땜쟁이 같이 새까맣고 발목에는 짚재님을 맺고 흙 묻은 누덕버선에는 떨어진 고무신이 걸려 있다. / 루쉰의 「아Q정전」에 나오는 '아Q'가 저런 사람이 아니었던가 싶다. 불쌍한 사람이다."[5] 아Q는 당시 한국에서도 어디서나 발견될 수 있는 보통의 인물상으로 그려지고 있었으니, 춘원 이광수가 스스로를 '아Q 같은 바보라오'라고 자조(自嘲)했던 것도 우연이 아니다. 김소운(金素雲)의 「춘원·이광수의 편모(片貌)」 중에는 다음과 같은 구절이 나온다. "『중앙공론(中央公論)』의 편집자가 나를 통해 춘원(春園)의 글 하나를 청했다. (…중략…) 그 원고 내용은 『중앙공론』에서 기대했던 것과는 너무나 거리가 멀었다. 적어도 루쉰급(魯迅級)의 관록(貫祿) 있는 수필 하나를 청한 것인데 춘원이 보낸 그 원고는 '그대와 나와 한잠자리에 자면 빈대 한 마리가 네 피도 내 피도 같이 빨아 먹는다'는 '내선일체신앙론(內鮮一體信仰論)'이었다. (…중략…) 몇 해 지나 서울 왔던 길에 나는 춘원(春園)을 효자동 댁(宅)에 찾았다. '춘원론(春園論)' 하나를

<hr/>

5   朴承極, 「山村의 一夜(下)」, 『동아일보』, 1938.4.13.

쓰기 위한 그 자료준비 때문이다. 춘원은 내 내의(來意)를 듣더니 쑥스러운 고소(苦笑)를 띠우면서 '쓰려거든 「아Q정전」처럼 쓰시오' 한다. 내게는 가슴에 찔리는 한마디이다. '나는 아Q 같은 그런 바보라오─' 춘원의 그 말이……"[6] 춘원이 스스로를 아Q와 같은 그런 바보라고 말한 것은 일제강점기 자신의 친일 행각에 대한 반성적 풍자를 띠고 있는데, '아Q'는 이제 보통명사화되어 저열한 인간성의 전형으로 받아들여지고 있음을 알 수 있다.

사실 춘원은 1922년 잡지 『개벽』에 발표한 「민족개조론」에서 조선인이 조선시대 형성한 허위, 나태, 이기심 등의 부정적인 민족성을 버리고, 고대로부터 유구한 관대함, 금욕, 예의와 같은 민족성을 지니도록 민족성을 개조해야 한다고 주장한 바 있다. 한편 일제(日帝)의 조선총독부가 발간한 『조선인』의 저자 다카하시 토오루[高橋亨, 경성제국대학 교수 역임]는 이 책에서 '조선인'의 민족성을 극히 부정적으로 묘사하고 일본인의 계도를 통해 그것을 극복할 수 있다는 논리를 폈다. 그는 조선인의 근본적인 두 가지 심성인 '사상의 고착'과 '사상의 종속'은 "조선인이 조선 반도에 사는 한 영원히 지속될 특성이라" 말하고, 더하여 조선인의 "형식주의 · 비심미적(非審美的), 문약(文弱), 당파심(黨派心), 공사(公私)의 혼동의 여섯 가지 특성은 일본의 통치가 해를 거듭하면 점차 사라질 것으로 기대할 수 있다"는 것이다.[7] 이는 일제강점기에 일본인이 조선인을 바라보던 시선인바, 그것은 민족(국민)성 담론을 만들어 낸 서구 제국의 시선을 일본 제국의 시선으로 바꾸어놓은 것이다. 그렇다면 「아Q정전」을 통해 중국인의 국민성 개조를 부르짖은 루쉰도 일본 유학을 통

---

6   金素雲, 「春園 · 李光洙의 片貌─푸른 하늘 銀河水」, 『자유세계』 제1권 제3호(1952.4), 165~166쪽.
7   다카하시 도루[高橋亨], 구인모(具仁謨) 역, 『식민지 조선인을 논하다』, 동국대 출판부, 2010, pp.89~90. 부록 「朝鮮人」의 일본어 원문을 참조하여(p.263) 약간 고쳐놓았음.

해 서구 제국의 담론을 일본적 굴절을 거쳐 받아들인 것인가?

일본 유학 시기부터 중국인의 국민성개조 문제를 심각하게 고민했던 루쉰이기에 표면적으로 보아 그러한 시선으로부터 자유롭지는 못했을 것이다. 하지만 루쉰의 국민성개조 담론은 일반 중국인을 향한 계몽적 외침에 머물지 않고 철저한 자기해부와 자기인식을 먼저 수행하고 있다는 점에서 서구 제국 또는 일제의 그것과는 구별된다. 루쉰이 외학에서 문학으로 전향하는 데 극적인 계기가 된 '환등사건'만 하더라도 그것은 일본 제국주의의 침략성을 각인시켜주기보다 중국인의 마비된 국민성을 자각하도록 이끌었다. 루쉰의 소설집 『외침』의 「자서(自序)」에는 그가 일본유학시기에 일본군이 중국 땅에서 중국인들이 보는 앞에서 러시아군을 위해 군사상의 정탐을 했다는 이유로 중국인의 목을 베는 환등사진을 보고 중국인의 마비된 정신을 먼저 개조하지 않으면 안 된다는 심각한 자각에 이르고 이를 위해 문예운동을 제창하게 되었다는 이야기가 극적으로 서술되어 있다. "한 사람이 가운데 묶여 있고 무수한 사람들이 주위에 서 있었다. 하나같이 건장한 체격이었지만 무덤덤한 표정을 짓고 있었다. 해설에 의하면, 묶여 있는 사람은 러시아를 위해 군사상의 정탐을 했는데, 일본군이 사람들이 보는 앞에서 그의 목을 치려는 것이었다. 모여든 사람들은 이 성대한 볼거리를 구경하러 나온 사람들이었다."[8] 루쉰은 이 장면을 가해자 일본 제국주의의 부당성을 공격하기 위한 계기로 포착하기보다 피해자 중국인의 마비된 국민성을 비판하는 자기반성의 계기로 포착한 것이다. 이는 루쉰이 밖을 향해 일본 제국주의에 대한 직접적인 공격에 나서기보다 눈을 안으로 돌려 먼저 투철한 자기인식에 이르고 있음을 보여준다.

---

8   魯迅, 「自序」, 『吶喊』, 『魯迅全集』, 1, 人民文學出版社, 2005, p.438.

루쉰은 "나는 확실히 종종 남을 해부하지만, 더 많은 경우 무자비하게 내 자신을 해부한다"[9]고 말한바 있다. 루쉰의 처녀작이자 대표작인 「광인일기」의 마지막 단락에서, 사람을 잡아먹어서는 안 된다고 외치던 '광인'이 도리어 어렸을 때 죽은 누이동생의 인육(人肉)을 자기도 먹었을지 모른다는 심각한 자각에 이르고 "4천 년 동안 사람을 잡아먹어온 이력을 가진 나, 처음에는 몰랐으나 이제야 분명히 알게 되었다"라고 말하는 대목은 너무나 유명하다. 루쉰은 '광인'의 목소리를 통해 자신도 인육의 잔치에 무의식적으로 참여하게 되었음을 자각하는 투철한 자기인식을 보여주고 있는데, 루쉰의 국민성개조 담론은 바로 이러한 투철한 자기인식에 기반을 두고 전개되고 있는 것이다.

진정한 자기인식에 이르기 위해서는 무엇보다 자기해부가 선행되어야 하는데, 루쉰은 『야초』의 「묘비명[墓碣文]」에서 '자기해부'가 얼마나 고통스러운가를 시적 형상화로 다음과 같이 표현해놓았다.

'떠도는 유혼이 있어 긴 뱀으로 변하다. 독이빨로 남을 물지 못하고 제 몸을 물다. 마침내 죽다……'

'…… 떠나라! ……' (…중략…) '…… 심장을 도려내어 스스로 먹다. 그 참맛을 알고자하나 아픔이 혹심하니 그 참맛을 어찌 알리오? ……'

'아픔이 가라앉자 천천히 그것을 먹다. 이미 심장이 상했으니 그 참맛을 또 어찌 알리오? ……'

'…… 대답하라. 그렇지 않으면 떠나라! ……'[10]

9 魯迅, 「寫在『墳』後面」, 『墳』, 『魯迅全集』1, p.300
10 魯迅, 「墓碣文」, 『野草』, 『魯迅全集』2, p.207.

이것은 시적 화자가 죽은 자의 무덤 앞에 세워진, 닳고 이지러진 묘비명에 새겨진 문구를 그대로 옮겨놓은 것인데, 루쉰은 기괴한 상황 설정을 통해 자기해부가 얼마나 고통스러운 일인가를 가장 심각하게 표현하고 있다. '자기해부'에는 자신의 심장을 도려내는 고통이 뒤따른다는 것, 그렇지만 그런 고통을 견뎌낸다고 하더라도 이미 상해버린 심장의 참맛을 알기 어렵듯이 진정한 자기인식에 이르기는 너무나 어렵다는 것을 보여준다. 진정한 자기해부에 이르는 것이 무엇인지를 가르쳐주는 절창(絶唱)이다. 1940년대에 『루쉰단편소설집』을 펴낸 바 있는 김광주는 「아Q정전」에 대해 "이 작품은 중국 민족성의 허위, 비굴, 과대(過大)한 자존성(自尊性) 등을 조금도 용서 없는 칼날을 들고 싸늘하게 그려놓았으니 이것은 루쉰의 자기 자신에 대한 잔인하리만치 무서운 해부인 동시에 중국 국민성의 장점과 단점을 인류사회를 향하여 대담하게 외친 걸작이라 할 수 있을 것이다"[11]라고 평한 바 있는데, 철저한 자기해부에서 출발하고 있는 루쉰 문학의 본질을 정확하게 간파하고 있었던 것이다. 루쉰의 중국 국민성 비판은 철저한 자기해부에 기반을 두고 있기에, 다시 말하면 자기해부가 철저하면 철저할수록 인간의 근원적인 문제와 마주치기에 그것은 중국인을 겨냥한 데에만 머물지 않고 중국인을 포함한 인류를 겨냥한 데로 확대되어 보편성을 띨 수 있는 것이다.

루쉰의 국민성 비판은 바로 이런 점에서 기존의 서구 제국 또는 일제가 내세운 국민성개조 담론과는 구별된다. 자기해부를 전제하지 않는 국민성개조 담론은 담론을 제기하는 주체로서 '나'와 개조 대상으로서의 '너'를 구별함으로써 결국 담론의 주체가 계몽주의적 지배권력과 야합하거나 스스로 지배권력의 자

---

11 金光洲, 「魯迅과 그의 作品」, 『白民』, 1948.1, pp.23~24.

리에 올라서는 방향으로 급선회할 수 있다. '민족개조론'을 내세웠던 이광수가 끝내 일제 식민당국의 지배권력에 협력하는 길로 나아간 것은 철저한 자기해부를 전제로 하지 않은 국민성개조 담론에 머물러 있었기 때문이다. 이와 달리 루쉰은 철저한 자기해부를 먼저 수행하면서 그를 통해 중국 민족의 저열한 국민성을 적나라하게 폭로하였으니 항상 지배권력에 대항하는 위치에 놓일 수밖에 없었다. 그는 1920년대에 베이징의 군벌정부와 맞서 싸웠고, 1920년 후반부터 새로 성립된 국민당정부와 대립하였으며, 1930년대 중반 죽기 직전에는 중국 좌익작가연맹 내부의 당권파에 맞서 논쟁을 벌이지 않을 수 없었다. '나'와 '너'를 일체화하여 철저한 자기해부를 먼저 수행하는 국민성개조 담론은 기존의 지배권력에 맞서 대항하는 변혁의 주체를 끊임없이 탄생시킨다. 루쉰 문학에서 「광인일기」의 '광인', 「장명등(長明燈)」의 '미치광이', 「가을밤(秋夜)」의 '대추나무', 「과객(過客)」의 '과객', 「이러한 전사(這樣的戰士)」의 '전사', 「주검(鑄劍)」의 '연지오자(宴之放者)' 등의 형상은 바로 그러한 변혁의 주체로 등장하는 것이다.

이육사에게도 루쉰 식의 투철한 자기인식이 선행되고 있다는 점에 주목하지 않으면 안 된다. 이육사는 1938년 윤곤강(尹崑崗)의 신간 시집 『만가(輓歌)』에 대한 평을 쓰면서 그 서두를 이렇게 시작했다.

영원한 슬픔! 이것은 모든 사람에게 부여된 과제이었다. 세대가 바꾸이면 바꾸일수록 모든 인간성은 서러운 제향(祭響)의 전물(奠物)로 바쳐졌다. 우리의 온갖 자랑과 동경과 미지(未知)의 나라가 새로운 세대의 폭풍 속에 쓰러지기를 마치 한 개의 별빛도 비쳐보지 못하고 떨어진 들국화에 맺힌 이슬과도 같았다. 그것이 아무리 애처로운 사실이라고 해도 이것이 정영한 참일 때는 누구나 반항할 수는 없었다.

그러나 여기에 우리 시인 곤강(崑崗)은 값싼 눈물을 흘리고만 있을 수는 없었다. 그래서 그는 『대지(大地)』를 노래했다. 봄을 불러도 보고 꽃을 피워도 보고 때로는 '바다여 젊은이의 의지(意志)여!'고 아우성도 쳐보았다.

—「自己深化의 길—崑崗의 『輓歌』를 읽고」, 『조선일보』, 1938.8.23

이육사의 슬픔은 "한 개의 별빛도 비쳐보지 못하고 떨어진, 들국화에 맺힌 이슬과도 같은" 존재의 슬픔이다. 이 슬픔이 어디서 유래하는지는 말하지 않아도 가슴으로 느낄 수 있다. 시인 곤강의 입을 빌려 말하고 있거니와 그 슬픔으로 인해 이육사는 때로는 밝은 전망과 희망을 품고, 때로는 아름다운 유토피아를 꿈꾸고, 때로는 저항의 몸짓을 휘두른다. 그리하여 이육사는 또 다른 윤곤강의 시집 『빙화(氷華)』를 평하여 이렇게 말한다.

'외로운 사람만이 안다

외로운 사람만이 알어

(…중략…)

슬픔의 빈터를 찾어

쪽제비처럼 숨이는 마음', 이렇게 절절히 호소하는 마음을 충분히 이해해주지 않을 수 없는 것이다. 그러나 「빙하」의 끝 연 한 줄에 '용이 솟아 난다'는 것이 있는데, 이런 것은 이 시인뿐 아니라 우리 시인의 대부분을 정복하는 '이미지'로서 나의 뜻 같아서는 용은커녕 미꼬리 한 마리도 안 나와도 무가내하(無可奈何)이고, 실은 이 경지를 깨끗이 떠나는 데 조선시(朝鮮詩)의 한 계단이 갱신되는 것이다.

—「尹崑崗詩集 『氷華』 기타」, 『인문평론』, 1940.11

'미꼬리' 한 마리도 나오지 않는 현실에 대한 자각은 투철한 자기인식에 이르고 있음을 보여주는바, 이러한 투철한 자기인식에서 출발하지 않으면 조선시의 진정한 발전은 기대할 수 없다는 것이다.

이육사는 이 글에 앞서 발표한 「남한산성(南漢山城)」(『批判』, 1939.3)이라는 시에서는 이렇게 읊었다. "넌 제왕(帝王)에 길들인 교룡(蛟龍) / 화석(化石)되는 마음에 이끼가 끼여 // 승천(昇天)하는 꿈을 길러준 열수(洌水) / 목이 째지라 울어 예가도 // 저녁 놀빛을 걷어 올리고 / 어데 비바람 있음즉도 안해라." '제왕에 길들인 교룡'은 이미 화석이 된 지 오래여서, 흐르는 강물이 아무리 외쳐보아도 승천할 어떠한 징조도 보이지 않는다. '용이 솟아 난단다'라는 꿈은 한갓 헛된 꿈에 지나지 않는다. 그것이 현실의 참모습이다. 우리가 "가난한 노래의 씨를 뿌리"(「광야」)거나 "한 개의 별을 노래하"(「한 개의 별을 노래하자」)는 일은 여기서부터 출발해야 한다. 1928년 중국의 좌익문학비평가 첸싱춘(錢杏邨)은 루쉰의『야초』를 두고 '허무주의'로 가득 찬 작품이라고 혹평했지만 루쉰의 허무주의를 액면 그대로 받아들여서는 안 되듯이 '미꼬리 한 마리도 안 나오'는 현실에 대한 이육사의 자기인식도 허무주의로 받아들여서는 안 된다. 자기인식이 철저하면 철저할수록 허무주의적 색채가 강화될 수 있다. 하지만 루쉰과 이육사의 허무주의적 색채나 절망적인 상황인식은 퇴폐적인 것이 아니라 재생을 향한 출발이요 전진을 위한 저항의 몸짓으로 전환된다. 이육사의 '미꼬리 한 마리도 안 나오'는 현실에 대한 자기인식도 그러한 맥락에서 이해해야 한다. 투철한 자기인식에 이르고 있는 이육사의 정신적 경지는 루쉰의 그것과 상당히 닮아 있어, 그 둘을 병치해놓고 같은 높이에서 논해도 이육사의 그것은 손색이 없다. 이육사가 「루쉰 추도문」에서 누구보다 루쉰 문학을 깊이 있게 다룰 수 있었던 것도 바로 이 때문일 것이다.

3. 문학과 정치의 관계 및 창작 '모랄'

이육사는 「루쉰 추도문」에서 루쉰이 예술과 정치의 관계를 어떻게 해결했는가 하는 물음을 제기하고 "루쉰에게 있어서는 예술은 정치의 노예가 아닐 뿐 아니라 적어도 예술이 정치의 선구인 동시에 혼동도 분립도 아닌, 즉 우수한 작품, 진보적인 작품을 산출하는 데" 루쉰의 창작 '모랄(morale)'이 있다고 보았다. 그리고 그는 이를 두고 "얼마나 우리의 뼈에 사무치고도 남을 만한 시사인고!"라고 강조했다. 여기서 중요한 것은, 이육사가 루쉰으로부터 어떠한 영향을 받았느냐 하는 문제가 아니라 루쉰의 창작 '모랄'을 개괄해내면서 자신의 내적 공명을 거쳐 어떠한 자각에 이르게 되었는가 하는 문제이다. 이육사가 「루쉰 추도문」에서 전개하고 있는 루쉰 문학에 대한 비평은 세 가지로 요약할 수 있다. 루쉰의 대표작 「광인일기」와 「아Q정전」의 내용과 그것의 사상적 영향을 서술한 것이 하나이고, 문학과 정치의 관계에 대한 루쉰의 입장과 그의 창작 '모랄'을 분석한 것이 둘이고, 루쉰이 문화의 전사(戰士)로 등장하는 과정과 참된 프로문학을 건설하기 위해 기울인 그의 노력을 설명하는 것이 셋이다.

이육사는 「루쉰 추도문」에서 '루쉰 전략(傳略)'을 간단히 소개하고 상하이 양싱포[楊杏佛]의 빈소에서 루쉰과 대면한 사실과 그때의 감격을 언급한 후 당대 중국의 현실과 루쉰의 관계를 이렇게 서술했다. "실로 수많은 아Q들은 벌써 자신들의 운명을 열어갈 길을 루쉰에게서 배웠다. 그래서 중국의 모든 노동층들은 난징루[南京路]의 '아스팔트'가 자신들의 발밑에 흔들리는 것을 느끼며 스가오타루[施高塔路] 신춘(新邨) 9호로 그들이 가졌던 위대한 문호의 최후를 애도하는 마음들은 황푸탄(黃浦灘)의 붉은 파도와 같이 밀려가고 있는 것이다." 이어 루쉰의 「광인일기」로부터 '광인'이 중국 역사에는 인의도덕(仁義道德)이라는 글자가 가득 쓰여 있고 그 글자와 글자 사이에는 '사람을 잡아먹는다'라는 또 다른 글자가 쓰여 있다는 사실을 발견하는 유명한 단락을 인용한 후 "'어린이를 구하자'는 말로써 끝을 막았다"라고 했다. 이육사는 이 작품의 의의를 "'어린이'인 중국 청년들에게는 사상적으로는 '폭탄선언' 이상으로 충격을 주었다"라는 데서 찾았다. 또한 「아Q정전」을 분석하여 "신해혁명 전후의 봉건사회의 생활을 그린 것으로, 어떻게 필연적으로 붕괴하지 않으면 안 될 특징을 가졌는가를 묘사하고" 있다고 말하면서 "당시의 혁명과 혁명적인 사조가 민중의 심리와 생활의 '디테일스'에 어떻게 표현되는가를 가장 '레알'하게 묘사한 것이다"라고 평했다. 이육사는 루쉰의 「광일일기」와 「아Q정전」을 중심으로 그것이 중국 사회에 끼친 지대한 사상적 영향과 '리얼리스틱'한 문장의 창작 특징을 매우 정확하게 설명하며 루쉰 문학의 위상을 누구보다 높게 평가한 것이다.

또한 이육사는 "그의 작가로서의 태도를 통하여 일관하여 있는 루쉰 정신을 다시 한 번 음미해보는 데 적지 않은 흥미를 갖게 된다는 것은, 오늘날 우리의 조선 문단에는 누구나 할 것 없이 예술과 정치의 혼동이니 분립이니 하야 문제가 어찌 보면 결말이 난 듯도 하고 어찌 보면 미해결 그대로 있는 듯도 한 현상인데, 루쉰같이 자기 신념이 굳은 사람은 이 예술과 정치란 것을 어떻게 해결하였는가?"라고 물으면서 예술과 정치의 관계에 대한 루쉰의 입장을 분석하는 데로 나아간다. 이육사는 먼저 루쉰이 일본 유학 시기에 의학을 전공하여 중국인을 치료하고 전쟁이 나면 출정하는 한편 중국인들에게 유신(維新)의 신앙을 촉진하려 한 것을 "소년다운 루쉰의 로맨틱한 인도주의적 흥분"이라고 설명하고 '환등사건'을 계기로 그러한 꿈이 깨어진 후 문예를 제창하게 된 사실을 『외침』의 「서문」의 문장을 인용하여 소개했다. 일본 유학 시기에 문예운동을 전개하는 과정에서 루쉰이 수행한 번역도 역시 "정치적 목적 밑에 수행된 것"이라고 말하고, 특히 루쉰이 「광인일기」에 '어린이를 구하자'고 외침으로써 "청년들에게 무거운 책임감을 깨닫게 한" 것이며, 그것은 "기천년 동안의 봉건사회로부터 청년을 해방하려는 슬로건"이 되었을 뿐만 아니라 그것이 중국 청년학생들로 하여금 "대중적 사회운동의 최전선에서 활발과감한 지도와 조직을 하게" 만들었다고 평가했다. 이육사는 루쉰 문학이 중국 청년들에게 얼마나 깊은 사상적 영향을 끼쳤는가를 설명하는 데 주안점을 두고 있는 것이다.

그리하여 이육사는 예술(문학)과 정치의 관계에 대한 루쉰의 입장을 다음과 같이 정리했다. "루쉰에 있어서는 예술은 정치의 노예가 아닐 뿐 아니라적어도 예술이 정치의 선구자인 동시에 혼동도 분립도 아닌, 즉 우수한 작품, 진보적인 작품을 산출하는 데만 문호 루쉰의 위치는 높아갔고……." 이육사는 당시 조선 문단에서 가장 큰 이슈의 하나로 떠오른 예술과 정치의 관계 문제에 대해 씨름하면서 그와 관련된 루쉰의 입장을 정리함으로써 그 해법을 찾으려 한 것이다. 물론 그것은 문학 창작에 매진하려는 이육사 자신이 당면한 문제이기도 했다. 정치적 실천으로서의 독립운동을 지속하면서 동시에 창작도 병행해야 했던 이육사로서는 창작과 독립운동을 어떻게 자리매김할 것인가가 매우 절실한 문제였다. 일제와 맞서 싸우는 독립운동은 직접적인 정치적 실천 행위인바, 창작이 그것의 유효한 수단이 될 수 있을 것인가? 시인으로서 시 창작을 지속하고자 할 때 그 창작은 예술성이 먼저 확보되어야 하는바, 독립운동이라는 정치적인 행위가 창작에 직접적으로 영향을 미친다면 정치이념의 과잉으로 인해 자칫 창작의 예술성을 훼손시킬 수 있지 않을까? 이러한 문제 때문에 이육사는 예술과 정치의 관계 설정을 제대로 하지 않고서는 어설프게 창작에 매진할 수 없었다. 결국 이육사는 이러한 문제를 해결하기 위해 루쉰 문학을 탐독하고 연구한 것이다. 이육사는 루쉰 문학을 탐독함으로써 조선 문단이 직면한, 그리고 그에게 가장 시급하게 다가온, 예술과 정치의 관계 설정을 해결하는 실마리를 찾으려 한 것이다. 예술과 정치의 관계에 대한 루쉰의 입장을 확인함으로써 조선 문단에 강력한 메시지를 전달하고 또한 자신의 문학적 방향을 확정하려는 것이었다. 뒤집어 말하면 이육사는 문학과 정치의 관계에 대한 자신의 태도의 정당성을 루쉰의 입장을 통해 입증하려는 것이었다. 루쉰의 입장은 '문학의 길'로 들어선 이육사에게 일종의 자기확신과 강한 신념을 불어넣어주는 것이었다.

루쉰은 1927년 어느 강연에서 문학과 혁명의 관계를 다음과 같이 논한 바 있다. "이곳 혁명 지방의 문학가들은 문학이 혁명과 크게 관계가 있다고 말하기를 좋아하는 것 같습니다. 예컨대, 문학을 이용하여 선전하고 고무하고 선동하여 혁명을 촉진하고 혁명을 완성할 수 있다는 것입니다. 그렇지만 생각건대, 이러한 글은 무력(無力)합니다. 왜냐하면 좋은 문예작품은 여태껏 다른 사람의 명령을 받지 않았고, 이해(利害)를 고려하지 않았고, 자연스레 마음에서 흘러나온 것이기 때문입니다. 만약 먼저 제목을 내걸고 글을 짓는다면 그것은 팔고문(八股文, 중국 명·청대 과거시험의 답안을 작성하는 형식의 글로서 지나치게 형식적인 글을 가리킴)과 무엇이 다르겠으며, 문학으로서 가치가 없는 바에야 사람을 감동시킬 수 있느냐 없느냐는 더 말할 것도 없습니다."[12] 루쉰

---

12 魯迅, 「革命時代的文學」, 『而已集』, 『魯迅全集』 3, p.437.

은 선전과 선동의 문학은 문학적으로 실패할 수밖에 없기 때문에 결과적으로 혁명(정치)에도 영향을 미치지 못한다고 보았다. 오히려 문학이 혁명(정치)으로부터 독립하여 문학적으로 가치 있는 작품을 산출할 때, 사람들에게 깊은 감동을 불러일으켜 혁명에 영향을 미칠 수 있다는 것이다. 문학은 참된 문학으로 먼저 성립되어야 하며, 그것의 정치에의 영향은 간접적일 수밖에 없다. 하지만 문학이 참된 문학인 이상 영혼의 깊은 울림을 통해 항구적으로 독자들에게 사상적 영향을 미칠 수 있다. 이것이 루쉰이 생각하는 문학과 정치의 관계이다.

더욱이 루쉰은 중국의 혁명문학에 대해 "그때의 혁명문학운동은 내가 보건대 충분한 계획이 없었으며 옳지 못한 점들도 퍽 많았다. 예를 들면 첫째로, 그들은 중국사회에 대하여 세밀한 분석도 가하지 않고 소비에트 정권하에서만 운용할 수 있는 방법들을 기계적으로 운용하였다"라고 말했다. 루쉰은 좌익문학비평가 청팡우(成仿吾)가 낭만주의를 제창하던 데서 혁명문학을 제창하는 방향으로 급선회한 것을 두고 오히려 '재자(才子) + 건달' 식의 한 유형으로 분류하여 비판하였다. 이육사가 「루쉰 추도문」에서도 인용하였듯이, 루쉰은 "유감스럽게도 지금의 작가들 심지어 혁명적 작가와 비평가들조차 왕왕 현 사회를 정시(正視)하지 못하거나 감히 정시하지 못하며 사회의 내막 특히 적이라고 인정하는 사람들의 내막을 알지 못하거나 감히 알려고 하지 못한다"라고 비판했다.[13] 루쉰은 중국 사회의 현실을 정시함으로써만 문학의 리얼리티를 확보할 수 있어 참된 문학을 낳을 수 있다고 보았다.

이육사는 1937년에 쓴 수필 「질투의 반군성(叛軍城)」에서 한밤에 해변으

---

13 魯迅, 「上海文藝之一瞥」, 『二心集』, 『魯迅全集』 4, p.304・308.

로 밀려오는 태풍의 경험을 이렇게 묘사한 바 있다. "마치 이 길은 내가 경험한 가장 짧은 한 순간과도 같을런지 모릅니다. 태풍이 몹시 불던 날 밤 왼 시가는 창세기의 첫날밤같이 암흑에 흔들리고 폭우는 활살같이 퍼붓는 들판을 걸어 바닷가로 뛰어나갔습니다. 가시넝쿨에 업더지락 잡버지락 문학의 길도 그럴런지는 모르지마는 손에 들인 전등도 내 양심과 같이 겨우 내 발끝밖에는 못 비추더군요. 그러나 바닷가를 거의 닿았을 때는 파도소리는 반군의 성이 무너지는 듯하고 하얀 포말에 번개가 푸르게 번질 때만 영롱하게 빛나는 바다의 일면(一面)! 나는 아직도 꿈이 아닌 그날 밤의 바닷가로 태풍의 속을 가고 있는지도 모릅니다." 여기서 이육사는 자신의 삶의 험난함을 형상화하고 있지만, '문학의 길'을 비유적으로 드러내고 있기도 하다. '가시넝쿨에 업더지락 잡버지락' 하는 것이 '문학의 길'일 때, 문학은 항상 현실과 연결되지 않을 수 없다. 하지만 '겨우 내 발끝밖에는 못 비추'는 전등처럼 문학의 한계도 분명하다. '문학의 길'을 걷고 있는 이육사는 문학의 한계를 분명하게 깨닫고 있었지만, 그래도 "온갖 고독이나 비애를 맛볼지라도 '시(詩) 한 편'만 부끄럽지 않게 쓰면 될 것을 그래 이것이 무에겠소"(「계절의 오행」)라고 다짐한다. 시가 혁명(독립)에 무력(無力)하다 하더라도 그것이 문학인 이상 먼저 '부끄럽지 않은', 즉 문학적으로 참된 작품을 산출해야 한다. 이육사가 "그(루쉰)의 소설에는 주장이 개념에 흐른다거나 조금도 무리가 없는 것은 그의 작가적 수완이 탁월하다는 것을 말하지 않을 수 없다"(「루쉰 추도문」)라고 평한 것도 바로 이 때문이다.

그렇다면 이육사가 이해한 루쉰의 창작 '모랄'은 무엇인가? 좌익비평가 첸싱춘(錢杏邨)이 프로문학론에 의거하여 루쉰을 공격하면서 "루쉰의 작품은 비계급적이다. 아Q에게 어데 계급성이 있느냐"라고 비판한 데 대해, 이육사는 "루쉰의 작품에서 우리는 눈 닦고 보아도 프롤레타리아적 특성은 조금도 볼 수가 없는 것은 사실이다"라고 말하고, 한 작가의 작품은 그 시대적 배경 속에서 평가해야 한다고 하며 "루쉰이 작가로 활동을 하고 있을 때는 중국에서는 오늘날 우리가 정의를 내릴 수 있는 프롤레타리아는 없었"다고 변호했다. 이육사에게 루쉰이 프롤레타리아작가인가 그렇지 않은가 하는 것은 중대한 문제가 아니었다. 루쉰의 창작이 참된 문학으로서 우수한 작품인가 아닌가를 먼저 따져야 하는 것이었다. 그래서 이육사는 "다만 문제는 그(루쉰)가 얼마나 창작에 있어서 진실하게 명확하게 묘사하는 태도를 가지는가"에 있다고 말하고 루쉰의 창작 '모랄'을 이해할 수 있도록 루쉰의 문장을 길게 인용했다. 그중 일부를 옮겨보면 다음과 같다.

현재 좌익 작가는 훌륭한 자신들의 문학을 쓸 수 있을까? (…중략…) 그러므로 프로 문학가는 반드시 참된 현실과 생명을 같이하고 혹은 보다 깊이 현실의 맥박을 감수하지 않으면 안 된다. 그러나 구사회를 조그만치 공격하는 작품일지라도 만약 그 결점을 분명히 모르고 그 병근(病根)을 투철히 파악치 못하면 그것은 유해할 뿐이다. (…중략…) 그러나 만약 일개 전투자라면, 나는 생각건대 현실과 상대자를 이해하는 편의상 보다 많은 당면의 상대자에 대한 해부를 필요로 하지 않으면 안 될 것이다. 옛것을 분명히 알고 새로운 것에 간도(看到)하고 과거를 요해(了解)하여 장래를 추단하는 데서만 우리들의 문학적 발전은 희망이 있다. (…중략…) 그래야만 참된 작품이 나오는 것이다.

—「루쉰 추도문」

이 인용문은 루쉰이 1931년 7월에 발표한 「상하이 문예의 일별(一瞥)」이라는 글에 나오는데, 이육사는 이 인용문을 예로 들어 "이 간단한 몇 마디 말이 문호 루쉰의 창작에 대한 '모랄'인 것이다. 얼마나 우리의 뼈에 사무치고도 남을 만한 시사인고!"라고 그 의미를 강조했다. 현실을 정시하고, 사회의 병근(病根)을 투철하게 파악하고, 상대를 정확하게 해부하고, 그리하여 사회와 현실을 진실하게 묘사하는 것, 이것이 바로 '참된 작품'을 산출하는 루쉰의 창작 모랄인 것이다.

이러한 루쉰의 창작 모랄은 이육사에게 뼈에 사무치도록 깊은 인상을 남겼으니, 그것은 이육사 자신의 창작 모랄이기도 했다. 이육사가 쓴 영화평론 「예술형식의 변천과 영화의 집단성」(『青色紙』, 1939.5)에서 그러한 사실을 확인할 수 있다. 이육사는 우선 예술은 인간생활의 리얼리티를 구현하는 것으로 파악했다. 먼저 소설의 경우를 예로 들어 "19세기의 방대한 소설문학의 가치도 결국 일언(一言)으로 말한다면 그것이 인간생활의 진실한 기록이었던 때문이 아니던가"라고 말했다. 그리고 근대소설의 발전은 두 가지로 갈라졌는데, 하나는 '성격(性格)'을 중심으로 하는 길이고 다른 하나는 '행동(行動)'을 중심으로 하는 길이라는 것이다. 전자는 심리소설로 향하고 후자는 대중소설로 발전하고 있다고 했다. 그런데 이육사는 "그러나 또 다른 한 개의 중요한 사실은 자연주의 '레알리즘'의 발생이다. 이것이 이때까지의 모든 '로맨스'를 파괴하면서 현실에 충실한 기록으로 소설을 변모시키고 말았다"라고 서술했다. 이육사는 '현실에 충실한 기록'으로서의 소설을 지향하고 있음을 은연중에 드러낸 것이다. 이어 그는 영화 작품을 분석하는 자리에서 영화 「아랑」을 평하여 "이것을 단순한 '엑소틱슴'으로만 볼 수는 없는 것이다. 그것은 인간생활의 '레알리틔'를 조그마한 과장도 없이 보여준 것밖에 무엇이었던

가!"라고 말하였는데, '인간생활의 리얼리티'의 표현을 영화 비평의 중요한 기준으로 삼고 있음을 알 수 있다. 또한 영화 〈대지〉(펄벅의 소설 『대지』를 영화로 만든 것임)를 평하여 "그런 장면에는 왕룽(王龍) 일가의 운명보다도 중국 민중 전체의 운명이 놀랄 만한 '레알리티'를 가지고 보는 사람들을 육박하는 것이다"라고 말했다. 이육사에게 '인간생활의 리얼리티'의 추구는 중요한 창작 모랄인바, 이를 위해서는 무엇보다 예술의 독립성이 보장되어야 한다. 이육사는 진실로 위대한 예술영화, 양심적인 영화는 가장 양심 있는 이 땅의 젊은 '씨나리오' 작가들에 의해 제작되어야 하며, "'씨나리오' 문학은 아무런 데로 구애될 것 없이 예술적으로 독립해야 할 것이다"라고 강조했다. 이육사는 어떠한 외부적인 압력에도 자유로운 예술적 독립을 중시하고 있었으니 중국 현대시를 비평 소개하면서 시적 완결성을 추구한 유미주의적인 쉬즈모(徐志摩)의 시를 높이 평가한 것도 우연이 아니다.[14] 이렇게 본다면, 이육사의 창작 모랄 역시 루쉰의 그것과 동궤에 놓여 있었다고 보아야 한다.

이육사는 마지막으로, 루쉰이 1926년의 3·18사변 이후 군벌정부를 맹렬히 공격한 사실을 예로 들어 루쉰이 '문화의 전사'로 나서게 되는 경위를 설명했다. 이어 당시 혁명의 책원지인 광둥(廣東)에서의 경험을 바탕으로 "청년을 살육하는 것은 대개는 청년인 듯하다"라고 말한 루쉰을 두고 "진화론자이던 그 자신의 사상적 입장을 양기(揚棄)하고 새로운 성장의 일단계로" 진입했다고 서술하면서 그에게 "최대의 경의를 갖게 된다"고 했다. 더욱이 새로운 단계에 진입한 루쉰이 프로문학이란 어떤 것인가, 또 어찌해야 될 것인가를 알기 위해 플레하노프·루나찰스키의 문학론과 '싸벳트'의 문예정책을 번

---

14 李陸史, 「中國 現代詩의 一斷面」, 『春秋』, 1941.6, 『李陸史全集』, pp.269~270 참조.

역 소개하여 중국 프로문학을 건설하는 데 크게 노력했음을 지적하고, 첸싱춘 등 중국의 좌익문학비평가에 대해 "루쉰을 타도치 않으면 중국에 프로문학은 생기지 못한다던 문학소아병자들은 그 자신들이 먼저 넘어지고"라고 하여 부정적으로 묘사했다.(「루쉰 추도문」) '문화의 전사'로서 환골탈태의 자기변신을 통해 끊임없이 사회적 실천에 참여하면서 진정한 프로문학을 모색한 루쉰의 노력을 이육사는 높게 평가한 것이다. 이육사는 "항상 전위(前衛)에 나선 용자(勇者)가 희생을 당하면 연(連)해 곧 진영을 지키고 후임을 계승할 만한 투사가 끊어지지 않아야 할 것이니, 새로운 용자여, 어서 많이 나오라"(「大邱社會團體槪觀」, 『別乾坤』, 1930.10)라고 호소하였거니와, 진정한 '투사'와 '용자'의 모습을 루쉰에게서 발견한 것이다.

이육사는 수필 「고란(皐蘭)」에서 '자연'과 '역사'에 대한 자신의 태도를 이렇게 표현한 바 있다. "생활이 이렇게 정적으로 되고 보니 자연에 깃드는 마음이 자라고 저절로 천석(泉石)을 지나보지 않게 되매 기화요초가 모다 헛되이 바랄 것이 없으나 그래도 '나-르'와 같이 산중일기(山中日記)를 쓸 바 없고 '소-로-'처럼 삼림의 철학을 설파하지도 못함은 나의 관찰이 그들에 비하여 거리가 다른 것을 모르는 바도 아니연만 아직도 자연에 뺨을 비빌 정도로 친하여지지 못함은 역사의 관계가 더 큰 것도 같다. 다시 말하면 공간적인 것보다는 시간적인 것이 보담더 나에게 중요한 것만 같다." 이육사에게 자연은 공간적인 것으로서 정적인 것, 소일(消日)적인 것, 관조적인 것이다. 그는 그런 자연에 마음을 붙일 수 없었으니, 역사라는 더 큰 문제가 그를 에워싸고 있었기 때문이다. 역사는 시간적인 것이며, 그래서 동적이다. 그가 시간적인 것으로서의 역사와 관계할 때, 역사가 동적인 한에서 사회적 실천운동에 뛰어들지 않을 수 없다. 이육사의 '슬픔'은 "거미줄만 발목에 걸린다해도 / 쇠사

슬을 잡아맨 듯 무거워졌다"(「年譜」)는 시적 진술이나 "어데다 무릎을 꿇어야 하나 / 한발 재겨 디딜곳조차 없다"(「절정」)는 시적 진술에서 보듯 역사적 현실에서 기인하는바, 그것은 자연에 의해 치유될 수 있는 것이 아니다. 오히려 역사와 관계를 맺을 때 그 슬픔으로부터 벗어날 수 있는 길을 찾을 수 있는 것이다. 루쉰이 문학 생애 전체를 통해 '문화 전사'로서 활약하다 생을 마감했듯이 이육사 역시 문학 창작과 병행하여 독립운동에 헌신하다 생을 마감했는데, 그것은 그들의 문학적 삶이 모두 시간적인 '역사'와 관계하고 있었기 때문이다.

4. 강인한 정신의 소유자 형상과 시의 사상성

중국인 리창즈[李長之]는 1936년 1월에 출판한 『루쉰 비판[魯迅批判]』이라는 책에서 루쉰은 "차라리 고독(孤獨)할지언정 '무리짓기[群]'를 좋아하지 않는다"라고 말하고, "바로 이러한 의미에서 나는 루쉰을 시인, 즉 주관적이고 서정적인 시인이며 결코 객관적인 다방면의 소설가는 아니라고 확신한다"라고 서술했다.[15] 리창즈는 루쉰의 기질적인 특징으로서의 고독을 언급하고 그것이 시인으로서의 루쉰, 전사(戰士)로서의 루쉰을 탄생시키는 중요한 요소라고 보았다. 그래서 그는 "루쉰은 영원히 피압박자에 동정을 보내고 영원히 강폭한 자

---

15 李長之, 『魯迅批判』, 北京出版社, 2004, pp.139~159 참조.

에게 항전(抗戰)했다"라고 평했다. 루쉰의 이러한 기질적 특징과 정신은 그의 문학을 통해 고독자로서의 강인한 정신의 소유자 형상을 창조해냈다. '나는 전혀 두려워하지 않고, 그대로 나의 길을 간다'라고 말하는 「광인일기」의 '광인'이라든지, 흘린 피를 물로 보충하고 소녀가 건넨 헝겊조각마저 거부하며 무덤을 향해 전진을 지속하는 「과객」의 '과객'이라든지, 아버지를 죽인 왕에게 복수를 감행하려는 아이에게 '내가 얼마나 복수의 명수인지 넌 잘 모를 거야. 너의 원수가 나의 원수이고 그 원수가 바로 나란다. 나의 영혼에는 나 자신과 사람들이 만들어놓은 숱한 상처가 있어 나는 내 자신을 증오한단다'라고 말하며 자신의 목을 베어 최후의 복수를 완성하는 「주검(鑄劍)」의 '시커먼 사람[黑色人(즉 연지오자(宴之敖者))'이 바로 그러한 인물 형상이다.

이육사 문학에서도 고독자로서 전진을 지속하는 강인한 정신의 소유자 형상이 두드러진다. 이육사 문학에는 "인간은 얼마나 외로운 것이냐"(「황혼」)에서 보듯 외로움과, "고향의 황혼을 간직해 서럽지 안뇨"(「반묘(斑猫)」)나 "아롱진 서름밖에 잃을것도 없는 낡은 이땅에서"(「한개의 별을 노래하자」)에서 보듯 서러움의 정서가 가득하다. 이육사의 외로움과 서러움은 어디서 유래하는가? 그것은 물을 것도 없이 현실에 안주할 수 없는, 그래서 저 혼자 걸어갈 수밖에 없는, 현실로부터 유폐된 고독에서 유래한다. 이육사는 스스로 고독자가 되어 '문외한(門外漢)'을 자임한다. "그 문안에서 우리가 지켜야 할 보물이 있다면 사람들은 그것을 모두 문안에서 지킬 때에 나 혼자만 문밖에서 그 모든 것을 파수 본다면 그것도 나의 한 가지 임무가 아니겠소. 그렇다면 나는 달게 인생의 문외한이 되겠소."(「門外漢의 手帖」) 그런데 이육사의 고독은 개인적인 고독이 아니라 현실로부터 유폐되어 자유의 공간을 상실한 데서 오는 고독이기에 그것은 민족의 고독으로 승화된다. 「편복(蝙蝠)」에서 "고독한 유령(幽靈)”의 박쥐는 “영원한 ‘보헤미안’의 넋”이요 “멸망하는 겨레”를 상징하기에 시인의 고독은 결국 조국의 고독과 동궤에 놓인다.

이 대목에서 우리는 이육사 문학과 루쉰 문학에서 묘사되고 있는 고독자로서 전진을 지속하는 강인한 정신의 소유자의 형상을 비교해볼 필요가 있다. 이육사는 소설 「황엽전(黃葉箋)」에서 ‘유령’이 꿈을 꾼 ‘그들’의 이야기를 통해 전진을 지속하는 강인한 정신을 다음과 같이 묘사했다.

> 주림과 치위가 매운 챗죽같이 그들을 휘갈겼습니다. (…중략…) 그 어느 한 곳도 그들이 발을 붙일 곳은 없었습니다. (…중략…) 그러나 이 설움과 주림과 치위는 그들 늙은이와 어린이와 남자여자를 모다 한마음으로 얽어맬 수가 있었습니다. 바람과 비에 바래인 그들의 마음에 한 개의 희망이란 오직 일거리와 생활이었습니다. 이것이 그들을 고무하고 추진하는 힘이었습니다. (…중략…)
>
> “가자. 조금이라도 빨리 가자. 불빛을 볼 때까지.” 그들 중에서 한 사람이 굵은 목소리로 외치는 것입니다.
>
> “암, 그래야지.” 또 몇 사람의 대답이 끝나면 모두들 침묵은 하면서 마음속으로는 역시 “가자”고 대답하는 것입니다.
>
> 사람들은 이빨을 물고, 있는 힘을 다하여 전진합니다. 지나온 길이 얼마이며 가야 할 길이 얼마인 것도 모르면서 죽으나 사나 가야 한다는 것밖에는, 그들은 한 사람도 자기만을 생각하는 사람은 없었습니다.

곧이어 화자인 ‘나’는, ‘그들’의 이야기에 관한 ‘지리한 꿈, 괴로운 꿈’에서 깨어난 ‘유령’이 다시 일어나서 “캄캄한 암흑 속을 영원히 차고 영원히 새지 못할 듯한 밤을 제 혼자 가는 것입니다"라고 서술한다. 이육사는 '그들'을 통해 전진을 지속하는 강인한 정신을 형상적으로 드러내었을 뿐만 아니라 '유령'을 통해 그러한 정신을 더욱 극대화하여 표현하고 있는 것이다. '유령'은 고독자로서 전진을 지속하는 강인한 정신의 소유자의 전형으로 그려지고 있는데, 이육사의 내면적 자아이기도 하다. '유령'의 형상이 이육사의 내면적 자아임은 수필 「문외한의 수첩」에서 "내 발길은 무겁게 옮겨졌소. 아주 몇 해를 두고 어느 사막이라도 걸어온 듯한 피로를 깨달았소"라고 말한다든지, "이 동리를 떠나 아무도 발을 대지 않은 대설원을 걸어가겠소. 전인미도(全人未到)의 원시경을 가는 느낌이오. 누가 나를 따라 이 길을 올 사람이 있을는지? 없어도 나는 이 길을 영원히 가겠소"라고 고백한 데서 입증이 된다.

　이육사가 형상화하고 있는 「황엽전」의 '유령'은 루쉰의 『야초』의 「과객」에 등장하는 '과객'의 인물 형상과 겹친다. 앞으로 더 가봐야 끝까지 갈 수 있다는 보장도 없으니 돌아가는 게 낫겠다고 권유하는 '노인'에게 '과객'은 깊은 생각에 잠겼다가 퍼뜩 깨어나 다음과 같이 말한다.

　　그건 안 됩니다. 저는 가야 합니다. 되돌아가봤자 거기에는 위선이 없는 곳이 없고, 지주가 없는 곳이 없고, 추방과 감옥이 없는 곳이 없고, 가식적인 웃음이 없는 곳이 없고, 거짓 눈물이 없는 곳이 없습니다. 저는 그런 것들을 증오합니다. 저는 돌아가지 않을 겁니다.[16]

　결국 과객은 '노인'의 권유를 뿌리치고 "저는 가는 수밖에 없습니다. 더욱

16　魯迅, 「過客」, 『野草』, 『魯迅全集』 2, p.196.

이 앞에서 늘 저를 재촉하고 저를 부르는 소리가 있어 저는 쉴 수가 없습니다"라고 말하고 소녀가 그의 상처를 감싸라고 건넨 헝겊조각마저 되돌려주고 해가 진 어둠 속에서 서쪽의 무덤을 향해 계속 걸어간다. 사실 루쉰의 '과객'은 니체의 '초인'과도 닮아 있다. 니체에 의하면 '초인'은 역사를 지배하는 영웅이나 신비한 힘을 지닌 초능력자를 의미하는 것이 아니고 이 땅에 태어나서 성장하고 있는 인간이 자력에 의하여 도달할 수 있는 하나의 이상적인 인간의 모습이다. 과거의 질곡과 현실에서 벗어나려는 치열한 몸부림을 통해 자기극복을 이룩하며 정신적 상승을 획득해가는 탁월한 정신의 소유자이다.[17] 이러한 니체적 '초인'은 루쉰 문학에서 '광인'의 형태로, '이러한 전사'의 형태로, 복수의 화신 '시커먼 사람(黑色人)'의 형태로 다양하게 나타난다. 이육사가 「교목(喬木)」에서 "차라리 봄도 꽃피진 말아라", "마음은 아예 뉘우침 아니라", "참아 바람도 흔들진 못해라"라고 했을 때, 수필 「산사기(山寺記)」에서 "영원히 남에게 연민은커녕 동정 그것까지도 완전히 거부할 수 있는 비극의 '히-로'에 대해서 말이다"라고 말했을 때, 우리는 니체의 '초인' 또는 루쉰의 '과객'을 다시 만나게 된다.

이육사는 전진을 지속하는 강인한 정신의 소유자 형상을 좀 더 적극적으로 드러내기 위해 수필 「계절의 오행」에서 '금강심(金剛心)'이라는 말로 그 정신적 경지를 표현했다.

내가 들개에게 길을 비켜줄 수 있는 겸양을 보는 사람이 없다고 해도 정면으로 달려드는 표범을 겁내서는 한발자욱이라도 물러서지 않으려는 내

---

17 鄭東湖, 『니이체 연구』, 探求堂, 1983, 187쪽 참조.

길을 사랑할 뿐이오. 그렇소이다. 내 길을 사랑하는 마음, 그것은 내 자신에 희생을 요구하는 노력이오. 이래서 나는 내 기백을 키우고 길러서 금강심(金剛心)에서 나오는 내 시를 쓸지언정 유언은 쓰지 않겠소. 그래서 쓰지 못하면 죽어 화석이 되어 내가 묻힌 척토를 향기롭게 못한다곤들 누가 말하리오.

이육사는 '금강심'의 정신적 경지에 이름으로써 그 어떤 외부 권력이나 압박이 길을 가로막는다 하더라도, 그 어떤 현실적 고난이 들이닥친다 하더라도 그의 전진을 멈추지는 않는다. '금강심'에서 나온 그의 시는 모든 '희생'을 대가(代價)로 씌어진 것이기에 실질적인 유언에 해당하며, 그렇기에 명목상의 유언은 더 이상 필요 없다. 그의 시 창작은 결국 죽음을 전제로 하지 않을 수 없다. 더욱이 시를 최종 완성하지 못하고 죽는다 하더라도 화석이 되어 장래의 새로운 생명에게 자양분이 될 수 있기에 척토를 향기롭게 할 수 있다. 말하자면 이육사는 죽음을 전제로 한 시 창작을 지속하면서 자기희생의 극한적인 길로 나아가려는 강인한 정신을 표현하고 있는 것이다. 이것이 바로 이육사가 도달한 '금강심'의 정신적 경지라 하겠다.

루쉰 역시 『야초』의 「제사(題辭)」에서 '들풀(야초)'의 죽음과 썩음의 생명현상에 빗대어 자신의 정신적 경지를 표현한 바 있다. 남의 썩음을 자양분으로 삼아 생존을 다투면서 성장한 '들풀'은 다시 죽고 썩어 스스로 남의 생존을 위한 자양분이 된다. 개체로서 '들풀'의 죽음과 썩음은 안타까운 일이지만, '들풀'은 '썩음'을 통해 다시 새로운 생명을 잉태하여 유적(類的) 생명의 지속성을 보장한다.[18] 그래서 루쉰은 '들풀'의 죽음과 썩음에 대하여 "하지만 나는 태연하며 기뻐한다. 나는 크게 웃을 것이며 노래 부를 것이다"라고 답한다. '들풀'의 죽음과 썩음에 빗대어 표현되고 있는 루쉰의 정신적 경지는 "죽어 화석이 되어 내가 묻힌 척토를 향기롭게" 하려는 이육사의 정신적 경지와 동궤에 놓인다.

그럼 이육사에게 강인한 정신의 소유자로서 전진을 지속하게 만드는 힘은 무엇인가? 그것은 무지개(또는 별)로 표상되는 그 무엇이다. 무지개는 "겨울은 강철로 된 무지갠가 보다"(「절정」)에서, "그리고 새벽하늘 어데 무지개 서면 / 무지개 밟고 다시 끝없이 헤여지세"(「파초(芭蕉)」)에서, "연기를 천정으로 곱게 불어 올리고", "거기에 개인 날의 무지개를 그리는 것이었다"(「계절의 표정」)에서 드러난다. 그 무지개는 "저바리지 못할 약속(約束)"(「꽃」)을 뜻하는 바, "내 목숨을 꾸며 쉬임 없는 날"(「꽃」)을 지속하며 추구할 그 무엇이다. 이육사는 바로 이 무지개 때문에 청포를 입고 찾아오는 손님을 위해 "은쟁반에 하이얀 모시 수건을 마련하"고(「청포도」), "임자 없는 한 개의 별을 가질 노래를 부르고", "새로운 지구(地球)에단 죄(罪)없는 노래를 진주(眞珠)처름 홋치고"(「한개의 별을 노래하자」), 해조(海潮)의 소리를 "거인(巨人)의 탄생을 축복하는 노래의 합주!"(「해조사(海潮詞)」)로 듣는다. '무지개'에 대한 한 치의 흔들림이 없는 믿음이 있기에 "다시 천고(千古)의 뒤에 / 백마(白馬)타고 오는 초인(超人)이 있어 / 이 광야(曠野)에서 목놓아 부르게 하기" 위해 "내 여기 가난한 노래의 씨를 뿌린다."(「광야(曠野)」) 그렇다면 이육사에게 무지개는 루쉰의 '과객'에게 앞에서 재촉하며 부르는 '소리[聲音]'와 같다. 루쉰의 '과객'이 전진을 재촉하는 그 '소리'에 귀 기울임으로써 어둠 속의 무덤을 향해 계속 걸어갈 수 있었듯이 이육사 역시 '무지개'에 대한 흔들림 없는 믿음을 가지고 있었기

---

18 졸저, 『천상에서 심연을 보다ー루쉰의 문학과 정신』, 선학사, 2005, 194쪽 참조.

에 죽음을 무릅쓰고 현실의 고난을 뚫고 계속 전진할 수 있었던 것이다.

　여기까지 이르면, 우리는 이육사 문학과 루쉰 문학의 상관관계를 좀 더 검토할 필요를 느낀다. 이육사의 시를 시대 순으로 읽다 보면 중요한 사실 하나를 발견하게 된다. 그것은 1936년 후반부터 이육사의 시 창작이 본격화되는 동시에 이전의 시와 비교하여 큰 변화가 일어난다는 점이다. 이육사는 1933년 12월에 발표한 「황혼(黃昏)」에서 "내 골ㅅ방의 커—텐을 걷고 / 정성된 마음으로 황혼을 맞아드리노니 / (…중략…) 황혼아 네 부드러운 품안에 안기는 동안이라도 / 지구의 반쪽만을 나의 타는 입술에 맡겨다오"라고 읊었는데, 개인적인 감상(感傷)이 다소 강하게 드러난다. 1935년 6월에 발표한 「춘수삼제(春愁三題)」의 첫 수에서는 "이른 아침 골목길을 미나리장수가 기 르게 외우고 갑니다. / 할머니의 흐린 동자(瞳子)는 창공(蒼空)에 무엇을 달리시는지, / 아마도 X(옥)에 간 맏아들의 입맛(味覺)을 그려나보나 봐요"라고 읊었다. 슬픔이 북받치는 고단한 현실의 풍경을 아름다운 시어로 담담하게 그려냄으로써 독자로 하여금 가슴을 저미게 만든다. 하지만 시인의 강인한 정신세계가 짙게 배어나지는 않는다. 1936년 1월에 발표한 「실제(失題)」에서도 "행랑뒤골목 휘젓한 상술집엔 / 팔려온 냉해지처녀(冷害地處女)를 둘러싸고 / 대학생의 지질숙한 눈초리가 / 사상선도(思想先導)의 염탐 밑에 떨고만 있다"라고 하여 현실의 풍경을 담담하게 그려내는 데 치중하고 있다. 이 시기까지 이육사의 시 창작은 현실의 풍경을 담담하게 그려내면서 거기에 자신의 감정을 이입시키는 것이었다.

　그렇지만 1936년 12월에 발표된 「한개의 별을 노래하자」에 이르면 이육사의 시세계는 대번에 새로운 단계로 상승한다. 이육사는 이 시에서 "한개의 별을 가지는건 한 개의 지구를 갖는 것 / 아롱진 서름밖에 잃을것도 없는 낡은 이땅에서 / 한 개의 새로운 지구를 차지할 오는날의 기쁜노래를 / 목안에 핏대를 올려가며 마음껏 불러보자"라고 읊었다. 이때부터 이육사의 시는 현실의 풍경을 담담하게 그려내는 데서 벗어나서 시인의 정신세계를 드러내는 강한 사상성을 띠기 시작한 것이다. 그것은 곧이어 발표된 「해조사(海潮詞)」(1937.4)에서 "쇠줄에 끌려 걷는 수인(囚人)들의 무거운 발소리! / 옛날의 기억을 아롱지게 수(繡)놓는 고이한 소리! / 해방을 약속하던 그날밤의 음모(陰謀)를 / 먼동이 트기전 또다시 속삭여 보렴인가?"라고 한 데로 이어진다. 「편복(蝙蝠)」(1937.8)에서 시인은 "이제는 「아이누」의 가계(家系)와도 같이 서러워라! / 가엾은 박쥐여! 멸망(滅亡)하는 겨레여!"라고 하여 조국의 운명을 박쥐의 운명에 빗대어 표현한다. 또 「노정기(路程記)」(1937.12)에서 시인은 지나온 삶이 '오래 묵은 포범(布帆)처럼 달아매인 삶의 티끌'에 지나지 않고 '다 삭아 빠진 소라 껍질에 붙어온 거미'에 지나지 않지만 "쫓기는 마음 지친 몸이길래 / 그리운 지평선을 한숨에 기오르면 / 시궁치는 열대식물처럼 발목을 오여쌌다"라고 읊는다. 시인은 지나온 삶이 아무리 보잘것없고 발목을 오여싸는 '시궁치'에 이른다 하더라도 '그리운 지평선을 한숨에 기오르는' 전진을 포기하지는 않는다. 이처럼 1936년 후반부터 이육사의 시 창작은 현실의 풍경을 담담하게 그려내는 데서 점차 시인의 정신세계를 형상화하여 강한 사상성을 드러내는 쪽으로 전환되고 있는 것이다.

　「절정」(1940.1)과 「교목」(1940.7)은 이육사 시의 사상성이 절정에 달하고 있음을 보여준다. 이 중에서 「절정」을 보자.

　　매운 계절의 채찍에 갈겨

　　마침내 북방으로 휩쓸려 오다.

하늘도 그만 지쳐 끝난 고원
서릿발 칼날진 그 위에 서다.

어디다 무릎을 꿇어야 하나
한 발 재겨 디딜 곳조차 없다.

이러매 눈 감아 생각해 볼밖에
겨울은 강철로 된 무지갠가 보다.

　　1936년 후반부터 이육사의 시 창작이 현실의 풍경 묘사에서 시의 사상성을 강화하는 방향으로 변하게 된 계기는 무엇일까. 이미 앞에서 검토하였거니와 그것은 「루쉰 추도문」(1936.10)에서 보듯 루쉰 문학과의 만남을 생각하지 않을 수 없다. 물론 그 만남은 공명을 통한 자각의 차원이지 단순한 영향 관계로 따져 말할 수 있는 것은 아니다. 이육사가 「『시학(詩學)』앙케에트에 대한 대답」에서 '내가 사숙(私淑)하는 시인'의 항목에 "내가 사숙까지 했던 사람은 없습니다"라고 대답했거니와 어느 한 작가의 영향으로 인해 이육사의 시세계가 새롭게 구축된 것은 아니다. 다만 이육사의 시세계가 새로운 단계로 상승하는 그 중간에 「루쉰 추도문」이 놓여 있다는 사실은 매우 중요하다. 이육사는 루쉰 문학을 탐독하면서 예술과 정치의 관계 및 창작 '모랄'에 대한 루쉰의 입장을 정리하고 확인함으로써 그에 대한 공명과 자각을 통해 점차 시 창작과 행동을 일체화시키고 시의 사상성을 획득해나가는 방향으로 나아간 것으로 보인다.

5. 동궤에 놓인 문학정신

「루쉰 추도문」은 이육사의 시 창작이 새로운 단계로 상승하는 어떤 분수령이 되고 있는데, 이육사는 루쉰 문학과의 만남을 계기로 '문학적 실천'으로서의 시 창작을 본격화하면서 문학의 사상성을 더욱 강화하는 방향으로 나아갈 수 있었다. 더욱이 의미심장한 것은, 루쉰 문학이 보여주고 있는 전진을 지속하는 강인한 정신의 소유자로서의 인물 형상과 자기소멸을 감내하는 자기희생적인 정신의 경지는 이육사 문학에서도 동일하게 나타난다는 점이다. 이것은 이육사 문학을 루쉰 문학과 같은 높이에서 나란히 놓고 논할 수 있음을 뜻한다.

다만 이육사 문학과 루쉰 문학을 같은 높이에서 논할 때 고려하지 않을 수 없는 것은, 이육사가 처했던 창작의 열악한 현실적 조건이다. 이육사에게 시를 쓰는 행위는 현실에 저항하는 실천적 '행동'인바, 그는 "이 행동이란 것이 있기 위해서는 나에게 무한히 너른 공간이 필요로 되어야 하련마는 숫벼룩이 끓앉을 만한 땅도 가지지 못한 내라 그런 화려한 팔자를 가지지 못한 덕에 나는 방안에서 혼자 곰처럼 뒹굴어 보는 것이오"(「계절의 오행」)라고 하였듯이 그가 '행동'할 수 있는 공간은 루쉰과 비교할 수 없을 정도로 위축되어 있었다. 그의 창작이 분량 면에서 루쉰 문학에 크게 미치지 못하는 것은 어쩌면 당연한 일일지도 모른다. 그렇지만 이육사가 그러한 악조건 속에서도 루쉰에 비견될 수 있는 문학정신의 경지에 도달했다는 것은 대단한 일이 아닐 수 없다. 우리가 근대시기에 민족저항시인으로서 이육사를 첫째로 꼽아야 하는 이유도 바로 여기에 있다.

신동엽과 크로포트킨, (탈)주권의 시와 사상

최진석

어원을 따져볼 때, 아나키즘은 하나의 '원리'나 유일한 '수장'을 받아들이지 않는 사상(an-arche)을 말한다. 어떠한 절대적인 원칙이나 이념도 거부하고 자율적으로 삶을 창조하는 활동을 아나키즘이라 부르며, 이러한 어의를 활용하여 정치적으로는 '무정부주의' 또는 '무강권주의(無强權主義)'로, 예술·미학적으로는 '자유로운 창조의 원리'로 규정되어 왔다. 그러나 아나키즘은 무엇이든 마음내키는 대로 해도 좋

표트르 크로포트킨
(Petr Kropotkin, 1842~1921)

다는 전적인 자유방임의 사상은 아니다. 오히려 아나키즘은 그것을 실천하는

신동엽(申東曄, 1930~1969)

주체에게 스스로의 고유한 규칙을 세울 것을 요구한다. 규칙의 해체와 설립을 창조적으로 반복하는 것이 아나키즘의 주요한 원리인 것이다. 그러므로 아나키즘은 일률적인 규범적 사상이라기보다 원리를 이탈하는 운동, 곧 아나키적 탈주를 통해 그 현실성을 표현한다고 말할 수 있다.

우리가 지금부터 살펴보려는 신동엽과 표트르 크로포트킨은 여러 가지 면에서 대조적인 인물들이지만, 아나키를 실천하는 지식인이었다는 점에서는 상당한 공통점을 갖는다. 이 두 명의 이름이 생소한 이들을 위해 간략히 그들의 생애를 정리해 보면 다음과 같다.

신동엽은 1930년 8월 18일 충남 부여읍 동남리의 가난한 농가에서 태어났다. 식민지에 대한 일본 제국주의의 수탈이 강화되면서 점차 전쟁을 향한 기운이 고조되던 시절이었으며, 가진 것 없는 빈농의 집안에서 신동엽에게 주어진 혜택 같은 것은 전무한 시절이었다. 1919년 3·1운동에 깜짝 놀란 일제는 총칼로 지배하던 무단통치를 문화정치로 전환했으나, 이는 물리적 공포를 대신해 정신적 회유와 억압을 노리고 행해진 고도의 통치전략이었다. 해방운동에 동참했던 많은 민족주의자들이 전선에서 이탈했으며, 무장투쟁을 벌이던 혁명가들은 만주나 중국으로 밀려나 힘겨운 저항을 계속해야 했다. 요컨대 국내에서 독립을 위한 운동이나 해방적 사상의 공유는 기대하기 힘든 형편이었다. 어린 신동엽을 지배했던 것은 빈곤과 민족적 차별, 전망 없는 미래에 대한 불안 등의 부정적 감정이었다. 학교와 일상에서 일본어를 사용하며 일본제국의 신민으로 살아가는 한편으로, 가족 내에서는 굶주림과 힘겨운 노동으로 대변되는 제국의 어두운 그늘을 체험하며 살아야 했던 탓이다. 소학교시절에는 제법 잘하던 일본어를 바탕으로 일본에 연수를 다녀올 정도로 명민했으나, 이는 아버지 신연순이 주변에서 경비를 어렵게 변통한 덕분이었기에 마냥 좋았을 리 없다. 해방 후 전주사범을 다니던 1948년, 외견상 문학을 좋아하던 조용한 성품이던 신동엽은 동맹휴학에 참여하여 퇴학당하지만, 그 다음 해에 단국대 사학과에 입학해 학업을 계속했다. 청년기 그를 지배한 것은 일본어로 번역된 세계의 사상이었으며, 여기엔 그를 강렬히 매혹시킨 '무정부주의자' 크로포트킨도 포함되어 있었다. 하지만 직접적 행위를 통해 아나키즘을 실천하고자 했던 것은 아니다. 오히려 조용한 시적 통찰과 문학활동을 통해 자신의 이념을 표현하는 데 더욱 집중했던 듯싶다. 한국전쟁의 소용돌이 속에서도 그는 묵묵히 시에 전념하고자 했으나, 민족의 내전이란 현실로부터 완전히 자유로울 순 없었다. 그 후, 1959년 「이야기하는 쟁기꾼의 대지」라는 장시(長詩)로 등단하여 본격적인 시적 여정을 밟게 되고, 민중언어 현장성과 생동하는 이미지, 역사의식으로 충만한 서사 등으로 인상적인 문학활동을 펼치게 된다. 김수영과 더불어 1960년대의 대표시인으로 호명되었지만, 두 사람의 시적 분위기는 사뭇 달랐다는 점을 지적해두자. 4·19가 일어나자 민중의 자기해방을 잠시 노래하기도 했다. 그러나 곧이은 5·16으로 인해 사정은 급변했고, 암울한 억압의 시절이 되돌아왔다. 신동엽은 「껍데기는 가라」와 같은 명시를 통해 대중의 환호를 받았고 시론을 통해 사회사상과 이념을 표현하였는데, 그의 시세계를 '아나키즘적'이라 부르는 연유가 여기에 있다. 하지만 이러한 시도가 채 무르익기도 전인 1969년, 청년기부터 앓던 디스토마가 악화되어 급서하고 말았다. 만 40세 무럽이었다.

1842년, 유럽과 아시아를 잇는 러시아 제국의 귀족가문에서 태어난 표트르 크로포트킨은 장래가 촉망되는 인재였다. 사회해방의 분위기가 유럽의 어느 나라보다도 뒤늦었던 러시아에서 신분상의 위계는 절대적인 것이었는데, 크로포트킨처럼 태어날 때부터 높은 지위를 보장받는 행운을 누리게 되면 일생을 안락하게 보내는 데는 아무런 문제가 없던 시절이었다. 예컨대 부유하고 권위있는 가문에서 출생한 귀족의 자제는 어릴 적부터 황실의 근위학교에서 교육받을 수 있는 기회가 주어졌다. 이는 비슷한 상위 신분의 귀족들과 널리 교류하며 장래의 동맹관계를 일찍부터 형성할 수 있다는 의미일뿐만 아니라, 황제와 그의 가족들을 지근거리에서 보좌하며 출세의 지름길을 닦는 코스에 진입했음을 뜻했다. 편안하지만 게으른 삶을 보장받았던 다른 귀족청년들과 달리, 크로포트킨은 '안 해도 되는' 학문에 상당한 관심을 보였다. 각종 자연과학과 철학 등에 몰두하여 무도회나 사냥, 여행에 빠져 살았던 친구들과는 다른 인생관을 형성했으며, 당시에는 귀족청년이라면 누구나 지원하는 수도근무 장교생활을 버리고 시베리아로 떠나길 자원한다. 낯선 곳을 탐험하며 자연관찰과 인구연구에 기여하고 싶었기 때문이다. 본문에서 살펴보겠지만, 시베리아 체험을 통해 크로포트킨은 민중의 자생적 삶의 중요성을 깨닫게 되고, 그것이 실제로 가능하다는 사실을 몸소 겪어낸다. 그리고 민중의 독자적 삶을 위협하는 것은 다름 아닌 억압적 국가권력이란 사실을 통찰한 후, 본격적인 아나키즘 운동의 대열에 합류해 평생을 바치게 된다. 19세기 내내 아나키즘은 코뮌주의와 경합하는 사회사상으로 수많은 동지들을 규합해 냈으며, 동아시아 사회운동사에도 뚜렷한 각인을 남겼다. 크로포트킨은 국가를 인류사에 존재하는 모든 악의 근본으로 규정짓고,

국가와는 다른 삶의 양식을 발명하여 살아가는 것만이 인류를 해방시키고, 궁극적으로는 우리 모두가 공존할 수 있는 방식임을 역설했다. 그의 노력 덕분에 아나키즘은 19세기 러시아 혁명사상의 핵심적인 동력으로 등장하여 해방운동의 결정적인 흐름을 만들기도 했다. 하지만 1917년의 러시아 혁명은 코뮌주의, 더 정확히는 볼셰비키의 승리로 마무리되었다. 볼셰비키들은 혁명운동의 '원로'로서 크로포트킨을 존중해 주었지만, 그들이 이룩한 '노동계급의 사회'가 이전과 같은 국가의 또 다른 판본인지, 혹은 새로운 공동체의 모습인지 크로포트킨은 판단하기 어려웠다. 소련 사회의 문제점을 지속적으로 지적하고, 변혁의 요구를 끊임없이 제기함으로써 이 문제를 극복하고자 했으나, 79세의 고령에 접어든 크로포트킨에게 그런 과제는 힘겨운 일이었다. 1921년, 노령에 만성질환이 겹친 끝에 영면했고, 혁명동지들의 전송을 받으며 모스크바에 묻혔다.

1. 아나키의 자연학과 인간학

1) 크로포트킨과 상호부조의 자연-윤리학

미하일 바쿠닌(Mikhail Bakunin, 1814~76)으로 대표되는 근대의 아나키즘이 사회사상과 정치운동에서 파장을 불러일으켰다면, 그의 후배 격인 크로포트킨은 과학사상과 윤리학에서 아나키즘을 일신했다고 평가된다. 이때 크로포트킨에게 과학이란 대체 무엇을 의미했을까? 과학은 또한 윤리학과 어떻게 연관되는가?

근대 세계에서 과학은 종교를 대신한 신앙이자 생활세계를 체계적으로 직조하는 도구로서 군림해 왔다. 프란시스 베이컨과 아이작 뉴턴으로 대표되는 근대의 경험과학 및 기계론은 실험의 반복성과 재현가능성을 통해 이 세계에 선형적 인과율을 도입하는데, 이는 모든 사람들이 동일한 척도와 관점에 따라 세계를 동일하게 인식하기 시작했음을 뜻한다. 예컨대 14·15세기에 이탈리아에서 고안되고 전파된 투시법(perspective, 원근법)은 비단 회화의 작법에 있어서만이 아니라, 르네상스를 거치며 근대적 인식 전반의 특징이자 보편성으로 자리 잡게 되었다. 일반적으로 근대성과 등치되는 세속적 합리주의는 불변하는 과학적 진리라기보다 역사의 어느 시점부터 과학적인 것으로 합의되고 일반화된 사고의 틀을 가리킨다. 이렇게 '합리화'와 동치되는 과학은 데카르트의 코기토가 보여주듯 정신과 물질, 주체와 객체, 인간과 자연의 이분법적 관점을 지지한다. 근본적으로 그것은 인간에 의해 지각되고 통제가능한 것과 그렇지 못한 것의 대비, 즉 이성적으로 이해할 수 있는 것과 그렇지 못한 것의 구별 위에 세워져있는 것이다. 이로써 가시적인 것, 인지로써 파악되고 계산할 수 있는 것에 대한 과학의 지배가 시작된다. 반면 보이지 않는 것, 지성으로써 파악불가능하거나 계산의 범위를 넘어서는 것은 열등하고 쓸모없는 것, 혹은 아예 존재하지 않는 것으로 치부된다. 가시성과 비가시성 사이의 위계가 설립되는 것이다. 왜 위계가 문제인가? 여기서 크로포트킨의 비판의 포문이 열린다. 비가시적인 것과 가시적인 것의 서열은 자연에 대한 인간의 지배를 '자연화'한 담론적 정당화이며, 이는 인간 지성의 우월함을 그 자체로 입증해 주는 게 아니라 그 권리와 능력의 남용을 역으로 폭로할 따름이기 때문이다.

실증주의의 창시자 오귀스트 콩트(Auguste Comte, 1798~1857)에 대한 크로포트킨의 서술은 근대 과학이 기대고 있는 인간중심주의(휴머니즘)에 대한 통렬한 비판이다. 분명 근대 과학은 이전 시대의 철학과 종교가 수행했던 인간 삶의 종합이라는 과제를 경험론과 기계론을 통해 달성했다. 그런데 그가 보기에 이러한 과학의 종합화, 종합적 과학의 등장은 겉보기처럼 그렇게 '합리적'이지 않다. 다시 말해 객관적인 자연, 사물의 세계를 있는 그대로 반영하는 게 아니라는 말이다. 오히려 여기에는 전통적인 철학(형이상학)과 종교(도그마)가 움켜쥐고 있던 인간학적 편견과 모순이 그대로 잔존해 있다. 근대인들은 합리화된 과학의 이름을 빌어 삶을 지배하려 들지만, 어떤 의미에서 그것은 예전의 폭력적인 지배질서를 겉보기만 다른 휘장 속에서 반복하는 것이다.

> (콩트는 – 인용자) 신을, 다시 말하면 인간이 윤리적이기 위하여 예배하고 기도드리지 않으면 아니되었던 기성종교의 신을 거부하고 그 대신에 대문자로 쓴 인류로 바꾸어 놓았다. 이 새로운 우상 앞에 무릎 꿇고 절하기를, 그리고 또 우리 속에 있는 윤리적 감정을 발달시키기 위하여 그것 앞에 기도드리기를, 그는 우리에게 요구했던 것이다
>
> ─크로포트킨, 『현대과학과 아나키즘』

중세의 신앙이 인간을 초월적 신에게 굴종시켰듯, 근대 과학은 인간을 인류라는 추상명사 앞에 복종시킨다. 그런데 콩트의 실증철학이 그 최후의 단계에서 형이상학으로 복귀하듯, 이러한 인류숭배는 결국 이름을 바꾼 신학,

형이상학적 사변의 반복이라는 것이다. 그 치명적인 결과는 무엇인가? 크로포트킨이 깜짝 놀라며 탄식하는 지점은 인류에 대한 신학-형이상학적 숭배가 인간을 인간의 기원으로부터 분리시킨다는 것, 즉 자연과 인간을 단절시킨다는 사실이다. 다윈의 진화론이 본래 의도했던 바로서 인간의 동물적 원천을 망각하고, 인간과 사회를 동물적 자연으로부터 절연시켜 비(非)지상적인 존재로 추상화했다는 것이다.

인간의 윤리적 감정이 그 사회성이나 사회 자체와 똑같이, 인간 이전의 기원을 갖고 있는 현상이라는 것을, 그리고 그것이 자연계의 관찰과 인간의 사회생활의 체험의 축적에 의하여 인간 속에 보강된 동물적 사회성의 일층 진화하고 발달한 것임을 콩트가 인시하지 못한 결과 그러한 결론에 도달하지 않을 수 없었다. (…중략…) 그는 동물에서 인간에로 부단히 계속되는 진화과정을 승인하지 않았다. 그 결과, 그는 다윈이 이해한 바를, 즉 인간의 윤리적 감정은 최초의 인류적 동물이 이 지상에 출현하기보다 훨씬 이전에 동물사회 속에 발달한 상호부조 본능의 일층의 진화에 불과하다는 것을 인정하지 못했던 것이다

— 크로포트킨, 『현대과학과 아나키즘』

크로포트킨에 대한 흔한 오해의 하나는 그가 다윈의 진화론을 반대했다는 것, 즉 생존경쟁에 반대하여 상호부조를 내세웠다는 것이다. 하지만 정확히 말해 그가 반대했던 것은 속류화된 다윈주의였다. 오히려 크로포트킨은 원숭이(동물)에서 인간으로의 '진화'를 근본적인 관점에서 지지해 왔다. 다만 다윈의 사상이 '다윈주의'로 고착되면서 나타난 정체(停滯), 즉 동물과 인간의

연속에도 '불구하고' 인간은 동물적 단계로부터 단절하는 데 성공했고, 급기야 동물과는 '다른' 종(種)이 되었다는 강변이 문제였다. 역설적으로 크로포트킨은 다윈의 관점을 다윈보다도 더욱 급진적으로 밀어붙여 동물계와 인간계를 한데 묶고자 했다는 점에 주목해야 한다. 만약 인간이 동물과 단절되고 구별되는 윤리를 갖는다면, 그것은 동물로서의 인간이라는 근대 과학의 위대한 발견을 근본부터 뒤집어엎는 과학의 퇴행에 다름 아니다. 만일 인간에게 윤리라고 할 만한 것, 삶의 전 과정 속에서 반복되고 집약되는 어떤 행위의 패턴이 있다면, 그리고 그것이 사회적 삶을 지속가능한 것으로 만드는 요소라면, 그것은 동물적 인류로부터 기원하여 인류적 동물로 이어지는 일관된 삶의 원리일 터이다. 요컨대 크로포트킨에게 윤리는 자연-인간, 동물-인간의 연속성 위에서 성립하는 에토스인 셈이다.

이렇게 볼 때 동물과 인간을 분리시키고, 전자를 후자의 대상으로만 간주하는 근대 과학 / 학문은 실상 객관적 관찰과 조사의 귀결이라 할 수 없다. 크로포트킨에게 근대 과학은 사실에 근거한 종합적 학문이 아니라 추상적 논리 속에 움츠러든 정신주의적 도그마에 불과하다. 그렇다면 아나키란 무엇인가? 그에게 아나키는 이렇게 선형화된, 홈패인 공간에 갇힌 과학을 급진적으로 탈구시키는 것, 인간과 자연, 인간과 동물을 전면적으로 종합시키는 운동이자 윤리이다.

아나키는 인간의 사회생활을 포함시켜 전자연을 포괄하는 현상의 기계적 해명에 바탕한 우주관이다. 그 연구방법은 자연과학의 방법론이니, 이 방법론에 의하여 일체의 과학적 결론이 검증되지 않으면 안 된다. 그 경향은, 자연은 온갖 현상—인간의 사회생활과 그 경제적 · 정치적 · 윤리적 문제를 포함시켜—을 포섭하는 종합철학을 기초닦음, 전술한 바의 원인으로 말미암아 콩트나 스펜서가 범한 오류에 빠지지 않고서 그것을 수행함에 있다.

— 크로포트킨, 『현대과학과 아나키즘』

크로포트킨에게 세계는 동물과 인간이 공통적으로 포함된 자연의 공동체라 할 수 있다. 사회, 곧 인간의 공동체는 그 일부에 불과하기에, 사회를 전면화하여 자연을 포획하고, 그로써 인간의 지배를 정당화하고 영구화하는 것은 지극히 반윤리적인 행태일 것이다. 아나키는 크로포트킨에게 세계의 전체성을 향한 요구이자 운동, 온 세계에 대한 욕망으로서의 윤리라 불러도 좋을 듯하다. 이러한 아나키의 종합적 자연학이 파국에 도달한 근대 과학의 대안이 되어야지 않을까?

2) 신동엽과 전경인의 시적 인간학

이제 논점을 신동엽에게로 옮겨보자. 자연과 인간, 세계를 문제삼을 때 우리가 주목해야 할 지점은 그의 후기 사유, 즉 전경인(全耕人) 사상이다. 일단 전경인의 문제의식은 물질문명으로 대표되는 현대가 '맹목기능자(盲目技能者)'라 불리는 전문가의 영역들로 파편화되어 있다는 데서 출발한다. 달리 말해, 이는 분과영역들로 무수하게 쪼개진 과학 및 학문으로부터 배태된 근대("현대")의 문제다. 신동엽의 대표적인 시론 「시인정신론」을 함께 읽어보자.

현대의 예술, 종교, 정치, 문학, 철학 등의 분업스런 이상 경향은 다만 이러한 역사적 필연 현상으로서만 설명이 될 수 있을 것이다. 모든 것은 상품화해가고 있다. 이러한 광기성은 시공의 경과와 함께 배가 득세하여 세계를 대대적으로 변혁시킬 것이다.

세계는 맹목기능자의 천지로 변하고 말았다. 눈도 코도 귀도 없이 이들 맹목기능자는 인정과 주인과 자신을 때려눕혔고 핸들 없는 자동차같이 앞뒤로 쏘아 다니며 부.수고 살라 먹고 눈깔 땡깜을 하고 있다. 하다 지치면 뚱딴지같이 의미없는 물건을 만들어도 보고 울고불고 하고 있는 것이다. 기생탑과 국가학과 지구는 스스로 길러 내놓은 이들 병신자식들의 비칠거리는 발길에 채이고 받치고 파괴되면서 있다.

— 신동엽, 「시인정신론」

이러한 현대의 분화는 "어려운 시대"이자 "우스운 시대"이기도 하다. 왜 그런가? 본질적인 근원을 망각한 채, 분리와 분열의 현재를 절대적인 것으로 오인하고 있기 때문이다. 일종의 세계수(世界樹)라 부를 만한 '한 그루의 고목' 대신, 그것이 떠받치는 '축대'가 현대인의 눈에는 근원으로 비치고 있으며 거기서 피어난 '버섯'들은 제각각의 자립성을 주장한다. 풀어 말하자면, 본연의 자연(고목)이 있고, 인공적인 현대 문화(축대)가 그 자연 위에 세워져 있으며, 각종의 분과영역들(버섯들)이 다시 그 문화적 토대 위에 구축되어 있는 셈이다. 직관적으로 연상할 수 있듯, 이러한 현대의 물질문명은 칸트 이래 정립된 근대의 분열이자 근대 과학 / 학문의 성립과 일치하는 현상이다. 축대 위에 피어난 작은 버섯들이 저마다 "절대적 성립자"로서 자립성을 앞세울 때 이 세계는 협소해진다. 문명이 자연에 대한 대립을 통해 성장하지만 동시에 고립되듯, 이와 같은 차수성(次數性)의 현대는 지성의 발달과는 정반대로 세계를 인간의 인식과 시선 속에 축소시키고 유폐해 버리는 것이다. 그래서 현대인의 "정신적 둥근 원"은 고작 고층건물들 사이의 거리에 지나지 않고 숙소와 직장, 오락실 사이의 거리 또는 서적의 개념들 사이의 거리에 불과하게 된다. "차수적 세계성"은 "인류수(人類樹)"로 표상되는 바, 그것은 인간 사회의 인지적 관계의 총합으로서 자연-동물의 연속성으로부터 탈구된 부분성만을 지시하고 있다.

통념적으로 연상될 만한 해결책은 떠나온 '대지'로 되돌아가는 것이다. 그것은 "인류의 봄철, 인종의 씨가 갓 뿌려져 움만이 트였을 세월, 기어다니는 짐승들에겐 산과 들과 열매만이 유일한 의지요 고향이었으며, 어머니 유방에 매어달린 간난 아기와 같이 그들과 대지와의 음양적 밀착관계 외엔 어느 무엇의 개재도 그 사이에 용납될 수 없"는 '에덴의 동산' 곧 '원수성(元數性)' 세계로의 귀환에 다름 아니다. 본격적으로 전경인이 주가 되어 살아가야 하는 세 번째, '귀수성(歸數性)'의 세계는 귀환인 동시에 성장, 결실맺는 가을에 노동하는 어른의 세계로서 묘사되고 있다.

> 우리들은 백만 인을 주워 모아야 한 사람의 전경인적 세계를 표현하며 전경인적인 실천생활을 대지와 태양 아래서 버젓이 영위하는 전경인, 밭 갈고 길쌈하고 아들 딸 낳고, 육체의 주량에 합당한 양의 발언, 세계의 철인적·시인적·종합적 인식, 온건한 대지에의 향수적 귀의, 이러한 실천 생활의 통일을 조화적으로 이루었던 완전한 의미에서의 전경인이 있었다면 그는 바로 귀수성세계 속의 인간, 아울러 원수성 세계 속의 체험과 겹쳐지는 인간이었으리라.
>
> — 신동엽, 「시인정신론」

본연의 순수성과 타락, 회복된 낙원의 서사는 우리에게 낯설지 않다. 간단히 조명해 볼 때 현대라는 차수성 세계의 협애한 세계상을 근본적이고 본질적인 차원으로 되돌리려는 희원은, 근대 과학 / 학문에 의해 조형된 세계구조를 벗어나려는 운동이란 점에서 그 자체로 아나키적이라 할 수 있다. 근대 물질문명의 눈부신 발전이란 궁극적으로 인간과 자연의 연속성을 부정하고, 자연을 인간의 도구를 앞세워 정복하려는 기획에 다름 아니기 때문이다. 이러한 단절과 불연속을 극복하기 위해서는 다시금 자연과 인간 사이의 오랜 연속성을 되찾을 필요가 있다. 그런데 앞서 살펴본 크로포트킨의 경우와 묘하게 갈라지는 부분이 여기서부터 나타난다. 크로포트킨에게 근대를 일탈하는 아나키적 운동의 핵심은 근대 과학이 분별해 놓은 자연(동물)과 인간의 격자를 뛰어넘는 데 있었다. 즉 자연-인간 사이의 동등한 존재론적 근원성을 복구하는 일이었다. 반면, 신동엽에게 근대 과학의 첨단, 즉 차수성의 물질문명을 넘어서는 방법은 본원적인 인간성을 회복하는 데서 발견된다. 다시 말해, 신동엽에게 자연성이란 곧 인간성이며, 인간의 회복만이 자연의 회복에 값하는 가치를 지닌다. 그에 따르면

흔히 국가, 정의, 원수, 진리 등 절대자적 이름 아래 강요되는 조형적 내지 언어적 건축은 그 스스로가 5천년 길들여 온 완고한 관습적 조직과 생명과 마력을 지니고 있는 것으로서 현대인구 거의 전부가 이 일에 종사하면서 이곳으로부터 빵을 얻어 먹고 생의 근거를 배급받으며 다시 이것을 모셔 받들어 살찌게 만들어 주고 있는 것이다. 대지에 발 벗고 늘어붙어 자급자족하는 준전경인적 개체들을 제외하고는 거의 모든 인구가 조직되고 맹종되고 전통화된 차수성적 공중기구 속에서 생의 정신적 및 물질적

근거를 급여받고 있다.

— 신동엽, 「시인정신론」

현대는 노예화된 사회다. 인간은 저마다 전문가("맹목기능자")를 자처하지만 실상은 문명적 체계의 일부분에 결박되어 "개미집"같은 세상에서 연명하고 있다. 국가화된 사회, 자본주의 경제구조를 당장 떠오르게 하는 이러한 문명의 특징은 "분업"이다. "우리 인류문명의 오늘이 있은 것은 오직 분업문화의 성과이다." 이때 불거진 결정적인 문제는 "분업문화를 이룩한 기구 가운데 '人'은 없었던 것"이다. 사람[人]이란 무엇인가? 신동엽에게 그것은 "육혼"을 가진 존재다. "의젓한 전경인적 육혼의 체득자"가 바로 사람이며, "詩의 · 哲의 '인'"이다. 되찾은 낙원이란 결국 전경"인"들의 유토피아, 그들의 공동체를 가리킨다. 나아가 전경인이란 무엇보다도 정신적 존재를 말한다. 귀수성 세계의 핵심이 "생명의 발현"에 있다고 할 때, 그것을 체현하는 자는 시인이며, 그는 철학, 종교, 문학을 통합함으로써 "차수성세계가 건축해 놓은 기성관념을 철저히 파괴하는 정신혁명을 수행해" 나가는 자다. 이로써 신동엽의 근대 비판 및 회복의 서사는 인간성의 복원에 명확히 초점이 맞춰진다. 그것은 휴머니즘에 대한 강렬한 지향에서 발원하며, 자연은 그 자체의 실재로서가 아니라 인간의 시선에 투영된 세계상을 함축한다. 차수성 세계가 자연-동물을 대상화하고 생명으로부터 배제하는 제한된 영역에 설정되어 있다면, 귀수성 세계는 자연-동물을 포함하되 전경-인간의 손아래 포착되고 있다. 물론 이는 근대 과학이 노정했던 대상화된 자연관과는 다른 것이겠지만, 자연의 본래성조차 전경인-시인에 의해 회복된다고 단언할 때, 여기엔 일종의 인간주의, 즉 휴머니즘이 도사리고 있음을 부인할 수 없다. 이러한 사유가 근대적 인간중심주의로부터 얼마나 멀리 떨어져 있는지 당장은 판별하기 어려워 보인다.

아나키를 어떠한 강압적인 규범과 규칙으로부터도 벗어하는 원심적 운동이라 정의할 때, 근대 문명(과학)에 대한 비판이란 점에서 신동엽의 시적 사유는 다분히 아나키적이라 불러도 좋을 것이다. 그러나 개략적으로나마 살펴보았듯 그 운동의 벡터는 크로포트킨과 사뭇 다르다. 여기서 우리는 누구의 아나키가 더욱 근본적인지 물을 수는 없다. 그런 질문이야말로 아나키의 본래적인 함의, 즉 '원리 없는(an-arche)' 운동에서 벗어나 일종의 '근본 원리(arche)'를 세우려는 시도일 터이기 때문이다. 그보다 지금 우리는 크로포트킨과 신동엽 사이에서 생겨난 아나키적 벡터의 차이가 어떤 양상으로 그들의 윤리적이고 시적인 세계상에서 전개되어 나가는지 좀 더 파고들어가 보는 게 나을 듯하다.

2. 아나키적 세계상과 세계감각

1) 제국의 지리학 vs 코뮌의 지리학

다시 크로포트킨의 이야기로 돌아가 보자. 그가 스스로 과학자임을 자임했고 그 과학의 학제적 명칭이 지리학이었음은 기억할 만한 사실이다. 황실의 근위장교로 복무하기 위해 사관학교를 다니던 크로포트킨은 자신의 귀족적 삶이 결국 전제주의에 복무하는 길이며 민중의 실생활과는 무관함을 깨닫고는, 화려한 수도생활을 떠나 시베리아의 벽지를 자신의 임지로 선택하게 된다. 그의 시베리아 체험은 실상 아나키적 순례의 과정이기도 했다. 이름만 군복무일 뿐 실상 오지개척이나 다름없는 척박한 생활을 견디며 지도에도 없는 땅을 맨몸으로 헤쳐 나가야 했기 때문이다. 하지만 시베리아에서 그는 박물지에도 기록되지 않은 자연의 식생과 생태계에 관한 풍부한 관찰과 조사를 수행할 수 있었고, 국가의 통제로부터 벗어나 자율적인 생활세계를 구성하고 있는 촌락공동체와도 만날 수 있었다. 자서전을 통해 스스로가 밝히듯, 시베리아의 체험은 크로포트킨을 아나키스트로 전환시키는 중요한 사건이었다. 벽지에서 다져진 인간과 자연에 대한 경험들은 그의 학문적 식견을 높여주었고, 1871년에는 상트페테르부르크의 제국지리학협회 사무관으로 위촉받기도 했으나, 그는 망설임 없이 그 자리를 거절했다. 전제주의가 엄존하는 가혹한 현실에서 학자의 영예로운 삶이란 고통 받는 민중의 생활을 등지는 것임을 깨달았기 때문이다.

주변에 배고픈 사람들이 진흙 같은 한 조각 빵 때문에 투쟁하는 때에, 고상한 즐거움을 누리는 것이 어떻게 옳다고 할 수 있겠는가. 내가 이 고상한 정서의 세계에서 생활하기 위하여 소비하는 모든 것은 바로 땀 흘려 농사지어도 자식들에게 빵 한 조각 배불리 먹일 수 없는 농민들에게서 빼앗은 것 아닌가. (…중략…) 그래서 나는 지리학협회에 거절의 답변을 보냈던 것이다

— 크로포트킨, 『크로포트킨 자서전』

반복하건대, 우리가 크로포트킨의 전기적 이력을 들추는 이유는 시베리아 체험의 의미 때문이다. 그의 지리학적 탐사는 분과학문으로서 지리학의 경계를 훌쩍 넘어선다. 19세기 후반 무렵 지리학은 근대 과학의 한 분과로서 영토에 대한 인류학에 해당했다. 즉 자연식생과 자원분포 및 인구의 배치를 조사하여 기록함으로써 지배를 원활히 하는 수단이 지리학이었던 것이다. 하지만 크로포트킨은 이 근대적 학문 장치를 '다른' 방식으로 사용하고자 했다. 그는 '제국의 지리학'이라는 장치에 기생하여 국가의 관점에서 자연과 민중을 착취하는 방법을 개발하기를 거부하고, 국가 너머의 그리고 근대 너머의 삶의 양식이란 어떤 것인지 '감히 알고자' 했다. 『자서전』에 상세히 기술한 바, 크로포트킨은 국가의 지배를 벗어나는 삶, 곧 국가 없는 사회의 가능성을 조심스레 타진했던 것이다.

시베리아에서 몇 년간 지내면서 다른 곳에서는 얻을 수 없는 교훈을 얻었다. 행정기구는 절대로 민중을 위해 유용하게 사용될 수 없다는 깨달음이었다. 나는 그 같은 환상에서 영원히 벗어났다. 나는 인간과 인간성뿐 아니라 인간 사회의 내적인 원천을 이해하기 시작했다. 문서에는 좀처럼 등장하지 않는 이름 없는 민중의 건설적인 노동이 사회의 발전에 얼마나 중요한 역할을 하는지 눈앞에 또렷이 나타나기 시작했다. 일례로 나는 아무르 지방에 이주된 두호보르파 공동체의 생활방식을 보면서 형제애를 기반으로 한 반(半)코뮌주의적 조직에서 얻어지는 막대한 이득을 보았다. 러시아 개척민의 정착이 거의 실패하는 상황 속에서 그들의 이민이 성공할 수 있었던 이유를 깨달았다. 그것은 책에서는 배울 수 없는 것이었다. 원주민들과 생활하면서 문명의 영향력이 없이도 복잡한 사회 조직이 만들어질 수 있다는 것을 알게 되었다. 이러한 경험은 책에서 얻은 깨달음 못지않은 각성을 가져다주었다. 이름 없는 민중이 모든 중요한 역사적 사건 — 전쟁까지 포함해 — 을 완성하는 것을 목격한 나는 이들의 역할을 실감하게 되었다. 『전쟁과 평화』에서 톨스토이가 표현한 것처럼 지도자와 민중과의 관계에 대해 다시 생각하게 되었다. (…중략…) 나는 이미 아나키스트가 될 준비를 하고 있었던 것이다

— 크로포트킨, 『크로포트킨 자서전』).

시베리아는 자연의 발견이자 민중의 발견이란 점에서 크로포트킨의 일생에 특별한 전환점을 기록한다. 전술했듯, 제정러시아의 깨어있는 지식인으로서 그는 민중이 가난과 억압 속에 신음하고 있다는 사실을 잘 알고 있었다. 관료사회에서의 출세와 안락을 포기하고 굳이 오지를 택해 떠난 것은 그런 민중을 잊지 않겠다는 지사적 결의가 있었기 때문이었을 것이다. 하지만 귀족출신 지식인의 '시혜적' 태도는 시베리아에서 변화를 겪게 되는데, 민중이 고통 속에 괴로워하고 오직 인텔리겐치아의 구원 하나만을 바라면서 연명하고 있지 않다는 것을 발견했기 때문이다. 현실 정치의 가혹함만큼이나 자연조건의 냉혹함에 둘러싸인 시베리아의 민중은 자신의 삶을 스스로 구성해가는 방법을 배우고 체득하고 있었다.

크로포트킨에게 지리학은 공간에 대한 상상력이었고, 이때 공간은 온 세계를 포착하는 감각의 창문이었다. 이러한 공간의 세계감각 속에는 자연 일체와 사회 일반이 들어있고, 동물과 인간은 연속체로서 규정된다. 상호부조의 윤리적 감정은 이러한 종 너머의 일관성을 통해 작동하며, 그것을 전제하지 않는다면 한낱 지성의 강압에 불과할 것이다. 상호부조는 인간과 사회가

독점하는 특별한 자질이나 능력이 아니다. 오히려 그것은 자연과 동물, 인간 사이에서 맺어진 연속성과 일관성을 가리키는 이름이자 기능이다. 상호부조는 윤리학적 명제인 동시에 자연학적 사실에 속하며, 이런 관점에서 크로포트킨은 상호부조의 윤리를 "본능"과 "진화"의 산물이라 규정한다.

> 상호부조 원리의 두드러진 중요성은 특히 윤리의 영역에서 확실하게 드러난다. 상호부조가 우리들의 윤리 개념에 실질적인 기반이라는 점은 너무나 명확한 듯하다. 상호부조의 감정이나 본능이 처음에 어떻게 해서 나타났든 동물계의 가장 낮은 단계로까지 거슬러 그 자취를 살펴야 한다. 그리고 오늘날까지 인간이 발전하는 모든 발전단계마다 무수한 반작용을 거스르면서 중단없이 발전해 온 진화과정을 이러한 단계들로부터 추적해 볼 수 있다.
>
> —크로포트킨, 『만물은 서로 돕는다』

거칠게 요약해본다면, 크로포트킨에게 진화란 세계라는 거대한 공간, 전지구적 생태계에서 변전하고 반복되는 코나투스(conatus)와 같은 힘이다. 즉 그것은 관성처럼, 동물에게도 인간에게도, 미개인에게도 문명인에게도, 그 존재자들이 하나의 공간 속에서 존속해가기 위해서는 의지할 수밖에 없는 불변항이자 원리인 것이다. 이 점에서 "진화"는 선형적인 변이와 비가역성으로 규정되는 통념과 달리, 항상 차이나는 반복이라 말해도 좋을 것이다. 그래서 크로토프킨의 진화론은 19세기의 역사주의적 가정, 즉 인간과 사회의 영원한 진보를 표방하지 않는다. 예를 들어 헤겔의 역사철학에서 진보가 인간이나 국가와 같은 유일한 주체를 전제하고 지배와 종속을 구조적으로 내포하는 발전을 뜻한다면, 크로포트킨에게 역사는 그러한 진보를 표상하지 않는다. 차라리 크로포트킨에게 역사는 상호부조의 윤리를 바탕으로 삼아 개별적인 자유의 영역들이 확보되는 공간들의 전개다. 우리는 그것을 근대와 국가에 기반한 '제국의 지리학'과는 상이한, '코뮌의 지리학'이라 명명할 수 있을 것이다.

2) 국가의 역사학 vs 코뮌의 역사학

신동엽이 단국대 사학과에서 공부했고 역사교사로 일했다는 사실은 잘 알려져 있다. 물론 직업적 선택과 세계관이 동일하지는 않지만, 역사에 대한 관심은 그의 시가 보여주는 시간적 스펙트럼 속에 잘 표명되어 있다. 역사적 사건에 대한 그의 묘사가 실제 사실에 충실하든 그렇지 않든, 또는 역사의식적이든 아니든, 시작(詩作)에 있어 그것은 시간의 상상력에 근거하는 것이다. 이에 따를 때 국가나 지역, 장소의 명칭들은 그것들의 고유성 너머의 일관된 흐름, 즉 시간의 축에 따라 꿰어지고 의미를 부여받는다. 시간이 없다면 개별 공간들의 고유성은 "축대 위의 버섯"들 마냥 자립적이되 무의미하게 소진되고 말 것이다.

독일, 원극장에선
교향곡 〈운명〉을 연주하는
교향악단원의 손과 귀,
베토벤, 그는 1827년에 죽었던가,

그 음악은 이조말의 반도 하늘에도 메아리쳐 오고 있었을까?

베트남 정글 속에선,
불란서 식민지 침략군 맞아 싸우는
원주민의 우렁찬 함성,

일본에선 2백 년의 봉건쇄국주의가
문을 깨치고
미일수호조약을 체결,
기름기 오른 군벌자본가들이
요정에 앉아 공장을
설계하는 날,

경복궁에선
조대비가, 중국 곤륜산서 따온
사슴 사향,
양지바른 대청마루 앉아
천산남로 거쳐온, 중국상인과
흥정하고 있을 때.

1854년,
전봉준은
서해가 보이는 고부 땅

두승산 기슭에서 태어났다.

— 신동엽, 『금강』, 제12장(164～164)

시간은 여기서 서로 다른 공간적 지점들을 의미론적 축에 따라 배치하는 힘이다. 하지만 이러한 시간의 흐름은 인과적인 선형성이나 가치론적 위계에 이끌리지 않은 채, 차라리 아나키적 의미생성의 분방성을 발산하며 공간들을 연결 짓는다. 물론 나열된 공간들의 가치론적 무게가 온전히 똑같지는 않다. 베트남 정글과 군벌자본가들의 요정, 경복궁 대청마루, 두승산 기슭이 아무런 차이도 없이 그저 공간으로서 평등하지만은 않을 것이다. 『금강』 내에서나 여러 시편들에서도 자주 나타는 시간적 좌표들의 병치는 그 의미론적 가치의 경중보다 시간성의 주파(走破)에서 우리의 주의를 요구한다. 서로 다른 공간들의 대조와 대립, 양립과 조화, 병렬과 충돌이 자아내는 몽타주 효과는 세계사의 모든 사건들이 그 자체로는 고립되고 단독적인 사건인 듯 여겨져도, 사실은 상호 연관된 사건적 맥락을 형성하고 있음을 표현하고 있다. 보다 구체적으로 말해, 시간적으로 열거되는 사실들(facts)은 발생적 연쇄를 통해 사건들(events)의 역사로 구성되는 것이다.

우리들은 하늘을 봤다
1960년 4월
역사를 짓눌던, 검은 구름쟝을 찢고
영원의 하늘을 보았다.

잠깐 빛났던,

당신의 얼굴은

우리들의 깊은

가슴이었다

하늘 물 한아름 떠다,

1919년 우리는

우리 얼굴 닦아놓았다.

1894년쯤엔,

돌에도 나무등걸에도

당신의 얼굴은 전체가 하늘이었다.

— 신동엽, 『금강』(123)

　『금강』의 앞머리에 나오는 이 시간적 배치는 후화〈2〉에서 역순으로 반복되는바, 생활세계의 일상적 사물들을 시간이 관통함으로써 어떻게 의미를 발생시키는지 잘 보여준다. 이때 시간, 연표는 일종의 표제적 사건으로서, 그 자체로는 무맥락적으로 놓여있는 사물의 실존을 의미의 연관 속으로 옮겨놓고, 나아가 정치적인 것으로 변환시키는 힘이 된다.

　신동엽에게 시간의 상상력은 사건을 의미화하고 정치화하는 동력원이다. 이 점에서 그가 표명하는 '역사'를 곧이곧대로 역사적 사실들과 실증적으로 맞춰 본다든지, 민족 혹은 민중과 같은 거대담론적인 언표적 맥락에 종속시키는 것은 그다지 생산적이지 않다. 오히려 신동엽에게 역사·시간은 일상적 사물들의 무의미한 나열을 특정한 방식으로 재배치하여 이전에는 존재하지 않았던 의미론적 맥락으로 전이시키는 것, 다시 말해 아나키적 상태를 아나키적으로 증폭시키는 것이라 보아도 좋을 듯하다. 아나키를 아나키로 배중한다는 점에 유의해 보자. 통념대로 아나키를 질서로 환원하는 것이 아니라, 또 다른 아나키로 이행하도록 촉구하고 가속하는 것. 두 번째 아나키는 무엇을 말하는가? 여기서 우리는 아나키에 대한 세간의 혼란과 오해, 그리고 확장된 이해와 만나야 한다.

크로포트킨은 아나키를 적극적인 구성의 과정이라 기술한 바 있다. 그가 윤리적 이상으로 내세운 상호부조는 서로간의 평등을 인정하고, 힘을 연합하며, 생산과 소비를 위해 단결하고, 공동의 방어를 위해 조합을 결성하며, 분쟁의 해결을 위해 중재자를 찾는 등의 능동적인 활동을 전제한다. 이 모든 것들이 동물로부터 인간 사회로까지 연속적으로 나타나는 공동체적 현상임은 물론이다. '아나키스트' 크로포트킨에게 이 과업의 이름은 놀랍게도(!) '코뮌주의'였다. 말 그대로 그것은 코뮌을 만드는 활동이다. 우리는 아나키의 본래면목이 해체와 파괴의 부정성에 있는 게 아니라 구성과 형성의 적극성과 능동성에 있음을 깊이 인식해야 한다. 신동엽에게도 사정은 다르지 않다. 그의 시편들이나 서사시에 나타난 농촌마을의 일상들은 낭만적인 목가나 향수가 아니다. 그 이미지들이 함축하고 있는 새로운 삶과 미래에 대한 전망과 욕망을 정확히 읽을 수 있어야 할 것이다. 이런 점들로부터 신동엽을 '무정부' 시인이라 호명하는 것은 그러한 코뮌주의적 구성의 시학을 간과하고 마는 게 아닐까?

국가에 의해 통치되지 않는 자유롭고 자발적인 공동체, 그것이 코뮌이다. 20세기의 역사에서 이 단어는 '공동으로 일하고 생산한다'는 뜻으로 공산주의(共産主義)라 번역되어 왔으나, 정확한 어의에 따른다면 중세부터 나타난 자율적인 촌락공동체를 가리키는 말이었다. '무엇이든 허락되고 무엇이단

가능하다'는 식으로 이 공동체의 실존을 이상화할 필요는 없다. 어떤 공동체든 하나의 집단이 되기 위해서는 규칙과 질서, 사회적 장치들이 필요하다. 다만 '제도'로 통칭되는 이것들은 소수에 의해 독점되지 않으며, 절대적인 게 아니라 상황에 따라 가변적으로 적용되는 민중적 협력의 산물이다. 이러한 원리 아닌 원리, 원리 바깥의 원리가 상상되고 실천될 수 있는 것은 만물에 극복불가능한 위계란 없다는 존재론적 평등성이 주어져 있기 때문이다. 이론적인 지식이나 규범 없이 이 점을 통찰하는 것이야말로 시적 사유가 갖는 힘 아닐까? 신동엽이 시를 통해 역사를 사유하며 끌어내려 했던 것은, 바로 이러한 망각된 평등의 유토피아였을 것이다. 이는 시인에게 역사란 대문자로 쓰여진 기록(History, Historiography)이 아니라 발생하는 사건들(histories)의 흔적임을 시사한다. 국가의 역사학이 아니라 코뮌(들)의 역사학이 그것이다.

> 지주도 없었고
> 관리도, 은행주도,
> 특권층도 없었었다.
>
> 반도는,
> 평등한 노동과 평등한 분배,
> 능력에 따라 일하고
> 필요에 따라 분배,
> 그 위에 백성들의
> 축제가 자라났다.
> (…중략…)

반도는

평화한 두레와 평등한 분배의

무정부 마을

능력에 따라 일하고

필요에 따라 분배,

그 위에 청춘들의

축제가 자라났다.

우리들에게도 생활의 시대는 있었다.

— 신동엽, 『금강』, 6장(137~138)

　한 가지 눈에 띄는 대목을 언급하자. 바로 "능력에 따라 일하고 / 필요에 따라 분배"한다는 무정부 마을의 원칙이 그것이다. 이는 사실 공평하게 일하고 공평하게 나눈다는 사회주의의 원칙에 대해 마르크스가 도래할 코뮌주의(공산주의) 사회의 원칙으로서 제시했던 원리다. 무조건적으로 1 / n로 나누는 게 아니라 필요에 따라 분배하는 것은 바로 사회적 약자를 배려하고 도와줌으로써 공동체에서 낙오하는 자가 없게 만드는 상호부조의 원칙이라 할 수 있다. 크로포트킨과 신동엽, 심지어 마르크스의 만남을 여기서 목도했다면 지나친 과장일까? 각인의 자유와 발전이 만인의 자유와 발전의 발판이 되는 아나르코-코뮌주의.

3. 예시적 정치, 또는 아나르코-코뮤니스트의 시-윤리

역사적으로 볼 때, 아나키를 무질서와 혼란, 폭력이 난무하는 카오스로 간주하는 것은 주로 아나키즘의 적대자들이 만들어낸 이미지다. 실제로 바쿠닌이라든지, 러시아의 인민주의자들의 경우 폭탄테러와 암살 등의 수단으로써 일거에 혁명적 전환을 이루려는 시도를 감행하기도 했다. 일련의 폭력주의적 전복의 이미지 탓에 근대 동아시아에서 아나키즘이 처음으로 소개되었을 때, 그것은 무정부주의(無政府主義)라는 식으로 옮겨져 국가를 벗어난 상상력에 익숙지 않던 대중들의 불안을 자아내기도 했다. 국가의 강권과 수탈에 지칠대로 지쳐 있으면서도 국가의 '보호'를 떠나서는 삶의 가능성조차 타진할 수 없던 민초들에게 국가는 필요악처럼 여겨졌고, 국가를 타파하자는 사상은 그 자체로 또 다른 의심과 거부의 대상이 되었던 것이다. 하지만 보다 진정한 사유의 관건은 아나키적 부정성이 만들어내는 혼돈이 더 크고 위협적인가, 혹은 국가와 같은 거대권력이 일으키는 혼란이 더 심각한가를 따져보는 데 있다. 어느 쪽인가?

> (15~18세기 동안─인용자) 촌락공동체는 자신들의 민회나 법정 그리고 독립적인 경영권을 빼앗겼고 토지는 몰수되었다. 길드는 자신들의 소유물과 자유를 강탈당하였으며, 변덕스럽고 탐욕스러운 국가 관리들에게 희생되었다. 도시는 주권을 빼앗겼고, 도시 내부의 삶의 원천 ─ 민회, 선출된 판사와 관리, 독립적인 교구와 길드 ─ 은 제거되었다. 이전에 유기적으로 연결되어 있던 모든 고리들을 국가의 공권력이 장악하게 되었다.

국가가 만들어낸 치명적인 정책과 전쟁 탓으로 과거에는 인구도 많고 풍
요롭던 지역들이 하나같이 헐벗게 되었다

— 크로포트킨, 『만물은 서로 돕는다』

근대 국가주의가 절정에 도달한 19세기 한반도의 현실에서 신동엽이 시
화(詩化)하고 있는 혼란과 피폐는 더욱 처절하게 느껴진다.

반도는,

가는 곳마다

가뭄과 굶주림,

땅이 갈라지고 서당이 금갔다.

하늘과 땅을

후비는 흙먼지.

(…중략…)

세금,

이불채 부엌세간 초가집

다 팔아도 감당할 수 없는

세미, 군포,

마을 사람들은 지리산 속 들어가

화전민 됐지.

관리들은 버릇처럼 또

도망간 사람들 몫까지

이징(里徵), 족징(族徵)했다.

— 신동엽, 『금강』, 1장(124~125)

아나키스트들은 권력 자체를 부정하지 않았다. 어쩌면 권력은 사람들이 모여살고 자연과 친화하며 살아가는데 필요한 공동의 역량을 끌어모을 때 나타나는 현상의 하나일 것이다. 문제는 권력이 강권화되는 것, 특정한 소수를 위해 집중되고 폭력적으로 전유되어 비권력적 다수에게 강제적으로 사용될 때 생겨난다. 그와 같은 집중된 권력, 독점되고 사유화된 권력의 근대적 장치가 국가에 다름 아니다. 크로포트킨을 비롯한 아나키스트들은 국가가 행사하는 권력이야말로 무질서의 진정한 원천이라 간주했다. 겉으로는 질서와 평화를 표방하고 있지만, 실상 국가가 인정하고 제공하는 질서와 평화만이 허용될 수 있으며, 그 이외의 다른 질서와 평화는 모두 적대적인 '무질서'로 부정되고 있는 까닭이다. 이러니 국가의 권력이야말로 가장 큰 무질서이자 재난의 원천이 아니면 무엇이란 말인가?

따라서 국가 권력을 와해시키는 것은, '소문처럼' 세상에 파괴를 몰고 오는 것이 아니라 자연적인 삶의 질서를 회복하는 진정한 행위일지도 모른다. 아나키는 실상 '가장 높은 질서에 대한 표현'이라는 뜻이다. 크로포트킨의 경우 자연과 인간이 모두 포함되는 전 지구적 생태계가 바로 그러한 질서의 표현이었고, 신동엽의 경우는 지금-여기의 민중적 공동체가 그것이라 할 수 있다. 다른 식으로 말해, 파괴는 건설을 약속하고 해체는 구성을 수반하지 않으면 아나키가 아닌 것이다. 평화를 주장하는 한편으로 크로포트킨이 궁극적으로 폭력의 경유를 완전히 부정하지 않으며 자위적인 수단을 통한 방어적 폭력을 인정했던 것이나, 신동엽의 시편들에 생경할 정도로 빈출하는 처벌적 테러의 서술은 그렇게 이해해 볼 수 있지 않을까?

여보세요 아사녀(阿斯女). 당신이나 나나 사랑할 수 있는 길은 가차운데 가리워져 있었어요.

말해 볼까요. 걷어치우는 거야요. 우리들의 포등 흰 알살을 덮은 두드러기며 딱지며 면사포며 낙지발들을 면도질해 버리는 거야요. 땅을 갈라놓고 색칠하고 있는 건 전혀 그 흡반족들뿐의 탓이에요. 면도질해 버리는 거야요. 하고 제주에서 두만(豆滿)까질 땅과 백성의 웃음으로 채워버리면 되요.

— 신동엽, 「주린 땅의 지도원리」(46).

9십9의 인민을
구제하기 위하여
1의 악은 제거돼야 할 줄 아오.

좌시하면 9십9가 4십되고
4십이 십5가 되어
어느덧 우리의 자리는
악과 어둠의 세력에 의해 지워져 버리오.
(…중략…)

전쟁을 넘어서서

사회혁명으로 이끌자는

말씀이었습니다.

— 신동엽, 『금강』, 제16장(204~205)

　폭력, 처벌적 테러는 사회혁명이라는 전면적 탈주를 향하는 한 아나키의 한 국면으로 작동한다. 신동엽이 역사를 자꾸만 호명하는 까닭은 소재적 차원에서 그런 것만은 아닐 듯하다. 오히려 폭력을 통해 어긋난 질서를 되돌리고, 처벌적 테러로써 시간을 바로잡는 행위가 이전까지 존재해 왔음을 역사 속에서 보여주기 위한 것은 아니었을까? 혹은, 실제 역사가 그러한 자연성(인간성) 복귀의 서사를 '실증'하지 못한다고 해도 상관없을지 모른다. 현재 실존하지는 않지만, '가능한' 해방적 세계를 미리 연출하고 살아봄으로써 잠재성을 현실성으로 견인하는 예시적 정치(prefigurative politics)로서 시를 읽는 것 역시 불가능하진 않다. 그런 의미에서 신동엽의 다소간 거칠고 다듬어지지 않은 시적 언표들을 다시 음미해 볼 이유는 충분하다. 포악하고 피폐한 현실을 사실주의적으로 재현하는 것만이 아니라 이를 통해 새롭게 열릴 수 있는 현실을 미리 그려보는 것, 또는 촉구하는 것으로서의 시. 현존하는 현실을 이반하고 낯설게 변형시켜 현실에 되돌려주는 문학. 일견 '폭력적'으로 비치기조차 하는 이런 행위는, 말 그대로 아나키의 시적 실천에 가깝지 않을까?

　하지만 아나키의 시를 자기 목적적으로 정향된 위반과 폭력의 시학으로만 규정짓긴 어렵다. 그럴 경우, 우리는 아나키를 또 다른 의미에서 근대적 자기정당화의 일환으로 이해할 소지가 있기 때문이다. 이 점에서 폭력에 관한 크로포트킨의 표명을 보충적으로 삽입할 필요가 생긴다. 근대 아나키즘의 역사를 국가에 대항하는 사회, 즉 코뮌들(촌락공동체와 도시)의 저항의 역사로 간주하는 크로포트킨은 힘 자체를 거부하는 것은 아니다. 다만 어떤 힘이든, 그것이 일종의 강권 즉 폭력적 행사가 될 때, 거기에는 제거할 수 없는 필수적인 전제가 수반된다는 것이다.

그렇다. 물론 우리는 힘에 의존할 권리를 갖는다. 왜냐하면 이 경우, 전혀 해를 끼치지 않은 통킹 시나 줄루 족을 우리가 공격한다면, 독사를 죽이듯이 우리를 죽이기를 우리 자신이 요구하고 있기 때문이다. 즉 "우리가 언젠가 공격자의 편에 서게 된다면 우리를 죽여라"라고 우리는 자식들에게, 동료들에게 말한다. 우리가 언젠가 자신의 원칙을 배반하고, 동포를 착취하기 위해 상속권을 갖는다면 그것이 하늘에서 떨어진 것이라 해도 그것은 우리 자신들을 착취하라고 요구하는 것이다.

— 크로포트킨, 「아나키즘의 도덕적 기초」

함의는 간단하다. 자기비판이 전제되지 않는 폭력은 허용될 수 없다는 것. 상호성은 아나키의 윤리이기에 좋든 나쁘든 강압적 힘은 '밖'을 향하는 것만큼이나 '안'을 향한다. 당연하게도, 이는 자연학적 이치이기도 하다. 아나키의 시는 아나키의 윤리에 의해 보충될 뿐만 아니라 전제되어야 한다. 거꾸로 말하는 것도 틀리지 않으리라. 아나키의 윤리적 명제는 현실적이고 가능한 힘의 논리에 의해 보충되지 않는다면 아무 소용이 없다. 중세와 근대의 코뮌들이 국가의 섬멸전에 대항해 자위적인 투쟁을 벌인 것은 다만 관념의 놀이가 아니었던 것이다. 그러므로 아나키의 윤리는 아나키의 시에 의해 보충되는 동시에 전제될 필요가 있다. 데리다 식으로 말하면 아나키의 시와 윤리는 대리보충적이다. 이론적인 의미에서만이 아니라 실천적인 차원에서 아나키의 시와 윤리는 항상 서로를 '초월론적으로' 동반한다.

간편히 말해, 이런 사유를 아나키의 시–윤리(poetico-ethica)라 함께 불러도 좋을까? 크로포트킨의 아나키즘과 신동엽의 아나키즘은 같으면서도 다르다. 아마 지금껏 논의해 온 양상들을 볼 때, 우리는 이미 다른 점들을 더 많이 확인했을지 모른다. 그러나 이러한 '다름'이야말로 그들 각각의 아나키적 분기들을 '동시에' 생각하고 '더불어' 묶어볼 만한 여지를 제공하지 않는가? 이와 같이 아나키적 힘의 분기들이 섞이고 모일 때, 우리는 아나키들의 코뮌주의를 말할 수 있을 것이다. 마르크스가 『공산주의당 선언』에서 주장한 대로, "각인의 자유로운 발전이 만인의 자유로운 발전의 조건이 되는 하나의 연합체"로서의 코뮌주의의 '각자'는 아나키스트들이라 부를 수 있는 까닭이다. 이렇게 크로포트킨과 신동엽은 아나키스트이자 코뮤니스트로 호명될 여지가 생겨나고, 그들의 시와 윤리는 공동의 실천 속에 명명될 이유를 얻는다.

4. 아나키의 시–윤리에 코뮌주의적으로 응답하기

아나키즘을 일관된 정치·사회사상으로 자리매김하려는 많은 시도들에도 불구하고, 우리는 역사적으로 존속했던 수많은 아나키적 흐름들을 목도하며 그것들이 한 가지의 원리로 환원될 수 없는 차이를 통해 명멸했음을 확인할 수 있다. 아나키스트 크로포트킨의 사유가 윤리학에 가닿고, '무정부주의 시인' 신동엽이 시학에 도달했던 것은 그들 각자의 아나키적 운동이 머물

렀던 마지막 정거장에 불과하리라. 하지만 전자의 최후 저작이『윤리학』이고 후자는「시론」이었다는 점은 역설적인 시사점을 표출한다. 과연 그들의 아나키가 생물학적 생명의 한계를 뛰어넘어 더 나아갈 수 있었다면, 어디로 향할 수 있었을까? 아니, 궁극적인 목적지를 묻는 것이야말로 아나키에 대한 오해를 드러내는 것일지 모른다. 이 글을 맺으며 집중해야 할 것은 아나키적 영원회귀가 산출하는 효과에 있다.

크로포트킨과 신동엽이라는 두 사례에서 드러난 아나키의 행로는 간단하지만 급진적이다. 이론의 언어를 빌어 표명한다면, 아나키는 세계사를 주파하며 '낯설게' 서사화함으로써, 현재의 시공간적 경계선을 허물어뜨리고 '새롭게' 구성하고자 한다. 이 세계는 되는 대로 놓아둔다고 해서 저절로 나아지지 않는다. 인과적으로 규정된 시공의 현재를 탈선시키고 시공간의 좌표를 탈구시킴으로써 '다른' 세계가 도래하도록 촉구하는 것이 예시적 정치요, 아나키적 실천이다. 아나키의 윤리학과 시학, 혹은 아나르코-코뮤니스트의 시-윤리가 그것일 터. 아마도, 그렇게 도래할 미래의 이미지가 크로포트킨이 노래하던 상호부조의 공동체이며, 신동엽에게는 민주주의이자 '무정부마을'이 아니었을까? 아래는 그런 사상을 표현한 신동엽의 미발표 산문의 일부다.

민주주의의 본뜻은 무정부주의다. 인민에 의한, 인민을 위한, 인민의 정부, 이것은 사실상 정부가 따로 존재하지 않는다는 것을 뜻한다. 인민만이 있는 것이다. 인민만이 세계의 주인인 것이다.

크로포트킨과 신동엽이 사망한지 거의 100년과 50년이 채워져 간다. 이들의 아나키적 사유와 실천이 현재 어떠한 반향을 남기고 있는지는 아직 불명확하다. 학술서적과 논문만을 두고 따진다면, 우리는 확실히 그들에 관한 수많은 자료와 해석을 접할 수 있을 것이다. 하지만 아나키에 대한 응답은 오직 아나키로만 가능할 듯하다. 앞서 살펴보았듯, 아나키의 시-윤리는 그것에 코뮌주의적으로 결합함으로써만, 아나르코-코뮤니스트가 됨으로써만 현실적인 것으로 표현될 것이기 때문이다. 따라서 아나키의 시학과 윤리학으로 신동엽과 크로포트킨의 삶과 활동을 반추해 보는 것은 아직 아나키적 시-윤리의 실천이 될 수 없다. 시작은 이제부터인 것이다.

참고문헌

신동엽, 「금강」, 『신동엽전집』, 창작과비평사, 1985.

_____, 「시인정신론」, 『신동엽전집』, 창작과비평사, 1985.

_____, 「주린 땅의 지도원리」, 『신동엽전집』, 창작과비평사, 1985.

_____, 「7월의 문단」, 『신동엽전집』, 창작과비평사, 1985.

크로포트킨, P., 백용식 역, 「아나키즘의 도덕적 기초」, 『아나키즘』, CBNU Press, 2009.

_____, 김영범 역, 『만물은 서로 돕는다』, 르네상스, 2005.

_____, 김유곤 역, 『크로포트킨 자서전』, 우물이있는집, 2003.

_____, 이을규 역, 『현대 과학과 아나키즘. 아나키즘의 도덕』, 창문각, 1983.

조명희, 다아스포라 지식인의 횡단과
근대시의 기원

오윤호

포석(抱石) 조명희(趙明熙)는 1894년 8월 10일 충북 진천군 진천읍 벽암리에서, 선비이며 학자인 아버지 조병행과 연일 정씨 어머니 사이에서 4남 2녀 중 막내아들로 태어난다. 자(字)는 경덕(景德), 호적명은 명희(明熙), 애칭은 칠석이었다.

네 살 때 부친인 조병행이 죽고 난 후, 조명희는 둘째 형 조경희 집에 머물며 어머니로부터 한글을 배우고, 서당에서 한

조명희(趙明熙, 1894~1938)

자를 배우기도 했다. 진천소학교에 다니며 열네 살에 충북 서산에 사는 여흥 민씨 집안의 딸인 민식(閔植)과 혼인을 하게 된다. 1914년 한여름, 서울중앙

고등보통학교 졸업반이었던 조명희는 북경사관학교로 떠나려다가 평양에서 둘째형 경희에게 잡혀 집으로 내려오게 되었다. 이 시기 『홍루몽』, 『삼국지』 등 많은 소설을 접하는데, 특히 『매일신보』에 연재되던 민우보 역의 「희무정(噫無情, 레 미제라블)」에 빠져 지냈으며, 이광수의 「무정」을 포함한 근대 소설과 『태서문예신보』, 『창조』, 『삼광(三光)』 등 근대 잡지를 접하게 되면서 '문예'에 눈뜨게 된다.

1919년 3월 초, 3·1 만세 운동을 하다가 유치장에 갇히고 난 후, 조명희는 5년간의 고향 생활에서 벗어나 일본 도쿄로 가 동양대학 인도철학윤리학과에 입학한다. 경제적 사정과 언어 소통, 문화 차이의 어려움을 겪으며, 학비 문제로 고생하게 된다. 그런 와중에도 괴테를 읽고 타고르와 하이네를 읊었다. 친하게 지내던 극작가 김우진과 함께, 1920년 봄 도쿄에서 우리나라 최초의 본격 근대극 연극 단체인 '극예술협회'를 창설한다. 1921년 여름에는 유학생과 노동자들의 모임인 동우회의 전국 순회 연극단의 공연 작품으로 조명희가 쓴 〈김영일의 사〉가 채택되어 크게 호평을 받았다.

조명희는 경제적인 어려움 때문에 학업을 중단하고 3년 반 만에 식민지 조선으로 돌아오게 된다. 귀국 다음 해에 상경해 조선일보 기자로 일하고, 노적(蘆笛)이라는 아명으로 시집 『봄 잔디밧 위에』(1924)를 출간하게 된다.

1925년 8월에 KAPF(조선 프롤레타리아 예술가동맹)에서 지도자 역할을 한 조명희는 『개벽』에 「땅속으로」를 발표하면서, 소설가로서 새로운 문인 생활을 시작하고 1927년 7월 『조선지광』에 단편 「낙동강」을 발표하면서 프로문학을 대표하는 선구적 작가가 된다. 그러나 조명희의 경성 생활 역시 일제 식민 통치 속의 숨막히는 압박감과 불안감, 헤어날 길 없는 가난으로 점철되었다.

1928년 8월 조명희는 일제 경찰의 탄압으로 신변의 위협을 느끼며 소련으로 망명하게 된다. 연해주 블라디보스토크에서 그는 이전의 서정시와는 다른 분위기의 산문시 「짓밟힌 고려」를 '조생'이란 필명으로 세상에 발표하게 된다. 이 시는 일제에 대한 강한 저항 의지를 담고 민족 해방과 계급투쟁을 과감하게 드러내고 있다. 이후 조명희는 조선인 육성촌에서 조선어 교사로 있으면서 문예를 지도하며, 동화극 〈봄 나라〉, 동요 〈눈싸움〉, 〈샘물〉과 같은 작품들을 쓰게 된다. 당시에 그가 쓴 시, 소설, 정론, 평론 등의 작품들은 소비에트 조선문학의 방향성을 보여 주었다.

1934년에는 작가 파제예프 추천으로 소련작가동맹 맹원으로 가입했으며, 연해주의 한국신문 『선봉』의 문예면편집을 자문하게 된다. 이듬해 하바롭스크로 이사한 후 조선사범대학의 교수로 재직한다. 『선봉』 신문에 문예란을 만들고, 자신의 한글 및 문학 교육을 받아 창작된 한글문학 작품들을 모은 『로력자의 조국』을 출간하기도 했다. 당시 조명희는 블라디보스토크나 우수리스크 인근 연해주 또는 빨치산스크 등지에서 많은 제자들을 문학가로 길러 냈다.

1937년 장편소설 『만주 빨치산』 집필 도중 소련 내무인민위원회 기관원에 연행되었으며 가족은 스탈린의 '고려인시베리아 강제 이주' 정책으로 중앙아시아로 강제 이주하게 된다. 이듬해에 소련 당국으로부터 일제의 첩자라는 죄목으로 1938년 4월 15일에 사형 선고를 받고 5월 11일에 하바롭스크 현지 주르사 감옥에서 처형당한다.

1956년 스탈린 사후 흐루시초프 정권 때, 소련 극동군관구 군법회의는 1938년 4월 15일의 결정을 파기, 무혐의로 처리하고 조명희를 복권시켰다. 1959년 12월 10일에 조명희문학유산위원회에서 편찬한 『조명희 선집』이 소련과학원 동방도서출판사에서 처남 황동민에 의해 양장본으로 출간되었다.

1988년 한국 정부가 월북납북작가·작품을 해금 조치함으로써, 조명희에 대한 문학적 연구가 활발하게 이루어지고 있다.

1. 경계에 선 근대문학의 선구자

대한제국이 일본의 식민지가 된 지 벌써 100년이 흘렀으며, 한국 근대문학의 태동과 전개 역시도 100여 년의 시간이 흘렀다. 근현대 문학의 정체성에 대한 많은 도전과 의문들 속에서 조명희 문학은 철저하게 배제되었거나, 너무 늦게 문학 연구자의 관심을 받게 되어 문학사적인 조명을 제대로 받지 못한 경우라 할 수 있다. 여기에는 조명희가 프롤레타리아 혁명의 나라인 소련으로 망명한 작가였다는 정치적인 점도 크게 작용했을 것이며, 부차적으로는 '조명희를 조선의 작가로 볼 수 있는가?'라는 배타적 민족문학의 시각도 담겨 있다.

그럼에도 불구하고 조명희는 한국 근대문학의 형성과 KAPF 소설의 문학적 가치를 논의하는 데 빼놓을 수 없는 작가로 평가받는다. 도쿄 유학 시절에 결성한 '극예술협회'가 초연한 〈김영일의 사〉는 조명희가 쓴 연극 대본으로, 우리나라 최초의 창작 희곡으로 평가받고 있다. 특히 러시아의 소설가 고리끼와 톨스토이에 경도되어 당대 현실을 사실주의적 기법으로 서술해 낸 「낙동강」[1]은 조명희를 대표하는 소설이자, 일제 식민지 현실 속에서 프롤레타리아 혁명을 꿈꾸는 계급적이면서도 민족적인 현실 인식을 제대로 형상화해

낸 KAPF소설로 평가받고 있다.

이에 비한다면, 우리나라 첫 번째 창작 시집이라고 평가할 수 있는『봄 잔 듸밧 위에』나 연해주 망명 전까지 썼던 사실주의 경향의 시들, 연해주로 정치 망명한 후 쓴 여러 산문시들과 동요시들은 상대적으로 높은 문학사적 평가를 받은 것은 아니다. 물론「짓밟힌 고려」와 같이 일제에 나라를 빼앗긴 조선인이 민족적 정체성을 환기한 시에 대한 평가도 이루어졌지만, 문학성 그 자체보다는 프롤레타리아 문학의 성과로 받아들여지는 면이 없지 않다. 정치적 이데올로기와 민족적 경계를 넘어서는 디아스포라 문학을 상정한다면, 조명희는 근대문학의 디아스포라 작가로 손꼽을만하다. 식민지 조선에서 문학 청년기를 보내고, 도쿄 유학 시절에 서구 근대문학을 본격적으로 접했으며, 다시 식민지 조선으로 돌아와 KAPF 문학 활동을 하다가, 소련으로 망명해 소비에트 조선문학을 일으켜 세운 삶 속에서 경계에 선 디아스포라 경험이야말로 조명희 문학의 중요한 토대가 되고 있다.

조명희는 근대문학의 여러 장르를 아우르며 선구적인 문학 활동을 펼쳐 보이지만, 시만큼 작가의 디아스포라 이력을 잘 나타내는 문학 장르도 없을 것이다. 도쿄 유학 시절에 관념적 자연을 노래한 시, 식민지 조선으로 되돌아와 궁핍한 현실 속에서 경험하게 되는 경성의 삶을 형상화한 시, 망명 후 조선의 프롤레타리아 혁명을 꿈꾸며 노래하는 시 등 조명희 시들은 작가가 경험하는 탈경계적 삶의 궤적을 관통하며 울려 퍼지고 있다. 그 선율을 따라서 유랑해 보자.

---

1   「낙동강」은 낙동강 어부의 손자이며 농부의 아들로 태어난 박성운(농업학교 졸업, 군청 농업 조수)이 3・1 독립운동을 하다가 옥에 갇히더니, 출옥한 이후에는 민족주의적 사회주의자로 변화해 나가는 과정을 그린 작품이다.

2. 우주적 관념의 시론과 고독자의 한숨

앞서 언급한 『봄 잔듸밧 위에』는 김억의 『해파리의 노래』, 이학인의 『무궁화』와 더불어 개인 창작 근대 시집으로는 세 번째에 해당한다. 여러 계산속으로 근대 창작 시집 중 '최초'라는 연구 내용이 있을 만큼 한국 근대시에서 중요한 작품집이다. 시집에 담긴 시도 시지만, 무엇보다도 눈여겨 보아야할 것은 시인이 직접 쓴 시집의 '머리말'이다. 이 글 속에는 한 명의 시인이 가져야 할 '예술론'뿐만 아니라, 시 창작론 그리고 민족문학론을 밝히고 있다.

공간의 무한의 길을 걷는 우주를 한 불사조에 비할진대, 우주 자체나 한
마리의 새나 한 사람의 영혼이 무엇이 다르리오.
한 생명이 굴러 나감에 거긔에는 반다시 선과 빗과 소리가 잇슬 것이다.

첫 구절에 시인은 무한한 시간의 우주와 한 마리의 새, 그리고 한 사람의
영혼을 동일시하며 똑같다고 말하고 있다. 한 마리의 새가 날아가는 것이나,
한 사람이 자신의 속내를 드러내는 말을 하는 것 역시 우주적인 사건이라고
보는 것이다. 그래서 "영혼 자체가 예술적이며, 우리가 표현한 것이 우리의
예술품"이 되는 것이다. 『봄 잔듸밧 위에』 속에 형상화된 무수한 자연 현상
이 단순한 외적 사물로서의 대상이 아니라, 하나의 우주적 운행과 생의 박동
을 내포한 실존적 예술의 공간이라는 점을 이 머리말 첫 구절부터 확인할 수
있다. 또한 한 생명의 움직임은 필연적으로 선과 빛, 소리를 갖고 있다고 말
하면서, 예술가가 형상화해야 할 물질적 대상을 구체적으로 언급해 놓았다.

시인은 언어를 통해 사물(자연)의 선과 빛, 소리를 구체적으로 형상화함으로써 예술을 하게 된다. 시인 조명희에게 '시인'은 "위대한 인격의 소유자"로, 풍부한 시상과 여신한 기교를 겸한다면 "종교계의 메시아와 같은 예술계의 메시아가 될 수 있는 존재"다. 시인 조명희에게 시인은 성자이며, 종교이고 철학인 것이다. 그의 시집이 보여 주는 우주적 자연관과 시적 대상의 관념성이란 작가의 예술론에서 기원한 것이라고 말하지 않을 수 없다.

시는 말의 예술이다. 그 말은 아름다워야 할 것이다. 아름다운 말 가운데에는 회화의 요소인 빗이 잇고 음악의 요소인 리듬이 잇슴이라 엇던 사람의 시는 빗이 전연 웁슴은 아니나 음악에 갓가운 것이 잇스며, 엇던 사람의 시는 리듬이 전연 웁슴은 아니나 회화에 갓가운 것이 잇나니. 그러나 그 말의 빗좃차 음악적 배열로 되여야만 함을 보던 시가는 회화보다도 음악에 갓가운 것이라고 할 수 잇다.

시인은 "시는 말의 예술이다"라고 말하며, 그 말이 아름다워야 한다고 주장한다. 머리말의 뒷부분에 가면, '우리의 말'이 아름답지 못하다고 인식하며, "상인화(商人化)하고 야속화(野俗化)된 것"뿐이라고 한탄하며 "시화(詩化)된 것이 몇 마디가 되지 못한다"고 언급하고 있다. 여기에서 시를 언어 예술로 규정하며, 근대적 언어의 유효성을 문제 삼는 것이며, 한편으로는 일상 언어와 문학 언어를 구분해 서술하고 있음을 눈여겨볼 만하다. 또한 시인은 시의 표현을 리듬과 회화로 살펴보면서, 시를 두 가지 하위 장르로 구분하고 그중에서 리듬시가 더 시답다고 주장한다. 그의 초기시에서 내재율을 느낄 수 있는 것도 이러한 시 창작 태도에서 확인할 수 있다.

또한 시인은 외래 문학 수용 시기에 민족문학의 중요성을 철저하게 인식하고 있다.

우리는 보들레르가 될 수 읍스며 타고르도 될 수 읍다. 우리는 우리여야 할 것이다. 우리는 남의 것만 쓸대읍시 흉내 내지 마를 것이다.

붉은 장미가 웃더니 당신의 레이쓰가 웃더니 하는 서인의 노래만 옴기랴 하지 말고, 우리는 몬저 산빗탈 길 돌아들며 지개 목발 두드리어 노래하는 초동에게 향하야 드르라. 한울빗은 멀니 그윽하고 얄분 햇햇 가만히 쪼이는 봄에 그 햇빗의 상한 마음을 저 혼자 아는 듯이 가는 바람이 숫칠때마다 이리저리 나뷔끼는 실버들가지를 보라. 조선 혼의 울음소리를 거긔서 들을 수 잇다.

도쿄 유학 시절에 근대 서구 문학을 접하고 깊은 감명을 받았던 시인은 조선으로 되돌아와, 자신의 문학론을 써내려 갈 때에는 우리의 자연 속에서 경험한 영혼의 울림을 우리의 말로 써야 한다고 말한다. 프랑스의 대시인 보들레르도 될 수 없으며 타고르도 될 수 없고, '조선 혼의 울음소리'를 듣고 그것을 시 작품으로 써야 한다고 밝힌다. 이것은 시인이 그러한 외국 시인들의 작품을 읽었다는 방증이기도 하고, 당대 근대문학의 시인들이 이러한 외국 시인들의 작품을 흉내 내는 경향이 있었음을 간접적으로 지적하는 것이기도 하다. 이러한 언급 속에서, 서구 근대문학을 절대적 가치로 설정하지 않고, 조선의 근대문학은 당대 현실의 생활 감정 속에서 조선어의 풍요한 사용 속에서 이루어져야 함을 강조하는 조명희의 근대문학론을 가늠해 볼 수 있다. 시인에게 시 창작이란, 빈약한 모국어를 풍요롭게 하는 작업이며, 조선적 문학 감각을 가지고 조선적 문학을 형성하는 과정인 것이다.

　이렇듯 『봄 잔듸밧 위에』의 '머리말'은 근대문학의 첨단에서 새로운 조선적 문학 형식을 찾아내려고 노력했던 조명희의 면모를 유감없이 보여 준다. 물론 이러한 시인의 시론을 『봄 잔듸밧 위에』에 대입해, 각각의 작품들을 분석한다는 것은 무리가 있을지 모른다. 시인도 밝히고 있지만, 3부로 나뉘어져 있는 시집은 고향으로 돌아온 뒤에 쓴 근작시를 묶은 '봄 잔디밧 위에', 이전 동경 유학생 시절에 썼던 '노수애음(蘆水哀音)'과 '어둠의 춤'으로 구성되어 있고, 스스로 시집을 구성할 때 "습작시이나 그 가운데서도 영혼의 발자취 소리를 들을 수 있"는 시들로 묶었음을 고백하고 있다. 그럼에도 불구하고, 우주적 관념의 자연에 대한 경도, 외국 문학에 대한 수용과 창조적 변용, 식민지 현실 속에서 방황하는 고독자의 그림자를 발견할 수 있다.

　시집의 3부 중 8편의 시로 구성되어 있는 '노수애음'의 부가 가장 초기의 작품들로 추정해 볼 수 있다. 「떨어지는 가을」, 「고독의 가을」과 같이 가을의 정취를 노래하고, 외로운 시적 자아의 서정을 드러내는 작품들로 구성되어 있다. "동경 유학 시절의 작품인 초기 시편들에, 이국땅에서 느끼는 고독감과 방황의 감정을 가을의 서정으로 노래했다"는 평가도 있지만, 초기작이고 습작시에 가깝다는 점에서, 폴 베를렌의 「가을의 노래」가 표현하는 정취를 많이 찾을 수 있다는 점 또한 주목해야 할 듯하다.

　　성근 落木形骸 새이
　　燈불은 冷寞의 꿈으로 빗처
　　너의 언 가슴속으로 쉬여 나오는 한숨갓치
　　地面을 슷처 가는 바람에 구르는 입

사르르 굴러 쏘 사르르

스러저 가는 세상 외로운 者의 넉시언가

아아 黃金의 面影은 자최도 읍다

지금은 가을이다 찬 밤이다

얘이올린……의 써는 소리로 굴러 온 이 마음은

시드른 풀 속 버레의 꿈 갓다.

바람의 부다치는 외엽 소리에도 魂이 사러지랴 든다.

— 「써러지는 가을」 전문

랭보와 함께 대표적인 프랑스 상징주의 시인인 베를렌은 「가을의 노래」로 우리나라에 가장 많이 소개된 시인이다. 김안서, 이하윤, 박귀송, 이원조 등 많은 문학가들이 번역을 시도했으며, 특히 김안서는 「악성」이라는 시를 쓰기도 했다. 베를렌의 「가을의 노래」는 1920년대 초반 한국 근대 시 형성기에 큰 영향을 미쳤는데, 시적 발상법이나 이미지 및 시어 측면에서 김동명의 「나는 보고 섯노라」와 박종화의 「눈물은 흘러서」 등 여러 시인의 작품 속에서 그 영향을 확인할 수 있다. 생명이 계절의 힘에 굴복해 사라져 가는 가을날 낙엽처럼 정처 없이 떠돌아야 하는 고독한 영혼을 표현하고 있는 베를렌의 「가을의 노래」. 마찬가지로 잎이 풍성할 때는 보이지 않던 등불을 잎이 다 떨어져 버리자 보게 된 시적 자아가 바람에 흩날리는 낙엽을 고독한 자와 동일시하는 「써러지는 가을」은 베를렌의 「가을의 노래」에 나타나는 분위기와 발상법을 공유하고 있다. 특히 '얘이올린……' 소리에 우울과 소멸의 정서를 경험하는 시적 자아에 대한 묘사는 구조적인 측면에서는 거의 동일하다 하겠다.

가을날의 정취를 우수에 찬 슬픔으로 경험하는 고독한 자아를 형상화하는 시 내용은 「고독자(孤獨者)」에서 "바람이 마른 숩풀에 우러 지날 제 / 落葉의 넉슬 좃차 魂을 쓷노다"로, 「나그내의 길」에서 "아아 숩풀의 슷치는 바람 은 뉘 한숨이며 / 여울에 우는 江은 누구의 追悼인가"와 같은 구절 속에서도 찾아볼 수 있다.

'노수애음'과 '어둠의 춤'은 시인의 도쿄 유학 시절에 경험했을 가난한 식민지 지식인의 초상을 '고독자'의 이미지로 잘 형상화해 보여 준다.

나의 故鄕이 저긔 저 흰 구름 너머이면
새의 나래 비러 가련마는
누른 쌍 위에 무거운 다리 움직이며
蒼空을 바라보아 휘파람 치다.
나의 故鄕이 저긔 저 놉흔 山 너머이면
길고 긴 쑴길을 좃차가련마는
生의 엉킨 즐 억매여
발 구르며 부르지지다.
孤寂한 사람아 詩人아
不透明한 生의 慾의 火炎에
들내는 저잣거리 등지고 도라서
古木의 옛 둥쿨 듸듸고 서서
지는 해 바라보고
옛이약이 새 생각에 울다.
孤寂한 사람아 詩人아

하날 끗 灰色 구름의 나라

일흠도 모르는 새 나라 차지러

멀고 먼 蒼空의 길에 저문 바람에

외로운 形影 번득이여 나라가는 그 새와 갓치

슯은 소리 바람결에 부처 보내며

압흔 거름 푸른 꿈길 속에

永遠의 빗을 차자가다.

— 「나의 고향(故鄕)이」 전문

「나의 고향이」는 떠나온 조선 땅에 대한 그리움이 한껏 담긴 시로, '山 너머'라는 수평적 거리감과 '흔 구름 너머'라는 수직적 거리감이 고향을 떠나온 자의 심리적 고통을 잘 드러내 보여 주는 작품이다. 3연과 4연에서 시인은 '고적한 사람'과 '시인'을 동일한 존재로 파악하고 있다. 고독한 사람은 단지 시절의 경험에 감수성 가득 반응하며, 외롭고 쓸쓸하며 아파하는 그런 존재가 아니라, 시인과 같이 자연의 이치를 깨닫고 새로운 영혼을 통해 예술을 창조하는 존재다. 3연과 4연의 내용을 비교해 보면, 단순히 떠나온 조선땅에 대한 그리움을 담고 있는 것은 아니다. 무엇보다도 3연에서 시인은 '저잣거리', '고목', '지는 해', '옛이약이'라는 단어들을 활용해 지금의 처지를 비관적으로 서술하며, 고향을 그리워하고 있다고 말하지만, 4연에서는 '새 나라 차지러' 간다고 말하고, '멀고 먼 창공의 길'로 나아가며, '영원의 빗을 차자가다'라고 소망한다. 시인의 고향에 대한 그리움은 단순한 '노스탤지어'가 아니라, '새로운 나라'를 찾아가는 것에 있다. 청소년기에 중국 무관학교에 가기 위해 가출을 시도했던 사실, 일본으로 유학한 이력, 연해주로 망명한 일들로 비추어 봤을 때, '새 나라'에 대한 희구는 이미 도쿄 유학 시절부터 시인의 마음속에 자리 잡고 있었던 것이다. 경제난으로 더 이상 유학 생활을 유지할 수 없었던 시인은 귀국하게 되고, 이후에 KAPF활동을 하면서 그 '새 나라'는 프롤레타리아 혁명으로 이룩하는 나라로 그 모습이 구체화되었을 것이다.

시인의 시론이 잘 드러난 작품들은 '봄 잔듸밧 위에' 부에서 찾을 수 있다.

어머니 좀 드러 주서요
저 黃昏의 이약이를
숩 사이에 어둠이 엿보아 들고
개천 물소리는 더한층 가느러젓나이다
나무 나무들도 다 祈禱를 드릴 째입니다.
어머니 좀 드러 주서요
손잡고 귀 기우려 주서요
저 담 아래 밤나무에
아람 써러지는 소리가 들닙니다
'쏙' 하고 쌍으로 써러짐니다
宇宙가 새 아달 나얏다고 긔별합니다
燈불을 켜 가주고 오서요
새 손님 마지러 공손히 거러가십시다.

— 「경이(驚異)」 전문

위의 시에서는 '아람이 땅으로 떨어진다'라는 하나의 시적 사건이 등장한다. 하지만 그 사건을 그저 흔하디흔한 어느 누구도 관심을 기울이지 않는 사소한 일이 아니라, 황혼도 어둠도 숨도 개천도 숨죽여 기도드리는 경건한 상황에서 일어나는 우주적 사건인 것이다. 앞에서 시인에게 자연은 우주의 진리를 담고 있는 곳이며, 자연의 모든 움직임은 우주를 담아내는 우주적 사건이다. 앞에서 언급했듯, 한 생명의 움직임은 필연적으로 선과 빛, 소리를 갖고 있다. 예술가는 그것을 표현함으로써 시인이 된다. '어둠(빛) 속에서 밤나무 가지에서 밤이 떨어져(수직적 시선), '쪽'(소리)하고 소리를 낸다'라는 일련의 과정 속에서 시인은 자신의 시론을 가장 구체적으로 잘 보여 주고 있다. 이 순간 시적 자아는 우주 질서 속에서 벌어지는 사건을 파악할 만한 눈을 가진 예술가가 되고, 모든 존재하는 것들의 삶에 경이를 표하는 철인이 된다.

또한 밤나무에서 밤이 떨어진다는 것은 이 시의 배경이 가을이라는 것을 나타내는데, 도쿄 유학 시절에 쓴 시들과는 사뭇 달라지는 시적 정서를 표현하고 있음을 확연하게 느낄 수 있다. 특히 「봄」, 「봄 잔듸밧 위에」, 「새봄」과 같이 만물이 생동감을 갖고 약동하는 밝은 느낌의 '봄'을 그리는 시들에서는, 도쿄에서 돌아와 식민지 현실을 새롭게 인식하는 가운데 새로운 현실과 감각을 찾아 시를 쓰려고 하는 시인의 창작욕을 새삼 느낄 수 있다. 「성숙(成熟)의 축복(祝福)」에서 "'쌍의 어머니여! / 우리는 다시 그대에게로 도라가노라' 한다 / 동무여! 고개 숙여라 긔도하자 / 저 모든 이삭들과 한가지…"라는 표현에서 알 수 있듯 대지적 상상력과 소박한 농촌의 서정이 인류 보편의 숭고미까지 모색하고 있다.

3. 가난한 식민지 현실과 아버지의 시선

그러나 시인은 서정적 풍경과 희망에 찬 '봄'만을 그린 것은 아니다. 개인적인 서정성과 우주적 관념의 자연을 표현한 시들도 있지만, 민족적 비애와 불합리한 현실에 대한 냉혹한 비판을 담은 시들도 쓰고 있다.

純實이 읍는 이 나라에
압픔과 눈물이 어대 잇스며
눈물이 읍는 이 백성에게
사랑과 義가 어대 잇스랴.
主여! 비노니 이 쌍에
비를 주소서 불비를 주소서!
타는 불 속에서나
純實의 쌔를 차자볼가
썩은 잿덤이 위에서나
사랑의 씨를 차자볼가.

—「불비를 주소서」 전문

대자연의 경이로운 힘에 대해 기도하던 시인의 목소리는 「불비를 주소서」에서는 이 땅 위의 백성에 대한 '저주'로 바꾸어 있다. '주여'나 '불비'라는 표현 자체가 종교적인 성격을 가지고 있으며, 시적 자아는 선지자의 목소리로 들린다. '순실'과 '사랑'을 잃어버린 민족에게 죽음만이 존재할 뿐이고, 선

각자로서 '나'는 '타는 불' 속에서나 '썩은 잿더미' 위에서 그 잃어버린 것을 찾고자 노력한다. 이러한 서술 속에서 시적 자아가 얼마나 첨예하게 현실의 부조리를 인식하고 있으며, 그것을 개선하기 위해 얼마나 적극적으로 행동하려 하는지를 잘 알 수 있다.

현실 인식과 그에 대한 비판적 표현은 첫 시집 이후에 여러 매체에 발표한 시들에서 보다 명확하게 드러난다. 1920년대 중반이라는 시기는 시인이 사회주의 문학에 경도되던 시기였고, 또한 시 창작에서 소설 창작으로 작가적인 창작 태도가 바뀌던 시기이기도 하다. 따라서 시가 낭만적이고 서정적인 정서로부터 멀어져 보다 현실을 비판하고 상황을 냉정하게 재현하는 데 초점을 맞추게 된다.

무엇보다도 이 시기에 작가는 지독한 가난에 시달리게 된다. 1925년 초에 발표한 단편소설 「땅속에서」를 보면 도쿄에서 돌아와 고향집에 눌러앉아 지내다가 서울로 올라왔을 때의 시인의 삶이 잘 드러나 있다.

> 내가 서울 와서 보니 몸 하나 둘 곳도 별로 없다. 처음에는 친구의 뒤꽁무니를 따라다니며 얻어먹고 끼어자고 하다가 그도 오래 할 수 없는 일이라 우선 외상밥이라도 먹어야 하겠기에 어느 친구의 지시로 하숙에 들어가서 있다가 필경에는 거기서도 밥값으로 인하여 쫓겨나고 말았다. (…중략…) 內省生活이고 예술 창작이고 무엇이고 다 이 기분과 이 생활 속에서는 생각하고 돌아다볼 겨를이 없었다.
>
> ― 이명재 편, 『낙동강(외)』, 범우, 2004, 46쪽

소설 속에는 혼자 올라와서 생활하는 주인공의 상황이 그려져 있지만, 시

인에게는 처자식까지 딸려 단칸방에서 자고 먹는 것도 여의치 않을뿐더러, 글을 쓴다는 것은 거의 불가능에 가까워 시인은 '불면증'에 시달리게 된다. 시인이 연해주로 망명하게 된 계기에는 자신의 이데올로기적 욕망을 실천하고 싶은 마음도 있었겠지만, 마음에 없이 일찍 결혼한 아내에 대한 불만과 특히 가난한 살림으로 더 이상 버틸 수 없었던 현실 때문이기도 했다. 그러한 현실을 단적으로 보여 주는 시가 「세 식구」다.

> 어린 딸. "아버지, 오늘 학교에서 엇던 옷 잘 입은 아이가 날더러 떠러진 치마 입엇다고 거지라고 욕을 하며 옷을 찌저 노켓지. 나는 이 옷을 입고 다시는 학교에 안 갈 터이야."
>
> 아버지. "가만잇거라. 저 기럭이 소리 난다. 깁흔 가을이로구나!"
>
> 안해. "口腹이 원수라! 또 거짓말을 하고 쌀을 꾸어다가 저녁을 하엿구려. 마음에 죄를 지여 가며……"
>
> 남편. "여보. 저 기럭이의 손자의 손자가 안진 여울에 우리의 해골이 굴너 내려갈 때가 잇슬지를 누가 안단 말이요.
>
> 그러고 그 뒤에, 그 해골이 엇지나 될가?
>
> 또 그 기럭이는 어대로 가 엇지나 되고?…
>
> 나도 딱한 사람이요마는, 그대도 딱한 사람이요.
>
> 그러나 우리의 한 말이 시럽슨 말이 아닌 줄만 알아두오."
>
> ―「세 식구」 전문

이 시는 대화체로 이루어져 있으며, 어떤 음악적 리듬감도 느껴지지 않는다. 그나마 남편의 천진난만하면서도 낭만적인 대답 속에서 우주적 관념을 강조했던 초기 시의 흔적을 발견할 수는 있다. 제목처럼 단칸방에 남편, '안해', 어린 딸이 모여 앉아 가난을 주제로 각자 자신의 이야기를 하는 시다. 어린 딸은 가난한 집 아이라 놀림 받으며 옷이 찢어졌다고 투정을 부리고, 아내는 거짓말로 꾸어 온 쌀로 밥을 지었다고 하소연을 한다. 이에 답하는 남편은 현실을 철저하게 외면하며, 역설적으로 대응하는 말을 한다. 딸에게 '깁혼 가을'이라고 말하고, 아내에게는 무수한 시간의 흐름 속에 한 인간의 삶은 대수롭지 않은 것 아니냐 반문하고 있다. 그럼에도 불구하고 '우리의 한 말이 시럽슨 말'은 아니라며 나름의 귀중한 통찰을 보여 주고 있다.

　삶의 현실에 놓인 지독한 가난과 마주한 가족의 대화를 묘사한 사실주의적 시를 통해 식민지 조선의 현실을 느낄 수 있으며, 태어나면서부터 일제의 강압적인 식민 통치 체제 속에서 살아온 조명희의 가난한 삶을 시인 자신의 목소리로 들을 수 있다. 그러한 현실 인식이 「낙동강」이라는 사회주의 사실주의 소설을 쓰게 만들었던 것이다. 단편소설 「저기압」도 역시 가난한 집안에 생겨난 위기를 중심으로 소설이 전개되는데, 마지막 장면은 모처럼 가족들이 쌀밥과 고깃국을 먹는다. 시인도 가족에게 쌀 한 가마니를 남기고 연해주로 망명을 떠나게 된다.

4. 프롤레타리아를 위한 나라와 혁명 동지의 목소리

　소련 연해주로 망명한 이후에 시인의 시적 경향은 확 바뀌게 된다. 경성에서 작품 활동은 일본의 감시로 인해 자유롭지 못했다. 첫 시집 머리말에서

"여러 번 데인 신경이라 이쪽이 도리어 과민병에 걸려, 번연히 염려 없을 곳도 구절구절 때려 던지었다"라고 표현하며 스스로 일제의 검열을 피해 시를 버리거나 고쳤다고 고백하고 있으며, 「낙동강」을 쓴 이후에 고등계 형사들에게 쫓기는 신세가 되기도 했던 것이다. 그래서 망명 후 처음 쓴 산문시 「짓밟힌 고려」는 그의 시 세계에서 중요한 전환점이 아닐 수 없다.

일본 제국주의의 무지한 발이
고려의 땅을 짓밟은 지도 벌서 오래이다.
××
그놈들은 군대와 경찰과 법률과 감옥으로
온 고려의 땅을 얽어 놓앗다.
칭칭 얽어 놓앗다-온 고려 대중이 입을 눈을 귀를 손과 발을.
그리고 그놈들은 공장과 상점과 광산과 토디를 모조리 삼키며
노예와 노예의 떼를 몰아 채즉질 아래에 피와 살을
사정없이 글어 먹는다.
보라! 농촌에는 땅을 잃고 밥을 잃은 무리가
북으로 북으로, 남으로 남으로, 나날이 쫓기어 가지 안는가
(…중략…)
고려의 쁘로레타리아 그들에게는 오직 죽임과 죽음이 있을 뿐이다
죽임과 죽음!
그러나 우리는 락심치 안는다. 우리의 힘을 믿기 때문에-
우리의 뼈만 남은 주먹에는 원수를 꺼구려트리랴는
거룩한 마음의 싸움의 힘이 숨어 있음을 믿기 때문에.

옳도다. 다만 이 싸홈이 있을 뿐이다.

칼을 칼로 갚고 피는 피로 씻으랴는 싸홈이. 힘쎄인

뿌로레타리아트의 새 긔ᄉ대를 높이 세우랴는 거룩한

싸홈이!

그리고 우리는 또 믿는다

죽음의 골작이 죽음의 산을 넘어

그러나 굳건한 거름으로 거러 나가는 온 세게 뿌로

레타리아들의 상하괴 싶슴인 몇 억만의 손과 손들이

저 동쪽 하늘에서 붉은 피로 물든인 태양을 떠밀어 올린 것을

거룩한 뿌로레따리아트의 세상이 올 것을 굳게 믿고 나간다!

— 「짓밟힌 고려」 전문

이 시는 세 부분으로 나눌 수 있는데 위에 제시한 내용은 그 중 구체적인 사례를 나열한 부분을 생략했다. 첫 부분은 일제 식민지 통치 아래 조선의 현실을 피지배 구조의 관점에서 기술하고 있다. 첫 행부터 일본 제국주의가 무력으로 고려의 땅을 짓밟았다는 것을 명시하고 있으며, 군경에 의한 폭력 정치로 무고한 사람들을 상하게 만들고, 경제적으로는 모든 것을 압수함으로써 정상적인 경제 활동이 불가능하게 만들었으며, 결국 고려인들이 모두 다른 나라로 뿔뿔이 흩어지게 만들었다는 현실을 적나라하게 폭로하고 있다. 셋째 부분에서는 참담한 현실 속에서 해야 하는 일은 일제에 대항해 프롤레타리아 혁명이라는 점을 강조하고 있고 그 해방의 새날이 다가오고 있음을 강하게 긍정하고 있다. 일제에 대한 적개심을 고취하고 식민지 조선에 대한 애국심과 무산계급의 국제적 연대감을 잘 조화시켜 독자의 심금을 울리고

있다. 이 시는 소련의 초창기 한인 문학의 기반을 다지는 데 크게 이바지하게 된다. 산문시 형식을 통해 시의 정서와 음악성만을 강조한 것이 아니라, 자신이 드러내고 싶었던 조선의 현실과 프롤레타리아 혁명을 보다 효과적으로 제시하고 있다. 「아우 채옥에게」 그리고 「까드르여 너의 짐이 크다」 역시 산문시인데 조선인으로서 나라를 빼앗긴 현실을 노래하고 있다.

사회주의 국가에 대한 열망과 기대에 차 있던 시인은 「볼세비끼의 봄」이나 「녀자 돌격대」 등의 시를 통해 스탈린 시대의 정책에 동조했으며, 선동 선전의 역할을 하게 된다. 그러한 작품을 쓰면서, 시인은 당의 지시와 이른바 사회주의 리얼리즘 요건을 맞추다 보니 문학 작품이 생각 없고 도식적이라 도무지 감동이 사라져 버렸다는 한탄을 하기도 했다. 당시 시인이 동화 동시 동요 등을 썼던 것도 당의 검열로부터 자유롭고 싶었기 때문이다. 그러나 시인이 소련 땅에서 열심히 일하고 프롤레타리아의 조국인 소련을 사랑한 이유는 앞으로 프롤레타리아 국가가 될 조선을 해방시키는 것이 궁극적인 지향점이었기 때문이다.

조명희의 소설이 식민지 조선의 현실을 적나라하게 드러내고, 그 사회 변혁의 중심에 놓인 프롤레타리아의 계급적 정체성을 강조해 보여 준다면, 조명희의 시들은 식민지 지식인이 근대문학에 눈뜨고, 자기 삶의 곤궁한 현실에 다가가며 고뇌하는 슬픔을 담아내고 있다. 그렇다면, 언어를 다루는 시인에게 국가란 무엇인가? 특히 나라를 잃어버린 시인에게 시란 무엇인가? 식민지 현실 속에서 정치적 디아스포라를 경험한 조명희에게 시란 우주적 관념의 자연을 앞에 둔 고독자의 고뇌이며, 가난한 식민 현실 속에서 스스로를 응시해야 하는 가난한 식민지 지식인의 한숨이며, 프롤레타리아가 승리하는 조선을 꿈꾸며 부르는 혁명가의 구호다. 어쩌면 한 나라의 한 지역에 붙박여

있지 못했던 것도, 하나의 언어 예술 장르에서 작품 활동을 할 수 없었던 것
도 조명희가 나라를 빼앗긴 식민지의 자식이고, 그 나라의 디아스포라 시인
이기 때문일 것이다.

나카노 시게하루[中野重治]의 조선인식과 탈취된 타자성

서동주

나카노 시게하루[中野重治, 1902~1979]는 후 쿠이현[福井縣] 출신으로 일본 프롤레타리아 문학운동을 대표하는 시인, 작가, 평론가이 다. 특히 전후에는 공산당 소속의 참의원의원 (1947~1950)으로 활약하기도 하였다. 1927년 도쿄제국대학 독문과 졸업했다. 1928년 전일 본무산자예술연맹의 성립을 주도하는 등 일 본 프롤레타리아 문학운동의 핵심 리더로 활 약. 1931년 공산당에 입당했으나, 이듬해 체

나카노 시게하루[中野重治, 1902~1979]

포되어 1934년 전향하여 출소. 전후에는 과거 프롤레타리아 문학운동을 계승 한 신일본문학회(新日本文學會)에 참여하여 이른바 '민주주의 문학운동'을 주도

했다. 1964년 '부분핵실험금지조약'을 둘러싼 공산당 지도부와의 대립 끝에 제명 처분을 받음으로써, 전전부터 이어온 일본공산당과의 공식적인 관계에 종언을 고하게 된다.

나카노 시게하루는 식민지조선을 열등한 타자로 간주하는 당대 일본지식인들과 달리 일본의 근대사상사에서 이른바 '조선문제(Korea problem)'에 관한 가장 급진적인 발언자로 평가받고 있다. 그는 일본의 조선에 대한 제국주의적 침략을 비판하며 식민지 조선의 '민족해방'을 지지했을 뿐만 아니라, '프롤레타리아 국제주의'의 입장에서 조선과 일본을 천황제국가에 저항하는 정치적 주체로 호명했던 '연대'의 사상을 주장했다. 조선문제에 대한 그의 비판적 태도는 일본의 패전 이후에도 변함이 없었다. 식민지 문제에 대한 언급이 회피되는 패전 직후의 사상계에서 그는 조선에 대한 식민지지배의 기억과 대면하기를 결코 주저하지 않았다. 예컨대 그는 「피압박민족의 문학非圧迫民族の文学」(1954)이란 글에서 1951년의 샌프란시스코 강화조약과 미일안보조약의 성립을 계기로 일본은 '아메리카'의 '피압박민족'의 상태에 빠졌다고 지적하며, 그런 상황은 무엇보다 일본이 과거 조선을 '압박・지배'했던 역사를 제대로 기억하고 못했기 때문이라고 주장하였다.

나카노 시게하루는 조선에 대한 예리한 비판의식을 일관되게 견지했으나, 평생 동안 식민지조선은 물론, 한국도 북한도 경험한 적이 없었다. 그렇다고 그에게 조선과의 접점이 전혀 없는 것은 아니다. 그의 부친인 나카노 도사쿠[中野藤作]는 1907년부터 1917년까지 조선에 거주하면서 '한국강제병합'을 전후로 한 시기에 통감부와 총독부의 관리로서 '토지조사사업'에 관여한 것으로 알려져 있다. 이런 부친의 행적은 나카노 시게하루의 자전적 소설 「배꽃[梨の花]」(1957~1958)에서 다루어지고 있는데, 일반적으로 이때의 기억이 조

선에 대한 원초적 관심을 형성한 것으로 간주된다.

조선체험을 갖지 못한 그에게 조선에 관한 지식을 제공한 것은 식민지시기 일본으로 건너가 그곳에서 활동하던 김두용, 이북만, 김호영과 같은 이른바 '재일조선인'들이었다. 그런 의미에서 그의 조선인식은 '간접적 체험'에 깊이 의존하고 있었다. 1926년 도쿄제국대학 미학과에 입학한 김두용은 도쿄제국대학의 학생운동조직인 '신인회(新人會)'을 통해 나카노와 알게 되어 이후 오랫동안 친교를 유지했다. 이북만은 1920년대 조선의 사회주의문학의 동향에 관한 글을 다수의 일본잡지에 기고하는 등의 평론활동을 전개하면서 나카노가 주도한 『프롤레타리아 예술』이라는 잡지에 참여했다. 그를 통해 나카노 시게하루라는 존재가 조선문단에 소개되기도 하였다. 김호영은 1920년대 후반부터 1930년대 초반 재일조선인노동조합 운동을 이끌었던 노동운동가로서 '계급주의'의 입장에서 일본인노동조합과 재일조선인노동조합의 '통합'에 관여했다.

이들은 나카노와 조선의 매개자이자 조선에 관한 정보의 전달자였다. 또한 나카노와 '사회주의'라는 정치사상을 공유했다. 그들은 조선인이라는 점에서 나카노에게 '타자'였지만, 한편으로 민족을 초월한 계급적 연대를 지향했다는 점에서 그들 사이에 놓인 민족적 차이란 사회주의에 의해 극복 가능한 아니 극복되어야만 하는 타자성에 불과했다. 그런 이유 때문인가 나카노에게서 조선을 근원적인 이질성을 내재한 타자로 보는 인식을 찾아보기 어렵다. 그런 의미에서 그가 조선인과 나누었던 연대의 공감대는 '대화'가 아닌 이념이 주조한 타자와 주고받았던 '독백(monologue)'이 아니었을까.

1. 나카노 시게하루와 '조선'

나카노 시게하루[中野重治, 1902~1979]는 일본의 근대문학사 ─ 넓게는 근대사상사 ─ 에서 이른바 '조선문제(Korea problem)'에 관한 가장 급진적인 발언자로 간주된다. 전전(戰前)의 나카노 시게하루는 일본의 조선에 대한 제국주의적 침략을 비판하며 식민지 조선의 '민족해방'을 지지했을 뿐만 아니라, '프롤레타리아 국제주의'의 입장에서 조선과 일본을 천황제국가에 저항하는 정치적 주체로 호명했던 '연대'의 사상가였다. 조선문제에 대한 그의 비판적 태도는 전후(戰後)에도 변함이 없었다. 식민지 문제에 대한 언급이 회피되는 패전 직후의 사상공간에서 그는 조선에 대한 식민지지배의 기억과 대면하기를 결코 주저하지 않았다. 나카노에게 조선은 이렇게 당대의 일본에 비판적으로 개입하는 데 불가결한 사상적·정치적 참조항이었다.

나카노가 보여준 조선에 대한 관심과 애정, 그리고 그것에 근거한 연대의 사유는 조선을 일본의 '우월성'을 입증하기 위한 부정적 타자로 간주하는 근대일본의 조선에 대한 '오리엔탈리즘'과는 명백히 대척되는 자리에 위치한다. 하지만 그렇다고 그의 조선인식이 비판에서 면제된 것은 아니었다. 예를 들어 일본에서 추방당하는 조선인들과의 이별 그리고 그들의 '천황'에 대한 복수를 형상화하고 있는 시 「비 내리는 시나가와역」(1929) 속의 조선을 '일본 프롤레타리아트의 앞 방패 뒤 방패'로 부르는 구절은 오랫동안 나카노의 조선인식의 한계를 보여주는 대목으로 간주되었다. 즉, 이 구절은 민족을 넘어선 계급연대를 주장하면서도 '조선'과 '일본'이라는 민족적 구분에서 벗어나지 못했을 뿐만 아니라, 조선을 앞서 나가는 일본에 비해 계몽되어야 할 열등한 위치에 놓은 일종의 '민족에고이즘'을 드러내는 것으로 비판받았다.

이런 비판의 정당성을 인정하더라도 이것을 나카노의 조선인식 전체에 적용하는 것에는 신중할 필요가 있다. '계급연대를 말하며 민족을 극복하지 못했다'는 나카노의 조선에 대한 시각의 한계성을 거론하는 통설은, 전전의 나카노에게는 부합할지 몰라도 전후 그의 조선인식에는 적용되기 어렵다. 왜냐하면 조선을 바라보는 나카노의 이념적 시각은 패전 이후 '계급'에서 '민족'으로 이행했기 때문이다. 실제로 일본의 패전 이후 동아시아의 국제질서가 '다민족제국 일본'의 해체되고 '각각의 내셔널리즘'에 입각한 민족국가의 수립으로 전환됨에 따라 시 자체는 물론 시를 둘러싼 해석에도 변용이 일어났다. 그 변용의 핵심은 1929년 초판이 보여주었던 탈내셔널리즘 경향의 현저한 후퇴이다. 그런 의미에서 나카노 시게하루의 조선인식의 전체상을 문제삼을 경우, 이러한 전전과 전후 사이에 놓인 '단절'은 주의 깊게 고려되어야한다.

다른 한편 그의 나카노의 조선인식이 거론될 때 '계급'이나 '민족'과 같은 이념적 요소가 강조되는 경향이 있는데, 그의 조선인식 형성이 사회주의라는 이데올로기만이 아니라 다수의 '재일조선인'과의 접촉을 통해 이루어졌다는 점을 간과해서는 안 된다. 나카노가 일본공산당의 혁명전략의 변화라는 자장 안에 존재하면서, 그의 조선인식도 이러한 변화를 일정하게 반영하고 있음은 두말할 나위도 없다. 그렇다고 나카노의 조선인식이 공산당의 혁명전략 및 그와 연동된 이념적 요소에 전적으로 의존하고 있다고 간주하는 것은 사태를 지나치게 단순화시킨다. 당연하게도 그의 조선인식의 형성에는 이념적 요소를 비롯해 다양한 차원이 관여하고 있었다. 그리고 이 문제를 생각할 때, 나카노가 평생에 걸쳐 조선(한국) 체험을 결여하고 있다는 사실은 중요한 의미를 가진다. 그의 조선인식에 '실감'을 제공한 것은 체험이 아니라, 그의 주변에 있었던 다수의 '재일조선인' 활동가들이었다. 따라서 나카노가 재일조선인들과 맺은 관계의 성격을 규명하는 것은, 그의 조선인식의 구조를 탐구하는 데 불가결하다.

아울러 나카노의 조선인식에 관련된 텍스트는 당대의 정치적 상황을 비롯해 동시대의 다른 텍스트와의 연계 속에서 살펴볼 필요가 있다. 나카노의 조선에 대한 언급은 예컨대 쇼와천황의 즉위(1928)와 강화조약의 성립(1951) 등 특정한 정치적 상황에 실천적 대응의 일환으로 이루어졌다. 즉, 그의 조선관련 텍스트는 '단독'으로 존재하지 않으며, 특정한 정치적 상황에서 생산되었었던 텍스트군의 '일부'였다. 그런 점에서 나카노의 조선인식은 동시대 텍스트와의 상호참조 속에서 재조명될 필요가 있다.

이상과 같은 문제의식 위에서 이 글은 다음과 같은 내용을 중심으로 나카노의 조선인식의 구조를 살펴보고자 한다. 우선 패전을 계기로 한 조선인식의 변화를 시 「비 내리는 시나가와역」의 '초출판(1929)'과 '전후판(1947)'의 비교를 통해 살펴본다. 여기서 '전후판'이 소거한 '초출판'의 지향성을 확인하고, 그에 덧붙여 '전후판'이 후일 시에 대한 '보수주의적 해석'의 빌미가 되는 비평사의 아이러니를 소개한다. 다음으로 조선을 바라보는 이념적 입각점이 패전을 계기로 '계급'에서 '민족'으로 이행한 이후, 조선과의 연대의 논리가 어떻게 재구성되었는가를 살펴본다. 이것은 달리 말하면 조선과 일본이 각각의 민족으로 분리된 전후의 상황, 따라서 계급의 이념이 실효성을 상실한 상황에서 가능한 연대의 논리로서 나카노가 상정한 것은 무엇인가를 살펴보는 것을 의미한다. 마지막으로 전전과 전후의 변화에도 불구하고 나카노의 조선인식에 내재하는 구조를 추출해 보고자 한다. 결론적으로 나카노의 조선인식은 조선의 타자성에 대한 '불감'의 구조로 일관되고 있음을 밝히고자 한다. 더불어 이러한 '불감의 구조'가 그의 재일조선인과의 특수한 관계와 관련되었을 가능성도 덧붙여 보고자 한다.

2. 연대를 둘러싼 기억의 재구성
―전후판 「비 내리는 시나가와역」이 소거한 것

나카노 시게하루의 조선인식의 '변천'을 생각할 때, 시 「비 내리는 시나가와역」의 검토는 불가피하다. 시의 1929년 2월 잡지 『개조(改造)』에 실린 '초출판'과 1947년에 발간된 『나카노 시게하루 시집[中野重治詩集]』(小山出版, 1947.7)의 [전후초출판](이하, 전후판) 사이에는 시의 주제와 성격을 둘러싸고 결코 적지 않은 '차이'가 존재하기 때문이다.

'전후판'에서 가장 특징적인 것은 '초출판'의 마지막을 장식하고 있는 조선인에 의한 천황암살을 연상시키는 장면이 삭제되었다는 점이다. '전후판'에서는 삭제된 '초출판'의 암살장면은 다음과 같다.

彼の面前にあらはれ　그의 면전에 나타나

彼を捕え　그를 사로잡고

彼の顎を突き上げて保ち　그의 턱을 움켜쥐고

彼の胸元に刃物を突き刺し　그의 가슴에 날붙이를 들이대고

反り血を浴びて 만신에 튀는 피에

温もりある復讐の歓喜のなかへ泣き笑へ 뜨거운 복수의 환희 속에 울어라, 웃어라[1]

그리고 '초출판'의 천황암살의 장면을 대신하여 '전후판'에 삽입된 것은 다음과 같은 '잘 가라(さようなら)'의 반복이다.

さようなら辛 신이여 잘 가라

さようなら金 김이여 잘 가라

さようなら李 이여 잘 가라

さようなら女の李 여자인 이여 잘 가라

1929년의 '초출판'은 조선인에 의한 천황암살의 장면을 통해 천황제국가의 지배체제가 조선과 같은 식민지에 대한 차별구조와 연계되어 있음을 드러내고 있다. 시의 '초출판'이 일본 근대문학사에서 이른바 '불경문학(不敬文學)'의 정점으로 간주되는 이유도 바로 시의 마지막 장면에 근거하고 있다.[2] 그러나 '전후판'에서는 천황암살의 장면이 삭제됨으로써 천황제 비판이라는 주제의 후퇴는 불가피한 것이 되었다. 대신 '잘 가라(さようなら)'의 반복적인 배치를 통해 시는 조선인과의 이별의 정조가 두드러지는 서정성을 강화하고 있다.

---

1 번역은 필자에 의한 것으로 김윤식 교수가 발굴한 1929년 5월 『무산자(無産者)』에 실린 조선어역을 참고로 하였다.
2 渡部直己, 『不敬文學論序説 (批評空間叢書)』, 太田出版, 1999 참조.

이러한 시의 변화를 정당화한 것은 '전후'라는 상황이었다. 우선 상징천황제를 골자로 하는 신헌법(1946)이 이미 공포된 상황에서 천황 개인에 초점을 맞춘 '보복'을 표현하는 것에 대한 시인 내부의 주저함을 생각해 볼 수 있을 것이다. 그러나 보다 중요한 배경은 조선이 더 이상 일본의 식민지가 아니라 독립된 민족이 되었다는 전후의 정치적 현실일 것이다. 조선인이 천황을 암살한다는 설정과 이러한 정치적 현실 사이에는 어쩔 수 없이 깊은 괴리감이 존재하기 때문이다. 전후 조선과 일본이 각각의 민족(국가)로 분리된 상황에서 계급연대라는 발상의 후퇴는 그런 의미에서 자연스런 귀결이라 할 수 있다.

그러나 다른 관점에서 보면, '전후판'의 존재는 '초출판'이 간직하고 있었던 연대의 지향이 시인 자신에 의해 '부정'되었음을 의미하는 것이기도 하다. '초출판'이 보여주는 조선인에 의한 천황암살의 상상력은 조선과 일본을 천황제국가에 저항하는 '정치적 피압박민중'으로 규정하는 저항주체의 구성론[3]에 의거하고 있었다. 이러한 정치적 주체론에서 조선은 천황제국가에 저항하는 '우리'의 일부로 간주된다. 따라서 여기서 누가 천황을 암살하는가의 문제는 부차적이다. 따라서 '전후판'은 조선과의 연대를 '우리'라는 감각 속에서 사유했던 전전 조선인식의 소거이기도 하다.

'초출판'의 연대의 논리가 '우리'라는 감각에 근거하고 있다는 점은 조선과 일본 사이의 해협=현해탄이 '경계'가 아닌 '교통로'로 표상되고 있는 것과 호응하고 있다. '초출판'은 천황의 즉위식을 앞두고 조선으로 추방당한 조선인들이 다시 일본으로 돌아와 천황에게 '복수'를 감행하는 서사로 이루어져 있다. 여기에 추방이 일어나기 위해서는 조선에서 일본으로의 '이동'이 선행되

---

3   나카노는 '정치적 피압박민중'에 '프롤레타리아, 농민, 소시민, 병사, 부인, 학생'고 함께 '식민지 인민'을 포함시키고 있다. (中野重治, 「芸術運動の組織」, 『プロレタリア芸術』, 1927.8)

어야 한다는 사실을 고려한다면, '초출판'이 표현하고 있는 것은 한반도와 일본열도 사이에서 이루어진 조선인들 왕복운동이다. 추방의 루트(route)라는 점에서 해협은 분명 하나의 경계(border)이지만, 그것은 추방된 자의 복귀라는 서사를 통해 최종적으로 '교통로(a route of communication)'로서의 의미를 획득한다.

반면 '전후판'에서 추방당한 조선인은 다시 일본으로 돌아오지 않는다. '초출판'과 '전후판'에서 추방 이후 시의 전개는 다음과 같이 그 양상이 전혀 다르다. 우선 '초출판'은 다음과 같다.

> 君らは出発する 그대들은 출발하는 구나
>
> 君らは去る 그대들은 떠나는 구나
>
> (…중략…)
>
> そして再び 그리고 또 다시
>
> 海峡を踊りこえて舞ひ戻れ 해협을 건너 닥쳐 오거라
>
> 神戸 名古屋を経て 東京に入り込み 고베 나고야를 지나 도쿄로 뛰어들어
>
> 彼(天皇)の身辺に近づき 그의 신변에 다가가

반면 '전후판'에서 떠나는 조선인들의 모습 뒤에 이어지는 것은 다음과 같은 이별의 언사(言辭)이다.

> 君らは出発する 그대들은 출발하는 구나
>
> 君らは去る 그대들은 떠나는 구나

さようなら辛 신이여 잘 가라

さようなら金 김이여 잘 가라

さようなら李 이여 잘 가라

さようなら女の李 여자인 이여 잘 가라

이어서 '전후판'의 시는 '초출판'이 간직하고 있는 조선인의 일본으로의 '복귀=귀환'이라는 서사를 제거한 채, 다음과 같이 끝맺고 있다.

行つてあのかたい 厚い なめらかな氷をたたきわれ 가거든 단단하고 두터운 번질번질한 얼음을 두드려 깨치고

ながく堰かれていた水をしてほとばしらしめよ 오랫동안 갇혀있던 물을 흘려 쓸어버려라

日本プロレタリアートの後だて前だて 일본의 프롤레타리아트의 앞 방패 뒤 방패

さようなら 잘 가라

報復の歓喜に泣きわらう日まで 보복의 환희에 울고 웃을 날까지

일본으로 복귀하지 않는 조선인은 한반도와 일본열도 사이의 해협이 경계가 되어버린 전후의 상황과 부합하고 있음은 두말할 나위도 없다. 비록 천황에 대한 '보복'의 감정은 유지되고 있지만, 조선과 일본의 연대는 더 이상 동일한 공간 안에서 실현되고 있지 않다. 조선인과 일본인은 각각 조선과 일본이라는 서로 다른 정치적 공간에서 천황에 대한 '보복'의 날을 준비하고 있는 것이다. 돌아오지 않는 조선인, 그들은 천황에 대한 저항주체로서 여전히 '우

리＝프롤레타리아트'로서 호명되고 있지만, '초출판'이 표현하고 있었던 '주체와 공간의 일체화'에 근거한 '우리'라는 감각과는 이질적이다. '전후판'은 해협＝현해탄을 '경계'로 그려냄으로써 '초출판'이 표현하고 있었던 '우리로서의 조선'이라는 연대의 지향을 약화시키고 있는 것이다.

'전후판'은 조선인의 일본으로의 이동과 천황암살의 장면을 소거함으로써 조선과 일본이 천황제국가에 저항하는 정치적 주체를 구성하는 '우리'였다는 과거의 역사를 제거해 버렸다. 이로써 '전후판'에서 조선을 일본의 프롤레타리아트로서 호명하는 계급연대의 언사는 그것이 의미를 가졌던 역사에서 분리되어, 이념적 선언으로 남아버렸다. 그런데 '전후판'을 둘러싼 문제는 여기에 그치지 않는다. 계급연대의 지향이 의미의 근거를 상실함으로써, 시를 내셔널리즘의 문맥으로 회수하는 비평의 등장을 초래했다는 점에 있다. 「비 내리는 시나가와역」에 대한 문화 보수주의자 에토 준江藤淳의 비평이 이를 대표한다.

예컨대 에토는 나카노의 이 시가 던져준 감동을 다음과 같이 적고 있다.

(내가 시에 공감을 느낀 것은) 이데올로기가 아니라 '잘 가라 신……'이라는 고별의 말에 담겨진 어떤 래디컬한 선율이 돌연 생각지도 못한 전율을 불러일으켰기 때문이다.

(…중략…)

지금 다시 읽어보면 처음부터 이 속에 그렇게 이데올로기적인 저항을 느끼지 않게 마드는 어떤 적절한 거리의 축이 내포되어 있다. '잘 가라'라고 부르는 '신'도 '김'도 누구도 일본인이 아니다. 조선인이면서 동시에 일본제국의 신민이기를 강요받았던 그들이 일본 천황에 적대감을 갖고, 반

면 경애의 마음을 갖지 않는 것은 지극히 자연스러운 것이다.[4]

그런데 에토는 '잘 가라'라는 이별의 말을 통해 느껴지는 조선인과 일본인 사이의 '청명한 거리'의 감각이 뒤이어 등장하는 '일본 프롤레타리아트의 뒤 방패 앞 방패'라는 구절에 의해 붕괴되고 있다고 말한다. 그는 일본인과 조선인의 차이를 인지하면서도 이것을 계급으로 넘어서려고 했던 나카노의 시도를 일종의 '몽상'으로 일축한다. 그것이 '몽상'인 까닭은 나카노가 시나가와역을 떠나 조선으로 돌아가는 '신'과 '이' 등과는 달리 일본 천황의 신민이기 때문이다.

'신'과 '김'과 '이' 등이 명확하게 조선인인 것에 대해 시인 나카노 시게하루는 좋든 싫든 관계없이 일본 천황의 정통적인 신민 이외에 어떤 것도 될 수 없다. 그리고 너무나 당연하게도 조선인인 그들과 일본 천황의 신민인 시인 간에는 결코 해소할 수 없는 거리가 엄연히 존재하기 때문이다.[5]

에토가 계급적 연대를 부정하고 '거리의 감각'에 집착한 것은 민족적 정체성(자기동일성)을 의식의 문제가 아니라 출생에 의해 결정되는 선험적인 것으로 간주하기 때문이다. 물론 여기서 문제가 되는 것은 에토의 내셔널리즘이 아니다. 나카노 시게하루라는 '좌익' 문학자의 텍스트가 보수적인 의미망 속에 수렴되는 아이러니를 탐색하는 것이 중요하다.

그리고 이 문제를 생각할 때, 에토의 인용문에서 알 수 있듯이 에토의 비

---

4   江藤淳, 『昭和の文人』, 新潮社, 1989, pp.41~42.
5   *Ibid.*, pp.45~46.

평이 '초출판'이 아닌 '전후판'을 대상으로 이루어지고 있다는 점을 놓쳐서는 안 된다. 에토가 주목하고 있는 것은 '전후판'에서 계급연대의 언사가 고립되고 있는 지점이다. 그런 점에서 「비 내리는 시나가와역」에 대한 에토의 보수적 해석은 에토의 '편협한' 내셔널리즘이 가져온 결과임은 분명하지만, 그와 함께 조선인의 복귀와 천황암살을 소거함으로써 계급연대의 언사를 형해화시킨 시인 나카노에게도 그 책임의 일부를 귀속시키지 않을 수 없다.

3. '우리' 밖의 조선과 연대하기

패전은 천황제국가의 몰락을 가져왔다. 천황제국가가 조선과 일본의 계급연대가 겨냥했던 공통의 적이었던 만큼, 그것의 몰락은 나카노에게 연대를 지탱했던 기반 상실을 의미했다. 더욱이 제국일본의 일부였던 조선이 독립된 상황에서 과거와 같이 민족을 초월한 계급과 같은 방식의 연대는 더 이상 허용될 수 없었다. 그렇다면 전후 나카노의 글 속에 등장하는 조선은 어떤 맥락과 논리에 의해 도입된 것일까.

우선 나카노가 패전을 어떤 의미로 받아들였는가를 살펴보도록 하자. 나카노는 무엇보다 패전을 '자국민과 타국민을 노예로 한 일본의 침략적 군국주의가 세계민주주의와의 전쟁에서 철저하게 패배한'[6] 역사적 사건으로 규정

---

6 「日本が敗けたことの意義」, 『中野重治全集 第十五卷』筑摩書房, 1961, p.316.

한다. 따라서 전후일본의 과제는 제국주의와 군국주의에 의해 타락했던 전전의 국가를 새로운 국가(인민정부)로 재건하는 것으로 이어진다. 특히 나카노는 여러 글에서 외부로부터 주어진 자유를 주체화하는 것이 중요하다고 강조하고 있는데, 이런 관점에서 나카노가 생각한 전후의 '민주주의혁명'이란, 일본민족의 손으로 일본민족의 민주적 국가를 수립하는 것이며, 일본민족을 죽음과 노예상태로 몰아넣었던 천황과 군국주의의 책임을 엄중하게 추궁하는 것을 의미한다. 그리고 그것은 일본인이 '인간'으로 다시 태어나는 것을 의미하는 것이기도 했다. 그는 전후일본이 나아갈 바를 다음과 같이 말한다.[7]

(그것은) 일본의 인민이 그 봉건적 · 반노예적 상태에서 육체적으로도 정신적으로도 벗어나는 것, 그것을 자신이 손으로 행하는 것, 민족의 수십만의 아름다운 청년이 무엇을 위한 죽음인가를 자신에게 물을 겨를도 없이 다만 죽어야 사지에 내몰려 죽음에 직면하지 않을 수 없었던 사정을 민족의 생활에서 최후적으로 구축하는 것, 일본인을 인간다운 인간으로 만드는 것, 일본인이 인간이 되는 것이다.[8]

이렇게 외부로부터 주어진 자유를 일본인의 손으로 민주적 민족국가의 수

---

7 물론 나카노의 이러한 패전 / 전후 인식은 당시 일본공산당이 내걸었던 전후혁명론의 자장 안에서 발화된 것임은 두말할 나위도 없다. 패전 직후 공산당은 자신을 '진정한 애국의 당'(노사카 산조)으로 자칭했는데, 이러한 애국론은 1945년 10월 점령군의 지령으로 옥중에서 석방된 공산당간부들이 발표한 「인민에게 호소한다人民に訴う」에 그 발단을 두고 있다. 이 선언에는 '세계해방을 위한 연합국군대의 일본진주'를 환영한다는 메시지와 함께 천황제 타도와 '인민공화국정부의 수립'이 제창되었다. 이러서 1946년 2월 중국망명에서 돌아온 노사카 산조는 「민주인민전선에 의해 조국의 위기를 구하자民主人民戰線によって祖國の危機を救え」라는 제목의 강연을 통해 공산당을 '진정한 애국자'로서 규정하게 된다.
8 「文學者の國民としての立場」, 『中野重治全集 第十一卷』筑摩書房, 1961, p.17.

립으로 전환시키는 것이 최우선 과제로 상정되고, 게다가 패전의 결과 제국 일본의 식민지였던 아시아가 '아시아인의 아시아가 되었다'고 생각하는 나카노에게 조선은 더 이상 '우리' 안의 존재가 될 수 없었다. 이 시기 나카노의 텍스트에서 조선을 '우리'의 외부로 간주하는 발상은 일본을 떠나는 조선인을 통해 표출되고 있다. 앞서 언급한 바와 같이 「비 내리는 시나가와역」의 '전후판'은 '초출판'의 조선인의 '왕복운동'을 일본에서 조선으로의 '귀향'으로 치환시켜 '국경'으로 재조정된 현해탄을 드러내고 있다. 또한 『민주조선(民主朝鮮)』1947년 4월호에 발표된 「4인의 지원병[四人の志願兵]」이라는 에세이에는 징병되어 일본으로 건너와 패전을 맞이한 4명의 조선인 '병사'가 들뜬 마음으로 고향 조선을 향하는 모습이 경쾌하게 묘사되고 있다. 이렇게 나카노는 조선으로 돌아가는 조선인을 통해 그들이 전후일본의 정치공간에서 외부자라는 점을 암시적으로 표현하고 있는 것이다.

물론 '우리' 일본의 외부에 조선(나아가 아시아와 세계)를 배치하는 정치적 주체를 둘러싼 선긋기＝경계짓기는 비단 나카노에게만 국한되지 않는다. 다음에 보는 것처럼 전후 민주주의 문학운동을 이끌었던 신일본문학회(新日本文学会) 창립대회의 선언문에는 '일본'이라는 영토와 결부된 '우리'가 상정되어 있고, 그 공간의 외부에 '전 세계의 인민'이 자리 잡고 있다. 그리고 일본의 외부로 상정된 그 공간에 전 세계 인민의 일부인 중국과 조선인민의 영토가 할당되어 있다.[9] 예를 들어 1945년 12월 30일 신일본문학회 창립대회에서 발표된 「선언(宣言)」은 다음과 같다.

---

9   高榮欄, 『「戰後」というイデオロギー―歷史／記憶／文化』藤原書店, 2010, pp.269~270.

우리들은 오늘날, 일본에 있어서 민주주의적 문학운동조직을 위해 모였다. 우리들은 일본에 있어서 민주주의적 문학의 창조와 그 보급, 인민대중의 창조적, 문학적 에네르기의 고양과 그 결집을 자신의 임무로 자각하고, 그 임무달성을 위한 기본조직과 그 활동방침을 결정했다. 우리들은 이 방침의 구체화, 이 구체화에 있어서 우리들의 헌신을 통해 일본의 전 인민에게 화답하고, 동시에 전세계 인민, 특히 중국 및 조선의 인민에게 화답하려는 것이다.

비록 전후라는 현재의 시간에서 '조선＝아시아'는 '우리＝일본'의 외부로 간주되지만, 이와 병행해서 전전 군국주의의 전쟁책임을 추궁하는 대목에서는 일본국민과 함께 침략적 군국주의의 '피해자'였다는 공통되는 역사적 기억이 반복해서 재생되고 있었다. 예를 들어 나카노는 '성전'의 이름으로 수행된 전쟁은 자국민과 타국민을 노예로 하는 전쟁에 불과했다고 다음과 같이 비판한다.

일본이 수행한 전쟁은 '성전'이 아니었다. 그것은 야만적이고 비열한 전쟁이었다. 그것은 '아시아인의 아시아'를 위한 전쟁이 아니었다. 아시아 제(諸)민족을 노예로 하기 위한 전쟁이었다. 그것은 '자존자위'를 위한 전쟁이 아니었다. 타국을 침략하고 동시에 자국민을 노예로 하는 전쟁이었다. 천황의 나라일본은 '천황의 위광 아래[大御威稜の下]'에서 '팔굉일우'의 정신으로 만주인을 죽이고, 지나인을 죽이고, 안남인을 죽이고, 필리핀인을 죽이고, 동시에 자국민에게 무거운 세금을 부과하고, 자국민이 가진 모든 물자를 징발하고, (…중략…) 산업과 문화를 파괴하고, 경지를 황폐케

하고, 이것에 반대하는 자 모두를 나라에 대한 반역자로서 붙잡아 죽이곤
했다. 그것은 인류와 그 문명에 대한 어디까지나 하등의, 어디까지나 야만
적인 파괴전이었다.[10]

이렇게 과거의 전쟁을 '침략전쟁'이자 '야만의 전쟁'으로 인식하는 준엄한
역사인식을 보여주는 것과는 달리, 패전 이후 거의 10년 간 나카노는 조선에
관해 단편적인 언급만을 반복했다. 전전이라고 특별히 조선에 관한 언급한
텍스트가 많았던 것은 아니지만, 이를 테면 시 「비 내리는 시나가와역」와 같
이 조선문제가 사고의 중심에 놓인 텍스트는 쓰이지 않았다. 1954년에 발표
된 「피압박민족의 문학」[11]에 이르러 조선은 나카노의 담론 안에 비로소 비
중있게 다루어진다. 그럼 나카노가 말하는 '피압박민족'이란 무엇을 의미하
며, 거기서 조선은 어떤 맥락에서 도입되고 있는지 살펴보자.

피압박민족의 문학에 관해서 생각하는 것은 나에게는 지금부터의 일본
문학에 대해 생각하는 것과 같은 것이다. 자기 자신의 문학에 대해서 생각
하는 것이 무엇보다 이 문제에 관해 생각하는 것이 된다. 그리고 이것은
역시 나의 생각으로는 지금까지 일본문학연구에서 전혀 없었던 事柄이다.
압박민족의 문학이었던 것이 피압박민족의 문학이 되고, 그것을 일찍이
압박민족이어서 지금은 피압박민족이 된 일본인이 생각하지 않으면 안
된다는 것, 거기에 이 문제의 오늘날의 중요성이 있다.[12]

---

10 「日本が敗けたことの意義」, 『中野重治全集 第十五卷』, 筑摩書房, 1961, p.318.
11 나카노 시게하루의 「피압박민족의 문학」은 『이와나미강좌 문학』 제3권의 「세계문학과 일본
문학」(1954)라는 주제에 맞춰 쓰여진 것이다.
12 「非壓迫民族の文學」, 『中野重治全集 第十卷』筑摩書房, 1962, p.475.

나카노는 피압박민족의 문학을 제기하는 배경을 '압박민족의 문학이었던 것이 피압박민족의 문학이 되고, 그것을 일찍이 압박민족이어서 지금은 피압박민족이 된 일본인이 생각하지 않으면 안 된다는 것, 거기에 이 문제의 오늘날의 중요성이 있다'[13]고 적고 있다. 여기서 이 개념이 샌프란시스코 강화조약 이후 일본이 '아메리카'의 종속상태에 빠졌다는 상황인식에 근거하고 있음을 알 수 있다. 그러나 이 글에서 나카노가 제기하는 문제의 핵심은 일본이 피압박민족이 되었다는 '사실'을 확인하는 데 있지 않다. 초점은 왜 일본인이 강화조약을 무효화 시키지는 데 실패했는가에 맞춰져 있다. 그는 1905년 '한일의정서'의 내용을 상세히 인용하면서, 일본은 자신이 조선을 압박했던 민족이었다는 역사적 사실을 정당하게 기억하지 못한 까닭에 '아메리카'로부터 독립을 지켜내지 못하고 종속상태에 빠져버렸다는 것이다. 즉, 나카노는 일본이 어떻게 '아메리카'의 종속상태로부터 벗어날 것인가라는 일본독립의 문제라는 맥락에서 조선문제를 도입하고 있는 것이다.

이렇게 나카노는 강화조약과 일본의 독립이라는 현재의 정치적 문제를 언급하며 조선을 도입하고 있다. 하지만, 주의 깊게 살펴보면, 나카노도 과거 일본의 식민지였던 조선에 관해 언급하고 있을 뿐, 전쟁과 휴전으로 이어지고 있는 '현재의 조선'에 대해서는 침묵을 이어가고 있다. 현재의 조선을 외면하는 나카노의 시선이 문제가 되는 것은 그의 「피압박민족의 문학」에 인용된 김달수의 다음과 같은 언급 때문이다.

작품의 내용에 대해서는 여기서 언급하지 않겠다. 다만 이것을 썼던 시

13　中野重治,『中野重治全集 第十卷』, 筑摩書房, 1962, p.475.

기는 주지하는 시기는 나의 조국·조선에서는 치열한 전쟁이 치러지고 있었다. (…중략…) 우리 조선인민군은 잘도 싸웠다. 그 초기에는 말할 것도 없이 세계최강을 자랑하는 아메리카 제국주의군을 주력으로 하는 이른바 국제연합군을 맞이해 최후까지 당당하게 잘 싸웠다. 이것은 역사가 보여주는 대로이다. (…중략…) 이것(현해탄)을 직접 받아들인 일본인에 대해서는 민족의 독립을 상실한 제국주의 치하의 식민지인이라는 것이 어떤 것인가를 보여주고자 했다. 이것은 현재의 일본인에게 가장 적극적인 과제이지 않으면 안 되는 것이다.[14]

김달수의 이 글은 1954년 1월에 발간된 단행본 『현해탄』의 후기에 실린 것이다. 인용에서 알 수 있듯이, 김달수는 『현해탄』의 집필 배경으로 한국전쟁과 일본의 '독립 상실'을 들고 있다. 김달수가 이렇게 한국전쟁을 거론한 배경에 한국전쟁 당시 일본에서 전개된 공산당과 재일조선인의 반전투쟁이 놓여 있다. 그는 '아메리카 제국주의'라는 공통의 적을 통해 이러한 연대에 의미를 부여하고 있는 것이다. 그런데 나카노는 이러한 김달수의 글에서 한국전쟁과 관련한 '연대'의 요청은 배제하고, 오직 일본의 독립 상실을 조선의 식민지체험과 결부시키는 부분만을 채용하고 있다. 달리 말하면 나카노도 한국전쟁에 대한 언급을 의도적으로 회피하고 있는 것이다.

조선과 일본이 각각의 민족으로 분리되어 버린 상황에서 가능한 연대란 무엇인가. 피압박민족으로서의 연대를 말하며 현재의 조선에 대면하기를 회피했던 나카노의 태도는 전전부터 이어진 우리라는 감각의 관성과 전후의

---

14 *Ibid.*, pp.475~476.

정치적 현실 사이의 메워질 수 없는 간격에 대한 그 나름의 '타협' 혹은 '절충'의 결과는 아니었을까. 계급이 더 이성 유효한 연대의 논리가 될 수 없는 전후에, 나카노는 과거의 조선과 현재의 일본을 등치함으로써 조선에 대한 연대를 유지하려 했지만, 그것은 한반도에서 벌어지고 있는 전쟁에 대해 침묵함으로써 얻어질 수 있는 것이었다.

4. 조선표상의 내적 구조─이념의 과잉과 타자성의 상실

정치적 주체의 형성이라는 관점에서 볼 때, 나카노 시게하루의 조선에 대한 자리매김은 전전과 전후가 뚜렷하게 구분된다. 전전의 경우 나카노는 일본과 조선을 계급연대의 이념 하에 양자를 천황제국가라는 공통의 적에 저항하는 주체로서 통합하고 있었다. 하지만 패전으로 제국일본이 붕괴하고, 그 결과로 조선이 '독립'하면서 이러한 연대를 가능케 했던 기반은 사라졌다. 전후, 프롤레타리아트 국제주의를 대신하여 부상한 민족국가로 분할된 세계인식에서 독립된 조선은 더 이상 '우리'의 내부에 존재할 수 없었다. 그때 나카노가 선택할 수 있는 조선에 대한 연대란, 강화조약 체결로 '아메리카'에 '예속'되어버린 일본을 비춰주는 역사적인 거울로서, 과거 일본에 의해 피압박민족의 운명을 경험했던 식민지조선을 소환하는 것이었다.

하지만 이러한 전환에도 불구하고 변하지 않는 것이 있었다. 그것은 조선을 '지배 / 종속'이라는 초월적(선험적)이며 동시에 정치적인 구도를 통해 바라보는 태도이다. 언제나 종속 받는 자의 자리에 놓인 조선에 대한 표상은 '가혹한 지배에 신음하는 식민지'이거나 그러한 지배에 분노하며 저항하는 존재 중 하나였다. 예컨대 조선은 '추운 겨울에 얼어붙은 산하'(「비 내리는 시나가와역」, 1929.2)이거나 '세균전'을 불사하지 않는 '아메리카'에 저항하는 민족(「조선의 세균전에 관하여」, 1952.9)의 모습이었다. 전전과 전후를 불문하고, 나카노에게 사유대상으로서의 조선은 이렇게 세계를 '지배 / 종속' 혹은 '억압 / 저항'으로 분할하는 이념적 작도법 안에 존재하고 있었다.

  그런데 흥미로운 것은 애초에 나카노가 자신의 문학 안에 조선을 도입하는 것이 타자의 시점이라는 문학적 방법의 모색과 병행하여 일어났다는 점이다. 이를 테면 나카노는 시 「비 내리는 시나가와역」을 전후로 하여 '일본인'이자 '남성'이며 '전위=정치운동의 내부자'에 위치하는 자신과 구별되는 '조선인', '여성', '대중=정치운동의 외부자'를 빈번히 이야기의 중심인물로 끌어들이고 있다. 예를 들어 1928년 3월 15일에 있었던 정부의 공산당 관계자에 대한 전국적인 검거사건, 즉 일명 '3·15사건'을 배경으로 한 소설 「봄바람(春さきの風)」(『전기(戰旗)』, 1928.8)에서는 평범한 여성이 3·15사건의 와중에서 겪게 되는 비극 ― 남편의 투옥, 아이의 죽음 ― 을 그리고 있고, 이어서 공산당의 합법적 기관지인 『무산자신문(無産者新聞)』에 연재된 「모스크바를 향해서[モスクワを指して]」(1928.10~12)에는 조선민족해방을 위해 만주를 무대로 활약하는 2명의 조선인을 등장시키고 있다. 뿐만 아니라 1929년에 연이어 발표된 「정차장(停車場)」(『근대생활(近代生活)』, 1929.6)과 「새로운 여자(新しい女)」(『문학시대(文學時代)』, 1929.8)에서는 동북(東北)지방 출신 여성의 상경기(上京記)를 다루고 있다.

  나카노의 타자인식과 관련하여 주목되는 것은 나카노가 특히 동북출신의 여성들과 자신 사이에 놓은 '차이'에 섬세하게 반응하고 있다는 것이다. 예컨대 그러한 감각은 「정차장」에서 소설 속의 화자(내레이터)가 심한 동북사투리를 사용하는 주인공의 말을 활자화하는 데 곤란함을 토로하는 다음과 같은 장면에서 확인할 수 있다.

> 실은 그 여자의 말은 이것(여기에 쓰여있는 것)과는 달랐다. 그녀의 말은 매우 강한 사투리이자 동시에 매우 정중한 말투였다. 그것을 발음 그대로 옮기는 것은 불가능하다. (…중략…) 할 수 없이 여기서는 여자의 말을 당연한 말투로 고쳐 적는 것으로 했는데, 고쳐서 적으면 적을수록 또한 너무나 정중한 느낌을 지울 수 없다.[15]

소설의 지면에서 여자의 말은 '당연한 말투', 즉 '표준어'로 기술되어 있다. 화자는 사투리를 소리대로 적으면 그 뜻을 알 수 없기에, 부득이하게 여자의 말을 적당히 표준어로 '번역'하게 되었다는 경위를 밝히고 있다. 나카노는 자신과 동북출신 여성 사이에 놓은 차이를 화자의 입을 빌어 '번역불가능한 방언'의 문제로 제기하고 있는 것이다.

이렇게 방언의 타자성에 민감한 나카노였지만, 그러는 감각에서 조선인은 예외였다. 「모스크바를 향해서」를 보면 주인공인 두 명의 조선인이 나누는 대화가 「정차장」에서와 마찬가지로 '당연한 말투'로 기술되고 있다. 하지만 조선인 사이의 대화였기에 아마도 조선어로 이루어졌을 대화를 기술하면서, 소설의 화자는 어떠한 '곤란함'도 표현하고 있지 않다. 더욱이 주인공 중의 한

---

15 中野重治, 『中野重治全集 第一卷』, 筑摩書房, 1961, p.205.

사람이 '진주' 출신으로 설정된 것을 감안하면, 여기서 나카노는 조선어와 일본어의 차이만이 아니라, 조선어 내부의 다양성도 의도적으로 간과하고 있다고 할 수 있다. 표준어와 방언의 차이에 민감하게 반응하면서, 장기간의 학습 없이는 이해할 수 없는 언어사용자들, 예컨대 조선인들의 대화를 기술하면서 그는 어떠한 '유보조항'도 달고 있지 않다. 그것은 그 자체로 아이러니이며, 다른 한편으로 나카노의 타자인식에 내재하는 어떤 분열을 보여준다.

그렇다고 나카노가 조선이라는 대상이 갖는 타자로서의 성격에 완전히 무감각했던 것은 아니다. 예를 들어 시 「비 내리는 시나가와역」에서 나카노는 추방지 조선을 '부모의 나라父母の国'라 하여, 조선인들이 이른바 천황제 가족국가 이데올로기를 내면화할 수 없는 천황제의 정치적 타자임을 밝히고 있다. 하지만 '일본 프롤레타리아트의 앞 방패 뒤 방패'라는 구절에서 보듯이, 결국은 계급연대의 이념 속에서 조선을 일본의 프롤레타리아트와 일체화시키고 있다. 나카노가 조선에게 할당한 타자성이란, 이렇게 최종적으로 이념에 의해 조정 가능한 잠정적인 것에 불과했다.

그렇다면 여기서 다음과 같은 질문은 불가피하다. 왜 나카노는 조선을 '지배 / 종속'과 같은 이념적 시점에서만 보았던 것일까. 왜 거기에는 공산당의 정치적 요구를 상대화하는 시점이 보이지 않은 것일까. 달리 말하며 동북출신 여성에 대한 기술에서 보이는 타자에의 감각이 왜 조선(인)에 대해서는 적용되지 못했던 / 않았던 것일까. 조선에 관한 나카노의 사적인 기록이 불충분한 상황에서 이 문제의 해명은 간단치 않다. 그럼에도 불구하고 다음과 같은 정황적 판단은 가능할지도 모르겠다. 이때 확인해 둘 사실은 나카노가 평생에 걸쳐 단 한 번도 조선(한국)을 경험하지 않았으며, 따라서 그의 조선에 대한 이해는 전적으로 '간접적'인 방식에 의존하고 있었다는 점이다. 실제로 그런 나카노와 경험세계 밖의 조선을 매개시키고, 나카노의 조선으로의 '상상적' 접근을 뒷받침했던 존재란, 이북만, 김호영, 김달수와 같은 재일조선인들이었다.

　이북만은 나카노와 식민지조선의 문단 사이에서 나카노를 조선에 소개하는 역할을 맡았을 뿐만 아니라 나카노가 후쿠모토이즘(福本イズム)에 입각한 문예운동을 추진하기 위해 1927년에 창간한 『프롤레타리아 예술(プロレタリア芸術)』의 지면을 통해 조선프롤레타리아문학을 일본문단에 발신하기도 했다.[16] 이북만과 함께 시 「비 내리는 시나가와역」의 부제에서 그 이름이 거론되고 있는 김호영은 재일조선인노동운동의 지도자로서 1928년 8월 코민테른의 이른바 '1국1당 원칙'에 따라 1929년부터 시작된 재일조선인노동운동과 일본노동운동의 '통합'에 적극적으로 관여한 이력을 갖고 있다. 한편 전후 재일조선인 주도로 1946년에 창간된 『민주조선』의 핵심멤버였던 김달수는 당시 공산당의 '지도' 하에 있었던 문학운동조직인 신일본문학회(新日本文学会)에 참여하면서 전후를 통해 줄곧 나카노와 문학운동에 있어서 '동반자적 관계'를 형성하였다.

　이상의 이력에서 알 수 있듯이 이들은 모두 나카노와 '사회주의'라는 이념을 공유하고 있었다. 이북만과 김호영은 전전 나카노가 천명한 조선과 일본의 계급연대에 대해 문학운동과 노동운동의 영역에서 호응하는 역할을 하였다. 또한 김달수는 소설 『현해탄』은 1950년대 나카노가 제기한 피압박민족론에서 가장 주목받는 소설이었으며, 특히 김달수 자신은 1950년 코민포름의 일본공산당 비판이 가져온 내부분열 때에는 나카노와 함께 그 '비판'을 쉬

16　이 시기 이북만의 활동에 관해서는 신은주(1997), 이한창(2005) 참조할 것.

용하는 '국제파(비주류파)'의 노선에 가담하였다. 그런데 현실에서 나카노와 이들 재일조선인들은 각각 '식민자 / 피식민자' 혹은 '현재의 피압박민족 / 과거의 피압박민족'과 같이, 서로 다른 정치적 조건에 위치하고 있었다. 그러나 그들 서로를 타자로서 대면시키는 이러한 '조건의 차이'는 사회주의라는 이념에 의해 극복될 수 있는, 아니 정확하게는 극복되어야 할 차이로만 간주되었다. 그렇다면 나카노가 '프롤레타리아 국제주의'라는 이념에 과도하게 경도되어 있었으며, 그와 조선을 매개했던 재일조선인들이 대부분 이러한 이념의 동조자였다는 점에서, 그가 조선의 타자성에 둔감했던 배경을 생각해 볼 수 있지 않을까.

나카노의 조선인식에 타자성에 대한 감각이 보이지 않는 이유로서 주목할 점은 이들 재일조선인들이 상당한 수준의 일본어 구사능력을 갖고 있었다는 사실이다. 이북만이 일본 프롤레타리아문예잡지에 다수의 글을 발표할 정도의 일본어 실력을 갖추고 있었다면, 주지하는 바와 같이 김달수의 창작활동은 대부분 일본어로만 이루어졌다. 물론 나카노와 이들의 의사소통은 일본어로 이루어졌으며, 거기에는 어떤 불편함도 존재하지 않았을 것이다. 그렇다면 동북여성에게 강렬한 타자성을 발견하는 감각이 유독 조선에 적용되지 않는 배경에 이러한 사정이 놓여 있던 것은 아닐까. 달리 말하면 재일조선인들의 '능숙한 일본어'는 그와 조선 사이에 놓은 선험적인 차이를 은폐하는 투명한 장막과 같은 것은 아니었을까. 한국어와 일본어의 언어적 구조가 유사하다고 해도, 현실에서 장기간의 학습 없이는 상대방의 언어를 이해할 수 없다. 그래서 비트겐슈타인은 '언어게임을 공유하지 않는 외국인'을 전형적인 타자로 간주했다. 만약 그런 의미에서 일본어를 말하는 조선인을 스스로 타자이기를 거부하는 존재로 간주한다면, 나카노는 타자이기를 거부한 타자들 속에서 조선이라는 타자를 만난 셈이 된다. 결국 나카노는 타자성을 상실한 타자를 통해 조선을 알 수 있었지만, 그 대신 타자에 반응하는 감성의 상실이라는 대가를 치러야만 했던 것이다.

5. '상황'의 사상가

이 글은 나카노의 조선인식을 입장의 윤리성과 시각의 한계성에 대한 기존 연구의 '기계적'이고 '정태적'인 조합에 대한 불만에서 출발하였다. 나카노가 조선문제에 대해 시종 '비판적'이고, '연대의 의지'를 유지하려고 했음은 분명하며, '탈식민주의'의 시대에 의미 있게 기억해야 할 일본사상사의 유산이다. 하지만 본론에서 지적한 것처럼, 예를 들어 1950년대 나카노의 조선인식은 '아메리카'에 대한 종속상황에 비판적으로 개입하는 가운데 조선에 대한 연대감을 표현했지만, 거기에는 또한 '현재의 조선'을 외면하는 아이러니가 존재한다. 강화조약이 한국전쟁의 원활한 수행이라는 목적 하에 '아메리카'의 주도로 성립되었다는 사실을 고려하면, 한국전쟁 즉 현재의 조선에 대한 침묵은 그 자체로 타자에 대한 입장의 비윤리성을 드러낸다. 나카노는 자신이 처한 구체적인 정치적 상황에 민감하게 반응하는 '상황의 문학자=사상가'였다. 하지만 상황에 대한 충실함이 때로는 그의 조선에 대한 입장의 윤리성을 훼손시키는 결과를 낳기도 하였다.

뿐만 아니라 나카노가 보여준 시각의 한계성은 계급과 민족 사이의 어긋

남에만 존재하는 것이 아니었다. 그는 조선인식은 과도하게 '이념'에 의존한 탓에 자신과 조선 사이에 놓인 '거리' 혹은 '차이'의 현실을 세심하게 직시하지 못했다. 그는 조선이라는 타자의 정치적 현실에 민감했지만, 조선이라는 타자의 본질적인 타자성에는 둔감했다. 그리고 이러한 조선의 타자성에 대한 불감증은 이념(사회주의)과 언어(일본어)의 '코드'를 공유하는 재일조선인과의 접촉을 떠나서는 이해할 수 없다. 그런 점에서 이북만과 김달수와 같은 재일조선인은 나카노와 조선을 이어지는 '창'이자 동시에 타자인식을 가로막는 '벽'이기도 했다.

'프롤레타리아트', '피압박민족'과 같은 말이 환기시키는 것처럼, 조선을 향한 나카노의 발화에는 정치적 주체의 형성이라는 맥락이 동반되고 있었다. 기존의 나카노에 조선인식에 대한 연구는 이 점이 충분히 주목되지 못했다. 그런데 연대를 발화하는 나카노와 그 발화의 호응하는 조선인 사이에는, 정치적 조건, 언어와 같은 문화, 현재의 아이덴티티와 관련된 역사적 기억 등에서 상호간에 이질적이다. 따라서 정치적 주체 형성은 이러한 차이들을 일정하게 '조정'함으로써 가능하다. 결론적으로 조선을 향해 발신했던 나카노의 연대의 언어는 이념의 규제와 '현재의 조선'에 대한 회피 속에서 어쩌면 한 번도 실질적인 것이 되지 못했다. 달리 말하면 그가 조선인과 나누었던 연대의 공감대는 '대화'가 아닌 이념이 주조한 타자와 주고받았던 '독백(monologue)'이 아니었을까. 근대일본의 조선인식에 대하여 나카노 시게하루라는 존재는 연대의 사유가 보여주는 입장의 윤리성에 대한 안이한 타협에 재심(再審)을 요청하고 있다.

참고문헌

김윤식, 「문학적 과제로서의 민족 에고이즘」, 『한일 근대문학의 관련양상 신론』, 서울대 출판부, 2001.

서동주, 「「비 내리는 시나가와역」과 탈내셔널리즘」, 『일본연구』 12, 2009.

_____, 「전후 일본문학의 자기 표상과 보수주의―나카노 시게하루 「비 내리는 시나가와역」의 전후 수용」, 장인성 편, 『전후일본의 보수와 표상』, 서울대 출판문화원, 2010.

신은주, 「나카노 시게하루[中野重治]와 한국 프로레타리아 문학운동―임화, 이북만과의 관계를 중심으로」, 『日本硏究』 12, 1997.

_____, 「나카노 시게하루(中野重治)와 일본의 천황제―「비 내리는 시나가와 역」과 「반잔의 술」을 중심으로」, 『일본 근대문학―연구와 비평』 4, 2005.

이한창, 「재일동포 문인들과 일본문인들과의 연대적 문학활동―일본문단 진출과 문단 활동을 중심으로」, 『日本語文學』 24, 2005.

李恢成, 「中野重治と朝鮮」, 『新日本文学』, 1980.12.

林薫, 「在日本朝鮮人連盟みについて」, 『民主朝鮮』, 1946.4.

江藤淳, 『昭和の文人』, 新潮社, 1989.

小田切秀雄, 「この本のこと」, 『金達寿小説全集四』, 筑摩書房, 1980.

_____, 『中野重治―文学の根源から』, 講談社, 1999.

高栄欄, 『「戦後」というイデオロギ―歴史/記憶/文化』, 藤原書店, 2010.

鄭勝云, 『中野重治と朝鮮』新幹社, 2002.

高橋博史, 「中野重治・海と機関車」, 『国文学 解釈と鑑賞』, 2005.5.

竹内栄美子, 『中野重治―人と文学』, 平凡社, 2009.

_____, 『戦後日本, 中野重治という良心』, 勉誠出版, 2004.

中野重治, 「芸術運動の組織」, 『プロレタリア芸術』 1927.8.

_____, 『中野重治全集 第一巻』, 筑摩書房, 1961.

_____, 『中野重治全集 第三巻』, 筑摩書房, 1961.

_____, 『中野重治全集 第十巻』, 筑摩書房, 1962.

_____, 『中野重治全集 第十一巻』, 筑摩書房, 1962.

_____, 『中野重治全集 第十五巻』, 筑摩書房, 1962.

_____, 『〈朝鮮〉表象の文化誌』, 新曜社, 2004.

朴鐘明,「『民主朝鮮』概観」(復刻『民主朝鮮』別卷), 明石出版, 1993.

林浩治,「舘野晢編」,『韓国・朝鮮と向き合った36人の日本人』, 明石出版, 2002.

丸山珪一,「『雨の降る品川駅』をめぐって」,『金沢大学教養学部論集』28(1), 1990.

林淑美,『昭和イデオロギ―――思想としての文学』平凡社, 2005.

渡辺一民,『〈他物〉としての朝鮮―文学的考察』, 岩波書店, 2003.

渡部直己,『不敬文学論序説 (批評空間叢書)』, 太田出版, 1999.

쟝 선치에[張深切]와
식민지 내셔널리즘의 극복

한인혜

쟝 선치에는 1904년 대만에서 태어나 유년기에 사립학교에서 교육을 받았으나, 1917년 임헌당(林獻堂, 1881~1956)을 따라 일본으로 건너가 학업을 지속한다. 한편 1923년 관동지진의 발생으로 인한 일련의 정치사태로 인해 학업을 중단하고, 상해로 건너가 독상무인서관(讀商務印書館) 부설 국어사범학교에 입학한다. 그 기간 동안 상해에 거주하던 차이 후이루[蔡惠如, 쉬 나

쟝 선치에[張深切] 1904~1965

이창[許乃昌] 등의 대만 지사들과 밀접히 교류하여 '국치기념일'을 제목으로

한 강연회를 개최하여, 대만총독부를 비판하고, 대만민중들이 겪는 비참한 상황을 폭로하였다. 1924년 국민당이 조직이 개편될 낭시, 쟝 선치에는 광동 중산대학교 법학부 정치학과에 입학하여, 궈 더친[郭德欽], 쟝 위에청[張月澄], 린 원팅[林文騰] 등과 함께 대만혁명청년단을 조직하였다. 1927년 대만으로 돌아와 청년단의 혁명운동 경비를 마련하기 위한 모금운동을 펼치고, 때마침 타이종[臺中]에 있는 한 중학교에 부임하여, 곧이어 파학(罷學)위원회의 총 지휘를 맡게 된다. 쟝 선치에의 주도로 학생들은 집단적으로 수업 거부하며, 반일 저항 국면을 전개하였다. 이 일중(一中)사건으로 인해, 식민 경찰에 체포되지만, 곧 석방된다. 하지만 경찰은 그가 중국에서 했던 정치 활동을 계속 문제삼으며, 결국 '광동사건'으로 다시 쟝 선치에를 체포한다. 그는 최종적으로 2년형을 구형받아, 징역살이를 하고, 1930년에 출옥한다. 같은 해 대만연극연구회를 조직한다. 1932년에는 다시 상해로 갔다가, 이듬해 대만으로 돌아오고 『동아신보』의 편집을 맡게 된다. 1934년 타이종[臺中]에 대만문예연맹을 설립하는 한편, 기관지인 『대만문예』를 간행하였다. 2차 세계대전이 발발하여 일제가 전시 체계 및 식민지의 검열 체계를 강화하면서, 쟝 선치에는 더 이상 대만에서 문예활동을 전개하는 것이 불가능하다고 판단하고, 1938년 3월초, 베이핑(오늘날 북경)으로 도피하여, 4월 "베이핑예술전과(專科)학교"의 훈육주임 겸 교수직을 맡게 된다. 1939년에는 『중국문예』지의 책임 편집자 및 발행인을 맡는다. 2차 세계대전의 종전 후에는 대만으로 돌아와 타이종사범학교의 교무주임직에 몸 담는다. 1947년 2·28 사건 직후, 시에 쉬에홍[謝雪紅]의 반국민정부운동에 협조했다는 비난을 면치 못해, 반년 동안 난토우[南投]에서 은신하다가, 그 후로 1년이 지난 후에야 다시 작가와 지식인으로서의 명예를 회복한다.

장 선치에는 비평, 에세이, 소설, 희곡 등의 다양한 장르를 넘나들며 왕성한 집필 활동을 전개하였다. 대표작을 살펴보면, 1934년 출간된 소설 「압모(鴨母)」는 대만의 토호열신(土豪劣紳) 세력이 일본인과 결탁하여 오리를 기르던 빈곤한 민가들을 기만하고 착취하던 비극적 시대상황을 묘사하였다. 이로써 일제시기 대만의 봉건세력과 일제 식민세력의 공범관계를 폭로하였다. 1961년에 발표된 「편지홍(遍地紅)」은 '영화소설'의 형식을 취하여, 1930년 원주민의 항일 투쟁이자 일제시대 최대의 반일 혁명이었던 무사사건(霧社事件)을 재조명하였다. 장 선치에의 창작활동을 통해 일본식민정권이 어떻게 제국의 신민들을 기만하고 우민화하는지를 폭로하는 동시에, 대만 사회 또한 식민지의 비극을 초래하는 데 일조하였음을 비판적으로 성찰하고 있다. 1957년에는 영화와 연극 사업에 투신하여, 대만 토착어를 사용한 영화를 연출하였지만, 투자에 실패하여 상업적인 성공은 거두지 못했다. 1961년 자전을 출판하였는데, 『이정비(里程碑)』라는 제목으로 출판되었으며, '흑색의 태양'이라고도 불린다. 말년까지 왕성한 집필을 하다가, 1965년 11월 폐암으로 타계한다. 1998년 대만의 문경출판사에서 『나와 나의 사상』, 『광동에서 발동한 대만혁명 운동사략』, 『옥중기』, 『공자철학평론』, 『일본에 대해 말하고, 중국을 논하다』, 『생사문』, 『인간과 지옥』 등의 장 선치에의 유작을 모아 12권의 전집을 발간하였다.

1. 일제 시기 대만인에게 있어서 중국이 갖는 의미

장 선치에 (1904~1965)는 식민시기 일본에서 교육을 받고, 중국대륙과 대만을 오가며 양국에서 반제 운동 및 신문학운동을 전개한 대만 작가이다. 중국에서는 전통문화 부흥운동에 주력하는 한편, 대만에서는 신문학운동의 주축이 되어, 식민지 대만과 반식민지 중국을 아우르며 양안(兩岸)에서 독자층을 형성하였다. 장 선치에는 13살이 되던 해, 도일(渡日)하여 유학생활을 시작한다. 후일 자서전에 장선치에는 일본 유학생활 초반에 자신은 순진하게도 일본인이 되기를 바랬다고 회고하고 있다. 그러나 유학 생활 도중 일본인들로부터 극심한 차별을 겪으며, 일대 정치적, 사상적 전환을 겪게 된다. 식민지 대만에서 온 사람은 일본인이 되기를 바라는 마음이 얼마나 신실하건, 얼마나 훌륭한 자격 조건을 갖추었던 가를 막론하고, 일본인으로 인정받을 수 없음을 깨닫는다. 왜냐하면, 일본인에게 있어서 대만인이란 모국을 상실한 국민일 따름이었으며, 두 가지 부류, 즉, 몰락한 청제국의 신민이거나, 대만인 가운데 하나일 뿐이었다.[1] 1923년 관동대지진이 발생하여, 일본사회가 극심한 사회적 혼란의 소용돌이에 빠졌을 당시, 외국인 혐오 정서가 팽배하였고, 그로인해 사망하는 외국인의 숫자가 급증했다. 장 선치에는 광적인 국수주의가 온 나라를 휩쓸고, 폭력과 혼란이 난무하는 상황을 목도하고, 일본을 떠나 중국으로 갈 것을 결심한다. 1923년 장 선치에는 상해로 건나가 반제운동을 전개하고 있던 대만 운동가들과 결합한다. 그 운동가들 가운데는

---

1   張深切, 『張深切全集(『장 션치에 전집』)』 1권, 文經出版社., 1998, 156쪽.

차이 후이루, 펑 화잉, 차이 샤오치엔도 포함되어 있었다. 1924년에는 시에 슈에훙, 차이 샤오치엔, 쟝 선치에 및 다른 대만 반제 운동가들이 결합하여 대만자치협회를 설립하고, 대만의 독립과 자치, 및 주권 획득을 목표로 활동을 전개하였다. 한편, 이즈음 쟝 선치에는 부친의 재정적 지원을 중단하자, 상하이에서 더 이상 체류가 불가능하게 된 쟝 선치에는 1924년 10월 대만으로 귀국한다. 1926년에 다시 상하이로 돌아가는 데, 이때는 사업을 목적으로 했다. 한편, 사업이 실패하면서, 쟝 선치에는 상해를 떠나 광동으로 향한다. 광동에서 1927년 3월 초, 마흔 명 남짓한 대만인들과 함께 광주 대만학생연합회를 전신으로 한 대만혁명청년단을 설립한다. 그러나 일본의 제국 경찰이 1927년에 중국에서 활동하는 대만인들에 대한 대량 검거를 전면적으로 실시하면서, 대만혁명청년단은 그 해 6월 말 강제로 해산된다.

쟝 선치에는 1927년 4월 광동에서 활동하는 대만 혁명가들을 위한 모금을 목적으로 대만으로 돌아온다. 이 시기 쟝 선치에는 타이종(대만의 중부)에서 반일 학생 운동을 주도하는 데 중추적인 역할을 담당하게 된다. 이 지도적인 역할로 인해 쟝 선치에는 식민 경찰에 체포되어 2년형을 구형받는다. 1930년에 석방된 후에는 쟝 선치에는 대만의 문학운동, 특히 그 중에서도 연극 운동에 헌신하게 된다. 1937년 식민 정부가 전시 체제에 돌입하게 되면서, 식민 경찰은 대만에서 유례없이 감시와 검열 체계를 강화시킨다. 같은 해 쟝 선치에는 작가들에 대한 탄압을 피하기 위해, 베이징으로 도피하여 창작활동을 도모한다. 그러던 중 일제 육군참모총장이었던 도노와키 미쯔오의 제안과 후원으로 『중국문예』라는 잡지의 편집자 제안을 맡게 되고, 그 잡지를 무대로 삼아 중국에서 문예와 비평 활동을 활발히 전개한다. 한편 제국 군대의 재정적 지원을 받았다고 해서 쟝 선치에가 제국주의나 식민주의의 대변인으로 전락한 것이 아니라, 그 반대로 일제의 정치적 도구로 봉사하지 않기 위해, 정치저, 사상적 불긴섭을 진제로 하여, 문예 활동을 시작한다. 쟝 선치에는 창작 활동을 지속해 나갈 수 있었지만, 반식민지 중국에서 역시 제국과 중국 국민당 정부의 감시 및 검열로 인해 작품의 대부분을 출판할 수 없었다. 베이징에서 집필한 작품의 대부분은 해방 이후 대만으로 귀국한 후 출판하였으며, 『나와 나의 사상』이란 제목 하에 유통되었다.

쟝 선치에에 관한 기존의 연구는 그의 작품 세계를 '식민지 근대성', '민족주의', '민족 정체성'이라는 개념을 토대로 분석하였다. 예컨대, 지엔 수쩡은 '계몽주의'와 '식민지 근대성'의 개념을 전면에 내세워, 쟝 선치에게 대만과 중국, 일본을 아우르는 동양적 전통 뿐만 아니라 서양의 전통까지 포괄하는 계몽적 이상을 철저히 추구했다고 역설한다. 한편, 왕 선은 쟝 선치에가 베이징에서 『중국 문예』의 총 편집자로 활동할 당시 견지했던 문화적 정체성의 궤적을 추적한다. 이를 토대로 왕 선은 쟝 선치에가 대만인이라는 경계자적 입장으로 인해 단수의 민족적 정체성을 시종일관 유지하는 것이 불가능했다는 논지를 전개하고 있다. 아울러 중국이 복수의 제국주의 세력으로부터 해방되도록 헌신했던 여정을 "귀향 의식"으로 일환으로 규정하고 있다. 한편 이러한 중국 대륙의 연구자와는 달리, 대만 소재 연구자인 천 팡밍은 민족주의 의식이 쟝 선치에 문학과 비평 세계의 핵심에 자리매김하고 있다고 주장한다. 한편, 필자는 '민족주의'나 '정체성' 연구를 기반으로 한 기존의 분석은 쟝 선치에의 문학적, 정치사상적 성과를 단면적으로 밖에 드러낼 수 없다고 생각한다. 이러한 문제의식을 바탕으로 본고는 '정체성'이 아닌 '유동성', '내셔널리즘'이 아닌 '트랜스내셔널리즘'을 통해서만 접근할 수 있는 쟝 선치에 작품세계의 지평이 무엇인지를 해명하고, 식민지 동아시아 지식인을 연구하는 새로운 이론적 방향을 간략히 제시하고자 한다.

장 선치에 작품의 심오한 지평을 음미하기 위해서는 식민지 대만의 역사적, 사상적 맥락에 대한 이해가 선행되어야 한다. 대만의 수난 역사는 17세기로 거슬러 올라가며, 1624년 이래로 대만은 네덜란드, 스페인, 명, 청 제국의 통치를 받다가, 1895년 일본 제국의 식민 속국으로 전락하여 비극적 근대사의 서막을 열게 된다. 200년 이상의 전근대 및 근대 제국의 통치 경험을 통해, 대만의 사상가 및 활동가들은 민족주의 혁명이 반제 전략으로서 갖는 급진성의 한계를 통감하고 있었다. 예컨대, 대만인 공산주의자 쉬 나이창(1906~1975)은 1924년에 이미 대만에서 전개되는 반식민주의 사상과 운동이 중국의 반식민민주의를 훨씬 능가하고 있음을 지적하였다. 아울러 그 근거로 대만인들은 반식민주의에서 '구국(nation-salvation)'의 구호가 갖는 함정에 대해 잘 인식하고 있기 때문이라고 지적하였다. 쉬 나이창은 상해에서 발간된 잡지 『신청년』에 "여명기의 대만"이라는 글을 투고하여, 중국은 여전히 민족주의 패러다임에 사로잡혀 있는 반면, 대만의 해방 운동은 민족주의 혁명의 단계를 초과하여 진전하여 왔음을 역설하였다.[2] 1927년부터 1930년까지 중국 공산당의 당 서기였던 취 치우바이는 "여명기의 대만"이 발표된 호의 "기자 부기"란에서 쉬 나이창의 원고에 관해 다음과 같이 언급하고 있다. "대만은 단순히 (민족주의적)프롤레타리아 혁명을 수행하는 것을 넘어서서 전진하고 있다. 대만의 프롤레타리아들은 실로 코민테른과 중국 공산당, 일본 공산당의 지도하에 (대만과 일본의)일상의 압박에 저항하고, 모든 피압박 계급을을 이끌어 가는 "민중 혁명"에 착수하고 있다".[3] 쉬 나이창과 취 치우바이는 세계적 민중 혁명이라는 측면에 있어서는 대만의 공

---

2   1924, 38쪽.
3   1924, 98쪽.

산주의자들이 당대의 중국 공산주의자들 보다 훨씬 급진적이라 판단했다. 이는 동아시아 지역에서 대만이 정치적으로 매우 위태로우면서도, 경계선적인 위치에 있기 때문이었다.

쉬 나이창이나 취 치우바이, 그리고 당대와 현대의 동아시아 사상가들이 대만 공산주의 운동의 반-민족주의적 성격을 강조하였던 반면에, 필자는 대만 작가 쟝 선치에는 민족주의적 담론을 전면적으로 폐기하는 대신, 민족주의와 트랜스내셔널리즘적 담론 사이에 형성된 긴장의 최대치를 활용하였음을 증명할 것이다. 이로써 일제시기 식민지 대만 문인과 지식인, 예술가들이 형성하였던 정치사상의 다양한 스펙트럼에 대한 감각을 제공하고, 그 가운데 기존의 일제시기 동아시아에 대한 주류 담론에서 소외되어 있었던 내셔널리즘과 트랜스내셔널리즘이 교차했던 방식으로 소개하는 데 본고의 의의가 있다.

쟝 선치에는 일제 시기 식민지 출신의 문인이 어떻게 전략적으로 민족주의를 자신의 목적에 맞게 전유할 수 있었는지를 보여주는 훌륭한 사례이다. 쟝 선치에가 중국과 대만의 문단에서 활동을 전개할 때의 시대적 상황을 보면, 30여 년간의 일제 식민통치로 인해 일반 대중들은 물론 식자층들 또한 중국어로 소통할 수 있는 숫자가 아주 소수에 불과하였고, 식민 정권의 검열 체계로 인해 중국 문화에 노출될 수 있는 기회가 거의 차단되어 있었다. 이로 인해, 1920년대가 되면 중국과 대만 간의 문화적 감수성에는 큰 괴리가 발생하게 된다. 이러한 환경 하에서, 대만과 중국의 양안(兩岸)의 독자층 모두를 상대로 문예활동을 하기 위해서는 각국에서 다른 종류의 미학적 전략을 취해야 했다. 중국에서 큰 성공을 거둔 문예적 전략이 대만에서도 통할 것이라고 가정할 수 없기 때문이다. 각 국가에서 어떠한 미학적, 정치적, 사상적 요구가 있는지를 파악하여, 그 요구를 수용하는 것이 문예인의 상업적 또는 비평적 성공을 가늠할 수 있는 지표가 된다. 이러한 시대적 지형을 바탕으로 쟝 선치에는 중국에서는 '전통 부흥운동'을, 대만에서는 '신문학운동'을 각각 전개해 간다. 신문학운동에서는 기존의 주류 문학에서는 경시했던 대만의 고유의 토착 감수성을 언어화하고 언어와 하고 재구성하는 것에 초점을 두었다. 나아가, 당시 대만의 일반 대중들에게 가장 인기가 있었던 문학 장르는 전근대의 중국 희곡, 특히 (한국과 일본에서는 『삼국지』로 더 널리 알려져 있는) 『삼국연의』, 『수호전』, 『동주열국지』가 최고의 인기를 구가하였으며, 그 장르의 대중성은 새로운 근대문학을 훨씬 능가하였다. 쟝 선치에는 신문학운동을 주도하는 작가와 일반 대중 간의 간극을 좁히기 위해서는 신문학운동을 지지하는 작가라 하더라도 『삼국연의』, 『수호전』과 같은 '통속문학'류의 작품을 집필해야 한다고 주장하였다. 그렇게 해야만 진보적인 대만 작가와 지식인들이 '대만 신문학운동'을 전개하기 위한 충분한 문화적, 대중적 기반을 가지게 될 것이라는 판단 때문이었다.

기존의 중화권 연구에서는 쟝 선치에의 작품 세계를 계몽주의, 민족주의의 패러다임에 입각하여 분석한 반면, 본고는 선행 연구의 한계를 밝히고 쟝 선치에의 문학과 비평에 드러난 트랜스내셔널리즘의 지평을 해명한다. 특히 쟝 선치에의 트랜스내셔널리즘이 식민주의의 이데올로기로서 만연했던 민족주의를 전략적으로 전유하는 방식을 집중적으로 조명한다. 쟝선치에는 동양과 서양의 고전에 조예가 깊었음에도 불구하고, 결정적인 순간에 중국의 전통 도가철학을 사상의 토대로 하여, 중국에서는 반제운동을, 대만에서는 대만 신문학운동을 전개한다. 이 글은 쟝 선치에가 ① 당대 큰 반향을 일으킨 그 어떤 이데올로기와도 비평적 거리를 유지하며, ② 급격히 변화하는 현실에 민감하게 반응하고, ③ 대중들의 삶에 깊숙히 침투하는 전략으로서 도가 철학을 활용한 방식을 분석한다. 최종적으로, 쟝 선치에가 어떻게 양국의 내셔널리즘을 전략적으로 이용하여 급진적인 트랜스내셔널리즘의 장을 구축하였는지를 밝힐 것이다.

2. 일제시기 양안(兩岸) 관계와 식민지적 내셔널리즘의 초극

쟝 선치에는 『나와 나의 사상』 가운데 「반동의 반동」이라는 글에서, 1923년부터 1924년까지 본인은 쑨원의 삼민주의 철학에 심취하여 있었지만, 1925년부터 1926년까지 실제로 중국에서 체류하는 가운데 일련의 경험을 겪으면서 쑨원의 사상에 회의적이 되었음을 밝히고 있다. 그 이후로 쑨원은 '야인'이 되기로 결심하고, 어떠한 이데올로기나 정당과도 연계되지 않으며, 오로지 조국과 국민을 식민지 종속으로부터 해방시키는 것만을 유일 원칙으로 삼기로 한다. 쟝 선치에는 1927년 광주 혁명에 참가하였지만, 그와 대만 동지들은 그 어떤 당파적 운동에 관여하는 것을 의식적으로 거부하였다.[4] 『나와 나의 사상』에 실린 다른 글, 「머리에서 구사상을 걸러내기」에서 쟝 선치에는 본인의 사상적 변천의 궤적을 그리면서, 어떻게 인생 최대의 전환점을 맡게 되었는지를 서술하고 있다. 쟝 선치에는 대만에서 항일활동으로 인

---

4   『전집』 3권, 79쪽.

해 체포되어 형무소에 수감되고 나서야 비로소 진지하게 종교서적을 파고들 수 있었다고 회상한다. 수감 생활 이전에는 다양한 종류의 사상가들이 그의 세계관에 영향을 미쳤으며, 예컨대, 마르크스, 칸트, 헤겔, 쑨원, 톨스토이, 크로포트킨, 아리시마 타케오 등으로부터 지대한 영향을 받았다. 한편, 감옥에서 종교 서적에 심취하면서 부터는 근대철학과는 사상적 거리를 두게 되고, 종교 철학이 — 특히, 노자, 장자, 석가모니, 예수 — 쟝 선치에 철학의 핵심을 이루게 된다. 쟝 선치에는 "사람들이 새로운 노선을 취할 동안, 나는 오래된 길을, 특히 종교적 색채가 짙은 노선을 택하고 있다"(전집 3권, 97쪽). 아울러, 여러 종류의 종교적 사상 가운데에서도 특히 도가의 영향이 가장 심오하였음을 밝히고 있다. "내가 노자의 사상을 아주 대략적으로나마 이해하게 된 이후로, 내 철학과 정치적 의지, 세계관과 일상적 습관, 이 모든 것이 변했다"(앞의 책, 97쪽). 쟝 선치에는 감옥에서 전향서에 서명하기를 거부하였는데, 이는 목숨을 걸고 지켜내야할 이데올로기가 있어서가 아니라, 등을 돌려야 할 어떤 이데올로기도 갖고 있지 않아서라고 진술한다. 필자가 주목하는 지점은 쟝 선치에가 신감각파, 신낭만파, 무정부주의파, 프롤레타리아파 등과 같은 서양 근대의 문학이론이 범람하고 또한 중대한 영향력을 미치던 시기에, 식민주의에 저항하는 문화 전략으로서 도가라는 고대 중국철학에 귀의했다는 점이다.

쟝 선치에는 수감 시기(1928~1930) 동안 여러 종교, 정치, 철학 서적들을 연구하며 도가가 대만이 전개하는 반식민 투쟁 전략의 핵심이 되어야 한다는 사상의 기초를 다졌다. 이 사상은 그가 베이징에서 생활하는 동안 (1937~1945) 구체화되고 공고해 진다. 그는 중국 전통의 부활이야말로 서양이 중국의 정신을 잠식해 버리는 것을 막을 수 있는 길이라고 주장하였다. 그가 말하는 부흥 운동이란 동시대인들로 하여금 '전통의 명맥'이 뻗어나가는 방향을 감식하고, 갱신하고, 새로운 활력을 불어 넣도록 추동하는 것이다. 특히,『나와 나의 사상』에 실린「중국 문화 부활의 중요성」은 전통을 재생시키는 것에 대한 장 선치에의 비평적 관점을 잘 부각시키고 있다. 그는 서양문물의 침투 이래 중국인이 수호해온 '동도서기'라는 구호가 정신과 기술의 이분법, 그리고 중국 정신의 우월성을 전제함을 지적한다. 아울러 '동도서기' 운동은 과학과 기술 이외의 영역에서는 중국적인 정체성을 지켜내야만 한다는 절박한 감각, 위기감을 조성한다. 한편, 장 선치에는 서양 기술을 수용하게 되면 필연적으로, 부지불식간에 서양 과학을 지탱하고 있는 사상과 문화적 지향성까지 흡수하게 된다고 주장한다. 과학과 정신을 분리하는 이분법에 반대하며, 현실에서는 그 두 영역이 분리되어 움직이지 않음을 강조한다. 나아가 인간 세계에서 물질문화와 정신문화는 분리 가능한 것이 아니라 물질문화야말로 정신문화의 정수라고 역설한다. 그렇기 때문에 정신문화가 발달해야만 물질문화가 진보할 수 있다고 주장한다.[5] 이러한 측면에서 볼 때, 장 선치에의 관점은 유물론적인 가정과는 대척점에 있다. 당시 서양 기술을 수입하는 것이 불가피했던 것을 감안한다면, 특히 사상의 지류 가운데서도 기술 발전을 토대로 발전한 서양 사상은 필연적으로 중국 사회에 영향을 끼쳤다. '동도서기'라는 민족적인 이념과 운동이 동양의 정신을 지지하는 것을 선택의 문제로 설정했던 반면, 장 선치에는 중국적인 정신을 수호하는 것은 투쟁의 문제라고 주장한다. 서양 기술의 수입과 동시에 서양 사상 역시 중국인의 삶에 깊숙이 침투할 것이며, 그것은 과학 기술과는 달리 비가시적이고 영향력이

---

5   위의 책, 163~169쪽.

더 심오할 수 있기 때문이다. 그런 상황에서 중국 사상과 전통을 지켜내는 것은 투쟁을 통해서만 성취될 수 있다. 중국 내에서 전통 부활 운동은 수구 세력의 반동적인 몸부림이 아니라, 침투성이 은밀하고 치명적인 사상의 '수입'에 적극적으로 대항하는 반제 전략으로 해석해야 한다.

「대만 신문학운동의 방향성에 대한 한 가지 제안」이란 글에서 쟝 션치에는 도가를 문학적 윤리의 모델로 제시하고, 대만 신문학운동이 도가의 토대 위에서 전개되어야 한다고 주장한다. 당대에 현존하는 문학 노선들 가운데 한 가지를 선취하는 것은, 미래에 대만이 추구해야 할 새로운 문학적 윤리를 건설하기 위한 전략으로 적절치 않다. 획기적, 변혁적, 혁명적 문학 노선이기 위해서는 목전에 놓인 여러 선택지 가운데 하나가 아닌, 모든 선택지를 뛰어넘는 무엇이어야만 하기 때문이다. 쟝 션치에는 당시 대만에서 유행했던 근대문학 담론들을 개괄하면서, '신문학'의 흐름이 일본에서 신문학 이론들을 수입하면서 시작되었음을 강조한다. 나아가 일본의 신문학 이론들은 대체로 유럽의 근대문학 — 간헐적으로 미국 문학 — 을 번역하고 모방하면서 시작된 것이다. 결국 대만의 신문학이란 유럽 발(發) 신문학을 일본의 매개를 통해 수입된 것에 지나지 않음을 지적한 것이다. 당대 일본 문단은 유럽에서 범람하던 여러 가지 문학 지파를 — 예컨대, 신낭만주의, (신)현실주의, 자연주의, 유지주의(唯知主義) 등 — 수입, 번역, 유통시켰으며, 그 중에서도 일본 문인들은 순수문학파, 신감각파, 보통 문예파, 탐정 문예파, 대중 문예파, 통속 문예파, 프롤레타리아 문예파 등으로 분립해 있었다. 쟝 션치에는 이 모든 분파들이 상호 영향을 끼치고 있으며, 그로 인해 각 문예파들이 시시각각, 끊임없이 변화하고 있음을 강조하였다. "우(右)는 좌(左)가 되고, 좌는 우가 된다. 모든 것이 변하고, 그 어떤 것도 절대 영속적이지 않다."[6] 부르주아 문학과 프롤레타리아 문학도 끊임없이 서로 영향을 미친다. 나아가, 같은 좌파 계열 안에서도 한 지파가 다른 지파와 적대적 관계에 놓인다. 이것은 우파 계열 내에서도 마찬가지라고 주장한다.

쟝 선치에는 대만인들이 지향해야 할 문학적 윤리의 잠재적인 예로서 여러 가지 가능성을 타진해 본다. 우선 인본주의를 표방하는 유럽 및 미국 사상 그리고 마르크스주의의 계급 윤리학을 검토한다. 쟝 선치에의 관점에서 볼 때, 서양 인본주의와 계급 윤리학은 이상적인 것과는 아주 거리가 멀다. "인본주의는 너무 추상적이고, 관념론적이고, 일차원적이다(주관적인 인본주의 또한 너무 개인주의적이고, 비사회적이며, 비과학적이란 점에서 마찬가지이다). 계급 윤리학은 지나치게 일면적이고, 기계적이며, 유토피아적이고, 편협하다."[7] 쟝 선치에는 다소 과장적인 수사법을 동원하여 문학과 비평의 심오한 지평에 대해 역설한다. 요컨대, 의학 전공생은 생물학과 위생학만을, 천문학자는 해와 달, 별만을 연구하면 될 테지만, 그와 대조적으로 작가나 비평가는 아름다운 단어나 문구만을 연구해서 되는 것이 아니라 삼라만상을 익혀야 한다는 것이다. '신대만문학'이 걸어야 할 길에 대해서 다음과 같이 언급한다.

"나는 인자한 사람은 부유하지 않으며, 부유하지 않은 사람은 인자하지 않다" 또는 "자본가는 반드시 악인이다"와 같은 추상적이고 관념적인 말들을 믿지 않는다. 우리는 과학적인 상식과 '허심(虛心)'을 사용해서 사회와 인류의 내면을 꿰뚫어 보아야 한다. 마치 『춘추』의 필법(筆法)이 그러하듯이, 대국(大局)의 관점에서 소국(小局)을 타파해야 한다. 아울러 『도덕

---

6 『전집』 11권, 175쪽.
7 위의 책, 179쪽.

경』에서 역설하는 '허심'이 사회와 인류를 심판하는 것과 같이, 우리는 기성의 형식과 내용, 재료, 묘사 등에 얽매이지 말아야 한다. 우리가 가진 '붓의 힘(筆鋒)'과 '허심(虛心)'에 토대한 도덕관, 그리고 자유자재하게 진전하는 것, 이것이야 말로 우리가 긴요하게 주장하는 신문학의 노선이다.

이 글에서 쟝 선치에는 도가의 '허심'을 윤리학의 핵심으로 내세운다. 이 글의 후속으로 나온 글에서 이 지점을 더 선명하게 부각시키며, 논지를 진전시킨다(1935). 그 후속편에서 그는 도덕경의 처음 시작 부분을 인용하며, 그것이 도덕경 전체의 사유를 압축하고 있음을 부각시킨다. 나아가 묘우 아키라죠[繆爾紉]의 주석에 입각하여 도덕경의 비판적인 함의를 조명한다. 묘우 아키라죠는 기원으로서의 도는 하나이지만 덕은 무수하며, 공(空)이라는 불교 개념은(세상의 모든 현상들이 상호 침투하여, 불가분적으로 얽혀있음에 대한 통찰) 도가의 도(道)와 공명한다고 해석한다. 불교철학에서 유명한 마니주 은유를 통해 인과율을 반박하고, 상호인과 또는 상호연기(co-dependent origination)에 대한 통찰로 이끈다. 묘우 아키라죠 역시 마니주의 은유에 기대어 도가가 가진 심오한 깨달음에 대한 해석을 시도한다. 투명한 구슬 표면은 그것에 반사되는 모든 것을 비추지만, 그 어떤 것도 구슬은 아니다. 마찬가지로, 덕은 도를 비추지만, 무수한 덕 가운데 어떤 것도 도는 아니다. 도는 우주의 정수(精髓)이지만, 도 자체는 비가시적이며 그 어떤 이름으로도 포착될 수 없다. 덕은 도의 현현이며 실체화이다. 덕 그 자체는 선과 악을 구별한다. 도와 덕은 별개의 것이지만, 덕은 도로부터 유출된다. 도와 덕의 관계는 유동성과 연속성으로 해명될 수 있다.[8]

도로부터 우주가 발현되고, 덕에 의해 우주는 진전한다. 쟝 선치에는 "도는 물질성 없이는 존재할 수 없고, 나아감 없이는 도는 존재하지 않는다"고 주장한다(전집 11권, 179쪽). 도가에서 말하는 '허심'이란 도가 덕의 근원이되, 그것이 현상계와 실재계적인 관계가 아니라, 내재적인 관계임을 깨닫는 데서 발현한다. 이러한 맥락에서, 쟝 선치에는 이러한 토대 위에 윤리학을 구축한다. 그 이유는 첫째, 비실재(假)의 여러 형식을 연구하여 실재의 근원에 도달하기 위함이고, 둘째, 급변하는 현실에 온전히 반응하기 위한 것이다. 쟝 선치에는 어떤 한 원칙을 고수하는 방식으로는 세상에서 발생하는 예측 불가능한 변화에 신속하고 적절하게 관계 맺을 수 없음을 역설한다. 같은 맥락에서 프랑수아 쥴리앙도 도가의 핵심 사유를 다음과 같이 지적한다. "관건은 어떤 입장이 한 사람을 옭아맬 정도로 그 입장 및 사유를 철저히 고수하는 것"이 아니라, 세상의 변화에 항상적으로 깨어있는 것이다(2007, 31쪽). 마찬가지로, 쟝 선치에도 다음과 같이 주장한다.

"진성(真誠)"의 가치를 고수하며 이행하기 위해서일 경우에 한해서, 전심(全心)으로 그렇게 하기위한 노력을 견지하기 위해 분투한다면, 또한 "선과 악"에 대해서 통찰[즉, 도덕 또는 윤리학]하기 위한 목적인 한해서, 여러 문제들을 연구하고 철저히 조사한다면, 그리고 이것을 계속해나갈 수 있다면, 대만 문학은 자연스레 외국산 문학 노선이 아닌 어딘가에 의존하게 될 것이며, 그런 다음에야 우리 자신에게 꼭 맞는 문학 노선을 설립할 수 있을 것이다. 결론적으로 우리가 주장하고자 하는 바는 대만문학이란 기성 노선이 아닌 대만 고유의 "진성"(제반의 사물과 현상을 과학적으로 분석한 것

---

8   위의 책, 184~185쪽.

에 토대하는)에 기초하여 성립되어야 한다는 점이다. 함몰되어 있지도, 분리되어 있지도 않은 채로, 우리는 대만의 사회 정세에 발맞추어 진전하고 또 진전해야 하며, 역사적으로 차근차근 진보하고 또 진보해야만 한다.[9]

필자의 관점에서 보면, 쟝 선치에의 사유 체계에서 반식민지가 지향하는 인간 해방과 당대의 정치적-문학적 투쟁 간의 관계란 도와 덕의 관계와 상동적으로 설정되어 있다. '덕'의 단수적인 발현이 '도'의 전모를 밝혀줄 수 없는 것과 마찬가지로, 현실에서 단수적인 요소에 — 예컨대, 사회적 계급, 글의 문체, 문학적 형식 — 집중하여 연구하는 그 어떤 분파도 그 실천전략을 반식민적 인간 해방에 다가서게 만들 수 없다. 말하자면 도덕경에서 설파하는 '도'와 '덕'의 관계에 대한 통찰을 바탕으로, '현실'과 '신대만문학'에 관한 관계를 설정하고 있다. 단수적인 '덕'에 집착하지 않고, '현실'과 인간 세계에 가장 근접할 수 있는 창작과 비평의 전략을 수립하는 것이다. 이 입장에서는 한 노선의 정체성을 확립하고 공고화하는 작업보다 변화하는 현실에 민감하게 반응할 수 있는 유동성, 시의(時宜)성이 화두가 된다. 즉, 삶의 혁명을 도모하는 그 어떤 문학적, 정치적인 노선 / 실천도 그 자체로 불충분하고 불완전함을 깨닫고, 그 사실에 항상 깨어있는 태도가 쟝 선치에 사유의 핵심이다. 이런 깨달음이 있어야만 반식민운동은 시대의 새로운 요구와 미묘한 변화를 온전히 감지할 수 있는 이론적, 실천적 체계를 갖출 수 있다. 쟝 선치에가 비평을 통해 반복해서 강조하는 논점은 다음과 같다. 세상의 변화에 충실하게, 민감하게 반응한다는 것은 기존에 있었거나 수입된 문학 및 철학(서양이건 일본이

---

9   위의 책, 181쪽.

건)에 구애받지 않는 혁명적 의지와 실천을 필요로 한다는 점이다. 또한 작가와 비평가들은 주변의 사회적 현상과 보다 밀접하게 관계 맺어야 함을 강조한다. 다채롭고, 복잡다단한 사회적 현상이 어떻게 인간 해방과 연관되어 있는지는 아직 해명되지 않았기 때문에 더욱이 변화하는 현상과 적극적으로 조응하며 혁명성을 선취해야 한다. 이러한 문맥에서 쟝 선치에는 동시대인들로 하여금 도가의 부활을 통해 대만인 특유의 신대만문학 노선을 수립해 나갈 것을 촉구한다.

쟝 선치에는 중국 광동에서 활동하던 시기에 경험했던 대만의 반식민주의 혁명운동에 대해 쓴 글에서, 대만청년단은 그 어떤 당파적이고 이데올로기적인 성향으로부터도 거리를 두었음을 강조한다. 쟝 선치에는 바로 이 비당파성 때문에 광동 시기는 대만의 반식민주의 역사에서 가장 순수하고 진정성있는 혁명 정신 가운데 하나를 대표하고 있었다고 회고한다. 아울러 광동에서 대만 혁명 청년단이 고수했던 비파벌성으로 인해, 대만청년단은 중국에서 발생했던 유혈적 파벌 싸움의 희생양이 되는 것을 면할 수 있었다. 1927년 4월 15일, 장개석이 국공합작을 깨뜨리고 반동적인 쿠데타를 일으킨 지 사흘이 지났을 때, 국민당은 기존의 혁명 단체에 몸담고 있는 공산주의자들을 숙청하기 시작했다. 그 숙청의 과정에서 중국인과 내국인의 구분은 없었다. 쟝 선치에가 "각 단계에서 보이는 대만 혁명의 특징"에서 밝힌 바에 따르면, 장개석의 반동 쿠데타 이후, 중국 반제 혁명에 투신하였던 한국, 베트남, 인도 혁명가들은 장개석의 국민당에 숙청될 큰 위기에 처해 있었으나, 대만 혁명 청년단에 가입함으로써 반공 유혈 숙청을 면할 수 있었다.[10]

---

10 『전집』 4권, 99쪽.

장 선치에는 1935년 5월 「『대만문예』지(誌)의 사명」이라는 비평을 발표한다. 이 글에서 그는 당시 대만에는 기성문학이라고 할 만한 문학적 전통이나 역사가 없음을 환기시키고 있다. 1921년이 되어서야 비로소 소위 대만 문학의 역사라고 부를 말한 것이 시작되고, 『대만청년』이라는 잡지가 발간된다. 그 잡지는 이후에 『대만』으로 제목을 바꾼다. 나아가 실질적인 측면에서신 대만문학운동이라는 것이 일반 대중들에게 얼마나 영향력을 끼칠 수 있는 것인지를 가늠한다. 동시대 대만에서 지식인의 숫자는 전체 인구의 40%에 달했고 — 약 2만 명 — 『삼국연의』 수준의 문학작품을 읽을 수 있는 인구는 적어도 인구의 1%, 대략 5천 명 정도였다. 아울러, 주기적으로 신문을 읽는 사람들은 대략 십만 명 정도였다. 대만의 문예 문화가 발달할 수 있는 충분한 지적 토양이 마련되어 있었지만, 『대만 문예』는 단지 1,000명 정도의 구독자만을 보유하고 있었다. 이러한 간극은 근대문학 — 소위 '신문학' — 과 대중 간에 간극이 존재함을 보여주는 지표이다. 장 선치에가 보기에 이 간극의 발생은 문단 측의 선전 활동 부족에서 기인한다. 장 선치에는 1920·30년대 대만에서 출판된 잡지의 수의 증가에도 불구하고, 문학운동은 소수의 지식인 집단에 국한되어 있었으며, 명확한 이론적인 가이드라인 없이 발전되어 왔음을 비판한다. 이러한 문제의식을 바탕으로 신대만 문학을 대중화시킬 방법을 모색하면서, 일부 대만 작가들은 대만에서 범람하는 일본 중심적인 문학 문화에 반대하기 위해서 전통 중국 문학이나 러시아의 형식주의 문학에 눈을 돌려야 한다고 주장한다. 동시대 대만 작가들은 일본산 묘사주의 양식을 맹목적으로 추구하기에 여념이 없었으며, 따라서 일본의 문학적 시류에 무비판적으로 편승해 있었다. 이러한 현상은 대만에서 신문학의 대중화를 저해하는 걸림돌이 될 따름이었다.[11]

쟝 선치에는 대만 작가들이 타개해야 할 세 가지 문제점을 지적한다. 첫 번째는 발화 언어와 문자 언어 간의 불일치이다. 즉, 일상생활에서 대화를 할 때에는 대만 토착어를 사용하지만 글을 쓸 때에는 일본어를 쓰거나 소수는 중국어를 사용하였다. 일상생활에서 주고받는 말과 생각을 있는 그대로 문자화할 수 없고, 또 읽을 수 없을 때의 문학이란 어떤 것이어야 하는지, 또 그 편차는 어떻게 극복해야 하는지에 대한 전략이 필요하다고 주장한다. 두 번째는 일반 대중들이 열광하는 통속문학과 『신문학』에 게재되는 작품의 간극이다. 말하자면, 사상가와 문인들이 지향하는 작품이 일반 대중들의 취향과 아주 동떨어져 있을 경우, 새로운 감각의 신문학을 어떻게 유행시킬 것인가는 큰 문제가 된다. 마지막으로, 신문학 그룹이 출판하는 작품의 수준 문제이다. 쟝 선치에의 비평적 관점에 따르면, 신문학운동을 주도하는 작품들이 문학적 가치가 뛰어나지 않기 때문에, 일반독자들이 신문학에 대해 관심을 갖게 하는 데에 실패했다는 것이다. 소수의 지식인이 대중들의 관심을 사로 잡기 위해서는 기발하고, 창의적이고 작품이 생산되어야 하지만, 그런 작품들의 부족으로 지식인이 지향하는 신문학은 대만 민중들의 삶으로부터 괴리되어 있었다.

위 문제들에 대한 해결책으로서 쟝 선치에는 세 가지 방안을 제시한다. 첫째, 대만 문인들과 지식인들은 토착어를 문자화 할 수 있는 언어를 만드는 것이다. 중국도 근대시기 발화내용을 문자와 하기 위해 고문(古文)을 지양하고, 백화문을 만들었듯이, 대만도 대만 고유의 문자 체계를 만들어야만 한다. 둘째, 대만 문단은 대중들이 신문학운동에 관심을 갖도록 감각과 의식을 일깨

---

11 『전집』 11권, 192~193쪽.

우는 다양한 활동을 전개해야만 한다. 예컨대, 대만작가협회는 다양한 강좌, 토론회, 선전 활동을 개최해야 하며, 문인들은 그러한 기회를 통해 대중들의 취향을 감별하고 연구해야만 한다. 쟝 선치에는 대중의 취향을 감별한다는 것은 당대의 현실에 함몰되는 것도 아니고, 그렇다고 분리되는 것도 아니며, 대중들이 좋은 가치를 음미하고 향유하도록 인도하는 것임을 역설한다. 끝으로 대만 작가들은 대중들이 문예에 대해 기대하는 오락에 대한 요구에 부응한다는 의미에서 단편을 많이 창작해야 한다고 주장한다. 쟝 선치에는 당대 대만 대중들이 중국 고전 — 특히, 『삼국지』, 『수호전』, 『동주열국지』 — 에 열광적으로 반응한다는 사실에 주목했다. 이러한 작품들에 버금가는, 즉 유사한 감각을 불러일으키는 작품들을 창작하여 대중들의 요구에 부응하는 것이 대만 작가들의 의무라고 주장한다. 신문학이란 '오락'과 '사회정치적' 기능 양자를 모두 갖춘 것이어야 함을 강조한다. 필자는 쟝 선치에의 문예 미학이 가지는 비평적인 가치는 대중적인 취향을 섬세하게 감별하고 포착하여 그것을 최대한 신문학의 운동으로 전유했다는 데에 있다고 생각한다. 쟝 선치에도 주지하고 있다 시피, 대만에서 전근대 중국 문학이 가지고 있었던 문화적인 헤게모니에 대해 비판적인 대만 작가라면 누구나 『삼국지』, 『수호지』류의 통속문학을 창작하는 것은 예술가로서의 양심을 배반하는 것이라고 생각했다. 그러므로 대만 작가들의 대다수는 대만에서 전근대적인 중국 문학이 엄청나게 유행하고 있다는 것을 인정도 부정도 하지 않는 방식으로 대응했다. 이에 반해 쟝 선치에는 통속문학이 유통되고 소비되는 문학 시장이야 말로 신대만문학운동을 펼치고자 하는 작가들이 깊숙이 관여해야 할 전장(battlefield)이며, 신문학운동에 대한 대중들의 지지를 확보하기 위해서는 우선 통속문학 시장에서 성공을 거두어야 한다고 주장했다.

3. 일제 시기 동아시아 연구의 새로운 패러다임을 향하여

 기존의 일제시기 동아시아 문학에 대한 연구가 제국과 식민지 간의 관계에 집중하였다면, 본고는 쟝 선치에가 어떻게 중국과 대만 문화 양자를 아우르며 반식민지 중국과 식민지 대만 모두에서 독자층을 확보하고 연계했는지를 살펴봄으로써 '트랜스 식민주의'연구의 단초를 제공하였다. 그간 집적되어 온 연구들, 예컨대 에드워드 천,[12] 리오 칭,[13] 우 루이런,[14] 데이비드 왕[15]은 대만이 일제 식민 지배를 겪으면서 어떻게 중국인으로서의 의식을 '회복'한 것이 아니라, 중국과는 별개의 '대만인으로서의 의식'이 태동하게 되었는지를 추적하여 밝혀내었다. 대만인들은 식민 기간 동안 중국이나 일본에 끝없이 조국의 일원, 또는 제국의 일원으로서 인정받기 위해 분투하였지만, 그런 노력들은 번번이 실패하고, 주변인 또는 이등 국민이라는 낙인을 지울 수 없었다. 이러한 일련의 경험을 겪으며, 대만의 문인과 예술가, 지식인들은 중국이나 일본으로부터 중국이나 일본으로부터 '인정'받기 위한 욕구를 극복하고, 양국으로부터 과감히 거리두기를 통해 독립적인 의식과 문화를 형성하였다.

 중국에서 활동했던 대만 혁명가들은 "불망대만(不忘台灣 : 대만을 잊지 말자)"을 활동의 핵심 구호 가운데 하나로 삼았고, 중국인들에게 끊임없이 대만의

---

12 Edward Chen, 1972.
13 Leo Ching, 2001.
14 吳睿人, 2003.
15 David Wang, 2007.

반식민주의 혁명을 지원해 줄 것을 호소하였음에도 불구하고, 루쉰과 같은 진보적인 중국 지식인들조차, 대만의 문제를 2차적인 문제로 간주하여, 긴급한 대책이 필요한 중요한 이슈로 간주하지 않았다. 이러한 태도가 일관적으로 지속되면서 대만인들에게 일종의 실망과 좌절감을 갖게 하고, 나아가 대만이 중국으로부터 사상적, 문화적 독립을 꾀하도록 추동하였다. 대만인에 대한 차별과 홀대는 일본제국의 경우에 있어서도 마찬가지였다. 1910년대 중반, 일부 대만인들이 자발적으로 동화운동을 전개하여 제국에 대한 충성심을 증명함으로써, 속국의 신민으로 남지 않고 '진정한' 일본인이 되길 희망하였다. 한편, 일본 제국은 이 동화운동을 탄압하게 되는데, 제국의 이런 반응은 친일본 성향의 대만인들이 예상했던 결과의 범위를 훨씬 초과하는 것이었으며 사상적 근본을 뒤흔드는 충격이었다. 이러한 경험을 통해 대만인들은 대만이 어느 것에도 온전히 속하지 못하는 경계선에 위치하고 있음을 뼈저리게 깨닫게 되었고, 1920년대 초를 기점으로 해서 대만 민족주의가 태동한다.

일제 시기 대만의 정치적 의식이란 '동아시아'라는 지역적 역학(regional dynamics)으로 인해 필연적으로 중국과 일본이 전개하는 정치외교 전술에 시시각각 주의를 기울이며, 동아시아라는 그물망 속에 대만을 위치지우는 것이었다. 그에 반해, '대만 신문학운동'이 중점을 두었던 문화적인 실천이란 쟝 선치에의 실례에서 알 수 있다시피 대만 고유의 감수성과 특유한 경험을 포착하고, 언어화하고, 문학의 서사로 만들어 내는 것으로서 '대만 본토 의식'의 형태를 만들고, 그 동력을 지속하는데 힘을 기울였다. 쟝 선치에는 대만에서는 신문학운동을 전개하는 한편, 동시에 중국에서는 반제(反帝)적 문화운동에 개입하여, 일제의 개입으로 인해 단절되었던 대만과 중국의 문화적 연속성을 회복하고자 하였고, 그 연속성이 갖는 정치적이고 혁명적인 잠재성을 현실화하고자 했다. 중국의 문화적 반제운동에 개입했던 구체적인 방식으로서, 첫째, 중국 전통 철학 — 특히 도가 — 의 근대적 부활 운동을 주도하였고, 둘째, 베이징에서 (당대는 "베이핑"이라 불렸던) 반식민주의에 대한 담론을 생산하는 문예잡지의 책임편집자 직을 맡아, 동시대에 중국의 문화, 사상적 지형을 주조하고 재주조하는 데 적극적으로 개입하였다. 당대 중국의 주류 담론이 '동도서기' 사상에 집중되어 있었고, 서양 사상보다 중국 사상이 우월하다는 신화에 집착하고 있었다. 반면, 쟝 선치에는 '동도서기' 철학이 토대로 하는 '정신 대(vs) 기술'의 이분법에 대담하게 반기를 들고, 오로지 정신의 진보만이 기술의 진보를 가져올 수 있다고 주장한다. 이러한 문맥에서 쟝 선치에는 당대 중국인이 고수하고 있던 정신을 개혁하는 것이 시급하며, 이를 실현하기 위한 방편으로써 중국 고전 가운데 도가 전통을 부활시켜야 한다고 주장한다. 특히 그 전통이 중요한 이유는 도가철학의 급진적 반체제주의와 주변 세계의 변화에 첨예하게 반응하는 민감성 때문이다. 나아가 이러한 특성으로 인해 도가야말로 시시각각 변화의 전략을 취하는 제국주의를 가장 효율적으로 저지하는 방어 수단이 될 수 있다고 역설한다. 쟝 선치에는 대만 작가들로 하여금 대만 민중들의 삶 가운데에서 영속적으로 변화하는 도를 간파하고 대중들의 요구에 민감하게 반응할 것을 촉구한다. 그 요구와 취향이 설령 '대만 신문학'이 추구하는 바와 완전히 상반된 것이라 할지라도 말이다. 요컨대, 쟝 선치에의 문예비평에서 도가 철학은 세 가지 기능을 가지고 있다. 첫째, 서양의 사상이 중국의 정신을 잠식하는 것을 막는 것; 둘째, 대만사(台灣史)에서 발생한 고유하고 독특한 경험으로부터 나오는 미학적 감수성을 포착하는 것; 마지막으로, 중국과 대만 민중들을 탄압하고 있었던 반식민주의와 식민주의에 저항하는 것이다. 그렇게 함으로써 쟝 선치에는 식민통치와 일제의 이간 정책으로 인해 공통분모를 잃어가고 있던 대만과 중국의 문화를 양자택일의 범주로 규정하지 않고 동시에 개입하여 '트랜스내셔널'문화의 새로운 지평을 열되, 동시에 혁명적 잠재성을 가진 '민족문화'를 발굴하고 언어화하고 문학화했다. 쟝 선치에의 문학과 비평은 당대 주류였던 민족주의를 거스르고 횡단하여, 대만과 중국간의 '트랜스 식민주의'를 구현한 급진적 사례로서 일제시기 동아시아 문예 연구에 새로운 지향점을 시사하고 있다.

참고문헌

張深切, 『張深切全集』. 台北 : 文經出版社, 1998.

Edward Chen, "Formosan Political Movements Under Japanese Colonial Rule", 1914~1937. *The Journal of Asian Studies* 31(3), 1972.

Leo Ching, *Becoming "Japanese" —colonial Taiwan and the politics of identity formation*. Berkeley, California UP, 2001.

François Jullien. *Vital Nourishment, Departing from Happiness*. Brooklyn, Zone Books, 2007.

David Wang and Carlos Rojas, *Writing Taiwan*. Durham, Duke UP, 2007.

Wu Rwei-ren, "The Formosan Ideology—Oriental Colonialism and the Rise of Taiwanese Nationalism, 1895~1945" PhD diss., University of Chicago, 2003.

아베 도모지 [阿部知二], 휴머니즘과 원폭문학

나미가타 츠요시[波潟剛]

아베 도모지[阿部知二, ABE Tomoji, 1903~1973],
소설가, 평론가, 번역가, 영문학자.

후쿠오가현[福岡県] 출신. 유년시절을 중학
교 교사였던 아버지가 부임한 이즈모[出雲]에
서 보내고 1913년 아버지의 전임과 함께 효고
현[兵庫県] 히메지시[姫路市]로 이주. 히메지 중
학교와 다이하치고등학교[第八高等学校, 현 나고
야[名古屋] 고등학교를 졸업한 후 1924년에 도쿄
제국대학 영문과에 입학. 1925년 10월에 대학

은방울[銀の鈴], 1947년 6월호

문예부 잡지 『주문(朱門)』에 처음으로 단편소설 「화생(化生, けしょう)」을 발표.
1927년에 대학을 졸업하고 1928년에는 잡지 『문예도시(文芸都市)』의 동인이 된다. 1930년 1월 잡지 『신초(新潮)』에 「일독대항경기(日独対抗競技)」를 발표하면서 신흥예술파 중 한 명으로 본격적인 문단 데뷔를 한다. 그리고 같은 해에 단편소설 『사랑과 아프리카[恋とアフリカ]』와 『바다의 애무[海の愛撫]』 소설집 두 권을 신초사 『신흥예술파총서(新興芸術派叢書)』에서 간행. 또한 첫 평론집 『주지적 문학론(主知的文学論)』을 고세이가쿠서점[厚生閣書店]에서 간행하고 주목을 받는다. 1933년에는 후나하시 세이치[舟橋聖一], 다나베 모이치[田辺茂一] 등과 함께 잡지 『행동(行動)』을 창간하고 메이지대학 문예과 강사가 된다. 1935년 처음으로 해외로 나가 북경, 만주를 방문하고 대련과 여순에도 들른다(후에 장편소설 『북경(北京)』을 간행, 1938년). 같은 해에 『동행』을 폐간하고 고바야시 히데오[小林秀雄], 가와바타 야스나리[川端康成], 하야시 후사오[林房雄] 등이 주재하는 잡지 『문학계(文学界)』의 동인이 된다. 『문학계』에 「겨울숙소[冬の宿]」를 연재한 후 1936년에 단행본으로 간행. 일종의 사상적 혼미상태에 빠진 당시 지식인들의 마음을 끌어 화제가 된다(문학계상 수상). 이후 『행복(幸福)』(1937), 『거리[街]』(1939), 『풍설(風雪)』(1939), 『여행자[旅人]』(1941) 등 계속해서 장편소설을 발표. 1941년 말에 징용령을 받고 육군보도반원(陸軍報道班員)이 되어 1942년에 자바섬과 발리섬에 파견되었다가 그 해 말에 귀국. 이 후 1943년 가을부터 1944년 2월까지, 1944년 9월부터 1945년 3월까지 두 차례에 걸쳐 상해에 체재. 귀국 후에는 효고현 히메지시에 소개(疏開)되고 1950년에 도쿄로 거주지를 옮긴다. 전후 1946년 이후 「죽음의 꽃[死の花]」을 시작으로 한 '자바섬의 이야기'와 '상해 이야기'를 소설로 발표하면서 전시 하에서 경험한 외지체험을 작품으로 그려낸다. 1950년에는 세계펜클럽 대회 출석을 겸해 몇 개월 동안 유럽을 여행한다. 그 후에 진보적 지식인으로서의 입장을 강하게 내세우며 마츠가와 사건[松川事件]과 교과서 재판에도 관여하게 된다. 1958

년에 소비에트 작가동맹의 초대로 소련을 방문. 1961년에는 아시아·아프리카 작가회의 이사국회의로 콜롬비아를 방문. 영문학자·평론가·번역가로서는 평론 『멜빌[メルヴィル]』(1934), 『문학론(文学論)』(1939), 『바이런[バイロン]』(1948), 『현대의 문학[現代の文学]』(1954), 번역에는 『바이런 시집[バイロン詩集]』(1938), 셰익스피어의 『뜻대로 하세요[お気に召すまま]』(1939), 멜빌의 『하얀 고래 모비딕(白鯨)』(1955년)과 같은 작품을 시작으로 다수의 저서가 있다.

1. 아베 도모지의 전후

1955년 8월에 하라 다미키[原民喜], 「여름 꽃[夏の花]」, 오오다 요코[大田洋子], 「운명의 거리·히로시마[運命の街·広島]」, 아가와 히로유키[阿川弘之], 「8월 6일(8月6日)」 등의 단편소설, 도우게 산키치[峠三吉]의 「원폭시집(原爆詩集)」을 비롯한 시가들과 기록문 『원폭 속에 살아남아[原爆を生きて]』, 아라 마사히토[荒正人], 오다기리 히데오[小田切英雄], 하나다 기요테루[花田清輝] 등의 평론을 수록한 단행본 『원자력과 문학[原子力と文学]』이 간행될 때 그 서문을 집필한 사람은 아베 도모지[阿部知二]라는 인물이었다.

아베 도모지는 영미문학 번역가이며 비평가이고 전전(戦前)에는 신흥예술파로 혹은 행동주의파 문학자로도 알려져 있었다. 또한 중일전쟁 시기에는 『겨울숙소[冬の宿]』를 시작으로 다수의 소설을 통해 이름이 알려진 유행작가 중 한 명이다. 그는 남방의 징용체험과 전쟁말기 상해에서의 교원생활을 거

쳐 전후에는 마츠가와 사건[松川事件]과 교과서 재판, 아시아·아프리카 작가회의에도 참석하는 등 '진보적인 지식인'의 입장에 서서 적극적인 활동을 한 것으로도 유명하다.

"히로시마에 세계에서 처음으로 원폭이 떨어진 후 10년이 지났다. 우리들은 그 공포스러운 사실을 떠올리면서, 또한 10년이 지난 지금도 '원자병'으로 생명을 잃어가는 사람들이 있다는 사실을 생각하면서, 그 염열(炎熱)의 날에 살갗이 추위에 떨고 있던 것을 기억한다"로 시작하는 아베의 서문에서는 『원자력과 문학』이 간행된 1955년에도 여전히 원폭문제가 해결되지 않고 있는 상황을 우려하고 있다. 하지만 여기에 수록된 글이 평론이나 시와 같은 문학 작품이 아닌 어디까지나 서문을 쓴 집필자라는 위치 때문인지 지금까지 원자력 또는 원폭과 문학의 관계에 대해 논할 때 아베 도모지에게 주목하는 경우는 없었다. 그러나 아베 도모지와 원폭과의 관계는 우연히 평론집에 서문을 집필한 것이라고 일축해버릴 수만은 없는 다른 문제를 제시한다.

우선 아베 도모지의 전후(戰後)에 대해 논하기에 앞서 히로시마에서 발행된 교육잡지 『은방울[銀の鈴]』(5·6학년 용)에 「암흑에 빛을─리빙스턴과 스탠리[暗黒に光を─リヴィングストンとスタンレー]」라는 타이틀로 아베 도모지가 쓴 리빙스턴 평전이 연재된 점에 대해 확인해 두겠다. 내용에 관해서는 나중에 설명하겠지만, 흥미로운 사실은 이미 하시모토 모토코[橋本幹子]가 지적하고 있는 바와 같이 이 평전은 1936년에 집필된 것을 다시 수록했다는 점이다. 신초사(新潮社)가 소국민문고(小国民文庫)중 하나로 간행한 『스포츠와 모험이야기[スポーッと冒険物語]』에 수록된 이 평전이 1947년 히로시마에서 발행된 교육잡지에 다시 수록되었다는 점은, 전전과 전후를 단순하게 구분할 수 없는 새로운 틀에서 고찰해야 할 필요성을 느끼게 한다.[1]

또한『원자력과 문학』에 수록된 서문도 같은 시기에 쓴 다른 버전의 문장이 있다는 사실에 주목할 필요가 있다. 전후 10년을 기념해서 '전후 10년 문학'을 특집으로 구성한 잡지『문학(文学)』1955년 8월호 권두논문은 아베 도모지가 쓴 평론「원폭과 문학」이었다.『원자력과 문학』의 서문과 이 평론 내용의 상당 부분이 비슷해서 서문이 짧은 버전 평론이 긴 버전에 해당한다고 볼 수 있다. 왜냐하면 하나는 단문이고 다른 하나가 장문인 것은 두말 할 것 없고, 서문의 끝부분에 적힌 1955년 7월이라는 날짜는『원자력과 문학』이 간행된 8월보다는 빠르고 이와나미서점[岩波書店]에서 발행한『문학(文学)』8월호에 수록한 평론과 거의 비슷한 시기에 집필했다는 추측이 가능하기 때문이다. 그렇다면 전후 10년을 기점으로 고전문학과 같은 논문을 뒤로 미루고 왜「원폭과 문학」을 권두에 수록한 것인지 그리고 서문과는 어떤 관계가 있는 것인지라는 의문이 생긴다.

그리고 앞서 기술한 이러한 사실과 마주한다면 원폭과 히로시마 그리고 문학을 둘러싼 아베 도모지의 궤적을 다시 더듬어가는 의미를 조금이나마 확인할 수 있을 것이다.『원자력과 문학』의 서문을 단서로 아베 도모지와 원폭과의 연결고리에 대해 생각할 때 신기하게도 리빙스턴 평전이 집필된 전전과 패전직후의 '소국민' 교육, 그리고 전후 10년을 거치면서 논의되어 온 '국민문학'과도 부딪힌다. 보다 구체적으로는 시대마다 부르짖는 인도주의와 박애주의, 아베 도모지가 독자적으로 전개한 주지주의(主知主義)와 인간성 이해 등이 교차한다는 것이다. 그렇다면 광의의 의미를 함유하는 '휴머니즘'의 개념이 1930년대부터 1950년대 일본에서는 어떻게 생산되고 있었을까? 그리고

1　하시모토 모토코[橋本幹子],「『은방울[銀の鈴]』과 아베 도모지―모험이야기「암흑에 빛을―리빙스턴과 스탠리」의 선행 작품 외」,『阿部知二研究』14호, 2007.5.

이런 문제가 아베 도모지 안에서는 어떻게 내면화되고 있었을까? 본고에서는 원폭과의 관계, 그리고 거기에서 나타나는 '인간' 과 문학과의 관계에 주목하여 아베 도모지가 집필한 전기와 평론 나아가서는 같은 시기의 번역이나 창작도 고찰하려고 한다. 아베 도모지의 전후 활동에 대한 평가는 급격한 '좌경화'를 동반한다는 의미로 상당히 어렵다고도 한다.[2] 하지만 본고가 그 어려움의 원인이 어디에 있는지를 재고하는데 도움이 될 것이라고 생각한다. 이와 같은 문제들을 전제로 하여 원폭을 둘러싼 전후 10년 동안의 원폭문학과 아베 도모지의 집필과 창작이 교차하는 지점을 검증해볼 것이다.

2. 아베 도모지와 잡지 『은방울[銀の鈴]』

아베 도모지가 「암흑에 빛을－리빙스턴과 스탠리」를 연재한 『銀の鈴』는 전후 재빨리 히로시마에서 발간되어 바로 전국에서 독자를 획득한 교육잡지이다. 전후 히로시마의 문예활동 전반에 대해서는 최근 히로시마시 문화협회 문예부회 편 『점령기 출판미디어와 검열 전후히로시마의 문예활동[占領期の出版メディアと検閲 戦後広島の文芸活動]』(勉誠出版, 2013년)이 출판되어 자세한 내용이 밝혀지고 있다. 또한 이 책에서는 미우라 세이코[三浦清子]가 『銀の鈴』를 시작으로 한 교육잡지와 아동문학의 출판 경위에 대해 해설하고 있으

---

2   미즈가미 가오루[水上勳], 『아베 도모지 연구』, 双文社出版, 1995, pp.325~326

니(pp.71~105), 평전 내용에 대해 검토하기 전에 먼저 미우라 씨의 설명을 참고로 『銀の鈴』의 개요를 적어두겠다.

1946년 6월 히로시마 시내에 있는 초등학교 교사 60명 정도가 모여 히로시마 아동문화진흥회를 결성한다. 그리고 히로시마시 치요다[千代田] 국민학교 교장인 다테 다카미치[伊達高道]의 주도로 문예, 과학, 미술, 음악, 연극, 편집 등의 부문에서 동아리활동과 같은 조직이 만들어지고, 시내에서는 일요일마다 주로 고학년을 대상으로 한 교실이 열렸다고 한다. 이 조직 중에 '편집부'가 기관지 발행을 기획하면서 공모한 타이틀을 채용하여 저학년용인 『은방울(ぎんのすず)』과 고학년용인 『은방울(銀の鈴)』을 발행하게 된 것이다. 창간호는 타블로이드판형 2쪽짜리인 활판인쇄로 발행은 1946년 8월 6일, 발매는 8월 15일이었다. 제2호부터는 히로시마인쇄주식회사가 인쇄를 담당하고, 18쪽 모두 칼라인쇄로 초등학교 1·2학년용 『은방울(ギンノスズ)』, 3·4학년용 『ぎんのすず』, 5·6학년용 『銀の鈴』로 나눠지면서 1948년부터는 각 학년별로 발행되었다.

또한 제2호의 편집과 발행은 히로시마아동문화진흥회가 인쇄발행은 히로시마인쇄주식회사가 맡았는데, 이듬해인 1947년 6월호 이후부터는 히로시마인쇄 출판부가 개명하고 독립하면서 생긴 히로시마도서주식회사가 발행하게 된다. 이 히로시마도서는 전후 히로시마에서 독자적인 교육과 아동도서 출판을 전개한 회사로 알려져 있다. 히로시마도서에 대해서도 미우라 씨가 기술한 내용을 근거로 이야기를 이어가면, 이 회사는 원래 1943년 9월 동일기업통폐합령(동일기업통폐합령)에 따라 히로시마 시내에 있는 24개의 인쇄회사가 통합되면서 생긴 육군지정공장인쇄회사이다. 경영자인 마츠이 도미이치[松井富一]는 1945년 8월 6일 공장에 출근하는 도중에 피폭되고 공장에도

피해가 컸지만, 1946년에 아이들을 대상으로 한 음악잡지『노래신문[歌の新聞]』을 간행하고『銀の鈴』에도 착수한다. 이후 광범위하게 출판사업을 전개한다. 이처럼 출판사업의 확장이 가능했던 이유는 히로시마인쇄 당시부터 영국군사지정공장으로 정해져 있어 배급제였던 용지도 우선적인 보유가 가능했고, 통역으로 입사한 일본계 캐나다인 2세 사카데[坂出] 남매의 도움으로 미국의 아동출판물을 일본어로 번역하거나 일본만화나 동화를 영어로 번역하여 해외로 발신하는 일이 가능했기 때문이다.

그렇다면 이러한 경위로 발행된 히로시마 교육잡지와 아베 도모지와의 접점은 어디에 있을까? 이 부분에 대해 앞서 언급한 하시모토 모토코의 논문에서는 두 가지를 지적한다. 하나는 아베 도모지의 다섯 살 위인 형 고헤이[公平, 25살에 타계]가 히로시마고등사범 출신(물리화학과)이었던 점이다. 그리고 또 하나는 도모지의 도쿄대학시절 은사였던 에드먼드 블런드에 관한 것으로, 에드먼드는 전후 바로 히로시마를 방문하고 1948년에는 히로시마와 구래시[呉市]에서 강연을 한다. 이어서 이듬해인 1949년에 열린 제3회 평화제에서 남녀혼성으로 합창된 곡이 에드먼드가 제공한 시「히로시마」를 주가쿠분쇼[寿岳文章]가 번역하고 야마다 고사쿠[山田耕筰]가 곡을 붙인 노래일 정도로 에드먼드 자신이 일본을 대단히 좋아하는 사람이었다는 점이다. 확실히 잡지『銀の鈴』에는 발간 당시부터 히로시마문리과대학 교수였던 이나토미에이지로[稲富栄次郎]가 관계되어 있었다는 증언도 있고,[3] 같은 대학 학장인 오사다 아라타[長田新]가 편집고문으로 이름도 내걸고 있어, 어딘가에서 인맥

---

3   미우라 세이코[三浦清子],「아동문학「ぎんのすず」히로시마도서를 중심으로」, 히로시마시 문화협회 문예부 편,『점령기의 출판 미디어와 검열 전후 히로시마의 문예활동』, 勉誠出版, 2013, 82쪽.

이 연결되어있을 가능성은 부정할 수 없다. 그러나 현시점에서 그 실마리까지는 찾을 수가 없기 때문에, 본고에서는 우선 평전의 게재경위를 확인하여 잡지의 편집방침을 검토하는 데서부터 시작하겠다.

잡지『銀の鈴』에 아베가 쓴 리빙스턴 평전이 연재된 시기는 1947년으로 6월호(제2권 제5호), 7월호(제2권 제6호), 9월호(제2권 제7호), 10월호(제2권 제8호), 11월호(제2권 제9호), 12월호(제2권 제10호) 모두 여섯 번이다. 잡지『銀の鈴』가 고학년용에서 5・6학년용으로 바뀌는 것은 전년도인 1946년 10월이고, 각 학년별로 나뉘는 것은 1948년부터니까 연재는 5・6학년용이 발간된 시기와 딱 맞물린다. 또한 1947년 6월부터는 발행자가 히로시마도서주식회사로 바뀌고 표지에도 '교육잡지'라는 타이틀이 찍히게 되는데, 이때부터 연재가 시작된 것이라고 볼 수 있다.

1947년 가을부터 1948년 사이에 5・6학년용으로 발행된『銀の鈴』의 내용면에서 보이는 큰 변화라고 하면, 우선 히로시마도서가 발행하기 시작한 1947년 6월호부터 쪽수가 두 배에 가까운 40쪽 정도로 늘어났다는 점이다. 그 중에서도 특히 읽을거리의 분량이 늘어나고, '즐거운 독서란'과 '공부방란'으로 나눠져 목차에도 등장하게 된다. 「암흑에 빛을」의 연재가 시작된 1947년 6월호 '즐거운 독서란'에는 「달이 나오는 산[月の出る山](우지하라 다이사쿠[氏原代作] 글, 나카지마 아키미네[中島秋峯] 그림)」, 「추학이야기 정원의 도롱이벌레[秋学物語 庭ノミノムシ](규슈제국대학[九州帝国大学] 조교수농학박사 야수마츠 케이죠[安松京三])」, 「연재만화 발명가 은짱[発明家銀ちゃん](히라이 후사토[平井房人])」, 「우리들의 과학연구 반딧불[僕等の科学研究 ほたる](물리학박사 기시다 데이지로[岸田貞次郎])」가 연재되는데, 가장 앞에 실린 것이 「암흑에 빛을」이었다.

계속해서 7월호 '유쾌한 독서란'에는 「제임스 와트(ジェームス・ワット)(물리학자 다자키 히데오[田崎秀夫])」,「달이 나오는 산 (2)」,「암흑에 빛을 (2)」,「발명가 은짱 (2)」이 수록되고, 9월호 '즐거운 독서란'에는「노구치 히데요(1) [野口英世](의학박사 가네히사 다쿠야[金久卓也])」,「도지사 씨와 소[知事さんと牛](우지하라 다이사쿠)」10월호에도「노구치 히데요 평전 (2)」과「암흑에 빛을(3)」이 게재된다. 11월호 '즐거운 독서란'에는「후쿠자와 유키치[福沢諭吉] (호소다 다미키[細田民樹])」,「암흑에 빛을(4)」,「바다를 건너는 말[海を渡る馬](우지하라 다이사쿠)」,「고담의 현인(ゴーサムの賢人)(하다 고이치[畑耕一])」, 12월호 '즐거운 독서란'에는「소크라테스(ソクラテス)(문학박사 이나토미 에이지로[稲富栄次郎])」,「헤라클레스의 인내(ヘラクレスの忍耐)(가타 미즈호[禾田水穂])」,「암흑에 빛을 (5)」,「지문(指紋)(우미노 주자[海野十三])」이 게재된다. (만화「발명가 은짱」,「알프스 은짱(アルプス銀ちゃん)」도 계속 연재는 되는데 '유쾌한 만화란'으로 이동한다)

이와 같이 제임스 와트, 노구치 히데요, 후쿠자와 유키치, 소크라테스의 평전 등 다른 이야기와 비교해 봐도「암흑에 빛을」의 연재횟수가 압도적으로 많다는 사실을 확인할 수 있다. 게재할 분량은 이 평전이 새로 쓴 것이 아닌『스포츠와 모험이야기』에 실렸던 글이기에 미리 계산해 둘 수 있었다. 따라서「암흑에 빛을」이 다른 글과 비교해 특별하게 다뤄졌던 사실은 명백하다. 그렇다면 발행처가 히로시마도서로 바뀐 후에『銀の鈴』를 편집하는데 있어 아베 도모지가 집필한 평전의 매력은 어디에 있었을까? 다음 절에서 생각해보기로 하겠다.

3. 구제자의 논리

잡지 『銀の鈴』에 연재된 리빙스턴 평전 「암흑에 빛을」은 『스포츠와 모험 이야기』에 게재한 것을 다시 수록한 글이라는 점에 대해서는 앞서 하시모토 씨의 지적을 통해 소개했다. 하시모토 씨의 논문에서 지적하고 있는 내용은 주로 네 가지 사항으로 ① 『스포츠와 모험이야기』에 다시 수록 할 때 가나(仮名)사용과 후리가나의 변경이 있었다는 점, ② '토인(土人)' '야만인(蠻人)'과 같이 단어를 고친 곳이 있다는 점, ③ 아베 도모지 문학에서 바이런과 리빙스턴을 대비시키는 부분이 보이는 점, ④ 「암흑에 빛을」이 전후 중학교용 교과서에 채록된 사실이 있다는 점 등을 들고 있다.

그렇다면 가령 하시모토 씨가 말하는 것처럼 작가와 잡지가 개인적으로 연결되어 있었다고 해도, 왜 「암흑에 빛을」이라는 평전이 『銀の鈴』에서 장기 연재물로 다시 수록된 것일까? 여기서는 이 물음에 대한 검토를 위해 처음 수록되었던 『스포츠와 모험이야기』의 내용을 다시 확인해보기로 하겠다.

『스포츠와 모험이야기』를 수록한 일본소국민문고는 1935년부터 1937년에 걸쳐 신초사가 발행한 시리즈였다. 제1탄으로 1935년 11월 야마모토 유조[山本有三]의 『가슴에 태양을 가져려[心に太陽を持て]』(12권)가 간행된 것에 이어 히로세 모토키[広瀬基]의 『발명이야기와 과학수공[発明物語と科学手工]』(9권), 야마모토 유조 선집 『세계명작선(世界名作選)(1)』이 한 달에 한 번 간격으로 출판되고, 1937년 8월에 야마모토 유조와 요시노 겐자부로[吉野源三郎]가 쓴 『너희들은 어떻게 살아갈까?[君たちはどう生きるか]』(5권)까지 전부 16권에 달한다. 『마음에 태양을 가져라』에서 시작해서 『너희들은 어떻게 살아갈까?』로 끝나고 일본인만이 아닌 『세계명작선』, 『세계의 수수께끼[世界の謎]』 등 세계의 교양에도 관심을 나타내는 타이틀만을 봐도 장래를 짊어질 일본의 소년소녀들에게 인간애를 설명하고 세계평화와 공존하는 미래의 꿈을 주려는 인도주의 넘치는 저작물이었다는 것을 추측할 수 있다.

그 중에서 『스포츠와 모험이야기』는 1936년 8월에 제13권이 발행된다. 편집은 도비타 수이슈[飛田穗洲]와 도요시마 요시오[豊島与志雄]가 담당한다. 일본소국민문고와 아베와의 접점은 메이지대학[明治大学]문예과 강사가 된 일이 계기였을 것이다. 아베는 1933년에 니혼대학[日本大学]에서 메이지대학으로 학교를 옮겨 야마모토 유조, 나가요 요시로[長与善郎], 사토미 돈[里見弴], 도요시마 요시오, 기시다 구니오[岸田國士], 하기와라 사쿠타로[萩原朔太郎], 요코미츠 리이치[横光利一], 고바야시 히데오[小林秀雄], 후나하시 세이치[舟橋聖一] 등과 함께 문예과 강사를 한다. 소국민문고는 야마모토 유조가 주선한 것이고 『스포츠와 모험이야기』 편집에 도요시마도 가세했으며, 또 다른 책 『세계명작선』의 집필자가 아베라는 것을 봐도 인적 네트워크를 알 수 있다.

『스포츠와 모험이야기』에서는 시기적으로 베를린 올림픽 개최에 맞췄기 때문에 제1부는 올림픽 역사에 관한 「올림픽 이야기[オリンピック物語]」와 「스포츠 정신[スポーツ精神]」, 「스포츠 안내[スポーツ案内]」로 이루어진다. 단 책 제목처럼 앞부분에서는 스포츠를 화제로 삼고 있지 않은데 반해, 뒷부분에서는 모험이야기가 나오고 있어서 한 권의 책으로서는 불균형하게 보인다. 이런 전반부과 후반부의 정합성에 관해 후반부 '모험이야기'의 편집을 담당한 도요시마는 다음과 같이 말한다.

어린 여러분은 몸도 마음도 힘이 넘치고 건강합니다. 그리고 살아있는 모든 것들의 불가사의라고나 할까요? 넘쳐나는 힘을 어딘가에 쓰고 싶어 합니다. 또한 그 힘이 쓰여야만 다시 새로운 힘이 솟아납니다. 하지만 그 것은 건전한 방법으로 얻은 힘이어야만 합니다 (…중략…). 신체적인 면 은 스포츠가 담당을 하고 정신적인 면은 이 모험이야기가 담당하고 있습 니다. (2쪽)

도요시마가 서문에서 언급하고 있는 것처럼 "스포츠"와 "모험"에 관한 "이 야기"는 아이들이 '건강'과 '건전'을 행사하는 데 필요한 '신체'와 '정신'이라는 양쪽을 고려해서 구성된 것이다. 따라서 특히 '모험이야기'에서는 자극적인 내용이 가득한 단순히 '재미있는 기분전환'만을 목적으로 한 것이 아닌, "훌 륭한 힘을 어떻게 사용하면 세상에 도움이 될 수 있을지 힘을 어떻게 사용하 면 더 큰 힘이 솟아나는지"를 가르치기 위해서 쓴 것이라고 한다.

그 결과 이 책에 수록된 '모험이야기'의 대부분은 '지리적 모험'에 관한 내 용으로 '문화를 위해 최선을 다한' 사람들의 이야기가 주를 이룬다. 보다 구 체적으로 살펴보면 「사막의 용자[砂漠の勇者]」(간바야시 아카츠키[上林暁], 아라비 아의 로렌스에 관한 내용), 「신념의 선대[信念の船隊]」(나카노 요시오[中野好夫], 마젤 란에 관한 내용), 「수영을 못하는 긴도 주조[泳げない近藤重蔵]」(도요시마 요시오), 「먹히는 의식[食はれる儀式]」(다카하시 겐지[高橋健二], 나흐티갈과 식인종), 「외딴섬 과 비행기[孤島と飛行機]」(요시다 기네타로[吉田甲子太郎], 윌킨스의 북극해횡단), 「암 흑에 빛을」(아베 도모지), 「지리적 발견의 역사[地理的発見の歴史]」(미시마 하지메 [三島一]는 개설적인 것으로 이야기는 6편 수록되어 있다. 또한 6편 모두 분 량 면에서는 큰 차이가 없다. 따라서 이 6편 모두 잡지 『銀の鈴』에 수록 가능 한 후보였다고 할 수 있다.

물론 리빙스턴 평전을 다시 수록하고 싶다는 편집부의 방침에 따라 미리 리빙스턴 평전 리스트가 만들어지고, 그 중에서 아베의 글을 골랐다는 순서였다면 굳이 이 책에 집착할 이유가 없다. 그러나 '스포츠'와 '모험이야기'라는 2부 구성은 잡지 『銀の鈴』에서 '공부방'과 '즐거운 독서'로 글의 게재 형태를 나누고 있는 것과 성격이 비슷하다. 『스포츠와 모험이야기』는 교육과 계몽이라는 취지의 내용과 오락성을 가미한 읽을거리로 구성되고, 오락성 중에서도 절도를 지킨 내용이라는 점은 이미 주지하고 있는 사실이다. 따라서 다시 수록할 때에 기본적인 방침이 검증된 유리한 소재였다. 또한 야마가와 소지[山川惣治]의 가미시바이로 소년왕자 붐이 일기 시작해 아프리카 모험이야기가 많이 읽히던 시기였기에 리빙스턴 평전은 좋은 소재였던 것이다.[4] 게다가 『스포츠 모험이야기』에 수록된 다카하시가 쓴 아프리카 이야기와 비교해도 원주민을 식인종처럼 취급하는 부분이 적어 검열의 대상이 될법한 인종차별적인 요소가 적었다.[5] 결국에는 수록 가능한 후보 중에 「암흑에 빛을」한편만 남게 된다.

그뿐만이 아니라 '암흑대륙'에 관한 기술로 시작해 갖은 위험을 극복해 나가는 중에도 현지 주민에 대한 사랑이 변치 않고, 결국에는 노예해방의 토대를 세운 '아프리카 아버지'를 둘러싼 크리스트교 전도자의 평전은, GHQ 점령하에 놓여있는 일본의 처지와 관련지어 교훈으로 삼기에 알맞은 내용이었다. 이 부분에 관해서는 황(黃)씨가 "크리스트교의 '복음'이라는 문제를 삽입하여 야만과 미개의 정복이라는 식민주의적 교화논리에 직접 관여되는 것을 피할 목적"(203쪽)이라고 지적하고 있지만, 야마네 료이치[山根龍一]는 이시카와 준

---

4 황익구, 『교차하는 전쟁의 기억 점령공간의 이야기』, 春風社, 2008, 185~187쪽.
5 위의 책, 197~198쪽 참조.

[石川淳]의 단편소설 「폐허의 예수[焼跡のイエス]」(『신초(新潮)』, 1946.10)의 분석을 통해 당시 문학자가 대립하고 있던 크리스트교를 이용해 일본을 바꿔가는 '구제자' 자격을 내세우는 GHQ 논리를 지적하고 있어 매우 시사적이다.[6]

잡지 『銀の鈴』가 발행을 계속 유지해 나가기 위해 당시 아이들의 독서욕구와 점령하의 정치적 상황을 적확하게 파악해서 「암흑에 빛을」을 선택했다고 한다면, 그 부분에서는 시국에 영합하고 있는 요소를 지적할 수 있을 것이다. 단 창간호 『새롭게 태어난 일본[あたらしくよみがへつた日本]』에서 "여러분과 함께 아름다운 마음으로 '은방울'을 힘껏 두드려 그 아름다운 소리를 일본과 전 세계에 울려 퍼지도록 합시다"(『ぎんのすず』, p.1)고 "맑고 아름다운 바른 힘으로 새로운 일본문화를 세워 밝고 평화로운 나라로 키워"(『銀の鈴』, p.1)라고 노래하고, 기사 내용 중에도 굳이 "저주할 원자폭탄"이라는 기술을 남긴다. 검열에서 "저주할"이 검게 칠해질 것을 알면서도 그런 태도를 취한 편집부가 단지 당국의 방침에 따르기만 했다고 할 수 있을까? 오히려 『스포츠와 모험이야기』의 책 말미에 수록된 「지리적 발견의 역사」에서 '암흑대륙'에 관한 다음과 같은 기술은 「암흑에 빛을」을 게재한 다른 의도가 있음을 암시하고 있다고 해석할 수 있다.

이렇게 해서 아프리카의 지도가 거의 완성되었지만, 그 탐험에 진력을 다한 유럽의 나라들은 이 대륙의 대부분을 분할해 식민지로 삼았다. 그리고 경계를 정하고 부를 생산하는 근원을 개발하기 위해 측량이나 학술적 조사도 진행해서 지금은 암흑이 아니게 되었다. 하지만 과연 흑인들은 이

---

6 야마네 류이치[山根龍一], 「이시카와 준 「폐허의 예수」론―피점령 하 '윤리'의 가능성을 둘러싸고」, 『總合文化研究』 19권 1호, 2012. 8.

것을 진정한 광명이라고 생각할까?(313쪽)

이 글은 1936년의 것으로 당시 서구 여러 나라들이 행한 아프리카 식민정
책에 대한 비난 속에서 생겨난 반식민지주의적인 제국주의의 싹이라고 할
수 있는 주장이다. 그러나 같은 주장을 GHQ 점령 하에 있던 히로시마에서
하게 되면, 암흑의 일본에 빛을 가져다 준 미국이라는 안정된 구조 아래에서
"정말 광명이라고 생각할까?"라는 점령정책에 반하는 질문을 던지는 은밀한
의도가 내재되어 있다는 해석도 가능하다. 사실을 밝히는 방법은 아니더라
도 『스포츠와 모험이야기』에서 『銀の鈴』까지 다시 수록되는 경위 속에 여
러 가지 의도가 얽혀있을 가능성에 대한 문제는 되물어야 할 것이다.

4. '자아' 와 '인도주의'―'19세기인'의 상징

「암흑에 빛을」이 『銀の鈴』에 다시 수록될 당시의 편집 의도에 대해서는
앞 3절에서 검토했지만, 글을 쓴 아베 도모지가 어느 정도 주체적으로 관여
하고 있었는지는 알 수 없다. 그렇지만 아베의 입장을 간접적으로 알 수 있는
단서는 있다. 전후가 되면서 아베는 몇 편의 책을 다시 출판하거나 전전에 쓴
글을 다시 정리해 단행본으로 간행하거나 했다. 거기에 기술된 글에는 당시
출판물에 대한 아베의 생각과 심경이 잘 드러난다.
예를 들면 1947년 4월에 가와데서방[河出書房]에서 간행된 평론집 『문학론

(文学論)』은 이미 1939년에 간행한 것의 재판으로 다시 출판될 때 아베는 다음과 같은 문장을 싣는다.

재출판을 맞이하면서

전쟁을 맞은 이 책의 증쇄는 중지되었는데 몇 달 전에 출판사로부터 새롭게 출판할 생각이라는 통지를 받아서 오랜만에 다시 읽어봤다. 7년간 특별히 문학에 대한 내 생각에 변화가 있다고는 생각하지 않았다. (…중략…) 겨우 몇 군데만 손을 보고 마지막 두 쪽을 다시 쓰는 정도로 단념할 수밖에 없었다.(516쪽)

여기에서 알 수 있는 점은 전쟁을 사이에 둔 아베의 문학관이 크게 바뀐 부분이 없다는 사실이다. 그래서 재출판을 부탁 받았을 때 몇 군데의 수정만을 거친 후 허락할 수 있었던 것이다. 다시 쓰고 싶은 내용도 있었지만 기본적인 전제는 변하지 않았고 시간적으로도 집필할 여유가 없었기 때문에 거의 같은 내용으로 출판되는 것을 허락했다고 한다.

다른 책에서도 상황은 마찬가지였다. 1948년 1월에 소겐샤[創元社]에서 출판된 평전 『바이런(バイロン)』의 경우에는 리빙스턴에 관한 언급이 있어서 더욱 흥미로운 자료가 된다. 바이런에 관한 평전은 1940년 3월부터 『문학계(文学界)』에서 연재를 시작해 3장까지 게재하고 중단되었다. 연재가 재개된 것은 전후였고 책 후기가 쓰인 것은 1947년 11월이었다. 아베는 책 후기에서 리빙스턴에 대해 다음과 같이 이야기한다.

책을 끝내기 며칠 전에 문뜩 아쿠타가와 류노스케[芥川龍之介]의 책을

펼쳐 보다가 「다이도오지 신스케의 반생[大導信輔の半生]」이라는 작품 속에서

바이런을 만났다. 고등학교 시절에 신스케는 크리스찬 인격자인 친구에게

"바이런도 리빙스턴 평전을 읽고 울음을 멈출 수가 없었다……"고 말도 안되는 이야기를 했다. 하지만 그 이야기를 들은 친구는 큰 감동을 받았다고 한다. 리빙스턴은 바이런이 죽었을 때 달력 나이로 13살이었다고 하니까 이 이야기는 확실히 엉터리다. 신스케 즉 아쿠타가와에게 놀림을 당한 친구는 악마도(惡魔道)와 인도(人道)의 대립을 바이런과 리빙스턴을 통해 보고 있던 것인데, 아무튼 아쿠타가와가 젊었던 시절에는 그런 인물들의 조합을 머릿속에서 떠올리거나 했다는 것을 확인하면서, 나 또한 7년 전에 쓴 이 책의 서장에서 리빙스턴 이야기를 꺼내고 있다는 생각이 났다.(247쪽)

「다이도오지 신스케의 반생」에 있는 에피소드는 실제기록에 근거하여 쓴 이야기이다. 다음에 인용하는 것과 같이 리빙스턴과 바이런을 동시에 떠올리는 아베의 문학관은 이미 서장의 기초가 되는 문장을 집필하고 있던 1940년 시점만이 아닌 그 전까지 거슬러 올라가 확인할 수 있다. 일부러 바이런 평전을 끝내면서 아쿠타가와의 에피소드를 경유해 리빙스턴을 언급하는 이유는 새삼 자신이 참조한 틀의 정당성을 담보하기 위해서였을 거라고 추측된다. 여기에서 참고하고 있는 것은 '자아'가 강한 바이런과 '인도주의'가 강한 리빙스턴이 대극을 이루면서도 공통되는 부분이 있다는 서장에서 말하는 '19세기인'의 특징이다.

그리스를 시작으로 한 발칸국가들의 독립과 해방은 유럽 19세기 사상 최대의 사건이었다. 바이런의 죽음이 이를 대신한 것과 유럽 19세기 사상 최대의 사건인 노예해방을 아프리카 오지에서의 죽음으로 대신한 리빙스턴과의 묘한 인연을 어떻게 떠올리지 않을 수 있을까? 시종일관 자아에 집착한 마성의 탕아 바이런과 청렴하고 무구한 희생정신으로 행동한 인도주의자 리빙스턴이라는, 인간성이 양극을 이룬다고도 할 수 있는 둘의 조합은 확실히 엉뚱해 보이긴 한다. 그러나 그런 서로 다른 극단적 성향으로 움직이고 행동한 두 사람 모두 애처로운 죽음으로 역사에 훌륭한 족적을 남기고 인간 진보의 계단을 쌓아 올렸다는 것은 틀림없는 사실이다. 그리고 여기에 '19세기인'을 바라보는 중요한 키가 있다고 생각한다. (12～13쪽)

아베는 바이런과 리빙스턴을 '자아'와 '인도주의'라는 대극적 위치에 두었다. 그리고 대조적이면서도 "애처로운 죽음으로", "인간 진보의 계단을 쌓아 올렸다"는 점에서 공통되는 두 사람에게 '19세기인'의 특징을 보고 있다. 책의 후기에는 이런 관점이 아쿠타가와 시대부터 있었다고 언급되어있고, 이를 보면 바이런과 리빙스턴의 예를 통해 그의 문학관이 『문학론』에서와 마찬가지로 일관되어 있다는 것을 알 수 있다. 따라서 아베는 이 책의 후기가 집필된 것과 같은 시기에 『銀の鈴』에 연재한 「암흑에 빛을」을 바이런 평전과 대극을 이루는 존재로 평가하고 있었다는 추측이 가능해진다.

이렇게 살펴보면 아베는 '자아'가 강한 인간과 '인도주의'가 강한 인간을 대치시키는 방법으로 인간을 이해하고 있었다는 사실은 분명하다. 그러나 바이런 평전과 리빙스턴 평전은 서로 다른 경위로 출판된 것이라서, 아베가 '자

아'가 강한 인간과 '인도주의'가 강한 인간을 대극적 위치에 놓은 이유까지 추측할 수 있는 독자가 많은지 어떤지는 예상하기 어렵다. 이것은 「암흑에 빛을」이 실린 『스포츠와 모험이야기』가 간행된 이듬해에 아베 도모지가 『바이런 평전』(『영미문학평전총서』 43, 『바이런(バイロン)』, 겐큐샤[研究社], 1937.11)을 간행했을 때와 같은 경위일 것이다.

하지만 아베 도모지의 문학관과 인간관은 리빙스턴의 삶이 바이런의 삶과 병치되고 '자아'에 솔직하게 사는 사람에게 더불어 '인도주의'도 존재한다는 인식에 있다고 해도 좋을 것이다. 그리고 이 인식이 창작에도 영향을 준다. 전후 아베는 남방에서의 징용체험이나 상해에서 한 전쟁말기 교원생활을 소설로 쓰고 있다. 이러한 체험의 집대성이라고 할 수 있는 것이 「두 개의 죽음[二つの死]」(『중앙공론(中央公論)』, 1953.4)이라는 소설이다. 이 소설에는 자바섬의 징용체험을 소재로 인도네시아 독립운동에 참가하는 '가세(加世)'와 현지에서 한센병을 치료하는 의사 '고미[五味]'가 등장하는데, 각각 '자아'와 '인도주의'가 강한 인간으로 그려지면서 두 사람의 죽음을 통해 주인공의 징용체험을 돌아보게 한다. 아베 도모지의 평전이나 평론을 찾다 보면 1930년대 중반부터 1950년대까지 바이런과 리빙스턴을 병치시켜 사고하는 방법은 변하지 않는다. 아베의 입장에서 보면 『銀の鈴』도 마찬가지인 것으로, 같은 시기에 바이런 평전을 집필하면서도 '19세기인'의 양극적인 부분을 제공하고 있던 것으로 보인다.

5. 전후 10년의 휴머니즘

아베가 바이런과 리빙스턴에 대해 보인 '자아'와 '인도주의'라는 대극적인 인물 평가는 전후에 행하는 창작에서도 일관되고 「두 개의 죽음」이라는 소설에서도 같은 시점으로 인물이 설정되어 있다는 점에 대해서는 이미 앞 절에서 설명했다. 실은 이런 관점을 원폭과 문학과의 관계에 대해 쓴 아베의 평론에서도 확인할 수 있다. 이때 키워드가 되는 것은 '휴머니즘'이다.

본고의 서두에서 언급한 평론 「원폭과 문학」에서 아베는 "휴머니즘의 분노와 슬픔과 희망의 양상에 따라서는 어쩌면 이 거대한 문제에 뛰어들 수가 없다"(769쪽)고 말한다. 그리고 그 이유에 대해 다음과 같은 두 개의 논의가 전개된다. 하나는 "단순히 '평화'를 사랑하는 마음에는 원폭적인 공포와 싸울 수 있는 힘이 없다"(770쪽)고 하며 "전쟁준비에 광분하는 나라의 지도자들도 스스로를 '평화주의자'라고 입으로만 떠드는 일은 가능하고 실제로 마음대로 떠들어대고 있다"는 예를 그 근거로 든다. 게다가 "원수폭은 생명애에 대한 목소리와 인도의 눈물, 기도와 같은 것으로는 소멸되지 않고 어쩌면 그것들을 먹잇감으로 삼아 더욱 비대해져간다"(770쪽)고 주장한다.

그리고 "둘째 그런 평화사상은 이러한 관념으로 인해 무책임한 니힐리즘에까지 추락해 평화를 바라는 선의는 어느 샌가 그와 정반대인 것 즉 인간에 대한 절망과 인간에 대한 악의로까지 변질될 우려가 있다"(770쪽)고 한다. 왜냐하면 "결국 인간은 사악한 존재로 인간 사회에서 선을 추구하는 것은 무의미한 일이며, 전쟁이라는 것을 절멸한다는 생각은 몽상 속에서만 가능한 일이 되어간다 해도 이상하지 않다"(770쪽)는 이유 때문이다. 여기서 전개되는 두 가지 시점은 앞 4절에서 본 '인도주의'와 '자아'의 관계에 해당한다. 즉 여기에서 '휴머니즘'은 '인도주의'를 포함하는 넓은 틀을 가지며 '자아'가 비대해져 니힐리즘에까지 빠지는 결과를 예상해서 설정한 것이다. 아베는 '휴머니즘'의 양극에 '인류애'와 '자기애'를 두고 그것들이 파탄하는 지점에 대해 지적한다. 그렇기 때문에 단순히 '인도주의'적인 시점으로 인류평화를 주장하는 데에는 위화감을 느끼는 것이다.

왜 아베는 그렇게까지 '휴머니즘'을 고집하는 것일까? 1954년 11월호 『문학』에 다나베 고이치로田辺耕一郎가 쓴 평론 「원폭문학原爆の文学」이 수록된다. 이 평론에 대한 비판이 아닐까 하는 것이 본고의 입장이다. 다나베의 평론은 다음과 같이 끝을 맺는다.

> 원폭·수폭의 피해자에게 여전히 남아있는 문제는 인도적이고 사회학적으로 검토해야 한다. 그런 인식의 방법을 가진다면 절망이나 허무감에 이르는 것과는 반대로 휴머니즘 문제가 대두될 것이다. 즉 항의나 복수심이 솟아나는 게 아니라 그런 큰 죄악이 반복되면 안 된다는 휴머니즘에 대한 바람이 원·수폭을 금지하는 목소리가 되어 세계평화를 위한 일체의 전쟁이 배제되어가는 것이다. (93쪽)

아베가 "휴머니즘에 대한 분노와 슬픔과 희망의 양상에 따라서는 어쩌면 이 거대한 문제에 뛰어들 수가 없다"고 주장한 것은, 다나베가 "휴머니즘에 대한 바람이 원·수폭을 금지하는 목소리가 되어 세계평화를 위한 일체의 전쟁이 배제되어 가는 것이다"고 말한 낙관적인 평가와 호응되는 비판이기 때문이다. 물론 다나베의 평론 즉 인용한 글 앞부분에서 "인도적이고 사회학적으로 검토해야 한다"는 것은 아베가 말한 '휴머니즘'에 대한 분석적인 시점과 비슷해 보이지만, 전체적으로 다나베의 결론에는 납득이 가지 않는 점이 있어 타이틀에서조차 다나베의 글을 상기시키는 평론을 같은 잡지에서 발표한 것이 아닐까?

원래 아베가 말한 '휴머니즘'에는 아픈 경험이 있다. 1935년에 2·26사건을 계기로 절정기를 맞이한 휴머니즘 논쟁에서 아베 도모지는 일정한 역할을 담당했었다. 그러나 곧 국가와 민족을 소리 높여 외치는 논조에 묻혀버린다.[7] 이후의 징용체험 작가로서의 전쟁체험을 염두에 둔다면, 아베가 「원폭과 문학」에서 인용한 다음과 같은 글도 구체적인 인물의 얼굴을 떠올리며 쓴 것이라고 보인다.

> 정치가, 자본가, 관료들에게 복종하는 종교가, 학자, 교육자, 저널리스트, 예술가들에 한해서 말이 많고 사랑에 대해 역설하고 세상 사람들의 마음이 평화로워야만 전쟁이 끝날 거라 하고 도의를 주장하고 노동자가 관리자에게 반항하는 일을 평화의 정신으로 볼 수도 있다 하며 착한 시민이 되라 하고 순종적이 되라고 가르치라 한다.(770쪽)

전후 10년이 된 시기에 아베의 주위에는 '국민문학' 논쟁이 활발하게 이루어지고 있었다. 그 속에서 아베는 다시 한 번 국가와 민족이라는 이름아래 '휴머니즘'이 실패하는 모습을 확인한다. 그래서 '인도주의'만으로 전개되는 논의에도 의문을 가질 수밖에 없었을 것이다. 이렇게 해서 전개된 평론 「원

---

7   미즈가미, 「휴머니즘론의 종언」, 『아베 도모지 연구』, 双文社出版, 1995, 264~291쪽.

폭과 문학」과 비교해보면, 『원자력과 문학』 서문에서는 자신의 지론을 전개하는 비율이 줄어든다. 여기에는 물론 평론이 아닌 서문이라는 형태가 고려되었을 것이고, 평론 중에서는 하나다 기요테루(花田淸輝)의 글처럼 아베와 비슷한 시점의 논고도 수록되어 있기 때문일 것이다. 또한 비판의 대상이었다고 보이는 다나베에 대해 언급하고 있는 부분도 없다. 그러나 논조가 통하고 있고 그의 휴머니즘론을 엿볼 수 있다.

> 역사가 파멸로 전진할지 평화와 행복으로 나아갈지라는 문제가 이 원수폭-원자력이라는 물질에 집약된 형태로 우리들 앞에 들이밀어진 것이다. 그렇다면 문학이 그 문제에 몰두한다고 해서 감정적으로 탄식하고 분노하고 절망만 하다 끝나야 하는 것일까? 물론 그것도 그 나름대로의 의미가— 예를 들어 예술의 결정체가 된 경우— 있다고 해야 하며 우리들은 그 사실을 기억하고 있다. 그럼에도 불구하고 이 문제가 현대라는 위기 속에서 대면하고 있는 이상 단순한 휴머니즘의 탄식과 분노로 시종(始終)할 수는 없다.(3쪽)

아베에게 있어 '휴머니즘'은 '인간성' 전체를 가리키는 것이다. 이것은 지금까지 살펴본 바와 같이 '자아'와 '인도주의'의 양극에서 동요하는 '감정'과, '감정'의 흔들림을 '탐구'하려고 시도하는 '지성'과의 관계를 설명한 '주지주의'에 입각한다. 1930년에 간행된 아베의 평론집 『주지주의 문학론(主知主義文學論)』(고세이가쿠 서점[厚生閣書店])에서 "주지는 단순한 사회와 공리적인 부분에서만 가동시킬 수 없다. 또한 그것은 감정을 배제하지 않는다. 문학에서 나타나는 감정의 존재를 믿고 그 확장 또한 기대한다. 왜냐하면 바야흐로 주지가 감정의 극복 '방법'을 파악하려 하고 있기 때문이다. 따라서 종래 무한성과 신비성을 천성으로 기억하던 감정의 심연을 '주지적 방법'으로 탐구하는 일이 진정한 주지적 문학이 아닐까?"(40쪽)라고 한다. 또 다른 부분에서는 '인간성'에 '휴머니즘'이라는 루비를 붙여 "안전한 것은 인간성-인간의 감정을 방법으로 문학을 다루는 길이다"(24쪽)고도 한다. 아베는 문학 활동 초기부터 이러한 '휴머니즘'을 주장하고 있었다. 다시 시기의 문제에 대해 생각해보면 1955년은 제2차 세계대전이 끝난 10년 후이고, 아베가 주지주의를 전개하기 시작한 것도 제1차 세계대전이 종결된 지 거의 10년이 지난 후였다. 하버트 리드의 논의를 기반으로 완성된 아베의 주지주의가 리드의 제1차 세계대전 중 경험한 종군체험을 바탕으로 한 논의였다고 한다면, 이후 아베 또한 남방에 징용되고 다시 전쟁이 끝난 후 10년이라는 시기를 맞이하면서 '주지주의'를 전제로 한 '휴머니즘' 논의를 제시했다는 귀결을 상상하기는 어렵지 않다.

지금까지 종래 별로 회자되지 않았던 『원자력과 문학』에 수록된 아베 도모지의 서문과 그의 히로시마, 그리고 원폭문학과의 접점에 대해 고찰했다. 아베 도모지의 집필활동이라는 측면에서는 히로시마에서 발행된 교육잡지 『銀の鈴』에 게재된 「암흑에 빛을」을 통해 그가 영미문학과 관련해서 상정한 대극적인 인물 평가를 확인할 수 있었고, 전후에도 전전과 다름없이 그 구조를 유지하며 집필활동을 이어가려고 한 경위도 알 수 있었다. 또한 원폭문학의 역사에서 보면 창작면에서는 원폭과 관련된 작품을 남기지 않은 아베 도모지에게 주목하는 일이 어렵다는 생각을 하면서도, 한편으로는 그가 제시한 휴머니즘의 문제는 제1차 세계대전만이 아닌 제2차 세계대전 후에도 반복되고 있고 게다가 오늘에까지 이르고 있다. 따라서 지금 아베가

제시한 휴머니즘 문제에 대해 다시 살펴본다는 것은 의미 있는 일이라고 생각한다.

---

* 　번역 : 양지영, 한일비교문화・문학전공, 현재 숙명여자대학교 일본학과 강사, 번역서로『식민지 조선의 음악계』(2015, 역락),『재조일본인이 본 결혼과 사회의 경계 속 여성들』(2016, 역락) 등을 출간했다.

참고문헌

미즈가미 오루[水上勲], 『아베 도모지 연구』, 双文社出版, 1995.

_____, 「휴머니즘론의 종언」, 『아베 도모지 연구』, 双文社出版, 1995.

미우라 세이코[三浦清子], 「아동문학 「ぎんのすず」 히로시마도서를 중심으로」, 히로시마시
　　문화협회 문예부 편, 『점령기의 출판 미디어와 검열 전후 히로시마의 문예활동』, 勉誠
　　出版, 2013.

야마네 류이치[山根龍一], 「이시카와 준 「폐허의 예수」론－피점령 하 '윤리'의 가능성을 둘
　　러싸고」, 『総合文化研究』 19권 1호, 2012. 8.

하시모토 모토코[橋本幹子], 「『은방울[銀の鈴]』과 아베 도모지－모험이야기 「암흑에 빛을
　　－리빙스턴과 스탠리」의 선행 작품 외」, 『阿部知二研究』 14호, 2007.

황익구, 『교차하는 전쟁의 기억 점령공간의 이야기』, 春風社, 2008.

// 초출일람 //

김병진, 「20세기 전환기 자유의 각성과 생명의식—월경의 사상가 오스기 사카에」, 『일본문화연구』 62집, 2017.

김수자, 「신채호의 「독사신론」의 구성과 '민족사'의 재구성」, 『동양고전연구』 36, 2009

채준형, 「淸末 民國 初 楊度의 君主立憲論과 共和制 批判」, 고려대 석사논문, 2003.

박경, "Hyeon Chae's Growth as One of the Main Agents of Modern Translation", *Trans-Humanities* Vol.7, No.1, 2014.

정선경, 「근대시기 양건식의 중국고전소설 번역 및 수용에 관하여」, 『中國語文學論集』 제73호, 2012.

김진희, 「근대문학의 장과 김억의 상징주의 수용」, 『한국문학이론과 비평』 22집, 2004; 「김억의 번역론 연구—근대문학의 장과 번역자의 과제」, 『한국시학연구』 28호, 2010.

홍석표, 『루쉰과 근대 한국—동아시아 공존을 위한 상상』, 이화여대출판문화원, 2017.

최진석, 「아나키의 시학과 윤리학—신동엽과 크로포트킨」, 『비교문학』 제71집, 2017.

오윤호, 「해설—디아스포라 시인의 고뇌, 시선, 목소리」, 『조명희 시선』, 지식을만드는지식, 2013.

서동주, 「나카노 시게하루와 조선—연대하는 사유의 모놀로그」, 『사회와역사』 93, 2012.

한인혜, 「Taiwanese Writer Zhang Shenqie and Colonial Transnationalism」, 『서강인문논총』 47, 2016.

나미가타 츠요시, 「アフリカ・広島・阿部知二—ヒューマニズムと原爆文学」, 『原爆文学研究』 15, 原爆文学研究会編集, 花書院発行, 2016.

// 필자소개 //

장칭(章淸, Zhang Qing)
중국 푸단(復旦)대 사학과 교수. 푸단대에서 역사학 박사학위를 취득했으며 중국교육부 중점연구소의 연구원 겸 상무부주임이자 2013년 장강학자 특임교수로 선발되었다. 주요 연구분야는 중국 근현대사상문화사이며 근대 중국의 지식형성과 사회변화, 중외문화교류 및 사상사, 학술사에 관심을 가지고 연구하고 있다. 저서로는 『学术與社会 — 近代中国'社会重心'的转移與读书人新的角色』(2012), 『清季民国时期的'思想界'』(2012), 『清季民国时期的'思想界'』(2014), 『'胡适派学人群'與现代中国自由主义』(2015) 등이 있다.

김병진(金炳辰, Kim, Byeongjin)
이화인문과학원 HK연구교수. 고려대 일어일문학과와 동대학원을 졸업하고 일본 총합연구대학원대학(総合研究大学院大学)에서 『'혁명적 생디칼리스트' 오스기 사카에』라는 제목의 박사학위를 받았다. 현재 이화인문과학원 HK연구교수로 재직 중이다. 논문으로는 「관동대지진과 오스기사건 — 포비아와 쇼비니즘에 왜곡된 표상」, 「동유럽사건과 1950년대 일본사상계의 전환」 등이 있으며 역서로 『일본의 문화내셔널리즘』(스즈키 사다미), 『자이니치의 정신사』(윤건차) 등이 있다.

김수자(金壽子, Kim, SooJa)
이화여대 이화인문과학원 HK교수. 이화여대 사학과를 졸업하고, 동대학원 사학과에서 박사학위를 받았다. 이화인문과학원 HK교수로 한국의 근대문화, 근대지식형성, 탈식민주의 등에 대한 연구를 진행하고 있다. 주요 저서로서 『이승만의 집권초기 권력기반연구』, 『대한민국 여성 국회의원의 탄생』, 『현대 정치사상의 파노라마』(공역) 등이 있다.

채준형(蔡俊亨, Chae, Jun Hyung)
이화인문과학원 HK연구교수. 시카고대 역사학과에서 중국 현대사를 공부했다. 학위논문은 "Religion, Charity, and Contested Local Society — Daoyuan and World Red Swastika Society in Eastern Shandong, 1920~1954"이며, 현재 이화여자대학교 이화인문과학원 HK연구교수로 재직 중이다.

박경(朴景, Park, Kyoung)
연세대 법학연구원 연구교수. 이화여대 사학과를 졸업하고, 동대학원에서 박사학위를 받았다. 주요 연구 분야는 조선시대의 가족, 여성, 형정(刑政), 신분 등이며, 현재는 소송 사례를 중심으로 조선시대 사람들의 의식 세계, 조선의 사법 행정에 대한 연구를 수행하고 있다. 주요

논저로는 『조선 전기의 입양과 가족제도』(혜안, 2011), 『조선의 일상, 법정에 서다』(공저, 역사비평사, 2013) 등이 있다.

정선경(鄭宣景, Jung, SunKyung)
이화여대 중어중문학과를 졸업하고 연세대학교 대학원에서 문학박사학위를 받았다. 북경대학교 중문연구소에서 연구학자를 역임하고 현재는 이화여자대학교 이화인문과학원 교수로 재직하고 있다. 중국고전소설과 문화, 동아시아 서사문학과 근대 지식 형성, 비교문학 및 문화에 관심을 가지고 연구하고 있으며, 저서로는 『神仙的時空』(북경, 2007), 『중국고전소설 및 희곡 연구자료 총집』(공저, 2012), 『교류와 소통의 동아시아』(공저, 2013), 『중국고전을 읽다』(공저, 2015), 역서로는 『중국현대문학발전사』(외역, 2015), 『중국소설과 지식의 조우』(2017) 등이 있다.

김진희(金眞禧, Kim, Jinhee)
서울에서 태어나 이화여대 국어국문학과를 졸업하고 동대학원에서 박사학위를 받았다. 1996년 『세계일보』 신춘문예 평론부문에 「출발과 경계로서의 모더니즘—오규원론」이 당선되어 평론 활동을 시작했다. 현재 이화여자대학교 이화인문과학원 교수로 근대문학 초창기 문학장(場)의 형성, 한국 근대문학의 근대성과 탈식민성, 번역과 비교문학 연구, 동아시아 지식론 등을 연구하고 있다. 저서로는 『생명파시의 모더니티』, 『근대문학의 장(場)과 시인의 선택』, 『회화로 읽는 1930년대 시문학사』, 『한국근대시의 과제와 문학사의 주체들』, 『소통과 교류의 동아시아』(공저) 『동아시아 근대지식과 번역의 지형』(공저) 『근대지식과 저널리즘』(공저) 등의 연구서와 『시에 관한 각서』, 『불우한, 불후의 노래』, 『기억의 수사학』, 『미래의 서정과 감각』 등의 비평집, 『김억 평론선집』, 『모윤숙 시선』, 『노천명 시선』, 『한무숙 작품집』 등의 편서가 있다.

홍석표(洪昔杓, Hong, Seokpyo)
서울대 중어중문학과를 졸업하고 동 대학원에서 중국 현대문학 전공으로 석사·박사학위를 받았다. 현재 이화여대 중어중문학과 교수로 재직 중이며, 이화여대 중국문화연구소장 및 국제루쉰연구회[國際魯迅硏究會] 이사를 맡고 있다. 루쉰(魯迅) 문학을 비롯해 중국 현대문학사 및 중국 현대학술사상사를 깊이 있게 연구해왔다. 최근에는 연구영역을 확대해 근현대시기 한중(韓中)의 문학적·사상적 교류 및 학문적 교섭 등을 집중적으로 연구하고 있다. 주요 저서로는 『루쉰과 근대 한국—동아시아 공존을 위한 상상』(2017), 『근대 한중 교류의 기원』(2015), 『중국 근대학문의 형성과 학술문화담론』(2012), 『중국현대문학사』(2009), 『중국의 근대적 문학의식 탄생』(2007), 『천상에서 심연을 보다—루쉰[魯迅]의 문학과 정신』(2005), 『현대중국, 단절과 연속』(2005) 등이 있다. 주요 역서로는 『루쉰전집[魯迅全集]』 제1권·제5권·제12권(공역), 『화개집·화개집속편(華蓋集·華蓋集續編)』, 『한문학사강요·고적서발집(漢文學史綱要)』, 『무덤[墳]』, 『중국당대신시사(中國當代新詩史)』 등이 있다.

최진석(崔眞碩, Choi, Jinseok)

이화인문과학원 HK연구교수. 서울대 노문과를 졸업하고 러시아인문학대학교에서 문화학 (Cultural Studies) 박사학위를 취득했다. 현재 이화여대 HK연구교수로 재직하고 있으며, 수 유너머104 연구원 및 문학평론가로 활동 중이다. 최근의 논문으로는 「소비에트 민주주의와 프롤레타리아 독재-러시아혁명에서의 코뮌과 국가, 마음의 문제」, 「욕망과 섹슈얼리티의 정 치학-n개의 성(性)과 분열분석적 지도그리기」, 「서정과 광기-알렉산드르 블록의 〈장미와 십자가〉 다시 읽기」 등이 있다. 저서로 『민중과 그로테스크의 문화정치학』, 『국가를 생각하 다』(공저), 『불온한 인문학』(공저) 등이 있고, 역서로는 『누가 들뢰즈와 가타리를 두려워하 는가?』, 『해체와 파괴』, 『러시아 문화사 강의』(공역) 등이 있다.

오윤호(吳潤鎬, Oh, Younho)

이화여대 이화인문과학원의 조교수. 서강대학교 국어국문학과를 졸업하고 동 대학원에서 석사 및 박사학위를 받았다. 2009년 이화여대에 임용된 이후 탈경계 인문학 관련 주제를 공부하고 있다. 최근에는 탈경계 비교문학 및 근대지식과 소설에 관심을 가지고 연구하고 있다. 주요 저 서로는 『현대소설의 서사기법』과 『깨어진 역사 비평적 진실』이 있다. 주요논문으로는 「탈경계 주체들과 문화혼종 전략」, 「근대 과학 지식의 재현과 진화론적 상상력」 등이 있다.

서동주(徐東周, Seo, Dongju)

서울대 일본연구소 HK교수. 일본 근현대문학을 전공했고 문학과 사상을 중심으로 한일간 근대 지식의 교류사를 연구하고 있다. 최근 저서로는 『슬픈 일본과 공생의 상상력』(편저, 논형, 2013), 『전후 일본의 지식풍경』(공저, 박문사, 2013), 『근대 일본의 '조선 붐'』(공저, 역락, 2013), 『근대 일본의 '국문학' 사상』(역서, 어문학사, 2014), 『근대 지식과 저널리즘』(공저, 소명출판, 2016), 『연동하는 동아시아 문화』(공저, 역사공간, 2016) 등이 있다.

한인혜(韓仁慧, Han, Inhye)

이화여대에서 영문학으로 학사와 석사를, 2014년 University of California, San Diego에서 비교문학으로 박사학위를 취득하였다. 대만국립대학 대만문학연구소 및 대만국립중앙도서관 산하 Center for Chinese Studies에서 research fellow 로서 2년간 문헌연구를 수행한 바 있 다. 현재 이화여자대학교 인문과학 연구원에서 HK연구교수로 재직하며, 동대학에서 동아시 아 문화와 사상사를 강의하고 있다. 최근 논문으로 "The Afterlives of An Chunggun in Re- publican China-From Sinocentric Appropriation to a Rupture in Nationalism", "Tai- wanese Writer Zhang Shenqie and Colonial Transnationalism" 외 다수가 있다.

나미가타 츠요시(波潟剛, Namigata Tsuyoshi)

츠쿠바 대학 문예·언어연구과 석사 및 박사를 졸업했다. 고려대학교 일어일문학과를 수료했고, 서울대학교 일본연구소에서 객원연구원을 지냈다. 현재 일본 규슈대학원 비교사회문화연구원

교수로 일본 근현대문학, 비교문학을 전공하고 있다. 주요 연구로는 저서 『월경의 아방가르
드』(NTT출판, 2005) * 한국어판 2013년(서울대학교출판문화원), 『하카타의 도시공간』(콜렉
션 모던도시문화 제90권, 유마니서방, 2013)등이 있고, 연구 논문으로 「쇼와모던 문화번역－에
로 · 그로 · 넌센스의 영역」(『九大日文』13호, 2009.3), 「〈미지/주지〉의 아프리카－신흥예술파
와 아베 도모지」(『문학연구논집』27호, 츠쿠바대 비교 · 이론문학회, 2009.3), 「1930년대 동아시
아 제지역간의 문화 교섭과 번역－모던도시 도쿄 · 서울과 문예」(『방한학술연구논문집』13호,
일한문화교류기금, 2013.3), "Another "Paris in the Orient"－Overlapping Exoticism in
Japanese Modernism around 1930"등이 있다. 최근에는 1930년대에서 1940년대 동아시아의
모더니즘의 동시성에 관해 관심을 갖고 연구하고 있다.